D1879251

केशव

केशव का जन्म हिमाचल प्रदेश के कांगड़ा में अप्रैल, 1949 में हुआ। चंडीगढ़ में अंग्रेज़ी से एम.ए. करते हुए इन्द्रनाथ मदान से आगे बढ़ने की प्रेरणा पाने वाले केशव को शिवालिक के जीवन और परिवेश की मोहक और दाहक छवियाँ एक साथ प्राप्त हुईं, जो इनके गद्य और पद्य में जगह-जगह दिखती हैं। अंद्रेटा में प्रसिद्ध आयरिश अभिनेत्री नोरा रिचर्ड से केशव की अंतरंग मुलाक़ातों ने उनके एलीट व्यक्तित्व में लोक संस्कार रोपे तो सरदार शोभा सिंह की कलात्मक गूँजों-अनुगूँजों ने उनकी सर्जनात्मकता को धार और धूप दी, जिससे अन्ततः वे हिन्दी के सिद्ध सर्जक के रूप में उभर आए।

हवाघर, आखेट, डेमन ट्रैप (उपन्यास); *रक्तबीज, फासला, अलाव* (कहानी-संग्रह); *अलगाव, एक सूनी यात्रा, ओ पवित्र नदी, धरती होने का सुख, धूप के जल में* (कविता-संग्रह) उनकी प्रमुख कृतियाँ हैं।

हिमाचल का पहला 'गुलेरी सम्मान' पाने वाले केशव को 'हिमाचल अकादमी पुरस्कार' के अलावा बिहार से 'नई धारा सम्मान' मिला तो पिछले दिनों इन्हें 'शान-ए-हिमाचल' अवार्ड से अलंकृत किया गया।

केशव

हद बेहद

राजकमल पेपरबैक्स

राजकमल पेपरबैक्स में
पहला संस्करण : 2022
दूसरा संस्करण : 2024

© केशव

राजकमल पेपरबैक्स : उत्कृष्ट साहित्य के जनसुलभ संस्करण

राजकमल प्रकाशन प्रा.लि.
1-बी, नेताजी सुभाष मार्ग, दरियागंज
नई दिल्ली-110 002
द्वारा प्रकाशित

शाखाएँ : अशोक राजपथ, साइंस कॉलेज के सामने, पटना-800 006
पहली मंजिल, दरबारी बिल्डिंग, महात्मा गांधी मार्ग, प्रयागराज-211 001
1, अनमोल सोराबजी संतुक लेन, धोबी तलाव, मरीन लाइंस, मुम्बई-400 002

वेबसाइट : www.rajkamalprakashan.com
ई-मेल : info@rajkamalprakashan.com

बी.के. ऑफसेट
नवीन शाहदरा, दिल्ली-110 032
द्वारा मुद्रित

मूल्य : ₹350

HAD-BEHAD
Novel by Keshav

ISBN : 978-93-92757-31-0

हद चले सो मानवा, बेहद चले सो साध।
हद-बेहद दोऊ तजे, वा को मता अगाध॥

—कबीर

ग्यारहवीं कक्षा का परिणाम घोषित हो चुका था। अगली कक्षा के दाख़िले आरम्भ। साथ ही हो चुका था संस्कार के पिता का तबादला इस गाँव से। इस राज्य के दूसरे छोर पर स्थित एक क़स्बे में। एक छोर पर था उसका अपना देस। देस यानी अपने जैसा रहन-सहन। अपनी जैसी बोली। अपने जैसे लोग। तीज-त्योहार। दो छोरों के बीच, अपने देस से लगभग दो सौ मील दूर यह गाँव। यहाँ से लगभग अढ़ाई सौ मील दूर वह क़स्बा। ऐसा क़स्बा जिसका नाम न तो उसने किसी भूगोल-इतिहास की किताब में पढ़ा था, न देखा था किसी मानचित्र में। यहाँ तक कि कभी इस क़स्बे का नाम तक नहीं सुना था किसी के मुँह से।

अनजान जगहों के प्रति जिज्ञासा तो होती ही है। उत्सुकता भी। रोमांच भी। लेकिन वे बातें भीतर डर की राख में दबी चिंगारी को भी हवा देती हैं।

संस्कार है कि कुछ ज़्यादा ही संवेदनशील। इसलिए जिज्ञासा, उत्सुकता कहीं अधिक गहरी। धमनियों में बहते लहू की रफ़्तार को असामान्य बना देनेवाला रोमांच। और डर की चिंगारी को हवा देते ढेरों सवाल। मन में खौलते।

कैसे होंगे वहाँ के लोग? उनका रहन-सहन? आचार-व्यवहार? उनकी भाषा? वहाँ की आबोहवा? शारीरिक ही नहीं मानसिक सेहत को भी रास आएगी कि नहीं? इन सबके साथ पटरी बैठेगी कि नहीं? पटरी बिठाते-बिठाते कहीं वह ख़ुद अपनी पटरी से तो नहीं उतर जाएगा?

ढाढ़स या राहत कहीं से नहीं थी। न भीतर से, न बाहर से। क्योंकि परिवार के अन्य सदस्य भी उतने ही अनजान थे जितना कि वह ख़ुद।

हद-बेहद

ऐसा पहली या दूसरी बार नहीं हुआ था। जन्म के दो-तीन साल बाद ही पिता के साथ रहने के लिए छोड़ दिया था पैतृक गाँव-घर। तब से ही बरक़रार है यह सिलसिला।

जगह बदलते वक़्त कमोबेश हर बार ऐसे ही अहसास से गुज़रता आया है संस्कार। पर इस बार किसी विस्फोट से कम नहीं था यह अहसास, उसके लिए। फ़र्क़ सिर्फ़ इतना था कि इससे पहले उसके अपने देस और नई जगहों के बीच फ़ासला उतना नहीं होता था जितना कि इस बार। नई जगहों के प्रति कुछ-न-कुछ जानकारी हासिल रहने से अजनबीयत का अहसास भी उतना तीक्ष्ण नहीं होता था।

किसी भी जगह ढंग से, तसल्ली से टिकना नहीं हो पाता था। कुछ पिता की नौकरी का मौसम। उसका घटता-बढ़ता तापमान। नौकरी ज़रूरत से ज़्यादा जीवन का एक बेहद महत्त्वपूर्ण और अविभाज्य अंग थी उनके लिए। तिस पर सिद्धान्तों के तार पर बिना डगमगाए चलते रहने का उनका तप। मज़ाल है कि कोई उनकी ज़िद्द पर पाँव रखकर निकल जाए! भ्रष्टाचार, बेईमानी, शोषण, पक्षपात जैसी बुराइयों के सख़्त ख़िलाफ़ पिता की नौकरी हमेशा दाँव पर लगी रहती। उनकी ईमानदार छवि नौकरी पर तो आँच नहीं आने देती। लेकिन गाज तो गिरती ही थी। और गिरती थी तबादले के रूप में। हद से हद साल भर में ही पूरा परिवार अपना तम्बू उखाड़कर एकदम पराए और एक-दूसरे से असम्बद्ध माहौल में छलाँग लगा देता। कभी-कभी तो छह-सात महीने बाद ही पिता आगे बढ़ जाते और बच्चों की परीक्षाओं के कारण परिवार पीछे छूट जाता।

परीक्षाएँ समाप्त होते ही एक बार फिर शुरू हो जाती परिवार की यातना-यात्रा। एक के बाद दूसरी, दूसरी के बाद तीसरी लारी में सामान ठूँसते। कच्ची-पक्की, ऊबड़-खाबड़ सड़कों पर धुएँ के भभके उगलती, खटारा लारियों में हिचकोले खाते। हाड़-तोड़ यात्राओं के बाद पहुँचते एक से दूसरी जगह। लुटे-पिटे-से। सामान के साथ। सामान की तरह। फिर कई-कई दिन लगते सामान ढोने के अहसास से मुक्ति पाने में।

बहुत दिनों तक परिवार सकते की हालत में रहता। अजनबी लोगों, उनके तौर-तरीक़ों में उतरने से पहले एक झिझकभरी विवशता में छटपटाता। उन तक पहुँचने की कोशिश में घिसती अपनी पहचान को थामे रखने के आतंक से घिरा।

गद्दी जाति के घुमंतू लोगों जैसा जीवन था इस परिवार का।

हद-बेहद

बीज पड़ने के बाद पौधा जैसे ही ज़मीन में अपनी जड़ें फैलाने को होता, तबादले का अंधड़ उसे कच्ची जड़ों समेत उखाड़ देता।

एक सप्ताह बीत चुका था। तबादला आदेश आए हुए। आदेश मिलते ही पिता उस क़स्बे के लिए रवाना हो गए थे। कुछ ज़रूरी हिदायतें देकर। रहने के लिए किसी ढंग के बसेरे का बन्दोबस्त जो करना था उन्हें। पैक करने लायक़ सामान पैक हो चुका था। बाक़ी कबाड़ी के हवाले। सामान था भी कितना। उतना ही जितना एक गृहस्थी के लिए निहायत ज़रूरी होता है। ख़ासकर उनके जैसे घुमंतू परिवार पर तो यह बात पूरी तरह लागू होती थी। सामान जोड़कर उसे साल भर के अन्दर ही मीलों दूर ढोने का झंझट। टूट-फूट का ख़तरा। वैसे भी सामान घर के लिए जोड़ा जाता है। मकानों के लिए नहीं। जेब देखकर रहने लायक़ ठौर मिल जाए तो ग़नीमत। फिर सामान से थोड़ा-बहुत लगाव तो हो ही जाता है। इसलिए सामान कम तो लगाव भी कम। लगाव कम तो टूट-फूट से होनेवाला दुख भी कम। तिस पर सामान ज़्यादा होगा तो सब पर लदा रहेगा। और देर तक लदा रहेगा चीज़ों के बीच चीज़ होने का अहसास।

किसी जगह की नसों में बहने के लिए ज़रूरी होता है मुनासिब ताप। ताप के लिए ज़रूरी होता है, चीज़ों के साथ नहीं, वहाँ के लोगों के साथ जुड़ाव। उनके जीवन में हिस्सेदारी। उसके लिए चाहिए होता है मुनासिब वक़्त। वक़्त ही तो नहीं मिलता। जब वक़्त देने को होता उनके दरवाज़े पर दस्तक तब तक परिवार किसी और देस की ही यात्रा पर होता। इस तरह हर बार उस ताप के अभाव में पिघलना होता रहता स्थगित। स्थगित होते-होते ठोस और ठंडा।

पिछले तेरह-चौदह बरसों में इस संख्या से ज़्यादा ही जगहें देखी थीं इस परिवार ने। अधिकतर गाँव और क़स्बे। पर देखकर भी कहाँ देखीं। देखना वह होता है जो आपके साथ ताउम्र चलता रहे। चलेगा तब जब वह आपकी जीवित स्मृति का अंग बन जाए। जिसका रूप, रस, गंध आपके मन में घर कर ले। न कि ज़रा-सी धूप-हवा लगते ही काफ़ूर हो जाए।

पर इस परिवार के लिए यह एक दंतकथा थी और दंतकथा ही बनी रही इस गाँव में आने तक।

यह गाँव पहली ऐसी जगह थी जहाँ संस्कार है और रहेगा भी। उसी की तरह अपने समूचेपन के साथ उसकी जीवित स्मृति में भी। एक सपने की तरह नहीं।

हक़ीक़त में एक रौनक की तरह। पहली बार दो जमातें पास करने का एक दुर्लभ संयोग जो प्राप्त हुआ था उसे।

इस गाँव में बेशक बिजली नहीं थी। पर उसके आज तक के बुझे हुए सालों में एक रोशन लालटेन की तरह टँगा। यहाँ के लोग। उनकी दरियादिली और ठेठ देहाती संस्कृति। यहाँ की तमाम-तमाम मौजें ठाठें मारती रहेंगी। उसके भीतर। हमेशा।

इतवार के दिन एक बन्द दुकान के थड़े पर स्वीप खेलते हुए दुकानदार। खिलाड़ियों में एक पक्का खिलाड़ी। दुकानदार का बूढ़ा बाप। ताश के पत्तों को एक क्रम देते हुए पोपले मुँह से गुनगुनाता—बारह-तेरह दो म्हाज...बारह-तेरह...

संस्कार के ऊपरी मंज़िल पर स्थित घर के ठीक सामने नीचे बाज़ार में था डाकख़ाना। सुबह आठ बजे डाकख़ाने की तीन सीढ़ियों के नीचे अपनी साइकिल चमकाता डाकिया। इस कर्म में इतना तल्लीन कि आसपास से एकदम बेख़बर। डाकिए की इस तल्लीनता को देख कभी-कभी संस्कार के मन में ईर्ष्या-सी सर उठाने लगती। एक निहायत मामूली काम को भी कोई इस क़दर डूबकर कैसे कर सकता है।

डाकिया सुबह नौ बजे साइकिल पर क़स्बे के लिए निकलता। एक बजे तक डाक का थैला साइकिल के कैरियर पर लादे वापस लौट आता। बारह बजे के आसपास ही डाकख़ाने के पास भीड़ जुटने लगती। आधे से ज़्यादा चिट्ठियाँ-पार्सल वहीं के वहीं हाथोहाथ बँट जाते।

और पंजाबी के मास्टर सरदार गुरबचन सिंह। काया से छरहरे। अपनी उम्र से भी कम उम्र के दिखते। उनके शब्द-शब्द से वात्सल्य टपकता। वह टीचर कम अभिभावक ज़्यादा लगते। संस्कार उनका सबसे प्रिय शिष्य था। उसके बारे में एक बार उन्होंने दृढ़ता से कहा था—"पंजाबी न हुंदे होइयाँ भी मोतियाँ बरगी है तेरी पंजाबी दी लिखाई। जिदी लिखाई इन्नी सोहणी है ओ अन्दरों किन्ना सोहणा होवेगा।"

संस्कार जो बात माँ-बाप और दोस्तों से साझा नहीं कर सकता था उनसे बड़ी सहजता से कर लेता।

सबसे ऊपर थे गाँव से बाहर स्थित मन्दिर के पुजारी। कटे हुए बाजू वाले बाबा नागा। रूढ़ अर्थों में पुजारी नहीं। बल्कि ऐसे पुजारी जिनके लिए पूजा प्रायश्चित्त नहीं, एक कर्म था। पूज्य को प्रसन्न करके आत्मतुष्टि की राह पकड़नेवाले नहीं

बल्कि जीवन में जहाँ-जहाँ रोशनी है उसे बीनकर प्रसाद के रूप में बाँटनेवाले पुजारी। एक ऐसे इनसान जो आत्मसम्पन्न तो थे ही दृष्टि-सम्पन्न भी। उनके जीवन में एक वक़्त ऐसा भी आया था जब वह अन्धकार में राह में भटकने को मजबूर हो गए थे। लेकिन उसी अन्धकार से संघर्ष करते हुए उन्होंने सम्पन्नता हासिल की थी। लेकिन अब वह घने से घने अन्धकार में भी उस राह से नहीं भटकते जो उन्होंने चुन ली थी। अपने इसी जीवन-दर्शन को पालते-पोसते कि सुख में भी रब्ब हाज़िर, दुख में भी। फिर उस रब्ब से या उसके बन्दों से कैसी शिकायत। इस दुनिया में जब तक हैं सबके सुख-दुख से वास्ता। यही एक रास्ता ख़ुद से ऊपर उठने का।

और संस्कार के लिए तो बाबा नागा एक ऐसी दूरबीन की तरह थे जिसके ज़रिये वह अपने पाँव से परे क्या-क्या है उसे साफ़-साफ़ देख सके। यहाँ तक कि यह भी कि धरती कहाँ है और आसमान कहाँ।

मन्दिर के ठीक पीछे एक तालाब। बिलकुल एंपीथियेटर की तरह। चारों ओर तालाब में उतरती सीढ़ियाँ। बहुत पहले ज़रूर पानी से लबालब रहता होगा यह तालाब। बारिश के पानी से। जब कुआँ नहीं था तो लोगों की और फ़सलों की प्यास बुझाता। पर अब साल में दो-तीन बार गाँव में आनेवाली लोक नाट्य मंडलियाँ अपनी कला से लोगों के मनोरंजन की प्यास बुझाती हैं। इन्हीं सीढ़ियों पर बैठकर लोग लोक-नाट्यों का लुत्फ़ उठाते हैं।

मन्दिर के ठीक सामने फ़सलों को सींचने के लिए कुएँ में लगा रहट। नहाना हो तो रहट ख़ुद गेड़ना पड़ता। फ़सलों को सींचने के लिए बैलों की जोड़ी करती थी यह काम। गाँव से आधा मील दूर बहनेवाली एक छोटी-सी नदी, जिसे स्थानीय लोग 'खाल' के नाम से पुकारते हैं। जिसमें दोस्तों के साथ संस्कार ने तैरना और बहना सीखा।

गाँव को क़स्बे से जोड़ती सड़क के किनारे एक जोहड़। गाँव से कुछ दो-तीन सौ गज़ की दूरी पर। जोहड़ के किनारे एक पुराना वट वृक्ष। जिसकी शाखाओं पर चढ़कर गर्मियों के दिनों में अपने दोस्तों के साथ संस्कार कभी-कभार कूदा-कूदी करता। जहाँ से गाँव शुरू होता है ठीक उस स्थल पर गेहूँ और मक्का पीसनेवाली डीजल से चलती मशीन। जिसकी कुक्क-कुक्क की ध्वनि दिनभर गाँव को सन्नाटे के गर्त में लुढ़कने से बचाती।

खरी-खरी जान-पहचान, कुछ टिकाऊ दोस्तियाँ और कुछ ऐसे अनुभव, जो उसके जीवन का कैनवस अब तक अछूते कुछ ऐसे रंगों से निहाल करनेवाले थे जिससे उभरनेवाली तस्वीर अभी उसकी कल्पना से भी परे थी। इस सबसे ख़ुद को भरा-भरा महसूस करते हुए विदा होनेवाला था संस्कार। इस गाँव से।

एक दिन पिता आन पहुँचे। पहुँचते ही संस्कार से कहा कि वह तुरन्त जाकर ताँगेवालों से सुबह के लिए बात पक्की कर आए।

सवारियों और असबाब को गाँव से क़स्बे तक पहुँचाने का एकमात्र साधन थे दो ताँगेवाले। सवारियाँ लेकर सुबह गाँव से क़स्बे के लिए निकलते और शाम को सवारियाँ लेकर लौटते। बीच में कभी-कभार एक-आध चक्कर और लगा लेते थे। गाँव को क़स्बे के साथ जोड़ती एक सड़क ज़रूर थी। कच्ची और जगह-जगह गड्ढों से अटी सड़क। ख़ासकर गर्मियों के दिनों में धूल के अम्बार उगलती। दिन-रात लारियों की आवाजाही से आबाद पक्की सड़क से कुछ दस मील दूर था यह गाँव। फिर भी लारियों की सुविधा से वंचित।

जब वे इस गाँव में आए थे तब भी इन्हीं ताँगों पर। अब उन्हीं ताँगों से जा भी रहे थे।

अगली सुबह।

एक ताँगे पर सामान लदा था। कुल मिलाकर दो बोरियाँ, दो बिस्तरबन्द और तीन बड़े ट्रंक। और कुछ छोटी-बड़ी गठरियाँ। चारपाइयाँ, कुर्सियाँ, मेज़ और एक साइकिल कबाड़ियों के हवाले। दूसरा ताँगा परिवार के सदस्यों के लिए। ताँगों के आसपास गिनती के लोग थे। उनमें संस्कार के दोस्त भी शामिल। लोगों को देख घोड़ों की कसकर रखी हुई लगाम ढीला छोड़ते ताँगेवाले।

इस तरह शुरू हो रही थी एक और अनजान देस के लिए इस परिवार की यात्रा। लोगों को लाँघकर नहीं। लोगों के बीच रहने के बाद भी नहीं। अपितु लोगों में बसकर, उनके मन में आबाद होने के बाद।

लोग असल में आपके लिए मनुष्य तब बनते हैं जब वे आपके साथ चलते-चलते इतना फ़ासला तय कर लेते हैं जिसके बाद दूरियाँ कोई मायने नहीं रखतीं। दूरियाँ सिमटते ही जब गहरा सामीप्य जड़ें पकड़ लेता है तब मनुष्य निरन्तर फलते-फूलते-खिलते रहते हैं आपकी काया के घर में।

उन्हें विदा करने आए लोग कुछ इसी तरह बस चुके थे उनकी काया के

घर में। उनकी गिनती बेशक कम थी। पर मनुष्य कभी गिनती नहीं होते। एक विद्यमानता होते हैं।

दो

नए स्कूल में दाख़िले का दिन। और इस क़स्बे में तीसरा।

दो दिन बँधे सामान को खोलने, किस चीज़ के लिए कौन-सी जगह मुफ़ीद होगी यह तय करने और चीज़ों की जगह बदलने-रखने में निकल गए। इसके बावजूद कुछ गठरियाँ बँधी की बँधी पड़ी रहीं। खुलने की बाट जोहती। या शायद इसलिए भी कि बँधा रहना ही नियति थी उनकी। या फिर बरसों से इस परिवार के साथ ठिलती चली आ रही अनिश्चितता। बँधा हुआ खुलेगा तभी जब खुलकर विस्तार पाने की जगह हो। बाहर ही नहीं। आदमी के भीतर भी।

अजनबी जगह के अजनबी छात्रों-अध्यापकों का कैसे सामना करेगा? अजनबीयत में छिपे अपनेपन को कब और कैसे चिह्नित कर उसका स्पर्श कर पाएगा वह? ऐसा नहीं था कि इस स्थिति का सामना पहली बार कर रहा था वह। पर पाँव तो ठोस ज़मीन पर ही टिकते हैं न कि रेत के दूहों पर। फ़िलहाल तो वह ख़ुद को किसी रेत के दूह पर ही खड़ा महसूस कर रहा था। पाँव थे कि उठने के बजाय धँसते ही जा रहे थे। घबराहट और अनिश्चितता संस्कार के भीतर कभी उफनती कभी बैठती। बेचैनी पर क़ाबू पाने की हर कोशिश के बावजूद रह-रहकर उसके सामने घुटने टेकता। एकदम विपरीत माहौल। बीच में सैकड़ों मील का फ़ासला। कैसे पार करेगा वह यह फ़ासला? एक ही छलाँग में?

उधर पिता किसी भी पल आ खड़े होंगे सामने।

"तैयार नहीं हुए अभी?" उनके मुँह से उछलेगा। और आ टकराएगा संस्कार के चेहरे से। उसकी सिट्टी-पिट्टी गुम।

और संस्कार का उतरा हुआ चेहरा देख जोड़ देंगे, "पहली बार दाख़िला लेने जा रहे हो क्या?"

अब पहली बार हो या बारहवीं बार। अँधेरे में छलाँग तो हर बार लगानी पड़ती है।

आख़िर पिता और उसमें कोई तो फ़र्क़ है। उम्र में ही नहीं तजुर्बे में भी। उनके लिए जो सहज है संस्कार के लिए वही उफनती नदी को पार करने जैसा।

माहौल बदलना पिता के लिए काँटा बदलने जैसा है। रेलगाड़ी की तरह पटरियाँ बदलने जैसा। मज़ाल है कि रफ़्तार ज़रा-सी भी धीमी हो जाए।

पिता किसी भी परिस्थिति में घबराते नहीं। घबराते हैं उनके मातहत कर्मचारी। नई जगह पहुँचने से पहले ही पता नहीं कैसे पहुँच जाता पिता का मिज़ाज। पहुँचते ही अपनी मुट्ठी खोल देता है। बीच में फ़ासला चाहे लम्बा हो या छोटा पर उनके मिज़ाज की धार है कि बदस्तूर।

यह मिज़ाज उन्हें विरासत में मिला था। अपने पिता से। ग़लत के ख़िलाफ़ और सही के साथ खड़ा रहने का।

"जिनकी वजह से हम सुख का स्वाद चखते हैं उनके दुख को हर क़ीमत पर कम करना मेरा फ़र्ज़ ही नहीं पहली और सबसे बड़ी प्राथमिकता है। इसके लिए न तो मैं कोई समझौता करता हूँ न किसी को करने देता हूँ।" ऐसा ही कुछ कहते थे पिता अपने मातहत कर्मचारियों से। और इसी पल से पिता अवांछित हो जाते थे उन सबके लिए।

जिस गाँव से वे यहाँ आए थे वहाँ गर्मियों के दिनों में कहर की गर्मी बरपा होती थी। इसलिए संस्कार दोपहर के वक़्त स्कूल से छुट्टी हो जाने के बाद अक्सर पीने का पानी लेकर पिता के दफ़्तर जाया करता था। दफ़्तर था भी घर के बग़ल वाली गली में।

पहली बार जब संस्कार पिता को पानी पिलाने के बाद लौटने लगा तो पिता ने कहा था, "दफ़्तर में और भी लोग हैं। उन्हें प्यास नहीं लगती क्या?"

दफ़्तर में एक वक़्त पाँच-छह कर्मचारी तो होते ही थे। बाक़ी के फील्ड में।

उस दिन के बाद संस्कार सबको पानी पिलाने के बाद ही घर लौटता था।

"पहले मुझे पानी देना। प्यास के मारे हलक सूख गया है।" उस कमरे में मौजूद तीन में से एक कर्मचारी ने कहा था। कहने के साथ ही बदबू का एक भभका संस्कार के नथुनों में आ समाया। पचपन के आसपास उम्र रही होगी उसकी। शायद कई दिनों से दातुन नहीं की होगी उसने। इस डर से कि मुँह में बचे दो-तीन

दाँत भी कहीं दगा न दे जाएँ। दो गिलास पानी पीने के बाद उसने एक गहरी साँस ली। मानो उसकी रूह तक तृप्त हो गई हो। फिर जेब से एक मटमैला-सा रूमाल निकालकर बड़े फूहड़ ढंग से रगड़-रगड़कर होंठ पोंछे मानो मुँह में बसी बदबू को भी पोंछ डालना चाह रहा हो।

"छोटे साब, बुरा न मानें तो एक बात पूछूँ?" उसके पोपले मुँह से फिर बदबू के भभके उठे।

संस्कार थोड़ी हैरानी भरी सवालिया निगाहों से उसकी ओर ताकने लगा।

"बड़े साब फ़रियादियों से तो बड़ी नरमी से पेश आते हैं। पर दफ़्तर के कर्मचारियों के साथ इतनी सख़्ती क्यों? क्या उनका रवैया घरवालों..."

उस कर्मचारी ने आख़िरी वाक्य अधूरा ही छोड़ दिया था। या तो इस डर से कि इस क़दर व्यक्तिगत होना कहीं भारी न पड़ जाए। या फिर जानबूझकर। जो भी हो अधूरा ही सही पर उसका मक़सद तो पूरा हो ही गया था।

पिता महीने में कम-से-कम बीस-बाईस दिन फील्ड में दौरे पर रहते थे। बाक़ी दिन सुबह दस बजे से शाम सात-आठ बजे तक दफ़्तर में। तिस पर अन्तर्मुखी। घर में संवाद के नाम पर कुछ नपे-तुले शब्द। कभी-कभी तो संकेतों के ज़रिये ही अपनी मंशा ज़ाहिर करने की उनकी ज़िद्द या विवशता या फिर कोई प्रण। उतना भी तब जब किसी स्थिति के यक़ीनन बेक़ाबू हो जाने का ख़तरा उन्हें घूरने लगता होगा। इसलिए घर के प्राणियों के मन में हमेशा बने रहनेवाला यह असमंजस कि कब कौन-सी करवट लेगा पिता का मिज़ाज। कुल मिलाकर घर के प्रति उनके रवैये के बारे में किसी भी नतीजे पर पहुँचना नामुमकिन। शरीर के लिए बेशक नगण्य लेकिन मन के लिए किसी भारी-भरकम पत्थर जैसे बोझ को ढोते रहने के सिवा और चारा ही क्या था परिवार के पास।

ऐसी स्थिति में उस कर्मचारी के सवाल का संस्कार जवाब देता भी तो क्या? सवाल था भी इतना अप्रत्याशित। अगर कुछ कहता भी तो अपने मुँह से निकले शब्दों से किसकी छवि धूमिल करता और किसको पहुँचाता सुकून। यही सोचते-सोचते बिना कुछ कहे घर लौट आया था संस्कार। मन-ही-मन इस बात को तोलता कि दूसरों की प्यास को अपनी प्यास से कम न आँकनेवाला शख़्स अवांछित कैसे हो सकता है...

पिता तो तैयार ही रहते हैं। स्थिति चाहे कैसी भी हो। पर संस्कार को तैयार

होना है अभी। जब से यहाँ आया है इसी तैयारी में तो लगा है वह। इस बार फ़ासला भी तो अलंघ्य प्रतीत हो रहा है। क्या उसके पास कोई ऐसी छलाँग है जो पिता में जन्मजात है?

संस्कार तो पहले ही बाहर आ खड़ा हुआ था। दो कमरों के आगे बिछे बरामदे में। यही सोचते कि पिता कमरे से निकलने में जितनी देर लगाएँगे उसे उतना ही वक़्त मिलेगा मानसिक तैयारी के लिए। जैसे एक-एक पल बेशकीमती हो उसके लिए। न जाने कौन-से पल में छिपा हो तैयारी मुकम्मल होने का चिरप्रतीक्षित सन्देश।

आख़िरकार पिता प्रकट हुए।

"चलो।" उन्होंने तटस्थ भाव से कहा और सीढ़ियों की ओर बढ़ गए। आठ-दस क़दम का फ़ासला तय करते हुए एक बार भी पीछे मुड़कर नहीं देखा।

अगर पिता कहते—"चलें?" तो पीछे मुड़कर भी देखते। पर पिता हैं कि अनिश्चितता के लिए लेशमात्र भी गुंजाइश नहीं छोड़ते। तैयारी इस क़दर मुकम्मल होती है उनके भीतर।

संस्कार अनमना-सा पिता के पीछे हो लिया। उनके 'चलो' में अपना चलना टटोलता। यह सोचते-सोचते कि अब मुठभेड़ के अलावा और कोई पर्याय नहीं है। मुठभेड़ भी उस डर से जिसकी परछाईं तक न हो। जब नहीं होता है कोई पर्याय। पर्याय का तिनका तक नहीं। तब शायद डर से भिड़ना आसान हो जाता है। ऐसा डर जिसकी जड़ों को कई बार हम बहुत गहरी मानते हैं। जबकि असल में होती हैं वे उथली। कभी-कभी तो हवा में।

पिता के साथ संस्कार भी प्रिंसिपल के दफ़्तर में। परिचय और दाख़िले की औपचारिकताओं के बाद प्रिंसिपल ने घंटी बजाई। घंटी की आवाज़ सुनते ही चपरासी हाज़िर। अपना सिर खुजाते हुए। शायद इस उबाऊ काम से बेज़ार। बरसों से कुछ नया, मज़ेदार घटित होने की प्रतीक्षा में। प्रिंसिपल ने उसे कुछ हिदायतें दीं। बीच-बीच में सिर हिलाकर वह कामचोर न होने का सुबूत देता रहा। जैसे सिर हिलाना अपनी नस-नस में समा चुकी ऊब को भगाने की एक नाकाम कोशिश कर रहा हो।

हिदायतों पर पूर्ण विराम लगते ही चपरासी फ़ौरन दफ़्तर से बाहर निकल लिया। पिता और पुत्र को अपने साथ आने का इशारा करते हुए।

दोनों को क्लास-टीचर के हवाले कर चपरासी लौट गया। उसी घंटी के पास

जो अब दफ़्तर के दरवाज़े पर न होकर उसके दिमाग़ में लगी हुई थी। जिसकी आवाज़ अब उसके काम ही नहीं बल्कि पूरा वजूद सुनता था। जैसे उसके वजूद के केन्द्र में गड़ी हो घंटी।

क्लास से थोड़ा हटकर पिता क्लास-टीचर से बतियाए। फिर सन्तुष्ट होकर चले गए। संस्कार को अजनबीयत के केन्द्र में अकेला छोड़कर।

क्लास में मौजूद सभी चेहरे मानो आसमान में टिमटिमाते सितारे थे उसके लिए। उसकी पहुँच से बहुत-बहुत दूर। जिन्हें वह देख तो सकता था पर छू नहीं सकता था। चेहरे तस्वीर की तरह एकदम चुप। पर आँखें बोलती हुईं। उनमें तिरस्कार नहीं था तो स्वीकार भी नहीं। पर कुछ-न-कुछ था ज़रूर। जिसे पढ़ पाना संस्कार के बूते की बात नहीं थी। फ़िलहाल। उसकी निगाह एक से दूसरे, दूसरे से तीसरे चेहरे पर से फिसलती-फिसलती लड़कियों की क़तार में सबसे पहले नम्बर पर बैठी लड़की के चेहरे पर अटक गई। अटकी रही। जब तक उस लड़की की आँखों में तिर आई स्निग्ध मुस्कान ने संस्कार के भीतर गाढ़े हो चुके डर को पिघलाना शुरू नहीं कर दिया।

नए माहौल में संस्कार का यह पहला क़दम था। पाँव तले की ज़मीन ठोस है या रेतीली यह संशय अब जैसे पीछे छूटता जा रहा था। पैरों पर डर की मज़बूत पकड़ ढीली। जहाँ वह होकर भी नहीं था। वहाँ होने के अहसास के एक झोंके से तरोताज़ा-सा होता।

एल आकार में स्कूल की इमारत। उसके सामने बिछा अच्छा-ख़ासा मैदान। घास से कम, धूल से ज़्यादा अटा।

मैदान में डटी हुई थीं तीन कक्षाएँ। एक दूसरी से ज़्यादा दूर न होते हुए भी एक दूसरी से असम्पृक्त। कक्षाओं में अध्यापक रटे-रटाए सबक़ पढ़ाते हुए। बासी पड़ चुकी मुद्राओं में छौंक लगाकर शुरुआती दौर के विलुप्त स्वाद को अभी भी जीभ से टटोलते। उनकी इन मुद्राओं में कुछ तलाशने की कोशिश में अपने सिर खुजलाते, जमुहाइयाँ लेते अधिकांश छात्र।

यह मध्य अप्रैल का एक दिन था। गर्मियों की नज़दीक से नज़दीकतर होती आहट पर कान लगाए। धूप ने अभी देह को निचोड़ना शुरू नहीं किया था। भूले-भटके हवा के झोंकों में बची-खुची ठंड की खुनकी हवा के गर्म झोंकों को रह-रहकर बेअसर करती। लेकिन बाहर की चहल-पहल अथवा सब कुछ समेट

पिछले कुछ महीनों से सूने पड़े स्कूल के कमरों को आबाद करने की तैयारी में ज़रूर जुट गई थी।

तीन क़तारों में बैठे थे क्लास-टीचर राम सहाय की कक्षा के छात्र। दो में लड़के। और एक क़तार लड़कियों की। क़तारें न बहुत लम्बी थीं, न बहुत छोटी। बस इतनी कि मास्टर राम सहाय जैसी काया से निकलनेवाली आवाज़ हर छात्र तक पहुँच सके।

"ज़रा उधर सरको।" मास्टर राम सहाय ने पहली क़तार में, पहले नम्बर पर आसीन थुलथुल-सी देहवाले लड़के से धीमी आवाज़ में कहा। आवाज़ धीमी ज़रूर थी पर ऐसी क़तई नहीं कि उसकी अवहेलना की जा सके।

लड़का अपनी जगह बैठे-बैठे कसमसाया। जैसे उसके अहं को ठेस पहुँची हो। सामने रखे अपने बस्ते पर उसके हाथ पत्थर की सिल की तरह जम गए। उसने संस्कार की ओर ऐसे देखा जैसे—किस खेत की मूली है यह। और फिर मास्टर राम सहाय की ओर—ऐसी हिमाकत।

राम सहाय की जमाने को परख चुकी आँखों से छिपा नहीं रहा उस लड़के का 'देखना'।

"सुना नहीं तुमने?" एकदम कृशकाय और निरीह-से दिखनेवाले मास्टर राम सहाय फट पड़े। कुछ पल तक असमय उभर आईं उनके चेहरे की झुर्रियाँ पानी पर काँपती परछाइयों की तरह बेतरह काँपती रहीं।

लड़के के अहं की शायद एक-आध गाँठ ढीली पड़ गई थी। बस्ता उठाकर वह थोड़ा-सा सरक गया। सिर्फ़ इतना कि संस्कार वहाँ मुश्किल से उकड़ूँ बैठ पाता।

मास्टर राम सहाय की नज़रें लड़के पर गड़ी हुई थीं।

"अपनी इस ज़रूरत से ज़्यादा खाती-पीती देह को थोड़ा और कष्ट दो। वरना...।"

मास्टर राम सहाय ने शब्दों को चबाते हुए कहा और हाथ में पकड़ी हुई पतली छड़ी हवा में लहराई।

लड़का शायद भली-भाँति जानता था कि यह कोरी धमकी नहीं है। छड़ी का कमाल शायद वह पहले भी देख चुका होगा। सबके सामने पिटकर उपहास का पात्र बनने से कहीं बेहतर होगा सही वक़्त और सही मौक़े का इन्तज़ार।

यही सोचते हुए लड़के ने बस्ता उठाया और पाँव पटकते हुए क़तार में बैठे

अन्तिम छात्र से भी थोड़ा हटकर जा बैठा। इस यक़ीन के साथ कि मास्टर राम सहाय भी उसे पहले से आख़िरी नम्बर पर बिठाने का ख़तरा मोल नहीं ले सकते। पर ऐसा कुछ भी नहीं हुआ। उन्होंने दुबारा उस थुलथुल देहवाले लड़के की तरफ़ पलटकर भी नहीं देखा।

"आज से तुम यहीं बैठोगे।"

मास्टर राम सहाय ने अभी-अभी ख़ाली हुई जगह की ओर संकेत करते हुए संस्कार से कहा। निर्णायक स्वर में।

उनके तेवर देखकर संस्कार चुपचाप उस जगह जाकर बैठ गया। यह सोचते हुए कि पता नहीं मास्टर जी उसे वहीं क्यों बिठाना चाहते होंगे। जबकि वे जहाँ भी चाहते वह बिना हील-हुज्जत जाकर बैठ जाता। उस लड़के के लिए यह प्रतिष्ठा की बात हो सकती है। उसके लिए तो क़तई नहीं।

तीन

मुख्य सड़क से अन्दर की ओर फूटती एक गली। गली के दोनों तरफ़ पच्चीस-तीस कच्चे-पक्के समय की मार झेल चुके मकानों को पार करके था एक दोमंज़िला मकान। अपेक्षतया नया। इसी मकान की ऊपरी मंज़िल पर थी अभी-अभी इस क़स्बे में आए इस परिवार की रिहायश। दो बड़े-बड़े कमरे। और एक रसोईघर। कमरों के सामने आठ-दस चारपाइयाँ बिछाने जितनी खुली जगह। पाँच जन की गृहस्थी के लिए करीने से रखा निहायत ज़रूरी सामान। फ़ालतू की एक भी चीज़ नहीं।

इधर-उधर दूर तक कोई दोमंज़िला मकान नहीं था। छत से दिखते बस्ती के बेतरतीबी से बने अन्य मकान दो या तीन कमरों तक सिमटे हुए। इन मकानों के मालिक शायद ऊपर उठने के प्रति उदासीन और विस्तार की इच्छाशक्ति से ख़ाली अपने तक सीमित रहने के रवैये के ग़ुलाम प्रतीत होते थे। जैसे यह कोई अपने में धँसे हुए लोगों की बस्ती हो।

ऐसे में ऊपर की मंज़िल में रहने का अनुभव ही कुछ अलग होता है। किसी 'वांटेज प्वाइंट' से ऐसा कुछ देख पाने जैसा जिसे अगर न देख पाते तो न केवल उसके मायनों से वंचित रह जाते बल्कि जीवन में आगे की ओर उठा हुआ क़दम भी हवा में ही लटका रह जाता।

शुरू-शुरू में हर रोज़ सुबह एक स्त्री-स्वर संस्कार को चौंकाता—'सरवण दी माँ लस्सी घिण बंज।'

दरअसल उनके आँगन की चहारदीवारी के उस पार से एक स्त्री उनकी मकान मालकिन को लस्सी ले जाने के लिए आवाज़ देती थी। उस स्त्री की आवाज़ ही सुन पाता था संस्कार। चेहरा नहीं देख पाता था। क्योंकि लस्सी से भरा बर्तन पकड़ाते वक़्त उसका चेहरा घूँघट की ओट रहता। उसकी आवाज़ में एक अजीब-सी तल्ख़ी भरी बेचैनी बसी रहती। जैसे कोई अपनी नाराज़गी को जबरन ज़ब्त करने के लिए अभिशप्त हो।

इस दोमंज़िला मकान के एकदम बग़ल में था दूसरा मकान। बीच में मुश्किल से दो-तीन फुट चौड़ी गली। बस्ती के और-और मकानों की ओर जाती अपेक्षतया चौड़ी गली से छिटककर इस दोमंज़िला मकान की ड्योढ़ी पर समाप्त।

तीन तरफ़ से दीवारों से घिरे इस दूसरे मकान के अन्दर था एक बेहड़ा। चौथी तरफ़ एक सीध में दो कमरे। और कमरों से सटा रसोईघर। इसी मकान में आबाद थी एक नर्स। और उसी के अस्पताल में चपरासी के पद पर कार्यरत उसका पति।

और हाँ। उनकी एकमात्र औलाद। उनकी बेटी जिसकी आँखों में स्निग्ध मुस्कान देखी थी संस्कार ने।

दोनों का आपस में परिचय बड़े ही दिलचस्प तरीक़े से हुआ। लेकिन असल में यह परिचय उनके मर्मस्थल में अब तक ख़ामोश एक ऐसे राग से उनका साक्षात् करवानेवाला था जिससे वे पूरी तरह अनभिज्ञ थे। किसी पूर्वाभास की सम्भावना एक दीगर बात है।

संस्कार जिस दिन स्कूल में भर्ती हुआ उस दिन के बाद दोनों घर से आगे-पीछे स्कूल के लिए निकलते। और छुट्टी के बाद स्कूल से घर के लिए भी।

इन्दिरा अक्सर उससे आगे रहती। कभी-कभी वह अपनी चाल धीमी कर देती। और कभी-कभी रुककर, अपना बस्ता खोल, उसमें कुछ ढूँढ़ने लगती। ऐसा दिखाती जैसे कोई किताब, कॉपी या पेन घर पर भूल आई हो।

दोनों के बीच यह खेल कुछ दिन चलता रहा।

किन्हीं-किन्हीं दो व्यक्तियों के भीतर कुछ-न-कुछ ज़रूर होता है। दोनों के बीच भौगोलिक दूरियाँ भले ही कितनी भी कम या ज़्यादा हों। यही कुछ या बहुत कुछ उनके बीच एक पुल बन जाता है ज्यों ही वे एक-दूसरे की पहुँच के दायरे में दाख़िल होते हैं। उस पल यह पुल बेशक बाह्य दृष्टि से ओझल हो लेकिन उनकी अन्तर्दृष्टि उसे चिह्नित कर ही लेती है। इसी पुल से होकर वे एक-दूसरे की दुनिया में उतरते हैं। फिर धीरे-धीरे यही कुछ बहुत कुछ में खुलता-खिलता चला जाता है। ज्यों-ज्यों परिचय सिर्फ़ परिचय तक सीमित न रहकर आत्मीयता में परिणत होता जाता है और आत्मीयता...

शुरू के दो-तीन दिन तो संस्कार को इसमें कुछ अजीब नहीं लगा। लेकिन जब यह होता ही रहा तो उसे खटका हुआ। उसे लगा, यह लड़की जानबूझकर रही है ऐसा। क्यों करती है, इसका कुछ-कुछ भान होने लगा था उसे। यह मात्र एक खेल नहीं, दुविधा है। लड़की के भीतर पाँव पसारती। शायद यह कि पहल कौन करे और कैसे। लेकिन यह दुविधा उसकी भी तो हो सकती है—संस्कार को अचानक लगने लगा। जिसे नज़रअन्दाज़ कर रहा हो वह? और वह अपने भीतर इसलिए न झाँकना चाहता हो कि वहाँ कुछ ऐसा न दिख जाए जिसे यह लड़की छूना तो दूर, देखना भी गवारा न करे।

तिस पर अभी तो दोनों परस्पर अजनबी हैं। सिर्फ़ एक-दूसरे को दूर से देखा भर है। वह भी सरसरी निगाहों से। यानी एक-दूसरे की सूरत से अजनबी। सीरत से भी।

फिर यह असमंजस क्यों?

आख़िरकार इस असमंजस की धुन्ध को चीरकर वह चिर-प्रतीक्षित पल प्रकट हुआ। दोनों के बीच। अपनी समूची आभा के साथ।

अभी तक दुविधा के बीच हिचकोले खाते उस दिन की लगाम लड़की ने अपने हाथों में थाम ली।

स्कूल जाने के लिए अपने घर की ड्योढ़ी पार कर संस्कार ज्यों ही आगे बढ़ा, लड़की के घर के दरवाज़े से कुछ क़दम आगे, दरवाज़ा एकाएक खुला और लड़की लपककर उसके आगे आ खड़ी हुई।

संस्कार ने अचकचाकर उसकी ओर देखा। लड़की की निगाहें संस्कार के चेहरे पर गड़ी हुईं। उन आँखों में नहीं थी लेशमात्र भी झिझक। जिसे वह लड़की

की दुविधा समझ रहा था वह तो निकला लड़की का निश्चय। ख़ुद को हर कसौटी पर परख लेने के बाद उपजा निश्चय। मानो कुछ भी कर गुज़रने को तत्पर।

थोड़ी दूर तक उनके बीच ख़ामोशी छाई रही। अकारण नहीं थी यह ख़ामोशी। लड़की उसे उसकी अचकचाहट से उबरने के लिए समय दे रही है, इतना तो संस्कार ने भाँप लिया था।

ज्यों ही दोनों कच्चा रास्ता पार कर पक्की सड़क पर पहुँचे, लड़की ने कहा, "रुको ज़रा।"

पहली बार सुनी थी संस्कार ने लड़की की आवाज़। इतने निकट से। दृढ़ होते हुए भी आत्मीयता से लबरेज। जैसे वह लम्बे अरसे बाद अपने किसी आत्मीय से सम्बोधित हो।

किसी-किसी को पहली बार सुनना ही ले जाता है उससे दूर। बहुत दूर। देह से ही नहीं मन से भी दूर। भले ही वह खड़ा हो बग़ल में। और किसी को असीम दूरी से भी खींचकर ला खड़ा करता है बग़ल में। बग़ल में ही नहीं। भीतर भी। और फिर पहली मुलाक़ात में ही बाह्य आँखों से भी दिखने लगता है अपरिचय की खाई पर बना वह पुल।

इस बात का गहरा ताल्लुक़ होता है इस अव्याख्येय अहसास से कि हम 'वहाँ न होकर' भी हमेशा से 'वहाँ हैं' और सम्भवत: 'रहेंगे' भी। अपने 'होने' की जड़ों को और-और गहरा, मज़बूत करते। देह से अगर न भी हों तो अपनी चेतना में।

संस्कार से लिपटती। आविष्ट करती यह आवाज़। अवश करती नहीं। उसे सहलाती। थपथपाती। कोमल स्पर्श को आत्मसात् करने के लिए प्रेरित करती। पूरेपन के साथ आमंत्रण देती कि, आओ और मेरे कहे हुए के हर भाव, हर अर्थ में शरीक होकर कृतार्थ करो मुझे। किसी अतिथि की तरह नहीं। द्वार पर खड़े किसी संत-फ़क़ीर की तरह। जो माँगता है सिर्फ़ उतना ताकि जीवन न बुझे। देता है कुछ ऐसा जिससे धरती जैसा हो सके जीवन। जिसके माँगने में निहित रहता है देना। और जो माँगकर तो कृतार्थ होता ही है देकर तो निहाल।

"हम दोनों एक ही स्कूल में पढ़ते हैं न?" लड़की ने पूछा। एकदम सामान्य-सा सवाल था यह। लेकिन लड़की ने जिस तरह से पूछा उसे पूछना नहीं थाहना कहते हैं। अपनी थाह से दूसरे की थाह में झाँकना। अपनी रूह में बसे राग को गाना। आज तक चुप राग को।

जवाब देने के बजाय संस्कार उसे अवाक् ताकता रहा। निर्निमेष। देखता रहा अब तक अदेखे को। अघटित को घटित होते।

"बोलो न।" राग धीरे-धीरे उठान लेने लगा था।

"हाँ-आँ-आँ।"

संस्कार के विस्मय से निकलकर बिछती चली गई उसकी खिंचती हुई 'हाँ'।

"एक ही क्लास में?"

"हाँ।"

इस बार संस्कार के भीतर कहीं धरी हुई यह भरी-पूरी 'हाँ' एक फूल की तरह उछलकर जा समाई फ़क़ीर की झोली में।

"और हमारे घर भी अग़ल-बग़ल हैं। हैं न?" राग अब अपनी पूरी उठान पर था।

"हाँ।"

असहमति की लेशमात्र भी गुंजाइश छोड़ी ही कहाँ थी लड़की ने। इसलिए इस 'हाँ' का कोई और विकल्प था ही कहाँ उसके पास।

"तो फिर हम साथ-साथ क्यों नहीं चल सकते?" राग अपने उत्कर्ष पर था।

कहने को तो लड़की यह भी कह सकती थी—"तो फिर हम साथ-साथ स्कूल नहीं जा सकते?" लेकिन 'स्कूल' शब्द का इस्तेमाल उसने नहीं किया। क्योंकि निश्चय ही वह सम्भावनाओं के लिए हर रोशनदान, हर खिड़की, हर द्वार खुला रखना चाहती थी।

कुछ इस तरह बो दिए थे लड़की ने। पहली ही मुलाक़ात में। आगे होनेवाली मुलाक़ातों के बीज। वह भी इतनी सरलता से कि संस्कार के लिए यह किसी अजूबे से कम नहीं था।

एक सवाल के भीतर से उगता दूसरा सवाल। जैसे इन सवालों का क्रम दिमाग़ से नहीं लड़की की आन्तरिक लय ने तय किया हो। जो अपनी लय को दूसरे की लय के निकट से निकटतर ले जाने के लिए कटिबद्ध हो। जब तक कि दोनों की लय एक-दूसरे की पूरक न बन जाए।

आख़िरी सवाल का उत्तर संस्कार के भीतर दुबका बैठा था कहीं। उसकी दृष्टि से ओझल। जवाब देने से पहले उसे वहाँ से निकालना होगा। निकालकर उलट-पलटकर देखना होगा। उसमें कहीं कुछ अप्रिय तो नहीं है? जिसका स्पर्श पाते ही लड़की की लय फिर से मूक हो जाए? शायद हमेशा के लिए?

"स्कूल के लिए देर हो रही है।" यह कहकर लड़की ने संस्कार को फ़िलहाल छूट दे दी थी। अपने उत्तर के मर्म तक पहुँचने की।

चार

अगला दिन। स्कूल जाने का समय। संस्कार ने जानबूझकर टाल दिया था समय पर स्कूल जाना। देर से पहुँचने पर मास्टर राम सहाय की छड़ी बरसने का ख़तरा मोल लेकर भी।

संस्कार ने ऊपर की मंज़िल से लड़की के बेहड़े में नज़रें दौड़ाईं। उसकी परछाईं तक नहीं दिखी कहीं।

तो लड़की जा चुकी है। अब निकल लेना चाहिए—संस्कार ने सोचा।

स्कूल की घंटी बजने में सिर्फ़ पाँच मिनट रह गए थे। स्कूल पहुँचने में लगते थे बीस मिनट। यानी वह दौड़ता हुआ भी जाए तो भी देर से ही पहुँचेगा।

देर तो हो ही चुकी थी। थोड़ी और सही। देरी से जाने का उसका मक़सद पूरा होता दिख रहा था। वह इत्मीनान से सीढ़ियाँ उतरा। ड्योढ़ी पार की। गली में खुलनेवाले लड़की के घर के दरवाज़े की ओर देखा। दरवाज़ा बन्द नहीं, उढ़का हुआ था। और संस्कार बेफ़िक्र।

उसने अभी उस दरवाज़े के आगे क़दम बढ़ाया ही था कि एकाएक दरवाज़ा खुला और लड़की उसके सामने। वह ठगा-सा रह गया। आगे बढ़ने के लिए उठा हुआ पाँव हवा में। विस्फारित नेत्रों से कभी लड़की तो कभी दरवाज़े को ताकता।

कैसे हो सकता है यह? उसके पूरे चौकन्नेपन के बावजूद आख़िर लड़की कहाँ से प्रकट हो गई? क्या लड़की के पास ऐसी कोई सिद्धि है जिसके बल पर वह जब चाहे अदृश्य हो जाए और जब चाहे प्रकट? संस्कार का मक़सद तो धरा का धरा ही रह गया था।

"बाइ द वे, मेरा नाम इन्दिरा है। और तुम्हारा?"

इन्दिरा ने सहज भाव से कहा। संशय का कोई प्रच्छन्न संकेत तक नहीं था उसके कहने में।

एक तो संस्कार के चेहरे पर चहलक़दमी करती चालाकी पकड़े जाने की शर्मिन्दगी। तिस पर इन्दिरा की सहजता। जैसे कुछ हुआ ही न हो। जैसे पिछले कल और आज के बीच बीतकर भी अबीता रह गया हो सब कुछ। शायद इसलिए भी कि पिछले कल के प्रसंग में उसका बेझिझक लौटना संस्कार की सहजता को एक खुला निमंत्रण था।

संस्कार की ओर से मौन को खिंचता देख बोली, "क्या है कि दूसरे के ज़रिये से हम एक-दूसरे का नाम तो जान सकते हैं, पर नाम परिचय नहीं होता किसी व्यक्ति का। व्यक्ति को जानने के लिए उसके साथ कुछ फ़ासला तय करना ज़रूरी होता है।"

"संस्कार।" उसके मुँह से उछला जैसे वह अपना नहीं किसी परिचित का नाम बता रहा हो।

दोनों ने अभी तक सचमुच ही नहीं जाना था एक-दूसरे का नाम। एक-दूसरे की ज़ुबान से। भले ही सुना था क्लास-टीचर द्वारा हाज़िरी लेते वक़्त।

क़ायदे से तो पहली मुलाक़ात में ही होनी चाहिए थी परिचय की शुरुआत। पर हुई किसी अलग तरह से। शायद इसलिए भी कि औपचारिक परिचय से अनौपचारिक परिचय की तड़प बहुत गहरी रही होगी इन्दिरा के भीतर। जिसे दिखाना नहीं चाहती थी बल्कि ठोस से तरल होते देखना चाहती थी वह। ताकि उससे टकराकर कहीं खरोंच तक न आए उसे जिसके सान्निध्य में बरसों की प्रतीक्षा के बाद आन खड़ी हुई है वह।

इन्दिरा को लेकर कितने सारे भावों का घाल-मेल चल रहा था संस्कार के भीतर भी। कितना कुछ उमड़-घुमड़ रहा था पहली बार किसी के प्रति। उसकी सोच किसी एक भाव पर टिकने को ही होती कि तब तक दूसरा भाव उस पर हावी हो जाता।

"संस्कार जी, अब तक तो मंथन हो गया होगा?" इन्दिरा के कहने में अधीरता दूर-पार तक नहीं थी। था तो यह विश्वास कि जवाब तो आएगा ही आएगा। कुछ देर भले ही लगे।

इन्दिरा के शब्द। शब्द नहीं उनमें से झाँकती उसकी तड़प, उसका यक़ीन

अभी तक टँगे हुए थे हवा में। उसकी गंध पहुँच रही थी संस्कार तक। गंध से बेचैनी होनी चाहिए थी उसे। ख़ासकर अपनी मन:स्थिति को देखते हुए तो ज़रूर। पर हुई नहीं। अलबत्ता जो जवाब ठकठका रहा था उसकी चेतना को उस पर अपना ही भरोसा कमज़ोर था। ऐसे ही भरोसे से एक अस्थिर झोंके की तरह निकला जवाब।

"मुझे क्या एतराज़ हो सकता है?" यह जवाब उसने इन्दिरा के मूल प्रश्न—व्यक्ति को जानने के लिए उसके साथ कुछ फ़ासला तय करना ज़रूरी होता है—का दिया था। संस्कार को अपनी ही आवाज़ परायी-सी लगी थी। एकदम ठस्स-सी भी। जैसे हवा निकल जाने के बाद गुब्बारा। उसे लगा यह उसका जवाब नहीं है। बल्कि दबाव तले चरमराते उसके भरोसे की चीत्कार है।

इन्दिरा ने शायद सूँघ लिया था जवाब का भरा हुआ होना भी जब तलक वह हलक से नीचे था। और हवा में लटके हुए उसके यक़ीन से टकराकर पिचकना भी।

"यानी एतराज़ हो भी सकता है।" इन्दिरा ने सन्देह प्रकट नहीं किया था। बल्कि ऐसे कहा जैसे वह किसी ऐसी जगह खड़ी हो जहाँ से सब कुछ साफ़-साफ़ दिखाई देता है। काँच का वह अदृश्य दरवाज़ा भी। जिसके आर-पार खड़े थे दोनों।

"नहीं। ऐसा तो कुछ नहीं है।" संस्कार ने सफ़ाई देने की एक बेमानी-सी कोशिश की।

"अपना चेहरा साफ़-साफ़ देखना हो तो आईने पर जमी धूल को साफ़ कर लेने में कोई हर्ज़ नहीं होता।" इन्दिरा ने कहा। और हवा में ऐसे हाथ चलाने लगी जैसे उसमें मँडराती किसी अनचाही चीज़ को भगाना चाहती हो।

संस्कार के घर का माहौल खुला-खुला था। ऐसी वर्जनाओं से लगभग मुक्त जो किसी व्यक्ति के नैसर्गिक विकास में बाधक होती हैं। हर सदस्य को इतना स्पेस हासिल कि वह उसमें आसानी से साँस ले सके। इसलिए उम्र की दुहाई देने के बजाय इस उम्र में जितनी आज़ादी व्यक्ति के सर्वांगीण विकास के लिए एकदम जायज़ होती है, उतनी देने में कोई परहेज़ नहीं।

पिता तो कभी टोकते ही नहीं थे। न बेटे को न बेटियों को। इसकी वजह शायद यह थी कि पिता नौकरी की व्यस्तताओं के चलते उतना वक़्त रह ही कहाँ पाते थे। परिवार के साथ। परिवार के बीच। या फिर यह कि बच्चे आत्मनिर्भर होना ख़ुद सीखें और अपना रास्ता ख़ुद चुनें। या फिर उनका अपने बच्चों की

क्षमताओं पर भरोसा इस क़दर अडोल कि कभी ज़रूरत ही महसूस नहीं होती होगी। कुछ कहने-सुनने की।

सांसारिक नज़रिये से भी पिता 'सोशल' तो थे ही नहीं। न किसी के यहाँ जाना। न किसी को अपने यहाँ बुलाना।

पिता से थोड़ा अलग स्वभाव था माँ का। मितभाषी तो थीं। पर पिता जितनी नहीं। बच्चों के प्रति माँ का रवैया भी उदार। हालाँकि बेटियों के प्रति थोड़ी ज़्यादा सतर्क। कुछ मामलों में छूट देते वक़्त थोड़ा कंजूसी से काम लेतीं।

बेटे से कभी-कभार कह देतीं—"तुम अब बड़े हो रहे हो। और घर के दूसरे मर्द भी हो। घर अगर एक मन्दिर है तो मर्द को उसमें किसी देवता की मूर्ति जैसा नहीं होना चाहिए।" या ऐसा ही कुछ और।

माँ ने ऐसा कुछ-न-कुछ कहना तब शुरू किया जब उन्हें लगा कि बेटा इतना बड़ा ज़रूर हो गया है कि अब उनका कहा बेटे के सिर के ऊपर से नहीं निकल जाएगा। गुज़रेगा तो उसके भीतर से होकर। भीतर से गुज़रेगा तो कुछ-न-कुछ जज़्ब भी ज़रूर होगा।

माँ जो भी कहतीं, बेटे से या बेटियों से, विशुद्ध रूढ़िवादी मानसिकता से नहीं। अपितु पुराने और नए के माकूल मिश्रण के बाद उनकी छलनी से छनकर जो आता, वही।

कम-से-कम संस्कार को तो ऐसा ही लगता। पिता के व्यवहार को लेकर कभी-कभी असमंजस में। माँ के बारे में अपेक्षतया बहुत कम असमंजस। और तसल्ली कहीं अधिक। वह इसके बारे में सोचता कि ऐसा क्यों है? लेकिन कोई नतीजा था कि अभी दूर की कौड़ी।

इसी अहसास के बीच से उगता-पलता और बढ़ता आया है संस्कार। उस रास्ते पर। जिसे चुना है इसी अहसास ने।

तो क्या अब इस रास्ते में जुड़नेवाला है एक और रास्ता? न जाने किन-किन हालात से गुज़रते-गुज़रते दो रास्तों के सन्धिस्थल पर आन खड़ा हुआ है यह नया रास्ता? कैसे-कैसे अहसास सँजोए। संस्कार की ओर अपलक ताकता।

और आज इस उधेड़बुन में है संस्कार।

यह भी सच है कि संस्कार कोई शरमालू क़िस्म का प्राणी नहीं था कि लड़कियों को देखते ही दुम दबाकर भाग खड़ा हो। उनके प्रति कोई वंशानुगत

दुराग्रह भी नहीं था उसके दिलो-दिमाग़ में। नर होने के नाते ख़ुद को श्रेष्ठ और मादा को अधम समझनेवाला तो क़तई नहीं। बस एक झिझक ज़रूर होती थी। जब कभी भी आमना-सामना होता किसी लड़की से। शुरू-शुरू में यह झिझक उसे दबोचे रखती। उसकी गिरफ़्त से छूटने के लिए वह बेतरह छटपटाता। इस तथ्य से अनभिज्ञ कि यह झिझक उसकी सहज प्रकृति का एक हिस्सा भी हो सकती है। हालाँकि वह धीरे-धीरे उसकी मज़बूत पकड़ से ख़ुद को मुक्त करने में काफ़ी हद तक क़ामयाब भी हो जाता। फिर भी उसे हर बार इस जद्दोजहद से गुज़रना ही पड़ता था।

पाँच

इस क़स्बे में आने से पहले संस्कार जिस गाँव में दो साल रहा वहाँ के स्कूल में भी सहशिक्षा ही थी। आज तक वह जिन-जिन स्कूलों में पढ़ा, एक-आध स्कूल को छोड़कर, बाक़ी सबमें सहशिक्षा ही थी। लड़कियों के साथ उठना-बैठना। एक साथ पढ़ाई करना। खेलना-कूदना। हँसी-ठिठोली। शरारतें। ऐसी शरारतें जो उनकी उम्र में ही हरी होती हैं। उम्र के उस पड़ाव को पार करने के बाद उम्र की डाल पर से ऐसी शरारतों के पत्ते भले ही सूखकर झर जाते हैं, तब उनकी जगह उग आते हैं एक नई क़िस्म के पत्ते। हालाँकि जीवन में कभी-कभार पतझड़ का मौसम भी आता है। उसकी अवधि कभी छोटी तो कभी लम्बी होती है। लेकिन गुज़र जाने के बाद उम्र की डाल फिर-फिर हरियाती है। यह सिलसिला बरक़रार रहता है ताउम्र।

उस गाँव के स्कूल में सन्तोष और शकुन्तला भी संस्कार की सहपाठिन थीं। उनके साथ परिचय भी अनौपचारिक तरीक़े से हुआ था। वह भी एक चुहल से।

एक-आध दिन तो दोनों लड़कियों की निगाहें संस्कार को टोहती रहीं। उन निगाहों से बचने की कोशिश में वह झेंपता रहा।

दूसरे दिन स्कूल से छुट्टी होते ही लड़कियाँ संस्कार की अग़ल-बग़ल आन

खड़ी हुईं। और संस्कार लगा था बगलें झाँकने।

पहल हुई भी लड़कियों की ही तरफ़ से। अक्सर ऐसा ही होता है उसके साथ। सबसे पहले सन्तोष चहकी, "तुमने तो लड़कियों को भी मात दे दी। कल से घूँघट काढ़कर आया करो।"

और दोनों लड़कियाँ खुलकर हँस दी थीं। एक उजली, आकर्षक और भरी-पूरी हँसी। सन्तोष की हँसी शकुन्तला की हँसी से कुछ ज़्यादा ही बुलंद।

ये चहक और हँसी कुछ देर तक संस्कार के इर्द-गिर्द ही नहीं, भीतर भी अपनी छटा बिखेरती रही।

"भई, हमसे अब और इन्तज़ार नहीं होता। हमें तो एक दोस्त नज़र आ गया है तुममें। इसलिए हम दोनों इसी पल से दोस्ती के लिए हाज़िर हैं। तुम्हें हममें वह दोस्त नज़र आए तो भी, न आए तो भी।" बात सन्तोष ने ही आगे बढ़ाई थी।

इतना काफ़ी था संस्कार को झिझक के उस कुंड से बाहर निकाल लाने के लिए। ऐसी साफ़गोई के सामने भला उसकी झिझक की क्या बिसात। वैसे भी उसे एक पल के लिए भी नहीं लगा कि लड़कियाँ उसकी इस झिझक पर व्यंग्य कर रही हैं या उपहास उड़ा रही हैं। और अपनी झिझक के साथ उसकी लड़ाई खिंचने से पहले ही वह सिकुड़कर जा समाई थी उस स्रोत में जहाँ से ऐसे मौक़ों पर सिर उठाती थी।

सन्तोष बेटी थी फत्तू हलवाई की। गाँव के बाज़ार में घुसते ही दाईं ओर की पहली दुकान थी उनकी।

संस्कार के यहाँ हर सुबह दूध इसी दुकान से आता था। गाहे-बगाहे मिठाइयाँ तो आती ही रहती थीं। दूध लाने की ज़िम्मेदारी थी संस्कार के हवाले।

सन्तोष का पिता एक रहमदिल, नेक और निहायत सीधा-सादा इनसान था। ज़्यादातर अपने काम से काम रखनेवाला। उसके व्यवहार से भी यही ज़ाहिर होता था। अक्सर कहता था, "चंगा बोलो ते चंगा तोलो।" कोई रोग नहीं था उसको। फिर भी शरीर चालीस-बयालीस की उम्र में ही सूख गया था। मानो उसके तन-मन से कोई पोषक तत्त्वों को सुखाता रहता हो।

"अपनी सेहत का भी ध्यान रखा कीजिए। काम अपनी जगह है। और सेहत अपनी जगह।" एक बार संस्कार ने कह ही दिया था।

"सेहत चंगी रहंदी हैगी चंगा खाण नाल। खिलाण-पिलाण वाले हत्थ ही चंगे

न होण तां सेहत किदां चंगी रवेगी।" उसका जवाब था।

बहुत बातूनी थी सन्तोष। शोख और हँसमुख भी। एक खुली किताब की तरह। पढ़ने में बेशक आसान लगती थी। लेकिन समझ की हथेली में आने से पहले फिसल-फिसल जाती थी। तो भी अपनी चंचलता से बाँधे रखने में माहिर। ज़िद्दी तो हद दर्जे की। एक बार कुछ ठान ले तो उसे हासिल किए बिना न चैन लेती, न लेने देती थी।

शकुन्तला एक किसान की बेटी थी। सन्तोष के मुक़ाबले बोलती कम थी। जब भी बोलती तो नपा-तुला। यह मितव्ययिता उसकी कोई मजबूरी न होकर समझदारी लगती। दबी-दबी सी हँसी हँसती। पर घुटी-घुटी नहीं होती यह हँसी। सगी-सगी लगती। क़द में सन्तोष से एक-दो इंच कम। छरहरी। रंग साँवलेपन की ओर झुका हुआ। पढ़ाई में बेशक सन्तोष से उन्नीस। लेकिन दुनियादारी की समझ सन्तोष से कहीं अधिक। सन्तोष की काया का रंग गेहुँआ। लेकिन पहली नज़र में गोरा-चिट्टा होने का भ्रम होता।

दोनों में पढ़ाई को लेकर रहती थी ज़बरदस्त होड़। अब तो संस्कार को भी जोड़ लिया था दोनों ने इस होड़ में। लेकिन यह एक स्वस्थ एवं नि:स्वार्थ स्पर्द्धा तक ही सीमित थी। एक-दूसरे को प्रेरित करने के संकल्प से लबालब। न कि शेखी बघारने या एक-दूसरे को नीचा दिखाने के लिए।

दोनों में इतने फ़र्क़ होते हुए भी एक चीज़ कॉमन थी उनमें। वह यह कि अपनी फीलिंग्स के प्रति सच्ची थीं दोनों। इसीलिए उन फीलिंग्स को बिना दबाए बड़ी सहजता से बेझिझक प्रकट कर लेती थीं। ऐसा करते वक़्त वे पूरा एहतियात बरततीं कि उनकी मुखरता से दूसरा आहत न हो। किसी भी फ़र्क़ को लेकर ईर्ष्या या द्वेष का भाव लेशमात्र को भी नहीं था एक-दूसरे के प्रति। इसीलिए उनकी दोस्ती में कोई खोट नहीं था। दोनों पर यह कहावत एकदम फिट बैठती थी—'मन चंगा तो कठौती में गंगा।'

सीखना इस पर निर्भर करता है कि जीवन में आपकी दिलचस्पी या कहें पैठ कितनी गहरी है या उथली है। और जीवन के प्रति आपका रुझान या रवैया किस कोटि का। इतना ही नहीं सीखे हुए को आप कितना और किस रूप में आत्मसात् कर हमेशा के लिए अर्जित कर लेते हैं या फिर इतना भर जैसे अधजल गगरी छलकत जाए। ताकि उसका बढ़ा-चढ़ाकर बखान कर सकें। और वाहवाही लूटने

के लिए अपना सिक्का लोगों के मन में जमा कर उन्हें भ्रमित कर सकें। फिर भ्रम के इस सिंहासन पर आरूढ़ होकर मौज़-मस्ती कर सकें।

एक ज्ञानी की तरह संस्कार को इन बातों का ज्ञान अभी भले ही न हो, आभास ज़रूर था। क्योंकि उसके भीतर सीखने की ललक बहुत तीव्र थी। इसीलिए उसकी लियाक़त ने दोनों लड़कियों में विद्यमान ख़ूबियों को देख-भाँप लिया था। ऐसे में वह उनकी दोस्ती के प्रस्ताव को भला क्योंकर ठुकराता। ख़ासकर उस झिझक की वजह से तो और भी जिसे उसने नहीं चुना था।

दसवीं की वार्षिक परीक्षा में कुछ अंकों का अन्तर था तीनों के बीच। परिणाम घोषित होते ही सन्तोष ने संस्कार और शकुन्तला से कहा था, "यह पेपर जाँचनेवालों की नाइंसाफ़ी है। हम तीनों को एक बराबर अंक देने चाहिए थे।"

उसके लहज़े से मायूसी साफ़ झलक रही थी। मायूसी ही नहीं उसकी आँखें भी नम हो आई थीं।

कोई तो ऐसी चीज़ थी जो तीनों को एक सूत्र में पिरोए थी। वह जो कुछ भी था पर दैहिक क़तई नहीं था। न देह से जुड़ी कोई उत्तेजना।

एक-दूसरे की दिनचर्या। एक-दूसरे की दुनिया में शरीक रहना। उस हद तक जिसमें सब कुछ जायज़ होता है। मासूम भी। बेदाग़ भी। उस सीमा को लाँघने का कोई संकेत तक नहीं था उनके बीच।

ऐसा कोई झूठ भी नहीं होता था जिसके लिए उन्हें शर्मिन्दा होना पड़े एक-दूसरे के सामने। औरों के सामने भी। अगर गाहे-बगाहे कोई झूठ होता भी तो बेहद मासूम। जीवन के ख़ज़ाने से छोटी-छोटी ख़ुशियाँ चुराने के लिए अनायास बोला गया झूठ। जिससे न अपना अहित होता है न दूसरों का। बल्कि कई बार तो दूसरों की खोई हुई मुस्कराहट भी लौटा लाता है ऐसा झूठ।

अधिकतर लोगों का जीवन सतही होता है और उथला भी। इसलिए दृष्टि भी सतही और उथली। जो देखना चाहिए उसकी अनदेखी करती। जो सुनना चाहिए उसे अनसुना करती। इसलिए ऐसे देखे-सुने से उपजी चर्चाएँ बेबुनियाद तो होती ही हैं। खोखली भी। और फुसफुसाहटों तक सीमित भी।

तीनों की दोस्ती भी ऐसी चर्चाओं से अछूती नहीं थी। ख़ासकर इसलिए भी कि इस दोस्ती में एक नर भी शामिल था। लेकिन ये चर्चाएँ स्कूल तक ही महदूद थीं। स्कूल तक ही नहीं सिर्फ़ कुछ निठल्ले छात्रों तक सीमित। जो आँखें होते हुए

भी अन्धे थे और कान होते हुए भी बहरे। इसलिए झूठ और सच के बीच फ़र्क़ कर पाने में हर तरह से असमर्थ।

उड़ते-उड़ते ये चर्चाएँ तीनों के कानों तक भी पहुँचीं। लेकिन उनके कानों तक ही रहीं। तीनों के बीच चर्चा का विषय कभी नहीं बनीं।

संस्कार की स्मृति में गाँव की वह शाम दर्ज होकर रह गई थी। तब वह ग्यारहवीं में था। और स्कूल में थीं गर्मियों की छुट्टियाँ। पिता दौरे पर। माँ पड़ोस में। बहनें खुली छत पर किसी खेल में मग्न।

सन्तोष और शकुन्तला अचानक आ धमकी थीं उसके घर। ऐसे ही धावा बोलती थीं दोनों। बिना किसी पूर्व सूचना के। और संस्कार हर बार भौचक रह जाता था।

संस्कार की माँ ही नहीं उसकी बहनों से भी गहरी छनने लगी थी दोनों की। किसी को भी अपना मुरीद बना लेने में माहिर थीं दोनों। चापलूसी से क़तई नहीं। अपनेपन की बूँद-बूँद के बजाय उसके वेगमय प्रवाह से।

संस्कार ख़ुद तो कभी-कभार ही जाता था सन्तोष के घर। वह भी उसके इसरार पर। जब भी जाता उसकी माँ वक्र और तीक्ष्ण निगाहों से घूरती रहती उसे। जब तक वह वहाँ रहता तब तक।

सन्तोष ने जल्द ही भाँप लिया था कि संस्कार क्यों टाल-मटोल करता है जब भी वह उसे अपने घर आने के लिए कहती। इसलिए संस्कार से कहा था उसने। कहा क्या, उसके मुँह से बरबस निकल गया था।

"तुम्हें ही नहीं मुझे और मेरे पिताजी को भी ऐसे ही घूरती है माँ। मानो हम दोनों जब घर से बाहर जाते हैं तो कोई गुनाह करने के लिए। घर लौटते हैं तो कोई गुनाह करके।"

इतने से ही शब्दों में सन्तोष ने बहुत कुछ बयान कर दिया था।

संस्कार को एक पल के लिए बेहद अजीब-सी लगी थी सन्तोष की यह किरच की तरह मर्म में धँस जानेवाली टिप्पणी। ख़ासकर इसलिए भी कि इस तरह की टिप्पणी करना उसके स्वभाव से क़तई मेल नहीं खाता था। संस्कार ऐसे ही जानता-समझता आया था उसे। उस पल तो उसे यही लगा कि यह कोई दूसरी ही सन्तोष खड़ी है उसके सामने जिसे जानना-समझना अभी बाक़ी है उसके लिए। अगर अपने किसी अन्य नज़दीकी के बारे में कही होती ऐसी बात तो वह उसे

'स्लिप ऑफ़ द टंग' मानकर नज़रअन्दाज़ भी कर देता। लेकिन अपनी माँ के बारे में? अपनी सौतेली नहीं, सगी माँ के बारे में?

दरअसल यह किरच सन्तोष के मर्म में ही धँसी हुई है। इस सच की ओर पीठ करना संस्कार कैसे गवारा कर सकता था। सन्तोष के भीतर किसी बाँध में अनजाने ही पड़नेवाली मामूली-सी दरार से रिस आई थी उसकी यह गुह्य घनीभूत पीड़ा।

शकुन्तला के घर तो कभी गया ही नहीं संस्कार। बस एक ही बार मुलाक़ात हुई थी उससे। शकुन्तला के घर से थोड़ी दूर एक खलिहान में। वह भी संयोगवश।

उस दिन शाम के वक़्त संस्कार अपने एक दोस्त के घर से लौट रहा था। उसका दोस्त गाँव के इसी हिस्से में रहता था। रास्ते में वह खलिहान पड़ता था। खलिहान में दिखाई दी थी उसे शकुन्तला। वह उससे 'हैलो' कहने के लिए उसके पास चला गया। उसे देखते ही शकुन्तला बेतरह घबरा गई।

'तुम्हें यहाँ नहीं आना चाहिए था'—यह शकुन्तला के मुँह से तो नहीं निकल पाया। लेकिन उसके चेहरे पर साफ़-साफ़ लिखा हुआ था, इसलिए पढ़ लिया संस्कार ने।

इससे पहले कि संस्कार कोई प्रतिक्रिया ज़ाहिर करता शकुन्तला उसे हड़बड़ी में लगभग धकियाती हुई खलिहान के बीचोबीच ले गई। सूखी घास के गट्ठरों से बने एक छोटे से पिरामिड के पास। उसने आनन-फानन तीन-चार घास के गट्ठर उठाकर एक ओर रखे और संस्कार को वहाँ जबरन बिठा दिया। फिर घास के गट्ठर उस पर कुछ इस तरह जमा दिए ताकि कोई उसे आसानी से देख न पाए।

तभी ठेठ देहाती पहरावे में पैंतालीस-छियालीस साल का एक मर्द शकुन्तला के पास आया।

"हल्ली हुणे तां गिया सी मैं इत्थों। कोई नी सिगा नेड़े-तेड़े। इन्नी देर च कौण मिल के चला गया तैनूं।" उस मर्द ने रोबीली आवाज़ में कहा।

घबराहट के मारे शकुन्तला की ज़ुबान ही जैसे हलक से नीचे उतर गई थी।

"दसदीं ऐं कि दवाँ इक।" और देखते-ही-देखते उस मर्द ने एक झन्नाटेदार चाँटा शकुन्तला के गाल पर रसीद कर दिया।

चाँटा इतना ज़ोरदार था कि शकुन्तला गिरते-गिरते बची।

"कोई नीं सिगा भापा जी।" साफ़-साफ़ लग रहा था कि वह झूठ नहीं बोलना चाह रही थी। झूठ फबता ही कहाँ था उसे।

"होणा बी नीं चाइदा।" मर्द ने क़रारी चेतावनी देते हुए कहा। वह मर्द कोई और नहीं शकुन्तला का बाप था—"मैं बाज़ार तक जा रिया हाँ। छेती-छेती घर जा। जाण वेले डंगरा लई घा दे अठ-दस गट्ठर लै के जाईं।" उसके बाप ने फ़रमान ज़ारी किया और बाज़ार जानेवाले रास्ते पर हो लिया।

कुछ पल बीते। फिर शकुन्तला उस पिरामिड के पास गई। संस्कार पर जमाए घास के गट्ठर उठाए। उसकी बाँह थामी। पकड़ थी काफ़ी मज़बूत। संस्कार को एक पल के लिए लगा कि अपनी बाँह छुड़ा ले। लेकिन उसने ऐसा किया नहीं था।

अँधेरा बेशक घिरने लगा था। पर आसमान एकदम नीला-झक्क था और उसमें चाँद भी था। अपनी चाँदनी से अँधेरे को बुहारता।

"अब तुम घर जाओ। रोज़ की तरह कल फिर स्कूल में मिलते हैं।" शकुन्तला ने दृढ़ता से कहा। न तो उसकी आवाज़ नम थी। न आँखें। जो आवाज़ में था वही आँखों में भी।

जिस पल शकुन्तला के सामने था उसका बाप उसका कोई भूला-भटका कमज़ोर पल हावी हो गया था उस पर। उस कमज़ोर पल के बीतते ही फिर से अपने ताक़तवर पलों के बीच लौट आई थी वह। उस क्षणिक कमज़ोरी को अपने स्वाभाविक प्रवाह से बाहर धकेलकर।

संस्कार के साथ उस दिन जो कहा था सन्तोष ने अपनी माँ के बारे में। खलिहान में शकुन्तला के साथ जो हुआ था उसका ज़िक्र फिर कभी नहीं हुआ तीनों के बीच। भूल से भी दोनों लड़कियों ने पलटकर उधर नहीं देखा था। मानो जो बीत गया उसकी मैल से ख़ुद को फिर कभी मैला न करने का इरादा अटल हो।

संस्कार ने भी उस पर उँगली धरना मुनासिब नहीं समझा। समझता भी क्योंकर? जब ज़ख़्म सूख रहे हों किसी भी मरहम से तो उस मरहम को वह इन लड़कियों से क्यों छीने? उस मरहम का अगर वह एक अंश भी बन पा रहा हो, उसके लिए इससे बड़ी बात और क्या हो सकती है।

बहरहाल उस शाम संस्कार के घर आ धमकी थीं सन्तोष और शकुन्तला। आनन-फानन सभी कमरों में झाँक आईं। उनके हाव-भाव देखकर संस्कार का माथा ठनका। कोई-न-कोई आफ़त खड़ी करनेवाली हैं उसके लिए।

"हमें तो कल दीनानगर जाना है। और ले चलोगे तुम।" दोनों रिकॉर्ड की तरह एक सुर में चहकीं। जैसे पूरी रिहर्सल करके आई हों।

"यह अचानक वहाँ जाने का भूत क्यों सवार हो गया है तुम्हारे सिर पर?" संस्कार ने हैरानी से कहा।

दोनों अक्सर छोटी-मोटी फ़रमाइशें तो करती रहती थीं। पर आज तो जैसे ग़ज़ब ही ढा दिया था उन्होंने।

"अब भूत सवार है तो है। उतरेगा वहाँ जाने के बाद ही।" दोनों ने जोड़ा।

"लेकिन वहाँ किसलिए जाना है?" एकाएक कोई पुख़्ता दलील न सूझते देख संस्कार ने कह दिया।

"घूमने-फिरने जाना है। कभी कोई शहर देखा जो नहीं है।" जवाब हाज़िर।

"लेकिन घरवालों से क्या कहेंगे?"

संस्कार की दलील तो अच्छी थी। पर कारगर साबित नहीं हुई।

"कह देंगे स्कूल के लड़के-लड़कियों के साथ पिकनिक पर जाना है।" तो बहाना भी सोचकर ही आई हैं।

"छुट्टियाँ हैं आजकल। तुम्हारे माँ-बाप तुम्हारी बात पर यक़ीन कर लेंगे?" संस्कार ने आशंका ज़ाहिर की।

"वो तुम हम पर छोड़ दो।" उनका इरादा जैसे अटल था।

"झूठ पकड़ा गया तो थप्पड़ जो पड़ेंगे। तब?" कहते ही संस्कार को लगा, इस बात को वह किसी और तरीक़े से भी कह सकता था। कहीं इसे अन्यथा न ले ले शकुन्तला।

"यह कौन-सी नई बात है। अबकी भी खा लेंगी। लेकिन आख़िर कब तक? खुले में साँस लेकर ही तो मिलती है मुक्ति। सदियों से नस-नस में कूट-कूटकर भरी जा रही सीलन से। और इसी मुक्ति से जन्म लेगी थप्पड़ के ख़िलाफ़ खड़े होने की हिम्मत।"

जवाब शकुन्तला की ओर से आया था। बेशक उस पत्थर की तरह जो काग़ज़ में लिपटा था।

"और दस मील दूर जाएँगे कैसे? वह भी इस झुलसा देनेवाली गर्मी में? ताँगे में गए तो पोल खुलने में देर नहीं लगेगी।"

संस्कार ने एक और कोशिश की। इतना ही तो कर सकता था वह। उस वक़्त।

"साइकिल पर।" दोनों ने हल भी बता दिया।

"तुम्हारा मतलब है तुम दोनों को साइकिल पर लादकर ले जाऊँ मैं। दिमाग़ तो नहीं चल गया है तुम्हारा?"

कहते ही संस्कार की टाँगें सचमुच काँपने लगी थीं। इतनी गर्मी में भी।

"यह तुम जानो। हम दोनों कल सुबह नौ बजे जोहड़ के पास मिलेंगी।" सन्तोष ने कहा और संस्कार को भौचक छोड़ जैसे तुरत-फुरत आई थीं वैसे ही चली भी गईं। संस्कार को इस ग़ज़ब की फ़रमाइश के साथ अकेले ही माथा-पच्ची करने के लिए।

संस्कार भली-भाँति जानता था दोनों टस-से-मस होनेवाली नहीं हैं। कुछ देर और ठहरतीं तो शायद कोई और भी दलील देकर उन्हें समझाने-बुझाने की कोशिश करता। पर डेढ़ साल में वह उन्हें जितना जान पाया है उससे तो यही लगता था कि इन लड़कियों को मनाना लोहे के चने चबाने जैसा है।

संस्कार को इस पर ज़्यादा देर माथा-पच्ची नहीं करनी पड़ी थी। उसका एक क़रीबी दोस्त था किशोरी लाल। गाँव के पिछले हिस्से में रहता था। एक-तिहाई आबादी इसी हिस्से में आबाद थी। अधिकांश मकान कच्चे थे। धज्जी दीवारों से बने। छतों की ऊँचाई आठ फीट के आसपास। जबकि अगले हिस्से के अधिकांश मकान पक्के थे। उनमें से ज़्यादातर ख़स्ताहाल। बाज़ार भी अगले हिस्से में ही था। कुल मिलाकर दस-बारह दुकानें थीं बाज़ार में।

अधिकांश निवासियों का पेशा था खेती-बाड़ी। गिनती के लोगों के पास ज़मीनें ही ज़मीनें। सरकारी कर्मचारियों को छोड़कर बाक़ी के लगभग सभी उन छोटे-बड़े ज़मींदारों के खेतों में जुतकर किसी तरह गुज़र-बसर करनेवाले। पूरी तरह उनकी दयादृष्टि पर आश्रित।

यह था मैदानी इलाक़े का एक गाँव। आबादी चार हज़ार के क़रीब। संस्कार जिस इलाक़े का मूल निवासी था वहाँ गाँवों की आबादी दो-तीन सौ से ऊपर नहीं होती थी। किसी-किसी गाँव की तो सौ से भी कम। इस लिहाज़ से यह गाँव तो उसके इलाक़े के किसी क़स्बे के आसपास ठहरता था।

संस्कार का यह दोस्त मन से साफ़-सुथरा, नर्म और ख़ुशमिज़ाज लड़का था। लेकिन कुछ ग़लत होते देख उसके तेवर एकदम बदल जाते थे। ऐसे में एक तमाशबीन होना उसे क़तई स्वीकार नहीं होता था। क़द-काठी से भी ख़ूब

हट्टा-कट्टा और रोबीला। उसके इन गुणों की वजह से स्कूल के अध्यापक भी उसे बहुत मानते थे।

संस्कार के साथ उसकी दोस्ती की शुरुआत एक घटना से हुई थी।

इस स्कूल में संस्कार का वह दूसरा ही दिन था। कुछ लड़कों ने उसे घेर लिया और लगे थे अंट-शंट सवाल पूछने। शायद इस खुन्नस से कि उन्हें उसमें अपने जैसा कुछ भी नहीं दिखाई दे रहा था। न आचार-व्यवहार में। न बातचीत में उन जैसा ठेठ देहाती मुहावरा। और पहरावा तो उन्हें अपना उपहास उड़ाता प्रतीत होता था। जबकि वे तो जिन कपड़ों में रात को सोते हैं उन्हीं में स्कूल आने से भी गुरेज़ नहीं करते। बात-बात पर एक-दूसरे की पीठ पर ज़ोरदार धौल रसीद करना। गाली-गलौज का बेहयाई से इस्तेमाल। ऐसा कुछ भी तो नहीं।

कुछ मिलाकर उन्हें संस्कार एक ऐसा जीव नज़र आने लगा था जो उनके बीच उठने-बैठने लायक़ ही नहीं था। क्योंकि संस्कार की शालीनता में उन्हें उसका दम्भ दिखाई देने लगा था।

किशोरी लाल भी वहाँ मौजूद था। पर उन लड़कों की टोली से थोड़ा अलग हटकर खड़ा था वह। उसे कब तक बर्दाश्त होती यह नौटंकी।

"ओए, तुम सब यह बचकाने सवाल क्यों पूछ रहे हो इससे? यह अगर तुहाड्डे जैसा छिछोरा नहीं है तो तुहाड्डे डिढ (पेट) में पीड़ क्यों उठ रही है?" किशोरी लाल ने बीच में कूदते हुए कहा।

"तेरा की लगदा है ऐ? तेरा साला?" उस टोली में शामिल एक लड़के ने अकड़ दिखाते हुए कहा। वह शायद ख़ुद को इस टोली का सरगना समझता था।

फिर क्या था। किशोरी लाल ने आव देखा न ताव। जड़ दिए सरगने को एक-दो क़रारे हाथ।

और देखते-ही-देखते लड़कों की टोली तितर-बितर हो गई थी। शायद वे सब किशोरी लाल के मिज़ाज से भली-भाँति परिचित थे। ऐसे मौक़े पर वह क्या कर सकता है इससे उनकी हवा सरक गई थी। वे भी जानते थे कि किशोरी लाल की अध्यापकों के दिल में क्या जगह है। बात उन तक पहुँची तो उलटा छड़ी से पिटेंगे भी वही।

"संस्कार, तू फ़िक्र मत कर। तेरी तरफ़ अब यह मुड़कर देखेंगे भी नहीं। अगर कभी देखेंगे भी तो फिर मैं देख लूँगा इन सबको।"

यह कहकर किशोरी लाल ने पहले तो हाथ मिलाया संस्कार से। फिर दोनों गले भी मिले।

किशोरी लाल के पिता गाँव के ही एक सरकारी दफ़्तर में चपरासी थे। सरकार की ओर से उन्हें एक साइकिल भी मिली हुई थी। उनका काम था भी दौड़-भाग का। आसपास के गाँवों में अक्सर जाना पड़ता था। सरकारी काम से। इसलिए।

संस्कार के घर पर भी एक साइकिल थी। उसके पिता कभी-कभार ही इस्तेमाल करते थे साइकिल का। वह भी जब थोड़े दूर के गाँवों में दौरे पर जाना होता तब। ज़्यादातर वह पैदल जाना ही पसन्द करते थे।

संस्कार फटाफट छत पर गया। बहनों से कहा कि वह किशोरी लाल के घर जा रहा है। और उन्हीं पैरों लौटकर बाज़ार में आ गया। अभी वह थोड़ी ही दूर गया था कि उसे किशोरी बाज़ार में दिखाई दिया।

"मैं तुम्हारे ही घर जा रहा था। अच्छा हुआ तुम यहीं मिल गए।" उसके पास पहुँचते ही संस्कार ने कहा।

"सुख-शान्ति तो है न?" किशोरी ने संस्कार को हड़बड़ी में देख चिन्ता प्रकट की।

"सब ठीक है। बस तुमसे एक ज़रूरी बात करनी है।" संस्कार बोला।

"दुकान से थोड़ा सौदा-सुलफ लेणा है। लेकर चलते हैं मेरे घर। बड़े दिनों से तुम मेरे घर आए भी नहीं हो। वहीं पर गप-शप करेंगे।"

किशोरी ने आश्वस्त होते हुए कहा।

बाज़ार में इक्का-दुक्का लोग ही थे। और दिन का उजाला अभी क़ायम। गर्मियों के दिनों में दिन ढलता भी देर से है।

"तुम ज़रा मेरे साथ आओ।" और संस्कार उसे लगभग खींचता हुआ डाकख़ाने के साथ वाली गली में ले गया। गली एकदम सुनसान थी।

संस्कार ने पूरी बात अपने दोस्त को बताई। थोड़ी देर तो दोस्त गुमसुम-सा रहा। मानो मन-ही-मन लड़कियों को साथ ले जाने के ख़तरे को तोल रहा हो। पर पलड़ा दोस्ती का ही भारी रहा।

"बादशाहो तुहाड्डा कहणा सिर-मत्थे।" दोस्त ने एकदम सहज भाव से कहा था।

अपनी माँ को इस बारे में बता देना संस्कार को बहुत ज़रूरी लगा। उसे यक़ीन था माँ मना नहीं करेंगी। क्योंकि वह दोनों लड़कियों को भी अच्छी तरह जानती

थीं और बेटे को भी। वैसे भी किसी-न-किसी को राज़दार बनाना था भी ज़रूरी। इसके लिए माँ से बेहतर और कोई हो भी नहीं सकता था।

अगली सुबह उठते ही सबसे पहले यही काम किया संस्कार ने।

"लड़कियों का मामला है इसलिए थोड़ा ध्यान रखना, बेटे।" माँ का आशय भली-भाँति समझ गया था संस्कार।

जब वह जाने के लिए तैयार हो गया तो माँ ने उसकी जेब में पाँच रुपये का नोट डालते हुए कहा, "अँधेरा मत कर देना। उजाले में जा रहे हो उजाले में ही लौटना।"

माँ भले ही अनपढ़ थीं। पर ऐसे नाज़ुक मौक़ों पर वह जो भी कहतीं, सुनकर दंग रह जाता था संस्कार। 'गागर में सागर' जैसा लगता माँ के मुँह से निकला हर शब्द।

दोनों दोस्त आगे-पीछे पहुँचे जोहड़ पर। किशोरी लाल पहले और संस्कार चार-पाँच मिनट बाद में।

सन्तोष और शकुन्तला पहले से ही मौजूद थीं वहाँ।

किशोरी लाल को आया देख दोनों लड़कियों को ज़रा भी हैरानी नहीं हुई। मानो उन्हें पहले से ही मालूम रहा हो कि संस्कार के संग कौन होगा।

"तुम तो सचमुच ही बड़े अक्लमंद निकले। मैं तो सोचती थी ऐसे मामलों में तुम एकदम बुद्धू हो।"

संस्कार के आते ही सन्तोष ने चुटकी ली।

किशोरी लाल मंद-मंद मुस्करा दिया। उसके लिए भी यह कोई नई बात नहीं थी।

"सन्तोष तुम भी न। कोई मौक़ा नहीं छोड़तीं संस्कार को छेड़ने का। भलामानुस चुपचाप सुन लेता है। तेरे को तो 'नहले पे दहला' जैसा चाहिए कोई।" शकुन्तला ने एक डाँट-सी पिलाई सन्तोष को। ऐसी डाँट जिससे पत्ता तक न हिले। इस क़दर स्नेहिल थी वह डाँट।

"हो गया हो, तो चलें।" संस्कार ने लगाव से कहा।

इस तरह शुरू हुई थी चारों की दीनानगर की यात्रा। सन्तोष बैठी थी संस्कार की साइकिल पर। और किशोरी लाल के साथ शकुन्तला।

अभी एक-दो फर्लांग ही गए थे कि सन्तोष ने एक और शगूफ़ा छोड़ दिया था।

"रुको, रुको।"

"अब क्या हुआ?" संस्कार ने ब्रेक लगाते हुए कहा। किशोरी लाल ने भी तुरन्त उसका अनुसरण किया।

"चलो, रेस लगाओ तुम दोनों। देखते हैं कौन जीतता है।" सन्तोष ने कहा तो भोलेपन से पर आँखों में तिर आई शरारत छिपी नहीं रही किसी से।

"मैं तो तैयार हूँ।" किशोरी लाल ने कनखियों से संस्कार की ओर देखते हुए कहा।

"यार तू भी बिना सोचे-समझे सन्तोष की हाँ में हाँ मिलाने लगा है। सड़क की हालत देखी है? एकदम ऊबड़-खाबड़ और दीनानगर तक गड्ढों से अटी पड़ी है। ताँगेवाले भी ऐसी हिमाकत करने की भूल नहीं करते।"

संस्कार ने सबको चेताने की ग़रज़ से कहा। उसने कह तो दिया था पर वह जानता था इससे कुछ बदलनेवाला नहीं है। वह कुछ भी कह ले। कुछ भी कर ले। इस सिरफिरी लड़की की मासूम ज़िद्द के सामने उसे हथियार डालने ही पड़ेंगे।

"अब रहने भी दे सन्तोष। संस्कार ठीक ही कह रहा है। इस सड़क से कई बार आया-गया है संस्कार।" अबकी तो शकुन्तला भी सचमुच यही चाहती थी।

कुछ पल चारों के बीच ख़ामोशी छाई रही।

कोई फ़र्क़ नहीं पड़नेवाला किसी की भी रार-मनुहार का। संस्कार ने सोचा।

"ठीक है।" संस्कार ने एक दोस्त की ज़िद्द को ज़िद्द के बजाय उसकी कोई अधूरी इच्छा समझते हुए कहा। और सम्भवतः यह मात्र ज़िद्द थी भी नहीं।

और इस तरह शुरू हुई थी रेस।

किशोरी लाल साइकिल चलाने के मामले में संस्कार से कहीं ज़्यादा अनुभवी था। संस्कार तो गाहे-बगाहे ही चलाता था साइकिल। साइकिल चलाना उसने सीखा भी किशोरी लाल से ही था। वह भी यहीं इसी गाँव में।

साइकिल दौड़ाते हुए ऐसा लग रहा था जैसे साइकिल ज़मीन पर कम और हवा में ज़्यादा तैर रही थी। साइकिल के कैरियर पर बैठी लड़कियाँ रह-रहकर ऐसे उछल रही थीं जैसे गेंद ज़मीन पर पटकने के बाद। संस्कार और किशोरी लाल साइकिल की गद्दी पर थे। गड्ढों में टायर जाते और निकलते वक़्त साइकिल इस तरह उछल रही थी कि नियंत्रित करना मुश्किल हो रहा था। संस्कार की साइकिल तो दो-तीन बार उलटते-उलटते बची।

"बस बहुत हो गई रेस। कहीं गिर-गिरा गए और चोट लग गई तो घर जाकर जवाब देना मुश्किल हो जाएगा।" शकुन्तला के मुँह से बमुश्किल निकला। इतना डर गई थी वह।

इस तरह दो-अढ़ाई मील तक चलनेवाली साइकिल रेस ख़त्म हुई और कुछ पल ठहरकर सामान्य गति से सँभल-सँभलकर बढ़ने लगे थे वे गंतव्य की ओर।

सन्तोष थोड़ी मायूस ज़रूर थी। पर ख़तरे को उसने भी भाँप लिया था। इसलिए चुप्पी साध ली थी उसने।

अब सन्तोष चुप तो बाक़ी सब भी चुप। इसी चुप्पी के बीच वे नहर के पुल पर पहुँच गए थे। गाँव से कोई पाँच मील दूर थी यह नहर। नहर का पुल पार कर बाईं ओर नहर के साथ-साथ एक रास्ता और-और गाँवों की तरफ़ जाता था। दाईं ओर वाला रास्ता पठानकोट शहर की तरफ़। दोनों रास्ते काफ़ी हद तक समतल थे। जबकि नाक की सीध में यही सड़क दीनानगर ले जाती थी।

पठानकोट जानेवाले रास्ते पर था एक गाँव सुजानपुर। कोई तीन महीने पहले संस्कार के पिता सुजानपुर के दौरे से लौट रहे थे साइकिल पर। इसी रास्ते पर पुल से थोड़ी दूर पर मधुमक्खियों ने हमला बोल दिया था उसके पिता पर। पिता ने आनन-फानन साइकिल रास्ते पर छोड़ नहर में छलाँग लगा दी थी कपड़ों समेत। लेकिन इतने में ही चार-पाँच मधुमक्खियों ने उनके चेहरे पर अपने डंक छोड़ दिए थे। पिता क्योंकि एक अच्छे तैराक भी थे इसलिए पानी के अन्दर-अन्दर प्रवाह के साथ बहते चले गए। कुछ दूर तो मधुमक्खियों ने उनका पीछा किया। फिर हारकर अपने छत्ते की ओर लौट गईं। पिता का चेहरा सूज गया था। इंजेक्शन लगवाने के बाद भी दो-तीन दिन बिस्तर पर ही गुज़ारने पड़े थे उन्हें।

ऐसी तीन-चार और भी घटनाएँ सुनने में आई थीं। इसी जगह के आसपास।

"यहाँ थोड़ी देर रुककर आसपास के नज़ारों का आनन्द उठाने में तो कोई ख़तरा नहीं है न?"

पुल पर पहुँचने के बाद अब तक छाई चुप्पी को सन्तोष ने ही मुखर किया। उसे कुछ पल की चुप्पी भी जैसे गूँगी होने के बराबर लगती थी।

"मेरी मर्ज़ी भी यही है।" शकुन्तला ने प्रफुल्लता से कहा।

"मैं भी दोनों की राय से सहमत हूँ। आख़िर घूमने-फिरने आए हैं रास्ते की दूरी नापने नहीं।" किशोरी लाल बोला।

"कहीं-कहीं हमें लगता है कि यहाँ कैसा ख़तरा। तब हमें नहीं पता होता कि वहाँ भी किसी-न-किसी रूप में ख़तरा घात लगाए बैठा होता है।" संस्कार ने कहा।

वह चाह रहा था कि यहाँ पिता के साथ हुए हादसे के बारे में सबको अवगत करा दे। पर वह अपनी इस इच्छा को पी गया था। यह सोचकर कि उस हादसे का ज़िक्र उसके अभी-अभी कहे हुए को सतही अर्थों तक सीमित कर देगा। इतना ही नहीं, इन लड़कियों को डराकर वह उनकी राह में आए इस लगभग दुर्लभ मौक़े को भी उनसे छीन लेना होगा। उस मौक़े को जो उस राह का एक बेहद अहम पड़ाव है जिस पर दोनों चल निकली हैं।

"संसार में ऐसा कोई बिल नहीं जहाँ ख़तरों से डरकर छिपा जा सकता है। ख़तरे तो जीवन का एक अभिन्न हिस्सा हैं।" सन्तोष ने कहा।

"यहाँ तक कि घर भी नहीं जिसे हम सबसे महफ़ूज़ समझते हैं। फिर भी हम जीना नहीं छोड़ते। छोड़ना भी नहीं चाहिए। क्योंकि जीने का कोई और पर्याय हो ही नहीं सकता। होता, तो भी मैं जीने को ही उस पर तरजीह देती।"

शकुन्तला ने तो जैसे खुलासा ही कर दिया था। जीवन ही नहीं उसकी पेचीदगियों का भी।

इस खुलासे में अपनी तरफ़ से यह और जोड़ दिया था :

"मैं भी जीने को ही चुनती। चुनती क्या, चुन लिया है। ख़तरों की टकटकी लगाए आँख के लिए हाथ में सुई थामकर।"

संस्कार को तो अवाक् ही कर दिया था दोनों की इस पैठ ने। किशोरी लाल का तो पता नहीं। कितना कुछ उसके पल्ले पड़ा था। और कितना चला गया था उसे छूकर ही। लेकिन उस छुअन भर को भी सँभालकर रखने की क़ाबिलियत थी उसके दोस्त के पास। इतना तो दोस्त के बारे में डंके की चोट पर कह सकता था वह।

ऐसे में संस्कार को बड़े गर्व से स्मरण हो आया था बाबा नागा का सान्निध्य। उनके सान्निध्य में गुज़ारा वक़्त नहीं जिया हुआ वक़्त। और उनकी कही हुई एक बात भी :

"समझ का उम्र में उतना लेना-देना नहीं होता जितना उन हादसों से, हादसों से मिले गहरे ज़ख़्मों से। और उनसे होनेवाली मर्मांतक पीड़ा से, जिससे लड़कर हम ख़ुशियों के परिमंडल में दाख़िल होते हैं। उन हादसों, ज़ख़्मों, पीड़ा को साथ लेकर नहीं, उन्हें पीछे छोड़कर।"

पुल से चार-पाँच क़दम दूर, रास्ते से नहर के प्रवाह तक उतरने के लिए बनी थीं पाँच-छह पक्की सीढ़ियाँ। सबसे निचली सीढ़ी पर बैठी थीं दोनों सहेलियाँ। एक-दूसरे के अंग-संग। नहर के जल में अपने पाँव डुबोए।

ऊपर से पहली सीढ़ी पर जा बैठे थे दोनों दोस्त।

बीच-बीच में दोनों सहेलियाँ गर्दन घुमाकर भरपूर दृष्टिपात कर लेती थीं संस्कार और किशोरी लाल पर।

ख़ूब खिली-खिली दिख रही थीं दोनों। अक्सर स्कूल में जितनी खिली-खिली दिखती थीं उससे कहीं अधिक। उनके चेहरे की चमक साफ़-साफ़ बता रही थी जैसे वे कुछ ऐसा महसूस कर रही हैं जैसा पहले कभी नहीं किया।

आसमान में सूरज काफ़ी ऊपर उठ आया था। धूप की उग्र होती तपिश देहों से पूछने लगी थी सवाल। फ़िलहाल पानी की सतह को छूकर आती हवा, जल की शीतलता को जज़्ब कर, ढीला-ढाला ही सही, दे ज़रूर रही थी धूप के सवाल का जवाब।

"मेरे जैसा दोस्त पाकर तुम्हें पता नहीं क्या मिला। कुछ मिला भी या नहीं। पर तुम्हारे जैसे दोस्त से मुझे तो बहुत कुछ मिला। जो शायद ही किसी और से मिल पाता। वरना मैं भी स्कूल के अन्य लड़कों जैसा होकर ही रह जाता।" किशोरी लाल ने कहा।

"नकल करना बहुत आसान होता है। अपने असल को पहचानना बहुत मुश्किल। इसलिए ज़्यादातर लोग इस आसान को चुनकर अपने से दूर होते जाते हैं। पर मैं यह यक़ीनन कह सकता हूँ कि तुम उनमें से नहीं हो। रही दोस्ती की बात तो दोस्ती का मतलब लेना नहीं एक-दूसरे से सीखना होता है।" संस्कार ने कहा।

दोनों दोस्त हौले-हौले बात कर रहे थे। इतना हौले कि उनकी आवाज़ दोनों सहेलियों के आनन्द में बाधा न बने।

"इस साल के अन्त तक हमारे परिवार का यहाँ से दाना-पानी उठना तो तय है। परिवार का इतिहास भी यही बताता है। तुम तो यहीं रहोगे। इसलिए अब तुम ही बनोगे, इन लड़कियों के साथ जो होता है उसके साक्षी। पर मेरी यह हार्दिक इच्छा है कि तुम सिर्फ़ साक्षी ही मत बने रहना। इनके साथ खड़े भी रहना।" संस्कार ने कहा।

संस्कार ने यह इसलिए नहीं कहा था कि इन लड़कियों पर उसका जो भरोसा

है उसमें कहीं कोई महीन-सी दरार भी दिखाई दे रही थी उसे। बल्कि इसलिए कि कभी-कभार भूचाल आने पर बड़ी-से-बड़ी चट्टान भी बेतरह हिल जाती है। इनसानों की ज़िन्दगी में भी बवंडर उठते रहते हैं। ऐसे मौक़े पर अगर कोई उनके साथ खड़ा हो तो वह पाँव उखड़ने से पहले उन्हें थाम सकता है।

"चलें अब?"

सन्तोष की आवाज़ से दोनों दोस्त वार्तालाप की रौ से बाहर आ गए।

"लगदा है अज तुहाड्डी कोई तगड़ी मणोकामना सिरे चढ़ गई है।" किशोरी लाल ने पंजाबी में कहा लड़कियों से सम्बोधित होकर।

संस्कार के साथ भी वह कभी-कभी बरबस पंजाबी में बोलने लगता था। किसी ऐसे वक़्त जब वह बहुत भावुक होता था।

"अब तुम दोनों हमें मुस्कराने का मौक़ा दोगे तो हम खिलखिलाएँगी ही न।" सन्तोष ने मुस्कराते हुए कहा।

संस्कार को लगा मुस्कराने का मौक़ा भले ही उनकी वजह से मिला हो पर खिलखिलाई थीं वे अपनी ही वजह से।

शायद इसी तरह और-और मज़बूत होते जाते हैं इरादे। मुस्कराना तब्दील होता खिलखिलाने में और खिलखिलाना...?

दीनानगर पहुँचते-पहुँचते एक बज गया था। बेहाल कर देनेवाली गर्मी। पसीने से तर-बतर। पर लड़कियों का उत्साह देखते ही बनता था। गर्मी की परवाह किए बिना घूमते रहे चारों बाज़ार में। किसी शो रूम के बाहर खड़े विंडो-शॉपिंग करते। पर ख़रीदारी के नाम पर सन्तोष ने ख़रीदा था एक झुनझुना।

"यह झुनझुना किसके लिए भई?" संस्कार ने हैरानी जताई। हैरान किशोरी लाल और शकुन्तला भी थे।

"एक बच्चे के लिए।"

सन्तोष की आँखों में शरारत डबडबा आई थी।

"पर तेरे घर में तो कोई बच्चा है नहीं?"

शकुन्तला की जिज्ञासा मुँह में आ गई थी।

"है न।" सन्तोष बड़ी मुश्किल से अपनी हँसी को रोके हुए थी।

"कहाँ।" किशोरी लाल ने पूछा।

"स्कूल में और कहाँ। स्कूल में ही नहीं हमारी ही कक्षा में। कभी वह बच्चा

मुँह फुला ले तो उसे रिझाने के लिए काम आएगा।" सन्तोष की हँसी थी कि अब उछली कि तब।

"आख़िर वो है कौन?" तीनों की हैरानी से एक साथ निकला।

"यह जो खड़ा है।" सन्तोष ने संस्कार की ओर इशारा करते हुए कहा।

फिर क्या था। हँसते-हँसते तीनों के पेट में बल पड़ गए। संस्कार भी उस हँसने में शामिल हुए बिना नहीं रह पाया।

"भूखे पेट हँसते रहोगे तो अँतड़ियाँ पलट जाएँगी।"

यह सन्तोष का एलान था कि अब खाना खिलाओ।

संस्कार इसके लिए पहले से ही तैयार था। बाज़ार में घूमते वक़्त एक अच्छा-सा होटल पहले से ही चिह्नित कर रखा था उसने।

होटल में भोजन करना संस्कार के लिए कोई नई बात नहीं थी। लेकिन बाक़ी तीनों के लिए यह पहला ही मौक़ा था। मौक़ा ही नहीं, एक लाजवाब अनुभव भी। बड़े चाव से खाया तीनों ने। चटखारे ले लेकर। खाते वक़्त तीनों के मुँह से एक शब्द तक नहीं निकला।

"अरे भई, ज़रा आराम से खाओ।" संस्कार ने कहा। पर तीनों ने जैसे सुना ही नहीं।

संस्कार खा कम रहा था और तीनों को देख ज़्यादा रहा था। देख ही नहीं रहा था उनके लुत्फ़ से ख़ुद भी लुत्फ़ंदोज हो रहा था।

खाने का बिल आया था चार रुपये। संस्कार ने जेब से पाँच रुपये का नोट निकालकर तश्तरी में रख दिया था।

"रेलगाड़ी देखना अभी बाक़ी है।"

होटल से निकलते ही सन्तोष ने अपनी अगली फ़रमाइश ज़ाहिर कर दी थी।

दीनानगर का रेलवे स्टेशन तो संस्कार ने भी नहीं देखा था।

"आप सब यहीं रुको।" यह कहकर वह फिर से होटल के अन्दर गया। वेटर से रेलवे स्टेशन की जानकारी ली। और फिर सब उसके साथ-साथ रेलवे स्टेशन की ओर चल दिए। स्टेशन वहाँ से ज़्यादा दूर था भी नहीं। वहाँ पहुँचने में मुश्किल से सात-आठ मिनट लगे थे उनको।

संस्कार ने सबसे पहले टिकट खिड़की से प्लेटफार्म टिकट लिया। फिर चारों प्लेटफार्म में प्रविष्ट हो गए। प्लेटफार्म पर यात्रियों की संख्या ज़्यादा नहीं थी।

सबकी निगाहें एक दिशा में लगी हुई थीं। शायद किसी ट्रेन के आने का समय हो रहा था।

संस्कार ने सोचा, वे ठीक समय पर स्टेशन पहुँचे हैं, लड़कियों की रेलगाड़ी देखने की इच्छा पूरी हो जाएगी।

इतने में ट्रेन धड़धड़ाती हुई प्लेटफार्म पर आकर रुक गई थी। लड़कियों का कौतूहल देखते ही बनता था। ट्रेन दस मिनट तक रुकी। इसी बीच लड़कियाँ हर डिब्बे में झाँक आई थीं। डिब्बों की खिड़कियों से।

रेलगाड़ी प्लेटफार्म छोड़ बढ़ गई थी आगे गंतव्य की ओर। पर प्लेटफार्म को सूना होने से बचा लिया था चारों की उपस्थिति ने।

"आज से पहले सिर्फ़ चित्र ही देखे थे रेलगाड़ी के। और आज..." भाव-विभोर हो उठी थी सन्तोष।

हमारा कोई सपना जब हक़ीक़त बन जाता है तो हम सब कुछ बिसराकर एकदम निहाल हो उठते हैं। ठीक उसी तरह निहाल थीं दोनों लड़कियाँ। ख़ुश तो किशोरी लाल भी था।

लड़कियों को उनके जीवन के एक और महत्त्वपूर्ण पड़ाव पर पहुँचा दोनों दोस्त वापिस लौटे थे गाँव। लड़कियाँ एक और पड़ाव तक पहुँच अगले पड़ाव तक पहुँचने के उत्साह और हौसले से लबरेज। संस्कार तथा उसका दोस्त एक सारथी के रूप में लड़कियों के इस महायज्ञ में अपनी ओर से एक-एक आहुति डाल। संस्कार तो एक गहरी आत्मिक तसल्ली के साथ। उसका दोस्त भी ज़रूर ऐसा ही कुछ महसूस कर रहा होगा। इस बात की पुष्टि स्टेशन पर संस्कार के कान में प्रकट किए गए उसके इस उद्गार से भी होती थी—"मैंनू पहली बार लगिया कि किसी दूजे लई थोड़ा जिहा भी कुछ करके किन्ना चंगा-चंगा लगदा हैगा।"

गाँव पहुँचे तो उजाला ही उजाला था अभी। और बहुत कुछ, पहले से कहीं अधिक उजला और स्पष्ट भी। संस्कार के लिए भी। और लड़कियों के लिए भी।

इस गाँव की दुनिया और उस दुनिया के बीच, जिससे होकर वे आज लौटी थीं, अभी तक कोई पुल नहीं था। या कहें कि अँधेरे और रोशनी के बीच। जबकि दोनों दुनियाओं के बीच दूरी थी मात्र दस मील। और देश को ग़ुलामी की जंजीरों से आज़ाद हुए बीत चुके थे सतरह साल।

ऐसी दुनिया के जड़ और दमघोंटू माहौल में साँस लेती, गाँव के स्कूल में

ग्यारहवीं तक पहुँची थीं मात्र यही दो लड़कियाँ। जिन्होंने रेलगाड़ी तो दूर आज से पहले मोटर तक नहीं देखी थी। ज़हीन होते हुए भी जिन्हें बारहवीं से आगे पढ़ाई जारी रखने की इजाज़त मिलेगी या नहीं? नहीं मिलेगी, तो उन्हें किस खूँटे से जबरन बाँध दिया जाएगा? निखरने का हर वह मौक़ा छीनकर, जिसकी हक़दार थीं वे।

ऐसी अनिश्चितताओं के बीच रहते, उनका बोझ ढोते हुए भी जिनके कन्धे झुके हुए नहीं दिखाई देते थे, ऐसी लड़कियों की दीनानगर जाने की ज़िद्द बेमानी और बेवजह कैसी हो सकती थी। यह तो उनका जुनून ही हो सकता है। आज़ादी की ओर उनका यह एक और ठोस क़दम। इस क़दम में उन्हें सिर्फ़ अपनी ही नहीं जैसे पूरी औरत बिरादरी की आज़ादी की झलक दिखाई दे रही थी। उस मानसिकता की क़ैद से रिहाई जो सदियों से औरत को बिस्तर की चादर और दरवाज़े के बाहर रखे पायदान से ज़्यादा अहमियत देने को तैयार नहीं थी।

लम्बे घूँघट को तिलांजलि देकर मर्द-जात के पैरों के आगे भी दुनिया है। उस दुनिया को अपनी आँखों से देखने-परखने के लिए किसी भी इम्तिहान से गुज़रने को कटिबद्ध दिखाई देती थीं ये लड़कियाँ। बड़े से बड़ा ख़तरा उठाकर भी। क्योंकि देखेंगी-परखेंगी, तभी तो जानेंगी-समझेंगी और दृढ़ता से बता पाएँगी अपनी अहमियत। स्थापित कर पाएँगी अपनी एक अलग पहचान। इसके लिए जो रास्ता उन्होंने अपनी समझ से चुना है, जिस पर संस्कार भी कुछ अरसे से उनके साथ चल रहा था, वह रास्ता उनके इरादे को मज़बूत से मज़बूततर बनाता और उनके लिए ऊर्जा का एक स्रोत बनता हुआ प्रतीत हो रहा था संस्कार को।

यह भले ही अभी रेत में चमकते कणों को बीनने जैसा क्यों न लग रहा हो पर था तो। था तो रहेगा भी ज़रूर।

सवाल थे। बड़े भी, छोटे भी। पर निरुत्तर नहीं थीं लड़कियाँ।

किसी अजूबे से कम नहीं था यह संस्कार के लिए। एक ऐसा अजूबा जिसमें किसी और तरह से एक और दुनिया में अपना खुलना दिखाई देने लगा था उसे।

बाज़ार की आख़िरी दुकान के ठीक पीछे था सन्तोष का घर। गाँव के इस हिस्से के एकमात्र कुएँ के पास। आख़िरी दुकान थी संस्कार के घर से चौथी। सन्तोष बाज़ार के रास्ते से ही स्कूल जाती थी। कभी-कभार ही ऐसा संयोग होता है कि संस्कार घर की सीढ़ियाँ उतरकर नीचे आता और उसका सामना सन्तोष से हो जाता था।

सन्तोष ने तो कभी नहीं कहा, 'स्कूल भी एक है, कक्षा भी एक। रास्ता भी एक। फिर हम साथ-साथ क्यों नहीं चल सकते?'

छह

इन्दिरा पहली लड़की है जिसके मुँह से सुनी है संस्कार ने ऐसी बात। महज़ बात नहीं एक मूक अहसास था यह। अर्द्ध-चेतन से निकलकर उसके केन्द्र में आ टिका। एकदम कोरा और अछूता। और अतिविशिष्ट भी। कहनेवाले के लिए भी। सुननेवाले के लिए भी। अब तक उसकी अपनी पहुँच से भी बाहर। किसी दूसरे की पहुँच से भी। ऐसे अहसास का ऐसी जगह से आना जहाँ तक कभी हवा भी न पहुँची हो, निश्चय ही किसी खोई हुई चीज़ का अचानक सही पते पर पहुँच जाना होता है। पहुँचते ही उसका खुलना और खुलते जाना। कम नहीं था किसी चमत्कार से।

'साथ-साथ चलने' के अर्थ ऐसे भी खुल सकते हैं—संस्कार अचरज भरे कुतूहल से देख भी रहा था और सोच भी रहा था। कुछ-कुछ रास भी आ रहा था उसे। यह खुलना। पहले गहराई से सतह पर आना। और फिर सतह से गहराई की ओर उन्मुख होना।

तो उस गाँव की दोनों लड़कियों की दोस्ती में गहरी डुबकी लगाने के बाद अब इस कोरे और अछूते अहसास में डूबकर निहाल होने का वक़्त आ गया है? इन्दिरा के सवाल पर खरा उतरने का वक़्त?

इसका निचोड़ कहीं यह तो नहीं है कि इस अहसास की जननी इन्दिरा अपने आप में एक मुकम्मल अनुभव है। संस्कार को ही अब उसका अनुभोक्ता होना है...टू बी द एक्सपीरिएंसर।

तो इसका समूचा दारोमदार अब उस पर है।

हालाँकि इतना तो संस्कार ने भाँप लिया था कि इन्दिरा ने जब 'साथ-साथ चलने' की बात कही थी तो उसे सिर्फ़ प्रेरित करने के लिए। किसी दुविधा में

धकेलने के लिए नहीं। ताकि अपनी नैसर्गिक झिझक के दबाव में उसके मुँह से अनचाहे ही ऐसा कुछ न निकल जाए जिसकी सफ़ाई उसे बाद में देनी पड़े। चुनौती जैसा कुछ था ही नहीं इन्दिरा की मंशा में। एक छींटा तक नहीं।

दरअसल संस्कार ने ख़ुद ही इसे एक चुनौती मान लिया था। अब मान लिया था तो उससे पीछे हटना भी नहीं चाहता था वह। क्योंकि किसी भी चुनौती के स्वीकार में छिपा रहता है चुनौती से पार पाने का रास्ता।

इसमें वह किस हद तक क़ामयाब होगा। और किस रूप में? उम्र का यह उसका उन्नीसवाँ पड़ाव इसका साक्षी होगा।

और इन्दिरा?

वह तो एक युवती दिखती है। दिखती ही नहीं, है भी। अपनी काया से नहीं। अपने सवाल से। उसे व्यक्त करने के ढंग से। इतनी सहज और बहुपर्ती अभिव्यक्ति में से झाँकते चेहरे को देखकर तो यही लगता है—वयस्कता उम्र की मोहताज नहीं होती।

यह सातवाँ दिन था। इन्दिरा और संस्कार के बीच चलनेवाली आँख-मिचौली का। पिछले पाँच-छह दिन से संस्कार के भीतर चल रहे अन्तर्द्वन्द्व के घटाटोप में से एक किरण की तरह उगा दिन। इन्दिरा के सवाल की रूह में झाँकने के बाद खिला-खिला दिन। ऊपर फैले आसमान की तरह चमकीला और व्यापक।

संस्कार यह भी भली-भाँति जानता था कि इन्दिरा की ओर बढ़ने का यह पहला चरण है। पहला भी और भविष्यसूचक भी। यह अन्तिम साबित न हो इसके लिए उसे कहीं तो टिकना ही होगा। अगर टिक गया तो टिका रहेगा। शायद हमेशा। सिर्फ़ घुटने-घुटने धँसकर ही नहीं। समूचा का समूचा उतरेगा थाह में। उस थाह में जो दूसरे को थाहने के साथ-साथ ख़ुद को थाहने का भी एक सुनहरा मौक़ा देती है। अगर उखड़ गया तो फिर कहीं अन्यत्र टिकना शायद ही कभी सम्भव हो पाए।

डाल पर भी मुरझा जाते हैं फूल। फूलदान में भी। लेकिन डाल अगर सदाबहार हो तो उस पर मुरझाकर भी फिर-फिर खिल उठते हैं फूल। जबकि फूलदान में एक बार मुरझाकर फिर कभी नहीं।

तो क्या इन्दिरा एक ऐसी ही डाल है?

अगर है, तो वह भी होना चाहेगा ऐसी ही डाल का फूल। कभी किसी

मरहले पर मुरझाएगा, तो खिलेगा भी ज़रूर। खिलेगा, तो खुलेगा भी। उतरेगा भी उन अहसासात की हक़ीक़त में जो सपनों में तो उदित होते हैं कभी-कभी। और सिर्फ़ अपनी पीठ दिखाकर लौट जाते हैं फिर। हमारे अवचेतन या अर्द्धचेतन की अन्धकारमयी गुफा में। हमें चेहरा देखने की व्याकुलता के साथ छोड़।

कुछ-कुछ ऐसी व्याकुलता के बीच संस्कार ने स्कूल जाने के लिए ज्यों ही पार की अपनी ड्योढ़ी की दहलीज़, उसे इन्दिरा जाती दिखाई दी। रोज़ के मुक़ाबले धीमी चाल से।

इन्दिरा रुकी तो नहीं पर चाल ज़रूर धीमी कर दी। इसलिए कि अगर तिल बराबर भी संशय मन में अटका रह गया हो कहीं तो वह इस राह को छोड़ कोई दूसरी राह पकड़ ले। ऐसी राह जिस पर जाने के बाद उसकी छाया तक लौटकर नहीं आती इस राह पर।

संस्कार लम्बे-लम्बे डग भरता उसके पास पहुँच गया।

"मैंने आईने पर जमी धूल साफ़ कर उसमें अपना चेहरा देख लिया है।" संस्कार के लहज़े में न कोई दरार, न झिरी। यहाँ तक कि कोई अदृश्य सलवट भी नहीं थी। एकदम साबूत। जैसे उसके अन्तरतम में थी। वैसी ही बाहर भी।

इन्दिरा ठिठकी। एक भरपूर दृष्टिपात किया संस्कार के चेहरे पर। उसे वहाँ ऐसा कुछ नहीं दिखा जो भरोसे लायक़ न हो।

"सचमुच।" इन्दिरा के चेहरे पर लेशमात्र को भी हैरानी नहीं थी। थी तो अपना यक़ीन फलित होते देखने के बाद उपजी गहरी तसल्ली।

तत्पश्चात् साथ-साथ चलना सहज से सहजतर होता चला गया। और एक-दूसरे को, जैसा है उसी रूप में वरण करने की गहन से गहनतर होती तड़प।

साथ चलने का समय तय। पहुँचने का स्कूल की घंटी। बीच में लगभग बीस मिनट का फ़ासला। यह फ़ासला नहीं। पल थे। आत्मीय। सगे। परस्परता की स्निग्ध आँच पर पकते। दूरियों को नज़दीकियों में बदलने की तन्मयता से ओतप्रोत। न जाने किन-किन गहराइयों से निकल समय के आसमान में पंछियों की तरह मुक्त परवाज भरते। मुखर करते उन ख़ामोशियों को जिनका मुखर होना स्थगित होता आया था अब तक।

दूरियाँ ख़ुद-ब-ख़ुद सिमटने लगती हैं। रिश्ते फूलने-फलने लगते हैं। ज्यों ही मिल जाती हैं उन्हें अपने हिस्से की उर्वर ज़मीन। दो व्यक्तियों के बीच नैसर्गिक

वैभिन्य के बावजूद। इस सत्य का स्वीकार फिर नहीं बदलने देता ऐसी ज़मीन को बंजर में।

सात

एक महीना होने को आया था। संस्कार को स्कूल में दाख़िला लिए हुए। क़स्बे की आबोहवा भी कुछ-कुछ रास आने लगी थी उसे। उस तरह से नहीं जैसे पीछे छोड़ आए गाँव की आबोहवा। नए स्कूल में सहपाठियों की नब्ज़ भी टटोल ली थी। कुछ-कुछ। छिटपुट वार्तालाप में धड़कती नब्ज़।

उधर वरुण कार्तिक था कि नब्ज़ पर उँगली ही नहीं धरने दे रहा था। खिंचा-खिंचा-सा रहता था संस्कार से। उसकी गाहे-बगाहे कोशिशों के बावजूद।

संस्कार जानता था कि उसे ठेस लगी है। थानेदार का बेटा जो ठहरा। दरअसल यह ठेस उसे नहीं उसके भीतर पाँव पसारे थानेदारी को लगी थी। उसके बाप के रुतबे को लगी थी। जिसे वह कमोबेश अपना रुतबा मानने लगा था।

घर के माहौल में ही होते हैं ऐसे दम्भ के कीटाणु। पल-पल डंक मारते। ज़हर को नस-नस में फैलाते।

डॉक्टर का बेटा मोहन भी तो अपनी क़तार के आख़िर में बैठता था। उसे मास्टर राम सहाय ने नहीं बिठाया था वहाँ। वह तो नहीं रहता था किसी से भी खिंचा-खिंचा। इस दम्भ के कोटर में क़ैद कि वह भी तो डॉक्टर का बेटा है। क्योंकि यह उसकी अपनी पसन्द थी। इसलिए कि अध्यापक जब भी विद्यार्थियों से सम्बोधित होते तो उसे भी वैसा ही सुनाई देता था जैसा क़तार में नम्बर एक पर बैठनेवाले को। सुनने-समझने का ताल्लुक़ किसी नम्बर से न होकर, सोच से होता है।

संस्कार ख़ुद भी तो अब अफ़सर का बेटा है। इस क़स्बे में पदोन्नत होकर आए थे उसके पिता। उसे तो नहीं है पिता के रुतबे का दम्भ। ऐसा कोई ख़याल कभी अंकुरित ही नहीं हुआ उसके मन में। जब बीज ही न हो तो अँकुराना कैसा।

किसी भी क़तार में अपनी जगह ख़ुद अर्जित करनी होती है। सोच, लियाकत

और इनसानियत के बलबूते। धौंस के बल पर जबरन हासिल की हुई जगह टिकाऊ नहीं होती। वह अक्सर साबित होती है फिसलन भरी ढलान। गिरना है कि कहीं थमता ही नहीं।

बाप का रुतबा बच्चों के लिए प्रेरणा तो हो सकता है लेकिन अपनी कमज़ोरियों को ढाँपने का ज़रिया नहीं।

संस्कार ने भी ऐसी ही कोशिश की थी एक बार। उस समय वह सातवीं कक्षा में पढ़ता था। उसके पिता उस छोटे से क़स्बे में कार्यरत थे। उन दिनों ऐसी छोटी जगहों पर सरकारी कर्मचारी किसी हाकिम से कम नहीं होता था। ख़ासकर लोगों के हितों के साथ जुड़े महकमे में कार्यरत कर्मचारी। पिता का काफ़ी सम्मान था लोगों के मन में। ईमानदारी, साफ़गोई और लोगों के प्रति उदार और सहिष्णु रवैये के कारण।

एक दिन संस्कार क़स्बे के जाने-माने ठेकेदार के बेटे के साथ खेल रहा था उन्हीं के आँगन में। खेल-खेल में किसी बात को लेकर दोनों में कहा-सुनी हो गई। देखते ही देखते ठेकेदार के बेटे ने धक्का देकर संस्कार को ज़मीन पर गिरा दिया।

"अपने पिता से कहकर अभी मज़ा चखाता हूँ तुम्हें।" संस्कार ने रोते हुए कहा था।

"जाओ-जाओ। मैं किसी से नहीं डरता। तेरा बाप अगर हाकिम है तो मेरा बाप भी ठेकेदार है।" उस लड़के के भीतर बैठे बाप ने संस्कार को धमकाते हुए कहा था।

घर आकर संस्कार ने पिता से शिकायत कर दी थी।

"इन छोटी-मोटी बातों के लिए अगर तुम मेरे पास दौड़े चले आओगे तो जीवन में आगे आनेवाली मुश्किलों का सामना कैसे करोगे? ऐसे तो तुम्हारे अन्दर जो हौसला है उसका क़द छोटा होता चला जाएगा।"

इतना ही कहा था पिता ने।

उस वक़्त थोड़ा अटपटा ज़रूर लगा था संस्कार को। लेकिन उनका कहा उसके दिमाग़ में दर्ज ज़रूर हो गया था। दर्ज हो गया था तो उसका असर भी होने लगा था उस पर।

धीरे-धीरे संस्कार की समझ में आने लगा था कि दोस्तियाँ इनसानों के बीच होती हैं। रुतबों के बीच नहीं। रुतबों के बीच तो पलती है एक-दूसरे को नीचा

दिखाने की अहंमन्यता। और यह भी कि अगर कोई किसी के ख़िलाफ़ खड़ा हो तो उसे इस बात का अहसास दिलाना अपेक्षतया आसान होता है। लेकिन अगर कोई ख़ुद के ही ख़िलाफ़ खड़ा हो, वह भी रुतबे के ढेर पर, तो उसे इस बात का अहसास दिलाना कठिन। इसके बावजूद ख़ुद के ख़िलाफ़ खड़े व्यक्ति का बीहड़ अभेद्य तो नहीं होता। कोई तो ऐसी आँख भी होती है जो इस बीहड़ को भीतर तक पहुँचकर बेपर्दा कर सकती है।

अब संस्कार के पास वरुण के बीहड़ को भेदनेवाली आँख है या नहीं, इसका पता तो तभी चलेगा जब वह इस चुनौती को वहाँ से स्वीकार करेगा जहाँ सफलता-असफलता से ज़्यादा महत्त्वपूर्ण होता है, जानना। जानने के बाद ही किसी नतीजे पर पहुँचना।

यह भी सच है कि संस्कार के मन में वरुण के प्रति कोई मलाल नहीं था। मलाल होता भी क्योंकर। आख़िर किसी शख़्स की एक झलक उसके समग्र व्यक्तित्व का आईना तो नहीं हो सकती। भले ही वह झलक उसकी किसी एक ग्रंथि की ओर इंगित क्यों न करती हो। इसके बावजूद संस्कार उसकी ओर दोस्ती का हाथ बढ़ाना चाहता था।

कभी-कभी समय भी मन में पड़ी हुई गाँठ को ढीला कर देता है। मास्टर राम सहाय भी शायद इस बात को भूल-भाल गए होंगे। इसलिए वह जो करने जा रहा है उस पर शायद उनका ध्यान ही न जाए। इसी सोच के साथ संस्कार गाहे-बगाहे कोशिश करता रहा अब तक।

लेकिन अपनी कोशिशों को बेअसर होते देख आज जैसे उसने कुछ कर गुज़रने की ठान ही ली थी।

संस्कार आधी छुट्टी होते ही वरुण के पास गया। एक हाथ से उसका बाज़ू थामा। दूसरे हाथ में उसका बस्ता उठाया।

वरुण को पहले तो कुछ समझ नहीं आया। लेकिन संस्कार की मंशा को भाँपने में देर नहीं लगी उसे। वह अड़ा रहा। या अड़ने का नाटक करता रहा। यह दिखाने की कोशिश करता कि जो भी हुआ है उससे उसे कोई फ़र्क़ नहीं पड़ता। उसे किसी की मेहरबानी की ज़रूरत भी नहीं है। वह, जहाँ है, ठीक है।

संस्कार लगभग खींचते हुए उसे अपनी जगह की ओर ले जाने लगा। खींचते हुए संस्कार को लगा कि वरुण प्रतिरोध तो कर रहा है पर आसानी से खिंचते

चले जाने की इच्छा बलवती है और अनिच्छा कमज़ोर।

संस्कार ने आख़िरकार उसका बस्ता अपने बस्ते से पहले रख दिया।

वरुण भरसक कोशिश कर रहा था कि उसकी ख़ुशी आँखों में न छलछला आए। इसके बावजूद उसकी आँखें चुगली करने लगी थीं। यह ख़ुशी किसी को मात देने की अहंमन्यता से उपजी ख़ुशी थी। दोस्ती के लिए उसकी ओर बढ़े हुए हाथ की वजह से नहीं।

ऐसे लोग, जिनको अपने लिए ख़तरा मानते हैं, उन्हें उतना ही ख़ाली या भरा हुआ देखना चाहते हैं जितना कि वे ख़ुद होते हैं। दूसरों का अपने से ज़्यादा ख़ाली होना उन्हें कोई तकलीफ़ नहीं देता। बल्कि उनके अहं को और फुला देता है। जबकि दूसरों का अपने से ज़्यादा भरा हुआ होना बदले की भावना को प्रचंड कर देता है। क्योंकि ऐसे लोग बुजदिल होते हैं। चुनौतियों का सामना करने की बजाय उनकी बग़ल से निकल जाने की ताक में। और अपनी इस बुज़दिली को महिमामंडित करने में माहिर भी।

संस्कार अपने मिशन में क़ामयाब तो हो गया था। पर अब उसे डर था मास्टर राम सहाय का। कहीं उन्होंने इसे अपनी अवहेलना मान लिया तो उसकी ख़ैर नहीं। क्योंकि अनुशासन के मामले में वे बेहद सख़्त थे। क्रूरता की हद तक सख़्त।

अगले ही दिन मास्टर राम सहाय ने यह देख भी लिया। पर उस वक़्त बोले कुछ नहीं। वे गणित पढ़ाते थे। उनकी काया का गणित भले ही समय से पहले गड़बड़ा गया था पर जीवन के गणित को वे भली-भाँति जानते-समझते थे। इसलिए संस्कार के गणित को समझने में उन्हें देर नहीं लगी थी। आख़िर उम्र के पचास-बावन साल लहरें गिनते-गिनते तो बिताए नहीं थे उन्होंने।

पीरियड ख़त्म होते ही उन्होंने संस्कार को अपने साथ आने का इशारा किया। कुछ इस तरह कि कक्षा में मौजूद किसी को भी इसकी भनक तक न लगे।

संस्कार की धमनियों में रक्त जैसे जमने लगा। मास्टर राम सहाय के इस सांकेतिक आदेश को मानने के सिवा और कोई चारा था भी नहीं। सो चुपचाप उनके पीछे हो लिया। ख़ुद को यह दिलासा देते हुए कि उसने अवहेलना ज़रूर की है पर किसी बुरी नीयत से नहीं।

मास्टर राम सहाय अध्यापकों के कॉमन रूम में दाख़िल हो गए। पीछे-पीछे संस्कार भी।

"यह तुमने ही किया है न?" वे पहले इस बात की पुष्टि कर लेना चाहते थे कि कहीं वरुण ने धौंस दिखाकर ख़ुद ही तो नहीं कर दिया है यह। वे शायद अच्छी तरह जानते थे कि वरुण ऐसी हिमाकत कर सकता है।

"जी।" इतना ही निकला संस्कार के मुँह से।

वह भी फँस-फँसकर।

"मुझे मालूम है इससे तुम्हें कोई फ़र्क़ नहीं पड़नेवाला। पर जो लोग अपने बलबूते, कहीं भी, अपनी जगह नहीं बना सकते उन्हें ज़रूर फ़र्क़ पड़ता है। क्योंकि ऐसे लोग अक्सर दूसरे की उदारता को उसकी कमज़ोरी समझते हैं।"

मास्टर राम सहाय की बात सुनते ही संस्कार की धमनियों में जमता रक्त पुनः प्रवाहित होने लगा था।

"मैंने समझ-बूझकर ही यह किया था। वरुण किस ग़लतफ़हमी को पाले हुए है यह मैंने बहुत पहले ही भाँप लिया था। मैंने जो किया वह फिर तुमने। शायद इससे उसे कुछ सबक हासिल हो जाए।"

मास्टर राम सहाय ने एक साथ कितने संकेत दे दिए थे आदमी की फ़ितरत के बारे में। वरुण और संस्कार के ज़रिये। कितनी उम्दा और सकारात्मक है उनकी सोच। और नज़रिया भी। हर संकेत गाँठ बाँध लेने की प्रेरणा से ओतप्रोत।

संस्कार के दिल में उनका सम्मान एक साथ कितनी ही सीढ़ियाँ चढ़ गया था। और उसे याद हो आया था ऐसा ही कुछ, पिता का कहा हुआ भी।

"आपने बिलकुल ठीक कहा, सर। कई बातें हमें चुभती ज़रूर हैं। पर उनकी चुभन भी कभी-कभी हमें सही रास्ता दिखा जाती है।"

मास्टर राम सहाय ने सिर हिलाकर जैसे संस्कार की इस बात से सहमति जताई और अपनी बात यह कहकर पूरी की :

"हम अध्यापकों का काम विद्यार्थियों को सिर्फ़ किताबी ज्ञान देना ही नहीं है। बल्कि उनके भीतर जहाँ-जहाँ अँधेरा है उन्हें उस अँधेरे से निकालकर रोशनी में ला खड़ा करना भी हमारा फ़र्ज़ है। ताकि वे उस रोशनी में अपनी आँखों से देख सकें कि क्या सही है और क्या ग़लत।"

और संस्कार प्रफुल्लित-सा लौट आया कक्षा में। अब तक हासिल में जुड़ते एक और हासिल के साथ। ऐसे हासिल हमारे भीतर, जाने-अनजाने उग आनेवाले झाड़-झंखाड़ की काट-छाँट भी करते रहते हैं। समय-समय पर। क्योंकि ऐसा अगर

न हो तो ये हमारी उर्वरता को लीलने लगते हैं।

लौटते ही देखा, लड़कियों की क़तार में प्रेमा को नम्बर एक पर बैठे। और इन्दिरा को नम्बर दो पर।

संस्कार जब से इस स्कूल में आया है इन्दिरा को ही देखता आया है एक नम्बर पर।

"तुम्हारी जगह प्रेमा क्यों?"

छुट्टी के बाद घर जाते हुए पूछा संस्कार ने।

प्रेमा शर्मा वैटनरी डॉक्टर की बेटी थी और वरुण की प्रिया। इन्दिरा से ही यह जानकारी मिली थी संस्कार को।

"पहले तुम बताओ। तुम्हारी जगह वरुण क्यों?" इन्दिरा ने सवाल के जवाब में सवाल कर दिया।

सवाल करते ही संस्कार को अन्देशा हो गया था कि ऐसा ही कुछ होनेवाला है। आख़िर कुछ रास्ता तो तय कर ही लिया था उसने। इन्दिरा के साथ। इधर-उधर देखते हुए नहीं। उसी की तरफ़ देखते हुए। उसकी हर भाव-भंगिमा में झाँकने की कोशिश करते हुए। अपने इसी प्रयास की बदौलत संस्कार उसकी परछाईं तक तो पहुँच ही गया था। भले ही इन्दिरा तक पहुँचना फ़िलहाल किसी पहेली को बूझने जैसा मुश्किल क्यों न लग रहा हो उसे।

अन्देशा था तो वह तैयार भी था इसके लिए। जवाब के लिए ख़ुद को टटोलना भी नहीं पड़ा उसे।

"उसने मेरी वजह से जो खोया वही उसे लौटाने के लिए।" यह दलील थी वज़नी।

"पर तुमने तो नहीं छीनी थी उससे उसकी जगह। तुमने जो पाया अपनी वजह से पाया। असल में खोया तो तुमने है।"

संस्कार की दलील के वज़न से बिना लड़खड़ाए कहा इन्दिरा ने। वह तो यही चाहती थी कि संस्कार असलियत की ओर पलटकर देखे।

"मामूली-सा कुछ खोकर अगर कुछ बड़ा पाया जा सकता है तो उसे खोना नहीं कहते।" संस्कार ने कहा।

"ज़िद्द कोई बुरी चीज़ नहीं है। लेकिन कभी-कभी यह ख़ुद के लिए ही तकलीफ़देह साबित होती है।"

इन्दिरा ने शायद भाँप लिया था संस्कार के निश्चय में से सिर उठाती ज़िद्द को।

"ज़िद्द तो नहीं पर एक कोशिश ज़रूर है।" कहते ही मास्टर राम सहाय का एक संकेत संस्कार के मानसपटल पर टिमटिमाने लगा।

"अब पेड़ के नीचे लेटे-लेटे मुँह में फल टपकने का इन्तज़ार करने से तो बेहतर है पेड़ पर चढ़कर फल तोड़ लाना। इस प्रयास में हम फल तक पहुँच भी सकते हैं और पाँव फिसल जाने पर गिर भी सकते हैं। सम्भावनाएँ तो दोनों ही बनी रहती हैं।" इन्दिरा ने कहा।

दरअसल वह संस्कार को निरुत्साहित भी नहीं करना चाहती थी और साथ-ही-साथ सचेत भी करना चाहती थी।

"ख़तरों से डरकर पीछे हटना भी तो कायरता ही कहलाएगी न?" संस्कार अपने इरादे में छेद होते नहीं देखना चाहता था।

"तुम्हारी इन सब बातों को अगर सामान्य तौर पर लें तो निश्चय ही इनमें बहुत दम है। लेकिन..."

इन्दिरा ने अपनी बात अधूरी छोड़ बात का रुख़ दूसरी ओर मोड़ते हुए कहा, "ख़ैर छोड़ो, तुम यह बता दो कि तुमने ऐसा करके आख़िर पाया क्या?"

"एक दोस्त।" संस्कार ने छूटते ही कहा।

"तो समझो, मैंने भी थोड़ा सा खोकर बहुत कुछ पा लिया है।" इन्दिरा ने बातचीत के शुरू में संस्कार द्वारा उठाए गए सवाल का सीधे-सीधे अब जवाब दिया।

"मतलब?"

"तुमने तो पता नहीं, दोस्त पाया कि नहीं। पर मैंने तुम्हारी बराबरी ज़रूर पा ली है।"

इन्दिरा की गहरी तसल्ली से निकला।

"ये बराबरी वाली बात कुछ समझ नहीं आई।" संस्कार ने उत्सुकता से पूछा।

"तुमसे बड़ा होना मैं कभी चाह ही नहीं सकती। अपने से छोटा तुम मुझे होने नहीं दोगे। बराबर होने में तुम्हें कोई एतराज़ होना नहीं चाहिए।" इन्दिरा ने कहा। जैसे एक अरसे से धरा हुआ था यह उसके भीतर। सही पल के इन्तज़ार में। मूक।

"ओह! अच्छा तो यह बात है। बड़ा ही नायाब तरीक़ा ढूँढ़ निकाला है तुमने। इस बराबरी का। मैं तो तुम्हारी समझदारी का क़ायल बनता जा रहा हूँ। तुम मेरे बराबर नहीं। हर दृष्टि से मुझसे बड़ी हो।" संस्कार के अन्तस् से निकले थे ये उद्गार।

"हाँ, बड़ी तो हूँ। पर सिर्फ़ उम्र में। वह भी मात्र एक साल। तुमने जो मेरी बड़ाई की है उसके लिए शुक्रिया। पर मैं इससे फूलकर कुप्पा हरगिज़ नहीं होऊँगी।"

इन्दिरा ने जो कहा उससे साफ़-साफ़ झलक रहा था कि वह इरादे की कितनी अटल है।

"तुम्हें ऐसा क्यों लग रहा है कि वरुण मेरी दोस्ती को स्वीकार नहीं करेगा?" संस्कार के मन में अभी तक यह अटका हुआ था। इसलिए पूछ ही लिया उसने।

"जो भी रिश्ता एकतरफ़ा होता है वह ज़्यादा देर नहीं टिकता। दम चाहे कितना भी क्यों न हो। तुम ही बताओ आख़िर हम एक टाँग पर कितनी देर खड़े रह सकते हैं? मेरी इस बात का मतलब एक टाँग पर खड़े होकर, ख़ुद जान जाओगे। ख़ुद जानने से बेहतर और कोई रास्ता होता भी नहीं।" इन्दिरा ने कहा।

संस्कार को इन्दिरा के इस संक्षिप्त कथन से इतना तो समझ आ गया था कि वह सिर्फ़ वरुण और उसकी सम्भावित दोस्ती पर ही अपनी राय ज़ाहिर नहीं कर गई है। अपने और उसके रिश्ते की ओर भी इंगित कर गई है। साथ में यह भी कि किसी भी रिश्ते में प्रविष्ट होने से पहले उसकी तासीर जान लेना ज़रूरी होता है। रिश्ते की नब्ज़ टटोलकर। ख़ासकर यह कि अपने और संस्कार के रिश्ते में संस्कार कहाँ खड़ा है उससे पहले यह जानना कि वह ख़ुद कहाँ खड़ी है। रिश्ते के केन्द्र के कितना निकट, कितनी दूर। कहीं हाशिए पर ही तो नहीं।

दरअसल वरुण और उसकी दोस्ती को लेकर इन्दिरा की शंका निर्मूल थी भी नहीं। दोनों के बीच हुए वार्तालाप से तो यही उभरकर आ रहा था। लेकिन दूसरी तरफ़ अपने और संस्कार के रिश्ते को लेकर एक गहरी जिज्ञासा ही लगी संस्कार को।

संस्कार के मुँह से बरबस निकल गया, "नम्बर दो पर बैठकर भले ही तुम मेरे बराबर हो गई हो। क़द भी हम दोनों का लगभग बराबर ही है। लेकिन वज़न...।"

अपनी बात अधूरी ही छोड़ दी संस्कार ने। जानबूझकर। साथ ही उसके होंठों पर उग आई थी एक शरारती मुस्कान। बस पल भर को ही। और देखते-ही-देखते ग़ायब।

अपनी तरफ़ से तो संस्कार ने ठिठोली की थी। क्योंकि इन्दिरा की काया का वज़न था भी उससे ज़्यादा। ज़्यादा होते हुए भी क़द के हिसाब से एकदम माकूल। बस इतना ही ज़्यादा कि देखनेवाला मन में ईर्ष्या का भाव लिए अपलक

देखता ही रह जाए। इस क़दर गठी हुई थी उसकी देहयष्टि। जिस पर देह के रंग में घुले-मिले उसके अंग-प्रत्यंग। इन सबके सामंजस्य से खिलती उसकी देह।

और कहाँ संस्कार की 'टच मी नॉट' जैसी काया। जैसे मांस की पर्तों ने हड्डियों पर बिछते-बिछते बीच में ही अपना हाथ रोक लिया हो।

संस्कार को लगा वह अनजाने में ही कुछ ऐसा कह गया था जिसके सतही अर्थ कुछ और थे और सतह के नीचे कुछ और। सतही अर्थों से बहाल होकर दूसरे अर्थ कब उसके मन की खिड़की से बाहर निकल, मन का आईना बन गए, उसे पता ही नहीं चला।

घर पहुँचने तक ख़ामोशी छाई रही दोनों के बीच।

इन्दिरा का मौन एक प्रश्नचिह्न की तरह टँगा रहा संस्कार के दिलो-दिमाग़ में।

आठ

संस्कार को एक अजीब-सा चर्म रोग हो गया था पहले वाली जगह रहते हुए ही। सारी देह में फफोले पड़ जाते। उसमें से लिसलिसा-सा गंधहीन द्रव्य गाहे-बगाहे रिसता रहता। दिन में दो-तीन बार कपड़े बदलने पड़ते। पता नहीं उसका चेहरा और हाथ कैसे बचे रह गए थे इस रोग की चपेट से।

उस गाँव में एक सरकारी डिस्पेंसरी भी थी। डिस्पेंसरी में तैनात थी एक लेडी डॉक्टर। चालीस के आसपास उम्र रही होगी उसकी। इस उम्र में ही आँखों पर नज़र का चश्मा। चश्मे के पीछे से झाँकती बड़ी-बड़ी आँखें और उनमें एक शाश्वत हैरानी का भाव। जैसे कभी किसी होनी-अनहोनी को देखने के बाद वहीं-का-वहीं स्थिर होकर रह गया हो। चलती तो मंद गति से। छोटे-छोटे डग भरती। मानो आगे बढ़ने की बजाय पीछे लौटना चाहती हो। किसी ऐसी गहरी इच्छा की ओर जो न चाहते हुए भी अधूरी रह गई हो। या फिर शायद उम्र की रफ़्तार को ही मंद करने की विह्वलता से उगते थे यह डग।

लेडी डॉक्टर के स्वभाव से टपकता अपनापन। तिस पर मृदुभाषी। मरीज़ तो

उसे अपना भगवान ही मानते थे। क्योंकि उन्हें लगता, उनका आधा मर्ज़ तो डॉक्टर का स्वभाव ही हर लेता है।

लेडी डॉक्टर जो भी कहती, आत्मपरक होते हुए भी, वस्तुपरकता की ओर अग्रसर प्रतीत होता। शायद इसलिए कि आत्मपरकता, किसी के मन में, उसके प्रति कोई ग़लतफ़हमी न पैदा कर दे। शायद इसी वजह से वह शब्दों को उगलती नहीं थी। बल्कि जब तक वे वस्तुपरकता की राह नहीं पकड़ लेते, तब तक उसकी ज़ुबान पर नहीं आते थे।

गाँव में एक ही तीन मंज़िला मकान था। दरअसल यह मकान नहीं, हवेली थी। वह भी काफ़ी पुरानी। सालों से मरम्मत की बाट जोहती। हवेली के मालिक थे दौलेशाह। कभी उनके पुरखे इस गाँव के ही नहीं, पूरे इलाक़े के बहुत बड़े ज़मींदार हुआ करते थे। ले-देकर अब बची थी यह पुरानी हवेली। गाँव से मील भर दूर बहती एक छोटी-सी नदी के किनारे आम का एक बग़ीचा। हवेली के पीछे एक लम्बी-चौड़ी घुड़साल। जिसमें कभी अलग-अलग नस्ल के घोड़े बँधे रहते होंगे। और अब उस वक़्त की शानो-शौक़त का मलबा ढोती एकमात्र घोड़ी। रात-बिरात हिनहिनाती तो उसका हिनहिनाना विलाप जैसा प्रतीत होता। और ज़मीनों के नाम पर मुक़दमों के भँवर में फँसी थोड़ी-बहुत ज़मीनें।

इसी हवेली के ग्राउंड फ़्लोर पर एक किरायेदार की हैसियत से रहती थी लेडी डॉक्टर। लेकिन दौलेशाह उससे किराया नहीं लेते थे। यह जानकारी भी संस्कार को लेडी डॉक्टर से ही मिली थी। लेकिन इसकी वजह न तो कभी डॉक्टर ने बताई, न ही उसने पूछी। उसे यह ज़रूर लगा कि वह वजह दौलेशाह की दयानतदारी हो सकती है। या फिर यह सोच भी कि पाँच-सात रुपये माहवार किराये से उनकी ज़मींदारी का लगभग ख़ाली गल्ला तो भरने से रहा।

दौलेशाह बची-खुची विरासत को क़ायम रखने के लिए गाहे-बगाहे संस्कार के पिता से सलाह-मशविरा करते रहते थे। पिता थे भी ज़मीनों से सीधे-सीधे जुड़े चकबन्दी महकमे में। सहायक चकबन्दी अधिकारी। इसलिए दोनों परिवारों के परस्पर घरेलू सम्बन्ध बन गए थे। तिस पर दौलेशाह की सबसे छोटी बेटी भी संस्कार की सहपाठिन थी। इसलिए उसका हवेली आना-जाना लगा रहता था। वहीं कभी-कभी लेडी डॉक्टर से भी मिलना-जुलना हो जाता था।

एक शाम संस्कार हवेली पहुँचा। हवेली के प्रवेश-द्वार पार करते ही लेडी

डॉक्टर से उसका सामना हो गया था। नीलिमा नाम था लेडी डॉक्टर का।

"कल ही दो नई पत्रिकाएँ आई हैं। तुम्हारे मतलब की काफ़ी सामग्री है इनमें। जल्दी न हो तो मेरे पास बैठकर पन्ने उलट-पलटकर देख लो। फिर साथ ले जाना। पर ज़रूर।"

डॉ. नीलिमा ने इतना आग्रह कभी नहीं किया था। वह भी इतना बल देकर।

डॉ. नीलिमा को अपने प्रोफ़ेशन से सम्बन्धित पत्र-पत्रिकाओं के अलावा अन्य पत्र-पत्रिकाएँ पढ़ने का भी शौक़ था। पर निश्चित तौर पर यह पठन-पाठन टाइम-पास तक सीमित नहीं था। प्रोफ़ेशन से सम्बन्धित साहित्य उसके पति ले आया करते थे, शहर से। यहाँ से तीस-पैंतीस मील दूर एक बड़े शहर के अस्पताल में डॉक्टर थे उसके पति। उनके दो बच्चे भी पिता के साथ ही रहते थे। क्योंकि शहर में एक-से-एक आला दर्जे के स्कूल थे। उनके सामने गाँव के स्कूल की भला क्या बिसात। अन्य पत्र-पत्रिकाएँ वह क़स्बे से डाकिए के हाथों मँगवा लिया करती थीं।

अंग्रेज़ी का एक अख़बार तो संस्कार के पिता डाकिए से हर रोज़ मँगवाते ही थे। पत्र-पत्रिकाएँ ही नहीं कुछ अन्य विषयों की किताबें उसे डॉ. नीलिमा के सौजन्य से प्राप्त हो जाती थीं। ख़ासकर दुनिया की मशहूर नृत्यांगनाओं की एकाधिक किताबें मौजूद थीं उनकी मिनी लाइब्रेरी में। डॉ. नीलिमा के विशेष आग्रह पर मशहूर नर्तकी इज़ा डोरा डंकन की आत्मकथा 'माय लाइफ़' पढ़ने के बाद तो संस्कार दंग ही रह गया था। किताबें पढ़ते हुए संस्कार को जहाँ कुछ समझ नहीं आता डॉ. नीलिमा हर वक़्त तत्पर रहती थीं उसकी मदद के लिए। अध्ययन के प्रति उसका लगाव तभी से विकसित हो गया था जब से उसने पाठ्यक्रमों में लगी हिन्दी-अंग्रेज़ी की कविताएँ, निबन्ध आदि पढ़ना शुरू किया था।

रोशनी जहाँ से भी मिले, जितनी भी मिले उसे भर लेना चाहिए अपने अन्दर। बेझिझक। सब कुछ छिन जाए लेकिन रोशनी बची रहे (क्योंकि रोशनी को नहीं छीन सकता नृशंस-से-नृशंस आततायी भी) तो उसी के दम पर लड़ी जा सकती हैं लड़ाइयाँ। क्योंकि समूचे ब्रह्मांड में रोशनी से बड़ा और कारगर अस्त्र-शस्त्र न तो कभी हुआ न कभी होगा। इसलिए रोशनी एक ब्रह्मास्त्र है हर अँधेरे के ख़िलाफ़।

यह मूलमंत्र बाबा नागा से मिला था संस्कार को।

संस्कार बैठक में बैठा था डॉ. नीलिमा के सामने। कुर्सी पर। पत्रिका में छपी एक कविता को पढ़ने में तल्लीन।

तभी अचानक डॉ. नीलिमा ने पूछा :

"बारहवीं के बाद आगे क्या करने का इरादा है?"

संस्कार ने चौंककर उसकी ओर देखा। शाम के उस पीतवर्णी आलोक में भी साफ़-साफ़ देख सकता था वह डॉ. नीलिमा का चेहरा। आँखों में डबडबा आई आतुरता को। हालाँकि इससे पहले भी उनके बीच बातचीत होती रहती थी। लेकिन अधिकतर संक्षिप्त, औपचारिक और अवैयक्तिक ही होता था वह संवाद। उस वक़्त उसका बदला-बदला लहज़ा कुछ ऐसा बयान कर रहा था जैसे वह कुछ साझा करना चाहती है संस्कार से। ऐसा कुछ जो अरसे से उसके भीतर पड़ा-पड़ा एक गाँठ बनकर टीसने लगा था उसे। और वह उस गाँठ को खोलकर, हमेशा के लिए उसकी टीस से मुक्ति पा लेना चाहती हो।

ऐसा करने से पहले वह संस्कार को अपनी कसौटी पर अच्छी तरह परख लेना चाहती थी शायद कि वह इस क़ाबिल है भी या नहीं। क़ाबिल है तो क्या वह उस सीमा को लाँघ सकती है जिसके अन्दर रहकर वह अभी तक मिलती आई है संस्कार से। जब उसे यक़ीन हो गया होगा कि अब उसकी निजता को संस्कार से कोई ख़तरा नहीं है तभी उसने आज उस सीमा से बाहर पाँव रखा होगा।

"यह फ़ैसला तो काफ़ी हद तक बारहवीं की परीक्षा के परिणाम पर निर्भर करता है। और उसमें अभी लगभग डेढ़ साल बाक़ी हैं।" संस्कार ने सीधे सवाल का सीधा ही जवाब दे दिया था।

"वक़्त बीतते देर नहीं लगती। इसलिए समय रहते ख़ुद ही कुछ तय कर लिया जाए और उस पर डटे रहने के अपने इरादे को मज़बूत तो ऐन वक़्त पर किसी का मोहताज होने के लिए विवश नहीं होना पड़ता। न ही फिर अपनी इच्छाओं-आकांक्षाओं की क़ब्र पर दूसरों के सपनों की फ़सल बोते-बोते व्यतीत करना पड़ता है पूरा जीवन।"

बूँद-बूँद टपकने लगी थी डॉ. नीलिमा की टीस। और बूँद-बूँद कर उससे निजात।

अभी तक डॉ. नीलिमा को लेकर संस्कार का जो भी अनुमान था वह उसे हक़ीक़त में परिणत होता लग रहा था। इसकी वजह थी डॉक्टर द्वारा वाक्य में 'अपनों' शब्द की जगह 'दूसरों' शब्द का प्रयोग। हालाँकि सुना उसने भी वही था जो कहा गया था। लेकिन कई बार सुना हुआ भी कान से गुज़रने के बाद कहीं पहुँचकर अटक जाता है। अटका रहता है जब तक कि कहा हुआ अपना अभिप्राय

प्रतिपादित नहीं कर देता। ख़ासकर तब जब आप किसी के बारे में अनुमान के धुँधलके से गुज़र रहे हों।

संस्कार इस दुविधा में था कि क्या कहे। क्या सीधे-सीधे पूछ ले कि आपने आख़िर ऐसा क्यों कहा? या फिर डॉ. नीलिमा ने जो कहा उसी से मिलता-जुलता कुछ। फ़िलहाल उसे यह दूसरा ही तरीक़ा उचित लगा।

"मेरे माता-पिता की तरफ़ से अभी तक न तो ऐसा कोई दबाव है न ही उनकी तरफ़ से कोई सुझाव आया है। मेरे साथ शुरू से ऐसा ही रहा है। शायद ही कभी कोई सवाल उठाया हो उन्होंने मेरी जीवन-शैली पर। वैसे भी मेरा मानना है कि ख़ुद से बेहतर और कौन जान सकता है इस बारे में। बशर्ते कि अपनी प्रतिभा को हम सही-सही पहचानते हों और अपने बारे में किसी नामुराद ग़लतफ़हमी का शिकार न हों।"

संस्कार ने जो कहा उसका पहला हिस्सा सायास था। सोचा-समझा। जबकि दूसरा हिस्सा एकदम अनायास।

"तुम 'एक्सेप्शन' हो सकते हो। बदक़िस्मतों की लम्बी क़तार में एक ख़ुशक़िस्मत। लेकिन आमतौर पर माँ-बाप तो अपने बच्चों को डॉक्टर-इंजीनियर के रूप में ही देखना चाहते हैं। दुनिया में और भी कितने प्रोफ़ेशन हैं उनकी तरफ़ आँखें मूँदे। अपनी सोच पर ताला जड़े। बच्चों की रुचियों को सिरे से ख़ारिज करते। है यह एक 'कंटेजियस' रोग की तरह। एक से दूसरे, दूसरे से तीसरे और इस तरह घर-घर तक देखा-देखी फैलता। सबसे बड़ी बात तो यह कि वे इसे अपनी प्रतिष्ठा से जोड़कर देखते हैं। ऐसे में औरों के सामने अपनी हेठी क्योंकर होने देंगे। बच्चे उनका अपना ख़ून नहीं, जायदाद जो ठहरे।"

डॉ. नीलिमा धीरे-धीरे सरकती आ रही थीं असली मुद्दे की ओर। टीस का टपकना अब एक पतली-सी धार में बदल गया था।

"आप डॉक्टर हैं। ज़ाहिर है, डॉक्टर ही बनना चाहती होंगी?" संस्कार ने कहा।

इतना ही तो चाहिए था डॉ. नीलिमा को। 'इमपर्सनल' से 'इनपर्सनल' होने के लिए। दूसरे की तरफ़ से। वह शायद थीं भी इसी पल के इन्तज़ार में। वह ख़ुद सीमा पर तो आन खड़ी हुई थीं। पर दूसरी तरफ़ पाँव रखने की झिझक ने उनका हाथ थाम रखा था। फिर क्या था। झिझक की उस कमज़ोर-सी काँच की दीवार को टूटते देर नहीं लगी।

"नहीं, बिलकुल नहीं।" डॉ. नीलिमा जैसे फट ही पड़ी थीं।

"तो!" संस्कार की हैरानी से उछला था यह 'तो'। वह विस्फारित नेत्रों से उन्हें ताकता ही रह गया था।

"मैं एक नृत्यांगना बनना चाहती थी। मेरे जीवन का सबसे बड़ा सपना था यह। सपना ही नहीं जुनून।"

जैसा वह डॉ. नीलिमा को देखता आया था उसके पीछे से अचानक निकलकर एक दूसरी नीलिमा आन खड़ी हुई थी संस्कार के सामने। अपने उस सपने के साथ जिसमें सूराख़ों जैसा कुछ दिखाई देने लगा था। और उनमें से झाँकता नीलिमा का उस वक़्त का चेहरा जब उसके सपने में सूराख़ हुए होंगे।

"आपने ही एक बार बताया था कि आपके पिता इंजीनियर थे और माँ डॉक्टर। इतना पढ़ा-लिखा होने के बावजूद...!" संस्कार को जैसे विश्वास ही नहीं हो रहा था।

"मैंने शुरू में ही अपने इस रुझान की बात बेझिझक माता-पिता के सामने रख दी थी। उनका जवाब था : नाच-गाना आख़िर मुजरा ही तो है। कोठे वालियों को ही सुहाता है। सभ्य परिवारों की बेटियों को नहीं। घर में जब तबले की थाप और घुँघरुओं की झंकार गूँजेगी तो हमारे ख़ानदान की समाज में जो साख है उसका कोई नामलेवा भी नहीं रहेगा। चारों तरफ़ से थू-थू होगी। आज हुआ, सो हुआ। दोबारा इसका ज़िक्र तक नहीं होना चाहिए इस घर में। इसे मशविरा नहीं, पहली और आख़िरी चेतावनी समझना।"

कहने के बाद डॉ. नीलिमा अपने में डूबी रहीं। लम्बे पल तक। शायद अपनी स्मृतियों को खँगालती। उनमें यहाँ-वहाँ बिखरे सपने के चीथड़े बटोरती।

संस्कार के होंठों तक आते-आते रह गया—दूसरों को नसीहत ख़ुद मियाँ फ़ज़ीहत। इसलिए कि सटीक होते हुए भी यह डॉ. नीलिमा की वेदना में इज़ाफ़ा न कर दे।

तत्पश्चात् डॉ. नीलिमा ने अतीत का वेदना-सना पन्ना कुछ इस तरह खोला था :

"तब मैं बारह साल की थी। देश अभी आज़ाद नहीं हुआ था। पर आज़ादी की लड़ाई अपने चरम पर थी। एक तरफ़ तो आज़ादी के दीवाने लोग अपना सर्वस्व बलिदान करने को तत्पर थे। जबकि दूसरी ओर समाज का एक अच्छा-ख़ासा तबका घिसे-पिटे रीति-रिवाजों की वकालत करने में मशगूल, रूढ़िवादिता की दलदल में गले-गले तक धँसा। उनके लिए पढ़ा-लिखा होने का मतलब घर के

बाहर कुछ और था और घर के अन्दर कुछ और। यानी बाहर तो आज़ाद-ख़याल होने का ढोंग-ढिंढोरा और घर में वही-के-वही कूप-मंडूक।

"नृत्य सीखने की ललक कुछ ऐसी थी कि घरवालों के दो-टूक इनकार के बावजूद हरी-की-हरी। इसलिए घरवालों से झूठ बोलकर, चोरी-छिपे नृत्य की तालीम लेना शुरू कर दिया था। अपनी एक सखी के पिताजी से। शास्त्रीय संगीत और नृत्य के नामचीन फनकार थे वे। शहर में एक संगीत विद्यालय भी था उनका।

"तालीम का यह सिलसिला एम.बी.बी.एस. पासआउट करने के दिन तक बरक़रार रहा। मेडिकल कॉलेज में दाख़िला लेने के बाद बेशक उसकी गति धीमी पड़ गई थी। लेकिन फिर भी हफ़्ते में एक-दो दिन जैसे-तैसे निकाल ही लेती थी मैं।

"मेरे गुरुजी, मेरी लगन, मेहनत और परफॉरमेंस से बेहद मुतास्सिर थे। यानी ख़ुश थे। उनकी दिली तमन्ना थी कि मैं अपनी कला की सार्वजनिक प्रस्तुति दूँ। क्योंकि नृत्यांगना के रूप में अपनी पहचान बनाने का यही एक ज़रिया होता है। उनकी बात से पूरी तरह सहमत होते हुए भी मैं हिम्मत नहीं जुटा पा रही थी। डर था कि ऐसा होते ही कहीं घरवालों के सामने बरसों से सहेजे राज़ का पर्दाफ़ाश न हो जाए।

"लेकिन उस दिन को आख़िर आना ही था। आया भी। एम.बी.बी.एस. पासआउट करने का दिन। रात को मेडिकल कॉलेज में बहुत बड़े पैमाने पर एक सांस्कृतिक कार्यक्रम का आयोजन किया गया था। इसमें प्रमुख थी शास्त्रीय-नृत्य की मेरी प्रस्तुति। गुरुजी के लिए मेरी गुरुदक्षिणा। सार्वजनिक मंच पर मेरी पहली और आख़िरी।

"संयोगवश मेरे गुरुजी ही इस कार्यक्रम के मुख्य अतिथि थे। अपनी प्रस्तुति से ज़्यादा मैं गुरुजी की प्रफुल्लता पर गद्‌गद थी। हॉल में देर तक व्याप्त रही तालियों की गूँज। मैं जानती थी कि तालियों की यह गूँज मेरे घर तक भी पहुँचेगी और अपना रंग दिखाए बिना चैन नहीं लेगी। लेकिन परिणाम जो भी निकलनेवाला था उसका सामना करने के लिए मैं पूरी तरह लैस थी। लेकिन जो हुआ वह मेरी कल्पना से भी परे था।

"अगले दिन अख़बारों की कुछ ऐसी सुर्खियों में थी मेरी प्रस्तुति :

'नृत्य के आँगन से आसमान की ओर उड़ान भरती नृत्यांगना'

'शास्त्रीय नृत्य को मुजरा कहनेवालों को एक नृत्यांगना का मुँहतोड़ जवाब'

"देखते ही देखते ये सुर्खियाँ हक़ीक़त में परिवर्तित होते मेरे सपने की अकाल मृत्यु की वजह बन गईं।

"आनन-फानन मेरी शादी कर दी गई। इस सबको मैं ऐसे देखती रही जैसे यह मेरे साथ नहीं किसी और के साथ हो रहा हो। जब मुझे इसका भान हुआ कि ये सब मेरे साथ ही हो रहा है तब तक मैं पिता के घर की दहलीज़ लाँघकर पति के घर-द्वार पर थी। एक पाँव दहलीज़ के अन्दर था दूसरा बाहर। तभी बाहर-बाहर से लीपे-पोते, जगमगाते नए घर के अन्दर पसरे अँधेरे ने इन शब्दों के साथ मेरा गृह प्रवेश करवाया—इस घर में रहना है तो पैसा कमाओ। लेकिन सिर्फ़ डॉक्टरी के पेशे से। मुजरे को पेशा बनाकर नहीं। मैं तो इसी तरह स्वागत करता हूँ हर उस मेहमान का जो अपने साथ रोशनी का पैगाम लाने की जुर्रत करता है।

"तब मुझे अहसास हुआ था कि पिंजरा बदल जाने से पंछी की तक़दीर नहीं बदलती। फिर चाहे एक पिंजरा चाँदी का और दूसरा सोने का ही क्यों न हो।

"इस दोहरे सदमे से मैं आज तक नहीं उबर पाई थी। आज तक से मतलब बरसों से जो मेरी आत्मा को छलनी-छलनी करता आ रहा था उसे तुम्हारे साथ शेयर करने तक।"

दास्तान का समापन करते ही डॉ. नीलिमा ने एक गहरी साँस ली थी। ढेर सारी ताज़ी हवा अपने फेफड़ों में भरते हुए। जैसे अतीत के भँवर में फँसी उसकी नाव को अचानक किसी वेगमयी लहर ने किनारे पर ला खड़ा किया हो।

संस्कार ने साफ़-साफ़ सुन लिया था बाहर से भीतर भरती उस साँस का अँधेरे में बजना। अपनी स्वाभाविक लय में लौटना। शाम कब रात में बदल गई थी दोनों को इसका भान तक नहीं था।

हवेली की ऊपरी मंज़िलें अब तक पेट्रोमैक्स की दूधिया रोशनी में जगमगाने लगी होंगी—संस्कार ने सोचा।

एक आहट-सी हुई थी। शायद डॉ. नीलिमा कुर्सी पर हिली-डुली थीं। दरअसल हिली-डुली नहीं कुर्सी से उठ खड़ी हुई थीं। उठकर, लगभग बीस बाई सोलह फीट की बैठक के एक कोने में रखे अब तक बुझे पेट्रोमैक्स को रोशन कर दिया था। अब तक बैठक पर हुकूमत करता अँधेरा पलक झपकते ही ऐसे ग़ायब जैसे कभी था ही नहीं। था भी तो पराजित होने की कगार पर।

अब तक डॉ. नीलिमा का जो चेहरा अन्धकार की ओट था, वह अपनी सहज भाव-भंगिमाओं के साथ संस्कार के सामने था। उस रोशनी की आभा से दीप्त। एकदम पारदर्शी। अवसाद के हर उस निशान से मुक्त जिन्हें वह अक्सर देखता आया था उस चेहरे पर।

"चाय पियोगे?" डॉ. नीलिमा ने मुस्कराते हुए पूछा था। पूछा नहीं जैसे आभार प्रकट किया हो। पहले से एकदम अलग और अनूठी थी यह मुस्कान। वहाँ से आई जहाँ सब कुछ निर्मल होता है। इससे पहले कभी-कभार दिखाई देनेवाली मुस्कान बुझी-बुझी और बनावटी लगती थी संस्कार को।

लेकिन इस नूतन मुस्कान को देख संस्कार को लगा था, पंछी पिंजरे से आज़ाद होकर उड़ान के लिए तत्पर है। खुले आसमान में।

देश को आज़ादी भी तो मिली थी लम्बे संघर्ष के बाद। आज़ादी कैसी भी हो, किसी भी चीज़ से क्यों न हो। आख़िर क़ीमत तो चुकानी ही पड़ती है। कभी कुछ खोकर ही पाया जा सकता है बहुत कुछ। कभी शायद बहुत कुछ खोकर सब कुछ। पिंजरा छोटा हो या बड़ा। क़ैद कितनी भी लम्बी। और हालात कितने भी बदतर। उड़ान को नहीं छीन सकता पिंजरा।

"क्यों नहीं।" संस्कार की गहरी तसल्ली से निकला था और बिछ गया था अभी-अभी अँकुराई हरी दूब की तरह। दोनों के बीच।

डॉ. नीलिमा थोड़ी देर में ही चाय के प्यालों के साथ लौट आई थीं। कुछ ऐसे जैसे आज की इस मुलाक़ात से दूर जाकर भी हमेशा रहेंगी इसके इर्द-गिर्द। अपने हौसले को इससे खींचती।

अबकी डॉ. नीलिमा ने बड़े ग़ौर से देखा था संस्कार का चेहरा। ख़ासकर उसकी आँखें कि कहीं इनमें कोई सवाल, कोई शंका तो शेष नहीं है। फिर एकदम मुतमइन होकर चाय की चुस्की ली थी।

"अगर लग्न सच्ची हो। इरादा नेक और मज़बूत, जैसा कि तुमने भी थोड़ी देर पहले कहा था, तो तमाम मुश्किलों के बीच से भी रास्ता बनाया जा सकता है। मेरे माता-पिता का इरादा ग़लत होते हुए भी मेरे सही इरादे से ज़्यादा मज़बूत था। मेरे ही इरादे में शायद कोई अदृश्य दरार रह गई थी। तुम्हारे सामने यह स्वीकार करते हुए मुझे ज़रा-सा भी अटपटा नहीं लग रहा है।"

अपनी किसी कमज़ोरी के लिए ख़ुद को कोसते रहने की बजाय, उसे स्वीकार

कर, आगे बढ़ने का जज़्बा साफ़-साफ़ परिलक्षित हो रहा था। डॉ. नीलिमा की इस स्वीकारोक्ति से।

"एक जगह असफल होने का मतलब हर जगह असफल होना क़तई नहीं होता। आपके सन्दर्भ में इसे मैं सफलता-असफलता के रूप में नहीं देखता। बल्कि नए पदचिह्न बनाने की दिशा में एक ऐसी पहल के रूप में देखता हूँ जिसका अनुसरण कोई-न-कोई ज़रूर करेगा। एक करेगा तो और भी। और यह मैं नहीं कह रहा। आपकी व्यथा-कथा का ही निचोड़ है यह।" संस्कार ने कहा।

"अगर तुम्हें सचमुच ऐसा ही लगता है तो आगे का सफ़र इसी की रोशनी में तय करूँगी। अपनी छोटी बेटी जो अभी नौ साल की है उसे नृत्यांगना बनाकर। इसमें उसकी रुचि भी है यह मैं भली-भाँति समझ गई हूँ। एंड प्राई मीन इट।"

डॉ. नीलिमा के इस कथन के बाद कुछ कहने-सुनने की गुंजाइश ही नहीं बची थी। क्योंकि उनके लिए जो निहायत ज़रूरी था उसका अहसास हो चुका था उन्हें। और संस्कार को इस बात की तसल्ली कि एक सपने की राख से जन्म ले रहा है कोई और नया सपना। कुछ-कुछ वैसे ही जैसे एक बार गर्भपात के बाद हमेशा के लिए तो बाँझ नहीं हो जाती कोख।

इसी डॉ. नीलिमा से हाल ही में फूटी अपनी बीमारी के इलाज के लिए पहली बार डिस्पेंसरी में क़दम रखा था संस्कार ने।

"अरे! आज अचानक डिस्पेंसरी कैसे आना हुआ! कोई ख़ास बात थी तो हवेली आ जाते।" डॉ. नीलिमा के लहज़े में हैरानी तो थी पर आत्मीयता भी थी।

संस्कार ने अपनी बीमारी के बारे में तफ़सील से बता दिया था। बड़े ध्यान से सुनने के बाद उन्होंने बारीक़ी से उसका मुआयना किया। तत्पश्चात् उनके चेहरे पर चिन्ता और हैरानी की रेखाएँ उभर आई थीं।

"अपनी तेरह-चौदह साल की नौकरी के दौरान ऐसी अजीबोग़रीब बीमारी मेरी नज़र में नहीं आई। इसके लिए कुछ टेस्ट करने भी ज़रूरी हैं जिनकी सुविधा इस डिस्पेंसरी में उपलब्ध नहीं है। इसलिए मेरी यही राय है कि शहर जाकर किसी 'स्किन स्पेशलिस्ट' को दिखाओ। तब तक के लिए मैं कुछ दवाइयाँ प्रिस्क्राइब कर देती हूँ।"

इस बीमारी के बारे में अपनी सीमा स्वीकार करने में ज़रा-सी भी हिचकिचाहट नहीं दिखाई थी डॉ. नीलिमा ने। लेकिन पिता की व्यस्तताओं के चलते संस्कार

का शहर जाना स्थगित होता रहा था। इस बीच डॉक्टर द्वारा सुझाई दवाइयाँ चलती रहीं। एक-दो बार संस्कार फिर हो आया था डिस्पेंसरी। दवाइयाँ बदलीं पर बीमारी थी कि जस-की-तस।

इसी में तीन-चार महीने निकल गए और एक दिन पिता के तबादले का आदेश आ गए थे।

नौ

अपने रोग के साथ ही इस क़स्बे में आया था संस्कार। तीसरे ही दिन उसने अस्पताल का रुख़ किया था पिता के इसरार पर।

यह अस्पताल गाँव की उस डिस्पेंसरी के मुक़ाबले काफ़ी बड़ा था और ज़रूरी सुविधाओं से लैस भी।

मुआयना करने के बाद डॉक्टर ने कुछ टेस्ट लिख दिए थे। रिपोर्ट मिलने के बाद इंजेक्शन और दवाइयाँ लिख दी थीं। इस हिदायत के साथ कि इंजेक्शन और दवाइयाँ नियम से लेते रहना। जल्द ही ठीक हो जाओगे।

'यह नामुराद रोग पता नहीं कहाँ से आकर चिपट गया है मेरे बच्चे को।' माँ फफोलों पर मरहम लगाते हुए बुदबुदातीं।

स्कूल जाने से पहले हर रोज़ मरहम लगाने की प्रक्रिया माँ के हाथों ही सम्पन्न होती। दोनों बहनें इर्द-गिर्द मँडरातीं उस क्रिया को कौतुक से निहारतीं।

"इधर क्या बिसूर रही हो? अपना बस्ता उठाकर स्कूल जाओ।" माँ उन्हें डपट देतीं।

दोनों बहनें उम्र में संस्कार से काफ़ी छोटी थीं। एक सातवीं में तो दूसरी चौथी कक्षा में पढ़ती थी।

पिछले एक हफ़्ते से माँ मियादी बुख़ार से तप रही थीं। दवाइयाँ भी चल रही थीं। पर यह बुखार तो अपनी मियाद पूरी होने के बाद ही टूटता है।

स्कूल जाने का समय हो रहा था। बहनें स्कूल के लिए रवाना हो चुकी थीं। पिता दफ़्तर की ओर।

"देर हो रही है माँ। दवा जल्दी लगा दो।" संस्कार ने उतावली दिखाते हुए कहा। वह सिर्फ़ जाँघिया पहने माँ की चारपाई के पास फ़र्श पर बैठा था। टाँगों और बाजुओं पर वह ख़ुद दवाई लगा सकता था। पर पीठ तक हाथ कैसे पहुँचते। जितना वह ख़ुद कर सकता था उतना भी जानबूझकर नहीं करता था क्योंकि माँ का स्नेहिल स्पर्श दवा से कहीं ज़्यादा असरदार और सुकूनदेह होता उसके लिए। फिर वह उस स्पर्श के सुखद अहसास से वंचित क्यों रहे।

माँ बार-बार उठने की कोशिश करतीं। पर निढाल-सी बिस्तर पर ढह जातीं।

"आज तू यूँ ही चला जा। छुट्टी के बाद लगा दूँगी।" इतना-सा कहते-कहते ही माँ बेदम-सी हो गईं।

संस्कार को एकाएक इस अहसास ने अपनी गिरफ़्त में ले लिया कि देखते हुए भी माँ की इस हालत की अनदेखी कैसे हो गई उससे? कैसे वह अपने स्वार्थ के लिए माँ के प्रति इतना बेरहम हो सकता है? आत्मग्लानि के तीखे नाख़ून उसे अपनी रूह तक गड़ते महसूस होने लगे।

"जब तक आप स्वस्थ नहीं हो जातीं यह सब मैं ख़ुद कर लिया करूँगा।" उस आत्मग्लानि से उबरने की एक बेमानी-सी कोशिश की संस्कार ने। बेमानी ही तो थी। अपने सुख के लिए जानते-समझते किया गया एक गुनाह कैसे धुल सकता था उसके इन शब्दों से।

इससे पहले कि संस्कार उठकर कपड़े पहनता दरवाज़े पर से आवाज़ आई, "आज स्कूल नहीं जाना है क्या?"

देखा, दरवाज़े पर इन्दिरा खड़ी थी। संस्कार को लगभग नग्नावस्था में देख एक पल को वह सकपकाई। कपोल आरक्त और आँखों में डबडबा आया आज तक अनदेखे को अकस्मात् देख लेने का विस्मय।

पर इन्दिरा ने न नज़रें फेरीं, न पीछे मुड़ने का कोई उपक्रम किया। इसके बजाय वह दहलीज़ पार कर कमरे में दाख़िल हो गई। उसी विस्मय से फफोलों की ओर ताकती। जैसे वह देह न होकर सितारों-जड़ा आसमान हो।

"तू कपड़े क्यों नहीं पहनता। बेशर्म कहीं का।" माँ ने न जाने कैसे अपनी बची-खुची ताक़त समेट फटकार ही लगा दी संस्कार को।

शर्म उसे आ रही थी और बहुत आ रही थी। ऐसे मौक़े पर इन्दिरा के अकस्मात् आगमन से वह भौचक-सा रह गया था क्योंकि उसे बुलाने कभी नहीं आती थी।

ख़ासकर इस वक़्त तो क़तई नहीं। वह अपने बेहड़े के गली में खुलते दरवाज़े पर ही इन्तज़ार करती थी उसका।

सिकुड़ते-सिमटते अपने आप में धँसते संस्कार को यह बात भी सता रही थी कि न जाने इन्दिरा उसकी इस बीमारी को कैसे ले। कहीं साथ-साथ चलना... इसके आगे नहीं सोच पाया वह। सोचना ही नहीं चाहता था।

"मुए हाथ ही जवाब दे गए हैं। दवा लगाऊँ भी तो कैसे?" माँ की आवाज़ में लाचारी भी थी और पीड़ा भी।

संस्कार उठने को हुआ। पर इन्दिरा ने उसे बाजू पकड़कर उसी हालत में बिठा दिया।

"मैं लगा देती हूँ माँ जी।" इन्दिरा ने कहा। जैसे कहना जितना आसान हो करना उससे भी ज़्यादा आसान और इच्छाशक्ति निर्विवाद।

सुनते ही संस्कार को तो जैसे काठ ही मार गया था। इसकी क़तई उम्मीद नहीं थी उसे। उम्मीद क्या उसकी कल्पना से भी परे था इन्दिरा का जड़ों तक को चौंका देनेवाला यह इज़हार। ऐसा इज़हार न तो माँ की लाचारी की देन था न संस्कार की शर्म की। न स्त्री-सुलभ स्वभाव की। न सिर्फ़ इनसानियत की। बल्कि इन्दिरा की किसी ऐसी शाख की देन जो अब हरी होना चाहती थी। शायद बरसों सूखे की मार झेलने के बाद। हर सीमा को लाँघकर।

"न-न बेटी। यह तेरा काम नहीं है। फिर कहीं छूत-वूत लग गई तो जवाब देते नहीं बनेगा। न अपने आपको। न तेरे माँ-बाप को।"

माँ के मुँह से किसी तरह निकला और कहते ही फिर निढाल हो गई।

संस्कार इस असमंजस में हिचकोले खाता कि इन्दिरा के जज़्बे को देखते हुए इनकार करे तो कैसे? हाँ भी करे तो कैसे?

इन्दिरा ने बिना एक पल भी गँवाए माँ के सिरहाने रखी ट्यूब उठाई और संस्कार की पीठ पर लगाने लगी।

यह देख माँ कुछ कहने को व्याकुल हुईं पर ज़ुबान ने साथ नहीं दिया। बेबसी से ताकती रही बस।

संस्कार को कुछ पल अटपटा तो लगा। पर उसके अन्दर सिर उठाता कमज़ोर-सा प्रतिरोध कब और कैसे आत्मसमर्पण में बदल गया उसे पता ही नहीं चला।

एक स्पर्श से बिलकुल भिन्न दूसरा स्पर्श। एक में लोरी-सा कुछ। दूसरे में

उपलों की मीठी-मीठी आँच जैसा। देह में एक पुलक भी थी। थरथराहट भी। और रोमांच भी। फिर भी दो स्त्रियों के स्पर्श में साँझी थी स्निग्धता।

फिर क्या था। लाख मना करने पर भी दवा लगाने की यह क्रिया इन्दिरा के हाथों से सम्पन्न होती रही। माँ के स्वस्थ होने तक।

"अगर सच में छूत लग गई तो?" स्कूल जाते हुए रास्ते में संस्कार ने अपनी आशंका प्रकट की।

"माँ जी को लगी क्या? अगर लग भी गई तो तुम क्या करोगो? वही जो मैं कर रही हूँ या..."

इन्दिरा ने अपनी बात अधूरी छोड़ दी। छोड़नी ही थी। क्योंकि इसे पूरा करना पूरी तरह संस्कार पर निर्भर था।

जिसके प्रवाह के साथ बहने के लिए वह एक बार उस प्रवाह में कूद पड़ा था फिर उसकी पहुँच में रहना संस्कार पर ही तो निर्भर था। ताकि कोई लहर उसे इन्दिरा से इतनी दूर न ले जाए कि 'एक है' से 'कोई था' की ओर उन्मुख होने की नौबत आन पड़े। क्योंकि 'एक है' से 'कोई था' होने के लिए कभी-कभी एक लहर भी काफ़ी होती है। जबकि 'एक था' से 'एक है' होने के लिए अनगिनत लहरों के थपेड़े सहकर भी पहले तो उसे इन्दिरा की पहुँच में रहना होगा।

साथ-साथ चलना बेशक हुआ था। पर इन्दिरा के प्रति संस्कार के जज़्बात, दोनों के बीच पनपती सहजता के बावजूद, इतने स्थिर नहीं हुए थे अभी कि उनमें गहरी डुबकी लगाकर भी वह कोई माकूल जवाब ढूँढ़ लाता। जवाब जो दोनों के बीच भले ही पुल न बनता अभी पर कम-से-कम दो छोरों के बीच तनी हुई रस्सी तो हो।

ऐसी मन:स्थिति के चलते अगर संस्कार यह कह दे कि वह भी इन्दिरा की तरह ही करता तो यह न सच होता न झूठ। उस अस्थिरता से निकला आधा-अधूरा जवाब होता। हवा के एक कमज़ोर झोंके की तरह बस छूकर निकल जाता। अपना कोई असर छोड़े बिना।

ऐसे जवाब देकर वह इन्दिरा के कहे को निस्तेज हरगिज़ नहीं करना चाहता था। संस्कार से जवाब देते नहीं बना। इन्दिरा ने भी आग्रह नहीं किया। पर न जाने क्यों वह खिलखिलाकर हँस दी। यक़ीनन किसी उपहास से नहीं निकली थी यह हँसी।

तभी दोनों के पास से गुज़रती दो औरतें ठिठकीं। इन्दिरा को टेढ़ी निगाहों से

घूरा। 'क्या ज़माना आ गया है। सरेआम ऐसी बेहयाई।' उलीचकर पाँव पटकते हुए निकल लीं औरतें। उस दड़बे की ओर जहाँ वे रहती होंगी कभी। जब यह दड़बा रहा होगा घर। अब तो सिर्फ़ ज़माना रहता है वहाँ।

इसमें क़ुसूर औरतों का नहीं था। दरअसल उनके अफ़सोस से निकली कड़वाहट और ईर्ष्या थी यह। उसी दड़बे की देन कि वे इस तरह खुलकर क्यों नहीं हँस पातीं अब। ऐसा नहीं था कि वे ऐसे हँसती नहीं होंगी कभी। पर एक बार जो उनकी हँसी कहीं रुकी होगी तो रुकी ही रही। वहीं की वहीं। अपने हिस्से की हँसी छिन जाने के बाद उसकी जगह धीरे-धीरे ले ली होगी अफ़सोस ने। और इसकी परिणति हुई होगी कड़वाहट और ईर्ष्या में। मौक़ा-बेमौक़ा इसी तरह थोड़ा-थोड़ा करके रिसती।

संस्कार ने औरतों का कहा सुन लिया था। सुनने के बाद ऐसे ही ख़याल उसके दिमाग़ में आ-जा रहे थे।

संस्कार ने सुन लिया था तो इन्दिरा कैसे अनसुना कर सकती थी। उसके कान भी तो बड़े थे संस्कार से। इसके बावजूद वह अपने खिलखिलाने को अंजाम देती रही। यह सोचकर कि माँगने से कुछ नहीं मिलता। मिलती है तो सिर्फ़ भीख। वह भी दुत्कार के बाद। इसलिए हाथ फैलाकर माँगा तो अपने स्वाभिमान का क्या होगा। जो चाहिए उसे हासिल करना होता है। अपनी सोच, अपने कर्म और अपने हौसले के बलबूते पर। अपना सब कुछ दाँव पर लगाकर भी। उन हदों को लाँघकर जो पैरों को पत्थर बना देने पर तुली रहती हैं।

"तुमने मुझे क्यों नहीं बताया कि माँ जी बीमार हैं?" इन्दिरा ने उलाहना दिया।

दरअसल आज वह पहली बार ही आई थी संस्कार के घर।

"मुझे लगा, तुम्हें पता है।" संस्कार ने हैरानी से कहा।

"अरे भई, मैं कोई अन्तर्यामी तो हूँ नहीं।"

माँ के बीमार होने से एक दिन पहले ही उसके पिता दौरे पर चले गए थे। माँ पहले तो इसे एक मौसमी बुख़ार समझकर ख़ुद ही अपना उपचार करती रहीं। बुख़ार जब टूटने के बजाय और भी बढ़ गया तो वह माँ को अस्पताल ले गया था। ख़ून की जाँच करने से पता चला कि यह तो मियादी बुख़ार है।

अस्पताल में ही इन्दिरा की माँ से संस्कार की पहली मुलाक़ात हुई थी। माँ से शायद वह पहले भी मिल चुकी थी। दोनों की आपस में संक्षिप्त-सी बातचीत से संस्कार को ऐसा ही लगा था।

संस्कार ने यह बात इन्दिरा को भी बता दी।

इन्दिरा कुछ पल गुमसुम-सी रही। कहती भी तो क्या। उसकी माँ ने उसे बताया ही नहीं था।

संस्कार को यह भाँपते देर नहीं लगी कि इन्दिरा क्यों गुमसुम है।

"पता कैसे भी चले, इसमें क्या फ़र्क़ पड़ता है। इतनी मामूली-सी बात के लिए रोंदड़ी सूरत बनाने की क्या ज़रूरत है।"

संस्कार ने कहा तो इन्दिरा को शर्मिन्दगी से उबारने के लिए लेकिन इसकी प्रतिक्रिया उसकी उम्मीद से भी कहीं ज़्यादा अनुकूल ही नहीं परिहासमयी भी साबित हुई।

"रोंदड़ी..." इतना ही कह पाई इन्दिरा। और एक बार फिर उसकी खिलखिलाहट सरसों के दानों की तरह आसपास बिखर गई।

तो इस शब्द का ही करिश्मा है यह। संस्कार ने सोचा।

संस्कार ने देखा है अचरज से। इन्दिरा जब भी इस तरह से खिलखिलाती, उसकी छोटी-छोटी आँखों में भी बड़ी देर तक डोलती रहती वह खिलखिलाहट। फूलों पर मँडराती रंग-बिरंगी तितलियों की तरह चित्ताकर्षक। जैसे आसमान होता है रंग-बिरंगे पतंगों से विभोर। वसंतोत्सव के दौरान।

और इन्दिरा की आँखें अनायास ही बड़ी-बड़ी दिखने लगतीं।

कैशोर्य से निकलकर इन्दिरा एक युवती की काया में प्रविष्ट हो चुकी थी। कैशोर्य के कल-कल करते नाद को बहुत पीछे छोड़। शायद अकेले ही जीवन से गुज़रते-गुज़रते। आज वह उस मुक़ाम पर है जहाँ से शुरुआत होती है जीवन के सुन्दरतम की खोज। लम्बे अरसे से प्रतीक्षित इच्छित के साथ-साथ चलते हुए। किसी विराट संकल्प के पौधे को सींचती पल-पल।

शायद इसी तरह निरन्तर पनपती, परिपक्व होती हुई, समृद्ध से समृद्धतम होती एक हार्दिक और अनूठी परस्परता। लिंग-भेद की संकीर्णता से मुक्त, व्यक्ति और व्यक्ति के बीच खाई को चौड़ा करनेवाले अहं के टकराव को परे ठेलकर। सिर्फ़ और सिर्फ़ मनुष्यों के बीच। जीवन के सिरहाने नहीं, पैताने खड़े रहकर।

बड़ी देर से एक और शंका संस्कार के मन में खलबली मचा रही थी। कहीं इन्दिरा उसकी इस बीमारी का ज़िक्र स्कूल में न कर दे किसी से। ख़ामख़ाह स्कूल भर में मज़ाक़ का विषय न बन जाए वह। आख़िर हर कोई इन्दिरा जैसा तो हो नहीं सकता।

"कोई इतनी-सी बात को जगज़ाहिर कर सकता है भला।" इन्दिरा ने संस्कार की आँखों में आँखें डालते हुए कहा।

अबकी इन्दिरा ने बेतरह चौंका दिया उसे। कैसे सुन ली थी उसने संस्कार के मन में खदबदाती शंका। एक होती थी दिव्य दृष्टि। द्वापर युग में संजय के पास थी यह दृष्टि। क्या इसी तरह का दिव्य कान भी होता है? वह भी कलियुग में। यह तो उसने न कहीं पढ़ा है न सुना। पर आज साक्षात् देख ज़रूर लिया।

उसी शाम संस्कार बाज़ार से सब्ज़ी-भाजी लेकर लौटा तो सात बज रहे थे। घर पहुँचते ही इन्दिरा को माँ के पास बैठे पाया।

"ले आए?" माँ ने पूछा।

संस्कार ने 'हाँ' में सिर हिला दिया।

"तो फिर खाना बनाने की तैयारी भी कर लो।"

"जरा कपड़े बदल लूँ। फिर करता हूँ।" कहकर संस्कार दूसरे कमरे में जाने लगा।

तभी बड़ी बहन ने चुगली कर दी, "माँ, पता है भाई क्या करता है?"

माँ के साथ-साथ इन्दिरा की निगाहें भी संस्कार की ओर उठीं।

"तुम्हारे सामने तो ज़ोर-शोर से हामी भर देता है। पर रसोई में घुसते ही हम दोनों बहनों में काम बाँट देता है। और ख़ुद खड़े-खड़े हुक्म चलाता रहता है।"

"बहनें झूठ बोल रही हैं माँ।" कहते ही संस्कार ने इन्दिरा की ओर देखा। बहनें सच कह रही थीं। उसके झूठ को इन्दिरा कहीं उसकी कमज़ोरी समझकर उसके सच में भी कमज़ोरियाँ न ढूँढ़ने लगे।

इन्दिरा कनखियों से उसकी ओर देखते हुए हौले-हौले मुस्करा रही थी। मानो कह रही हो—पकड़े गए न बच्चू। झूठ बोलना आता नहीं, सच होंठों तक आकर भी चुप्पी साध लेता है।

"तुम दोनों मेरे पास बैठो। यहाँ से हिलना मत। आज सारा खाना संस्कार ही बनाएगा।" माँ ने फ़ैसला सुना दिया।

"खाना मैं बना देती हूँ माँ जी।" कहकर इन्दिरा ने सब्ज़ी का थैला उठाया। झट से उठकर रसोई की ओर चल दी।

माँ कहती ही रही कि तुम रहने दो।

"अब यहाँ खड़े-खड़े हमारा मुँह क्या ताक रहे हो। जाकर इन्दिरा का हाथ

बँटाओ।" माँ ने बेटे को झिड़क दिया।

"मुझ पर हुक्म चला सकते हो तुम। मैं किसी से नहीं कहूँगी।"

संस्कार ने ज्यों ही रसोई में पाँव रखा इन्दिरा ने भीने-भीने मुस्कराते हुए कहा।

लेकिन संस्कार अभी कहीं और ही अटका हुआ था इसलिए इन्दिरा का कहा सुनकर भी अनसुना रह गया उससे।

"तुम तो पहली बार आई हो न मेरे घर?" संस्कार ने कहा।

"पहली नहीं। दूसरी बार।" इन्दिरा ने दुरुस्त किया संस्कार को।

"हाँ-हाँ। मुझे पता है, दूसरी बार आई हो।" संस्कार ने हल्की-सी झुँझलाहट दिखाई।

"मालूम है तो फिर झूठ क्यों बोला?"

इन्दिरा जानबूझकर चिढ़ा रही थी उसे।

"पर मुझे क्यों लगा कि यह पूरा सच नहीं है। कोई एक दिन में हुई छोटी-छोटी मुलाक़ातों में इतना घनिष्ठ कैसे हो सकता है दूसरों से।" संस्कार ने आख़िर सीधे-सीधे अपनी हैरानी का सबब ज़ाहिर कर ही दिया।

"पराएपन को अपनेपन में बदलना समय पर उतना निर्भर नहीं करता जितना हमारी नीयत पर। हम एक-दूसरे के यहाँ या सिर्फ़ टाइम-पास के लिए जाते हैं या अपनी किसी कमी को पूरा करने की लालसा लिए। या फिर इस नीयत से कि दोनों पक्षों के बीच जो भी पनपे नि:स्वार्थ भाव से पनपे।"

इन्दिरा ने संजीदगी से कहा। अभी भी तो इन्दिरा मसखरी के मूड में थी। और अब चिन्तन-मनन की मुद्रा में। जैसे उसे पता हो कि किस पल से क्या हासिल हो सकता है। कब मामूली से मामूली पल में से कुछ मूल्यवान। और कब असाधारण पल में छिपी सरलता। बड़ी बात यह कि साधारण और असाधारण के बीच की दूरी नापते हुए उसे न तो वक़्त लगता है न ही उसके पाँव डगमगाते हैं।

संस्कार को यक़ीन नहीं हो रहा था कि कोई इन्दिरा की उम्र में इतना ज़हीन कैसे हो सकता है? इसके पीछे ज़रूर कोई-न-कोई बड़ा रहस्य छिपा हुआ है।

"मैं तो असल में यह जानना...।"

"अब तुम ठहरे आवारा। स्कूल से लौटते ही बस्ता पटका और देर शाम तक घर से लापता। तुम्हारे पीछे यहाँ क्या-क्या होता है तुम्हें क्या मालूम।"

संस्कार को बीच में ही टोकते हुए उसने फिर चुटकी ली।

"अच्छा तो मेरी ग़ैरहाज़िरी में यहाँ आती रहती हो तुम।"

"नहीं। तुम्हारे घर तो आज ही आई हूँ। असल में तुम्हारी मकान मालकिन के यहाँ मेरा आना-जाना लगा रहता है। उन्हें मौसी कहकर ही बुलाती हूँ मैं। उसी वक़्त अक्सर तुम्हारी माँ जी से और बहनों से भी मिलना-जुलना हो जाता है।"

इन्दिरा ने आख़िर संस्कार की जिज्ञासा शान्त कर दी।

"ओह! तो यह बात है।" संस्कार ने राहत-सी महसूस की।

"अब बातें कम और काम ज़्यादा। हुक्म देना शुरू करो। अपने आका का हर हुक्म बजाते हुए खाना बनाती हूँ मैं।"

"यार मसखरी करते-करते तुम कैसे एकदम संजीदा हो जाती हो और संजीदगी से कब मसखरी पर उतर आती हो, पता ही नहीं चलता।"

संस्कार अब तक जो नहीं पूछ पाया था, पूछ ही लिया आख़िरकार।

"मेरे अन्दर दो स्विच जो लगे हैं। एक मसखरी का। एक संजीदगी का।" इन्दिरा ने कहा और दबी-दबी हँसी हँसते हुए काम में लग गई।

इस बीच इन्दिरा ने चूल्हा जला दिया था। कुछ देर धुआँ फिर लकड़ियों ने आग पकड़ ली थी। चूल्हे पर रखी कड़ाही में घी खौलने लगा था। इन्दिरा ने कटा हुआ प्याज़ घी में डाला और कड़छी चलाते हुए बोली :

"हमें अगर कुछ अच्छा लगता है तो उससे भागना या बचना कैसा? इसलिए तो नहीं कि उसका इज़हार दूसरे को कहीं बुरा न लगे। मिस्टर संस्कार, जैसे बुरे को बुरा कह देना अच्छी बात होती है, वैसे ही अच्छे को अच्छा कह देना बुरी बात नहीं होती।"

संस्कार एकाएक सकपकाया। इन्दिरा का इशारा किस अनुत्तरित प्रश्न की ओर है, उसे समझते देर नहीं लगी।

"मैं शायद इसलिए जवाब नहीं दे पाया..."

"बीच में ही फिर टोकने के लिए मुआफ़ी चाहती हूँ। जैसे होली के दिन 'बुरा न मानो होली है' कहते हुए हम रंग लगा देते हैं मैंने भी उसी भाव से 'इन गुड फेथ' यह कह दिया। तुम्हें शर्मिन्दा करने के लिए हरगिज़ नहीं।"

इन्दिरा को अगर ज़रा-सा भी खटका हो कि उसके कहे का मामूली-सा उलटा असर भी संस्कार पर हो सकता है तो वह उस असर को गहराने से पहले ही लगे हाथ पोंछ देती थी। अभी भी यही किया था उसने।

"तुम्हारा कहना बेशक सही है। पर कुछ सवाल ऐसे भी होते हैं जिनके बने-बनाए जवाब नहीं होते। ऐसे में जवाब बनाने की बजाय अगर जवाब को बनने दिया जाए तो बेहतर होता है। अन्यथा ग़लतफ़हमियाँ बिन बुलाए ही दरवाज़े पर दस्तक देने लगती हैं।"

संस्कार भी यही चाहता था कि कभी-कभी किसी सवाल का जवाब न दे पाने की उसकी असमर्थता का कोई अप्रिय अर्थ न निकाल ले इन्दिरा। इसीलिए उसने अपनी मन:स्थिति पर लगा ढक्कन थोड़ा-सा खोल दिया था।

"इस कनस्तर में आटा ही है न?" इन्दिरा ने कोने में रखे कनस्तर की ओर इशारा करते हुए जानना चाहा।

"हाँ।"

"तो आटा निकालकर ज़रा परात में डाल दो। गूँधकर फटाफट रोटियाँ भी सेंक देती हूँ। अभी अपने घर जाकर भी खाना बनाना है मुझे।" इन्दिरा ने बिना लाग-लपेट बड़ी सहजता से कहा।

चूल्हे में जलती आग की तपन से इन्दिरा का चेहरा एकदम ललछौंहा हो आया था। कुछ पल देखता ही रह गया संस्कार इस मनमोहक रंगत को। इस रंगत के पीछे और कितने रंग छिपे होंगे। बाहर निकलने को आतुर। मन ही मन सोचता।

"ये मेरा हुक्म नहीं। इल्तजा है मेरे आका।"

अबकी इन्दिरा न हँसी न मुस्कराई बस संस्कार की पीठ थपथपा दी। एक पुलक भरी सिहरन दौड़ गई संस्कार की समूची देह में।

दस

छुट्टी का दिन था। सुबह ग्यारह बजे का वक़्त। संस्कार कहीं बाहर जाने की तैयारी में। बहनें उसके सामने चारपाई पर। किसी बात पर झगड़तीं। यह तो रोज़ का ही काम है इनका, यह सोचकर उनकी तरफ़ ध्यान देने की बजाय वह जूतों के फीते बाँधने लगा।

"संस्कार।" तभी माँ ने रसोईघर से उसे आवाज़ दी। संस्कार चौंका और सहम भी गया।

माँ उसे नाम से नहीं, ज़्यादातर बेटा कहकर ही पुकारती हैं। नाम से तभी पुकारती हैं जब कोई नश्तर फिर से उनके मर्म के आर-पार हो गया होता है। और पीड़ा उनकी सहनशक्ति से कहीं अधिक बड़ी। ऐसा होता है कभी-कभार ही। अन्यथा माँ के रोज़मर्रा के आचार-व्यवहार से क़तई नहीं लगता कि उनकी गहराई में कुछ ऐसा भी हो सकता है जो सतह पर आते ही उनसे उनकी स्वाभाविकता को बेरहमी से नोच लेता है। या शायद किसी को ऐसा लगने नहीं देती।

"आया माँ।" फीते बाँधना छोड़ संस्कार एक ही छलाँग में रसोईघर के दरवाज़े पर। काँपता। सिहरता।

"कहीं बाहर जाने की फ़िराक़ में हो। मटरगश्ती से फ़ुर्सत मिले तो कभी घर की तरफ़ भी देख लिया करो।" माँ की झुलसाहट से निकली थीं चिंगारियाँ।

माँ का चित्त अगर शान्त होता तो खुलेमन से कहतीं, "यही तो दिन हैं मौज-मस्ती के। घरघुस्सू रहकर तो दब्बू ही बनोगे। जाओ, मज़े करो। और ख़ुश रहो।"

संस्कार मुड़कर अपने कमरे की ओर जाने ही वाला था कि माँ ने कहा, "यह स्वाँग करने की ज़रूरत नहीं है। जाकर आटा-चक्की से गेहूँ पिसवा लाओ। आटे का ख़ाली कनस्तर बजाकर यह नामुराद पेट नहीं भरेगा। फिर चाहे रात को ही घर लौटना।"

संस्कार अपने कमरे में जाने की बजाय माँ के कमरे में चला गया, जहाँ गेहूँ से भरी बोरी रखी हुई थी। वह उसके ऊपर रखी एक छोटी बोरी में गेहूँ भरने लगा।

"जितना उठा सको उतना ही भरना। तन हो या मन, ज़्यादा बोझ से टूट-फूट हुए बिना नहीं रहता।"

घर का कोई भारी काम करने के लिए संस्कार को नहीं कहती थीं माँ। ख़ासकर उसकी बीमारी को देखते हुए। हालाँकि संस्कार को इस बीमारी से काफ़ी हद तक निजात मिल चुकी थी। अक्सर ऐसे काम चपरासी से ही करवा लिया करती थीं। चपरासी यानी परसराम। वह भी तब अगर पिता दौरे पर होते। उनके घर पर रहते अगर किसी भारी चीज़ की ज़रूरत पड़ती तो वे मज़दूरी देकर किसी मज़दूर या कुली से यह काम करवा लेते थे। पिता की सख़्त हिदायत थी कि दफ़्तर के किसी भी कर्मचारी से घर का काम न करवाया जाए।

आज भी बेवजह नहीं था। स्वभाव के विपरीत ऐसी भाषा का माँ के मुँह से बरबस निकलना।

संस्कार ने एक बार की थी हिम्मत। वजह में झाँकने की। तो जवाब मिला था, "इसके लिए अभी तुम बहुत छोटे हो। जब समझने लायक़ हो जाओगे, बताए बिना भी समझ जाओगे।" इतना ही कहकर माँ किसी काम में लग गई थीं।

उसके बाद आज तक भी हिम्मत न जुटा पाया था संस्कार। समझने तो वह बहुत लगा था। पर माँ की तकलीफ़ में उतरकर वजह जानने की समझ कब उस पर मेहरबान होगी, उसे नहीं पता। कभी अगर वजह जान भी लेगा तो इस तकलीफ़ को लेकर माँ के मुँह पर लगे भारी-भरकम ताले की कुंजी कहाँ से लाएगा। माँ कहेगी नहीं। और वह कहलवा सकता नहीं।

यह तकलीफ़ कभी-कभी गीली लकड़ी की तरह सुलगने लगती थी। माँ के अन्दर पसरते निर्जन में। न आग में बदलती न बुझने का नाम लेती। सुलगन-ही-सुलगन। धुआँ-ही-धुआँ। घुटन-ही-घुटन। शायद ऐसी घुटन जैसे ज़िन्दा ही क़ब्र में दफ़न कर दिया गया हो।

निकासी का कोई ज़रिया नहीं रहा होगा माँ के पास। अगर रहा भी होगा तो उस ज़रिये पर उनका भरोसा बेहद कमज़ोर। या फिर कोई ऐसी आन्तरिक विवशता जिसके दायरे में किसी भी कोशिश का घुस पाना नामुमकिन। या कि माँ किसी को अपनी तकलीफ़ का हिस्सा बनाना ही नहीं चाहती होंगी। यह सोचकर कि कमज़ोर सहारे से कहीं बेहतर होता है अपनी ही सहनशक्ति पर भरोसा। अगर ऐसा भी है तो यह भरोसा लम्बे अरसे तक क़ायम रहने के बावजूद कभी-कभार दरक क्यों जाता है?

इतनी सम्भावनाओं पर अपनी सोच दौड़ाते रहने के बावजूद संस्कार के लिए नतीजा था कि नदारद। तो भी वह एक बेटा होने के नाते ही नहीं। एक इनसान होने के नाते भी किसी नतीजे पर पहुँचने के लिए व्याकुल रहता। भाव-विह्वल होकर ही नहीं। तर्कसंगत होकर भी। जब-जब यह उसकी आँखों के सामने होता तब भी। और जब सब कुछ सामान्य होता तब भी। उसकी यह गहरी चिन्ता उसकी जड़ों से उपजती थी। एक तरह से उसके वजूद की माँग भी थी यह।

घूम-फिरकर संस्कार की सोच एक बात पर अटक जाती। बार-बार। माँ शायद अपनी तकलीफ़ की छाया से भी दूर रखना चाहती हैं उसे। ताकि कहीं बेटे

के जीवन में उस तकलीफ़ का घुन न लग जाए।

और संस्कार को स्मरण हो आया वह दिन। तब उसकी उम्र दस बरस के आसपास रही होगी। माँ और पिता के बीच किसी बात को लेकर ज़बरदस्त झड़प हुई। छलनी-छलनी कर देनेवाली झड़प। कौन कर रहा था और कौन हो रहा था। पिता इसके प्रति जैसे एकदम लापरवाह थे। झड़प के बाद माँ ने गुस्से में कह दिया था कि वह यह घर छोड़कर जा रही है। हमेशा के लिए। एक ट्रंक में अपने कपड़े-लत्ते ठूँसने का उपक्रम भी करने लगी थीं माँ।

संस्कार बिलखता हुआ लिपट गया था माँ के साथ। रुँधे हुए कंठ से कहता, "माँ तुम चली जाओगी तो हमारा क्या होगा?"

पिता ने माँ की इस धमकी पर कोई प्रतिक्रिया ज़ाहिर नहीं की थी। शायद वे जानते थे कि यह गीदड़-भभकी से ज़्यादा कुछ नहीं है। उबाल बैठते ही धमकी एक तरफ़ और माँ दूसरी तरफ़।

जाना भी कहाँ था। ज़्यादा से ज़्यादा मायके। माँ-बाप तो परलोक सिधार चुके थे। होते भी तो वही कहते जो सदियों से पत्थर की लकीर चली आ रही है। भाई-बहन थे। पर अपनी गुज़र-बसर के लिए मरते-खपते। कहते तो हैं कि ख़ून, पानी से ज़्यादा गाढ़ा होता है। लेकिन रिश्तों का केन्द्र बदलते देर नहीं लगती। और कहावत उलटी हो जाती है।

इसलिए ऐसी धमकियाँ धीरे-धीरे एक प्रार्थना में तब्दील हो जाती हैं :

मुझे अंधड़ में उड़ता हुआ पत्ता मत बनाओ। इस जीवन के प्रवाह में साथ-साथ बहने दो। तिनके की तरह ही सही। पर इस प्रवाह में रहने दो।

ठेठ भारतीयता का प्रतिरूप एक घरू स्त्री कुछ ऐसा ही सोच सकती है। बेहद नाज़ुक होते हुए भी ऐसी दमघोंटू स्थिति के सामने चट्टान की तरह डटे रहना। या फिर कोई ऐसी सोच घर करने लगती है :

जीवन जब स्त्री से आगे निकल जाता है, वह पीछे छूटती चली जाती है। और धीरे-धीरे जीवन और स्त्री के बीच की दूरी अलंघ्य प्रतीत होने लगती है। तभी शायद ऐसा निर्णायक पल आता है जिसके एक तरफ़ होता है घोर अन्धकार। दूसरी तरफ़ रोशनी की कोई भूली-भटकी लतर। दरारों में से किसी एक दरार से झाँकती लतर। तब दोनों में से किसी एक को चुनना होता है। लेकिन चुनना बेहद मुश्किल। तिस पर चुननेवाली भी औरत ख़ुद नहीं होती। चुननेवाला होता है जिया

हुआ जीवन। और उस जिए हुए का रूह तक गड़ा डंक फ़ैसलाकुन।

संस्कार गेहूँ की बोरी उठाकर कमरे से बाहर निकला। उस पर नज़र पड़ते ही बहनें झगड़ना छोड़ भाई की बग़ल में आ खड़ी हुईं। माँ की मौजूदा मन:स्थिति से एकदम बेख़बर।

"भाई के साथ हमें भी जाना है माँ।"

उन्हें क्या पता था कि आज माँ नहीं धुएँ के गुबार में घिरी एक औरत बोलेगी।

"कोई ज़रूरत नहीं है। सुबह से भेड्डुओं की तरह सींग भिड़ा रही हो। बैठकर पढ़ाई करो।"

माँ ने फटकार लगा दी।

संस्कार को लगा धुएँ को सींग उग आए हैं। टेढ़े-मेढ़े पैने सींग। माँ पर रह-रहकर प्रहार करते।

कोई और मौक़ा होता तो माँ कहतीं, "इन्हें भी साथ ले जाओ। लड़की जात हैं तो क्या दिन भर घर में क़ैद रहेंगी?"

बहनें रुआँसी-सी होकर संस्कार की ओर ताकने लगीं।

संस्कार ने उन्हें ऐसा देखा मानो कह रहा हो उसे तो कोई एतराज़ नहीं है। पर माँ के एतराज़ को मन-ओझल करने की हिम्मत कहाँ से लाऊँ।

माँ आज जो भी, जैसे भी कहना चाहती हैं कह लेने दो। शायद इसी तरह साँस लेना थोड़ा आसान हो जाए। उनके लिए।

संस्कार नहीं चाहता था कि माँ की घुटन इस घर की घुटन बन जाए। माँ ख़ुद भी तो नहीं चाहतीं।

जुलाई महीने का दूसरा सप्ताह। बरसात तो दूर पानी का छींटा तक नहीं गिरा था भीषण गर्मी से बेहाल धरती पर। पिछले दो-तीन दिनों से बादल ज़रूर घिर रहे थे। टुकड़ा-टुकड़ा। पर जैसे सिर्फ़ तफ़रीह के लिए आँख-मिचौनी खेलते। धरती के साथ-साथ उसके बाशिन्दों के सब्र का भी इम्तिहान लेते।

उसके देस में तो बरसात जून के तीसरे-चौथे सप्ताह में ही होने लगती है झमाझम। गर्मी के कारण दीवारों में क़ैद मौजें फिर से आँगनों, गलियों की रौनक बनने लगती हैं।

संस्कार ने बहनों पर लाचारी-भरा दृष्टिपात किया और सीढ़ियाँ उतरकर गली में पहुँच गया। सिर पर बोरी उठाए। गली में अभी कुछ ही क़दम लिए थे कि

पीछे से आवाज़ आई, "पतली कमर में मोच आ गई तो मैं स्कूल किसके साथ जाऊँगी। न बाबा न। उससे पहले मैं ही उठा लेती हूँ यह बोरी।"

संस्कार चौंका। पीछे मुड़कर देखा तो इन्दिरा थी। होंठों पर शरारती मुस्कान लिए।

"कभी-कभी अपना बोझ ख़ुद ही उठाना पड़ता है। उठाना ही नहीं ढोना भी पड़ता है। बोझ चाहे कितना भी असहनीय क्यों न हो।"

न चाहते हुए भी संस्कार की टीस रिसने लगी थी।

"कोई बाँटनेवाला मिल जाए तो?" इन्दिरा के अन्दर पलती उम्मीद से निकला।

"सब तो इतने ख़ुशनसीब नहीं होते। अब देखो, तुम तो मेरा सारा बोझ उठाने को तत्पर हो।" संस्कार आगे भी कुछ कहना चाहता था पर उसने ख़ुद पर क़ाबू पा लिया। यह सोचकर कि इन्दिरा को उसमें क्यों खींचे जिसके बारे में वह ख़ुद ही अभी बेनतीजा है।

"न-न। सारा नहीं। इस वक़्त तो आधा।" इन्दिरा ने तपाक् से कहा।

"वो कैसे?"

"वो ऐसे कि तुमने पहले तो इस बोरी को कमरे से उठाया। फिर बरामदा पार किया। सीढ़ियाँ उतरे। ड्योढ़ी पार की। और फिर यहाँ तक लाए। तुमने अपने हिस्से का बोझ उठा लिया। अब अपने हिस्से का मैं उठाऊँगी।" इन्दिरा का एलान ही था यह।

संस्कार जानता था उसकी अब कोई भी दलील काम नहीं करेगी। इन्दिरा ने जो कहा है उसे पूरा करके ही मानेगी। पिछले लगभग चार महीने से साथ-साथ चलने के बाद इन्दिरा की कुछ ऐसी ही तस्वीर बन रही थी उसके दिमाग़ में।

इन्दिरा ने गेहूँ की बोरी संस्कार के सिर से उठाकर अपने सिर पर धर ली। ऐसा करते वक़्त दोनों के चेहरे एकदम पास आ गए। इतने पास कि दोनों एक-दूसरे की साँसें सुन सकते थे।

"तुम्हारी आवाज़ भी आज बुझी-बुझी है और चेहरा भी बुझा-बुझा। कहीं घर भूल तो नहीं आए इनकी खनक और चमक। कभी-कभी कुछ पल के लिए बुझना हमेशा के लिए बुझ जाना भी हो जाता है।"

अनजाने में ही सही, इन्दिरा ने उसकी किसी दुखती रग पर उँगली रख दी थी।

संस्कार के दिमाग़ में यकायक कौंध गई थी। माँ की इसी से मिलती-जुलती एक बात।

तब वह छोटा था। माँ हर रोज़ सोने से पहले चूल्हे में बचे एक-दो अंगारों पर एक उपला रखकर उसे राख में दबा दिया करती थीं।

एक बार उसने बाल-सुलभ जिज्ञासा से पूछ ही लिया था, "माँ, ऐसा यह क्यों करती हो?"

"पुत्तर आग को कभी बुझने नहीं देना चाहिए। फिर चाहे वह चूल्हे की आग हो या अपने अन्दर की।" माँ का जवाब था।

तब उसे माँ की यह बात बिलकुल भी समझ नहीं आई थी। लेकिन माँ ने शायद यही सोचकर कह दी थी कि बेटा आज नहीं तो कल समझ ही जाएगा।

वक़्त के साथ-साथ उसे तो माँ की बात का अर्थ समझ आ गया था। पर माँ की समझ से कहाँ ग़ायब हो गई है वह आग जिसके दम पर पकता है यह जीवन। वही आग अपना स्वभाव बदलकर क्यों झुलसाने लगती है माँ को। कभी-कभार।

"जलना-बुझना, दोनों हमारे अंग-संग रहते हैं। एक हिम्मत बँधाता है। दूसरा अपनी अँधेरी माँद में खींच ले जाता है।"

संस्कार का शब्द-शब्द जैसे एक कराह।

"ऐसा कोई अन्धकार नहीं होता जिसमें कहीं-न-कहीं माचिस न धरी रहती हो। ख़ुद को पूरी तरह अँधेरे के हवाले कर देने से पहले उस माचिस को ज़रूर टटोलना चाहिए। अपने लिए ही नहीं, उनके लिए भी जिनकी उम्मीद होते हैं हम।"

इन्दिरा ने तो संस्कार के भीतर चकराती कराह को खुली चुनौती ही दे डाली। मानो उस कराह का वरण कर लिया हो कि आओ, मैं तुमसे दो-दो हाथ करने को तैयार हूँ।

संस्कार को लगा इन्दिरा ने भी यह माचिस ज़रूर टटोली होगी। और माचिस उसके हाथ लगी भी है। ख़ासकर जितने यक़ीन से उसने यह कहा था उससे संस्कार का 'लगना', उसके भी यक़ीन में तब्दील हो रहा था।

माँ तो शायद अभी तक भी टटोल रही हैं उस माचिस को।

दो स्त्रियाँ। समय के दो छोरों पर। एक लम्बी दूरी तय करने के बावजूद अँधेरे से लगभग पराजित। सब कुछ समय के रहमोकरम पर छोड़। दूसरी अपेक्षतया काफ़ी कम दूरी तय करके भी, समय को मात देकर, आनेवाले समय की हर चुनौती का सामना, बेख़ौफ़ करने को तत्पर।

शायद दोमुँही आग का ही कमाल है यह।

संस्कार की इस मन:स्थिति की वजह जानना ज़रूर चाहती थी इन्दिरा। लेकिन वह उस पर किसी भी तरह का दबाव डालने के पक्ष में नहीं थी। दबाव में आकर कभी-कभी व्यक्ति वजह के केन्द्र से छिटककर उसके हाशिए पर भी चला जाता है। सघनता पतली पड़ जाती है और ऐसे में व्यक्ति का कथन भ्रामक। अपने लिए भी और दूसरे के लिए भी।

"कुछ ऐसा है जिसे अभी बताने में संकोच हो रहा है तो कोई बात नहीं। क्योंकि कभी-कभी बताना, न बता पाने से कहीं ज़्यादा तकलीफ़देह होता है।" इन्दिरा ने एकदम सहज भाव से कहा ताकि संस्कार कम-से-कम बताने, न बता पाने के तनाव से तो मुक्त हो जाए।

संस्कार पर भी इसका एकदम असर हुआ। उसकी चटखने को हो आईं नसें अपनी सामान्य स्थिति में आ गईं। अपने और इन्दिरा के बीच सहजता को और पक्का करने के लिए उसने बात का रुख़ ही बदल दिया।

"अच्छा यह बताओ, तुम्हें पता कैसे चला कि मैं गेहूँ पिसवाने जा रहा हूँ?"

"तुम्हारे क़दमों की आहट अब मेरे भीतर जो बजने लगी है।"

"मज़ाक़ छोड़ो। सच-सच बताओ।" संस्कार ने पूछा। यह जानते हुए भी कि इन्दिरा मज़ाक़ नहीं कर रही है। बल्कि अपने एक ऐसे उन्मुक्त भाव की ओर संकेत कर रही है जिसकी जड़ें धीरे-धीरे गहरी हो रही हैं।

"यह तो मैंने यूँ ही कह दिया था। असल में जब तुम बोरी उठाए सीढ़ियाँ उतर रहे थे तभी मैं कमरे से निकलकर बेहड़े में आई थी। तभी देखा था बोझ के मारे अपने बुद्धू को।" इन्दिरा ने एक सच बता भी दिया। और एक सच छिपा भी लिया। छिपाया इसलिए कि उसकी समझ के मुताबिक़ किसी भी भाव का अपने समूचेपन के साथ खुलना दूसरे की स्वीकार्यता का मुंतज़िर होता है।

"और देखते ही इस बुद्धू पर तरस आ गया।"

संस्कार 'इस बुद्धू' की जगह 'अपने इस बुद्धू' कहना चाहता था। पर न जाने क्यों 'अपने' शब्द उसके कथन के प्रवाह में आते-आते रह गया था।

"कुछ भी समझ लो।" इन्दिरा ने तटस्थ भाव से कहा।

यानी संस्कार उसके इस कहे को अपनी मनोनुकूलता के मुताबिक़ परिभाषित कर ले।

संस्कार को हैरानी भी हुई कि 'तरस' शब्द पर इन्दिरा भड़की क्यों नहीं। उसे

आड़े हाथों क्यों नहीं लिया। कुछ ऐसी प्रतिक्रिया व्यक्त करते हुए कि किसी पर तरस खाकर उसके लिए कुछ करना, करना नहीं होता। उस पर अपनी श्रेष्ठता की धौंस जमाना होता है। क्योंकि धौंस जमाते वक़्त हम पर यह सोच भी हावी होती है कि हम अपने पापों का प्रायश्चित्त कर रहे हैं। बेचारे तो फिर धौंस जमानेवाले हुए। और भिखारी भी।

ऐसा ही कुछ कहकर इन्दिरा संस्कार की बोलती बन्द कर देती। और भविष्य में ऐसे किसी शब्द का इस्तेमाल सोच-समझकर करने की क़रारी सीख भी दे देती।

तब तक दोनों आटा चक्की पर पहुँच गए थे। उनके घर और चक्की के बीच लगभग पन्द्रह मिनट की दूरी थी।

पहुँचते ही इन्दिरा ने बोरी सिर से उतार एक ओर रख दी। फिर संस्कार को चक्की की छत से लटकते तराजू की ओर धकेलते हुए बोली, "इस पलड़े पर बैठो।"

"लेकिन क्यों?" संस्कार के मुँह से निकला। पता नहीं ऐसे कितने आश्चर्य धरे हुए हैं इन्दिरा के भीतर।

"बैठो तो सही।" इन्दिरा ने उसे बाजू से पकड़कर जबरन पलड़े पर बिठा दिया। और दूसरे पलड़े पर ख़ुद बैठ गई।

इन्दिरा वाला पलड़ा थोड़ा ज़मीन की ओर झुका हुआ और संस्कार का पलड़ा इन्दिरा के पलड़े से थोड़ा ऊपर उठा हुआ।

यह कैसे हो सकता है? संस्कार ने सोचा। इन्दिरा का वज़न कुछ नहीं तो उससे पाँच-छह सेर ज़्यादा ही होना चाहिए था। जबकि इस वक़्त एक-डेढ़ सेर ज़्यादा नहीं लग रहा था।

तभी चक्की का मालिक प्रकट हुआ।

"यह क्या हो रहा है?" उसके मुँह से मेढक की तरह उछला।

"वही, जो आप देख रहे हैं।" इन्दिरा ने बड़ी बेतकल्लुफ़ी से कहा।

"बेटी तुम भी न।" कहकर चक्की मालिक जाने को हुआ। तभी न जाने क्या सूझी, पलटकर बोला, "तुमसे बातों में ही नहीं, वैसे भी जीतना मुश्किल है। बोरी यहीं छोड़ जाओ। शाम को ले जाना आटा।" कहकर वह अपने काम में लग गया।

तो यहाँ भी क़ायम है इन्दिरा की साख का दबदबा। अक्सर आती रहती होगी गेहूँ पिसवाने संस्कार ने सोचा।

तब तक दोनों पलड़ों से उतरकर ज़मीन पर आ खड़े हुए थे।

"शाम को जब चक्की पर आना हो, मुझे आवाज़ ज़रूर दे लेना बुद्धू।"

इन्दिरा ने फटाफट कहा। फिर आव देखा न ताव। सरपट भाग ली। संस्कार को उसकी हैरत के साथ छोड़। आटा चक्की पर।

भागते हुए इन्दिरा की हार्दिक प्रफुल्लता से लबालब स्फूर्ति देखने लायक़। ऐसी प्रफुल्लता जो ख़ुद से ही कुछ छीनकर उसे दूसरे को सौंपकर, अपनी हदों को एक और क़दम लाँघने के सुख से हासिल होती है।

ग्यारह

उन दिनों रेडियो सीलोन से प्रसारित होनेवाली 'बिनाका गीतमाला' और अमीन सयानी की ख़ूब धूम थी। हर कोई दोनों का दीवाना। लेकिन रेडियो था इने-गिने लोगों के पास।

इन्हीं इने-गिने लोगों में शुमार थी मकान मालकिन।

इन्दिरा और संस्कार बड़े चाव से तन्मय होकर सुनते थे यह गीतमाला। रोज़ तो नहीं पर सप्ताह के अन्तिम दिन ज़रूर। क्योंकि इस दिन हफ़्तेभर प्रसारित होनेवाले नग़मों में से सबसे लोकप्रिय तेरह चुनिंदा नग़मों को सुनना किसी अनुभव से कम नहीं होता था दोनों के लिए। संगीत के प्रति उनका गहरा रुझान इस अनुभव को और भी अनूठा बना देता।

नग़मों के बोल अर्थमय। जीवन की एक-न-एक, मीठी-कड़वी सच्चाई को उजागर करते। रागों पर आधारित धुनें। कर्णप्रिय ही नहीं। दिल को छू लेनेवाली भी। जज़्बातों को भड़काती नहीं थीं। ठहराव प्रदान करती थीं। अपने में समाहित जीवन के उल्लास से उल्लसित करतीं। और उदासी से संजीदगी को बल देतीं।

मकान मालकिन उन्हें बिना हील-हुज्जत सुनने देती। इतना ज़रूर कहती, "आवाज़ ज़रा धीमी रखना।"

कभी किसी ज़रूरी काम से कमरे में आना ही पड़ता तो तुरत-फुरत निपटाकर लौट जाती। शायद इसलिए कि किसी गीत की धुन या किसी बोल से समय की

राख में दबे उसके जज़्बात कहीं चिंगारी न पकड़ लें।

दरअसल यह रेडियो मकान मालकिन के पति ने अपनी दुकान के लिए ख़रीदा था। ग्राहकों को आकर्षित करने और लुभाने के लिए। ग्राहकों को कुछ नग़में सुनने को मिल जाते और दुकानदार को उसका मनचाहा। दुकान जब घर आ गई तो रेडियो भी।

मकान मालकिन मृदु स्वभाव वाली ममतालु क़िस्म की औरत थी। काफ़ी हद तक संकोची। उम्र? यही कोई पैंतीस के आसपास। बात अटक-अटककर करती। शब्द जैसे फँस-फँसकर उसके कंठ से निकलते। पर इसे हकलाना नहीं कह सकते। ऐसा किसी गले के रोग की वजह से था या फिर जन्मजात, ऐसा भी नहीं लगता था। वजह कुछ और ही रही होगी।

बात करते वक़्त वह अपने पैरों की तरफ़ देखती रहती। दूसरे से किसी शर्म या उसके प्रति किसी लिहाज़वश नहीं। बल्कि शायद इसलिए कि सामनेवाला उसकी आँखों में यह न पढ़ ले कि शब्द मुँह से निकल रहे हैं, उदर से, दिल से या फिर उसकी रूह से। जितनी भी देर वह बात करती रहती उसकी समूची देह थरथराती रहती। चलते-फिरते उसके दोनों कन्धे आगे की ओर झुके रहते और बाँहें झूलती रहतीं। जैसे किसी पेड़ से अधकटी दो पतली शाखाएँ हवा में झूलती हैं।

बेशक वह अपने में से उगती हुई नहीं अपने में धँसती हुई औरत दिखती। अपने हँसने में भी मुरझाई हुई। फिर भी चुकी हुई नहीं। क्योंकि चुकता वही है जो ख़ुद से भी पराजित हो जाता है। और धँसना भी कभी-कभी चुकना नहीं। अपनी जड़ों की ओर लौटना भी होता है।

उसके पति की रेडीमेड कपड़ों की दुकान थी। जिसमें पत्नी के हाथों से बुने स्वेटर, मफलर, मोज़े आदि के साथ-साथ उसी के सिले हुए कपड़े भी बिकते थे। रेडीमेड कपड़ों की थी भी एक ही दुकान। पूरे बाज़ार में।

पति उसे छोड़कर इसी क़स्बे की निवासी एक दूसरी औरत के साथ रहने लग गया था। कुछ अरसा क़स्बे में रहने के बाद उसने दिल्ली महानगर का रुख़ किया था। वहाँ की सुनी-सुनाई चकाचौंध के फेर में पड़कर। अपनी रोशनी से पूरी तरह वंचित होकर महानगर की कृत्रिम रोशनियों के मकड़जाल को वरदान समझकर। इस बात से बिलकुल अनजान कि मकड़जाल में उलझकर, सुलझता नहीं कुछ भी। उलझता ही जाता है। और अक्सर एक तस्वीर की तरह हवा में लटक जाते हैं ख़्वाब।

और मकान मालकिन छूट गई थी पीछे। दो कम उम्र बच्चों के साथ।

देह की सर्वांगीण ख़ूबसूरती जैसे उसे स्पर्श करते ही मुड़ गई हो किसी दूसरे की तरफ़। इसलिए वह लगते-लगते ही ख़ूबसूरत लगती थी। वह भी सिर्फ़ उन्हें ही जिनकी आँख उस स्पर्श को सतह के नीचे उतरकर देख पाती थी। यह देखना भी तभी सम्भव हो पाता है अगर दृष्टि में लचीलापन भी हो। पहली नज़र में उसे देख किसी को भी उसके ख़ूबसूरत न होने की ग़लती हो सकती थी। संस्कार से भी हुई थी। जब पहली बार देखा था उसने मकान मालकिन को। लेकिन ख़ुद को दुरुस्त करने में उसे देर नहीं लगी थी।

उसके पति के पास नहीं रही होगी ऐसी आँख। या फिर उसने अन्य कोई वजह ढूँढ़नी चाही होगी। नहीं ढूँढ़ पाया तो वजह बना ली होगी पत्नी को मझधार में छोड़ पलायन करने की।

ग्राहक तो बँधे-बँधाए थे ही। कुछ छिटक भी गए होंगे तो इतने ज़रूर रह गए होंगे कि गुज़र-बसर ठीक से हो सके। इसलिए दुकान घर पर ही आ गई थी। सिलने-बुनने का अधिकांश काम तो पहले भी वह ख़ुद ही करती थी। उसमें जुड़ गया था पति के हिस्से का काम।

इस सारे काम को वह बोझ समझकर नहीं पूरे श्रम और लगन से करती थी। देर रात तक। शायद यह सोचते-सोचते कि वह तो पूरी निष्ठा से सिलती-बुनती रही, फिर भी उसका सिला-बुना लीरड़े-लीरड़े क्यों हो गया?

शायद इसी मन:स्थिति से निकला होगा यह पंजाबी टप्पा जिसे वह गुनगुनाया करती थी। ख़ासकर रात के वक़्त सिलाई करते हुए।

'साड्डा चोला लीरां दा, इक बारी पा फेरा, तक हाल फ़क़ीरा दां...'

गुनगुनाते हुए मशीन के चक्के पर उसका हाथ टप्पे की लय के साथ-साथ घूमने लगता। और कुछ ही पल में दोनों लय एक-दूसरे में लीन। और वह ख़ुद एक घूमता हुआ पहिया।

वह स्वर कोकिला तो नहीं थी। किसी गुरु से गायकी की विधिवत कोई तालीम भी नहीं ली थी उसने। फिर भी उसके गले में एक क़ुदरती सोज़ था। इतना कि उसके दर्द का वाहक बन सके। तिस पर उसका 'वोकल टेक्सचर' भी पंजाबी टप्पे के अनुकूल था। इसीलिए उसके किसी-न-किसी भर चुके ज़ख़्म को भी हरा कर देता।

सुरों से भी नहीं भटकती थी वह। सुरों से बेशक छनकर आती थी उसकी हहराती वेदना। पर उनमें से बेबसी नाममात्र को भी नहीं झलकती थी। अलबत्ता एक हैरान कर देनेवाली बात ज़रूर थी। गुनगुनाते वक़्त शब्द अटक-अटककर नहीं, एक प्रवाह में लयबद्ध होकर निकलते थे। एक-दूसरे पर झपटते हुए नहीं। एक-दूसरे के पूरक बनकर। उसके व्यक्तित्व के एकदम विपरीत दूसरे पहलू की ओर इंगित करते।

अब एक तरफ़ पड़े थे लीरड़े (लीरां)। हर पल उसकी निगाहों के सामने। जिन्हें सिल-जोड़कर भी कोई जीवन-दृष्टि नहीं बनती थी। और दूसरी तरफ़ था जीवन। सम्भावनाओं से परिपूर्ण जीवन। लीरड़ों को दृष्टि-ओझल करना शायद उसके वश में नहीं था। और जीवन को मन-ओझल करके वह ख़ुद लीरड़ा-लीरड़ा होना नहीं चाहती होगी।

बड़ा ही विचित्र था उसके व्यक्तित्व के इन दो पहलुओं में विरोधाभास। संस्कार के लिए दोनों में कोई महीन सूत्र ढूँढ़ना लगभग नामुमकिन।

इन्दिरा ही मुमकिन कर सकती थी उसे। इसीलिए कुछ रोज़ पहले बात छेड़ी थी संस्कार ने।

"कुछ-कुछ आभास है मुझे। मौसी को लेकर तुम्हारी जिज्ञासा का। जिज्ञासाएँ न हों तो जितना हम पहले से ही जानते हैं उसमें इज़ाफ़ा कैसे होगा। मैं अपने बुद्धू की बुद्धिमानी की यूँ ही मुरीद नहीं हूँ।"

'बुद्धू' शब्द व्यंग्य का नहीं इन्दिरा के अपनत्व को ही भरपूरता से दर्शाता था। 'सहज पके सो मीठा हो', संस्कार के लिए कुछ इसी अन्दाज़ में कभी-कभी इस्तेमाल करती थी वह। इस शब्द का।

"हाँ, जिज्ञासाएँ भी ज्ञान को बुद्धिमत्ता में तब्दील करती हैं। रही मेरी बात। सो मैं तो अभी तक एक जिज्ञासु हूँ। और हमेशा जिज्ञासु ही रहना चाहूँगा।"

"अभी तो और भी बहुत कुछ जानना-समझना है तुम्हें। ख़ैर छोड़ो। यह बताओ कि मौसी को लेकर किसी निष्कर्ष पर तो पहुँचे ही होओगे तुम।"

इन्दिरा के मन में चल कुछ और रहा था पर कहा उसने कुछ और।

"दूसरे पक्ष को सुने बिना किसी निष्कर्ष पर कैसे पहुँचा जा सकता है। ऐसे में सिर्फ़ अनुमान ही लगाया जा सकता है।"

जो मन में था वही कहा था संस्कार ने।

"मैं नहीं मान सकती। तुमने कुछ-न-कुछ निष्कर्ष तो निकाला ही होगा। अब उसकी पुष्टि करना चाहते हो मेरी राय जानकर। है कि नहीं?" इन्दिरा की ज़िद्द से निकला था।

"तुम मानने न मानने के लिए स्वतंत्र हो भई। तुम्हारी इस स्वतंत्रता में दख़लंदाज़ी करके बुद्धू के ख़िताब पर मुहर नहीं लगवानी है मुझे।"

"मुहर लगाने का हक़ मुझे दोगे तभी तो लगाऊँगी न मैं।" इन्दिरा ने मंद-मंद मुस्कराते हुए कहा था।

"मेरी क्या मज़ाल कि तुम्हें हक़ पाने से रोक सकूँ। अब थोड़ा हक़ मुझे भी दे दो। अपनी मौसी के बारे में जानने का। बड़ी मेहरबानी होगी।"

संस्कार के लिए और इन्तज़ार मुश्किल हो रहा था।

"इतना तकल्लुफ़ मत कीजिए हुज़ूर। लीजिए हाज़िर है आपका हक़।"

इन्दिरा ने जिस अन्दाज़ में कहा था उससे संस्कार की हँसी छूटते-छूटते रह गई थी। क़स्बे में मुसलमानों की संख्या भी काफ़ी थी। स्कूल में मुसलमान लड़कियाँ भी पढ़ती थीं। ज़ाहिर है उन्हीं से सीखा था इन्दिरा ने। उर्दू के शब्दों का इतनी नफ़ासत से इस्तेमाल करना। और अदबो-आदाब भी।

"पति ने तीन साल पहले त्याग दिया था मौसी को"—इन्दिरा ने बताना शुरू किया था—"घोर निराशा से घिरी मौसी रह-रहकर विलाप करने लगती थीं। यह सिलसिला चार-पाँच महीने तक चलता रहा। आख़िर जब मुझसे उनका इस क़दर बिलखना-सुबकना नहीं देखा गया तो मैंने मौसी से कहा था कि इस तरह तो भूखों मरने की नौबत आ जाएगी। फिर आप अकेली नहीं हैं। दो बच्चे भी हैं आपके। दुकान बन्द हो गई है तो क्या। घर से ही यह काम फिर से शुरू कर दो। ध्यान भी बँट जाएगा और कमाई भी फिर से शुरू हो जाएगी।" बताते-बताते इन्दिरा रुकी थी। मानो आगे जो कहेगी उस पर अपनी पकड़ थोड़ी और मज़बूत कर लेना चाहती हो।

"फिर क्या हुआ?" संस्कार असलियत को जल्द-से-जल्द जान लेना चाह रहा था।

"फिर जो हुआ, एक करिश्मा ही लगा था मुझे। पता नहीं मेरे कहने से हुआ या किसी और वजह से। काम शुरू करने में मौसी ने ज़्यादा वक़्त नहीं गँवाया। वैसे भी कोई किसी को सिर्फ़ रास्ता सुझा सकता। वह भी अपनी समझ

के मुताबिक़। चलना तो अपने ही पैरों होता है। और इसके लिए जाना पड़ता है अपनी ही जिजीविषा की शरण में।"

"अच्छा। तो यह बात है।" संस्कार ने राहत की साँस ली थी।

"हो गया न तुम्हारा अनुमान सही।" इन्दिरा ने कहा।

"पर जो टप्पा वह काम करते वक़्त गुनगुनाती हैं और जिस अन्दाज़ से गुनगुनाती हैं उससे तो कुछ और भी लगता है।"

संस्कार पूरी तरह मुतमइन होना चाहता था।

"कोई अगर एक साथ दो छोरों को साध सकता है तो इससे अच्छी बात और क्या हो सकती है। पीड़ा भी तो कभी-कभी ताक़त बन जाती है।"

इन्दिरा ने विलक्षण तरीक़े से संस्कार की जिज्ञासा का निराकरण कर दिया था। और संस्कार के धीरे-धीरे समृद्ध होते ख़ज़ाने में जोड़ दिया था न जाने क्या-क्या। अनमोल।

सप्ताह का आख़िरी दिन। इन्दिरा और संस्कार रेडियो से कान लगाए।

और अमीन सयानी की आवाज़।

"तो दोस्तो, दिल थामकर बैठ जाइए। और सुनिए, बिनाका गीतमाला के तेरहवें और आख़िरी पायदान पर, इस सप्ताह का सबसे लोकप्रिय 'वो कौन थी' फ़िल्म का यह नग़मा :

लग जा गले कि फिर ये हसीं रात...

इस नग़मे का जादू पहले से ही आलोड़ित दोनों के भाव-जगत को और-और भाव-विभोर करने लगा।

पास आइए कि हम नहीं आएँगे बार-बार...

ये बोल सुनकर इन्दिरा की आँखें डबडबा आई थीं। संस्कार न देख ले इसलिए उसने चेहरा थोड़ा-सा घुमा लिया।

"अब तुम्हारा पढ़ने का टाइम हो गया है।"

गीतमाला के समाप्त होते ही मकान मालकिन की आवाज़ ने दोनों को नग़मों की जादुई दुनिया से खींचकर हक़ीक़त की दुनिया में ला खड़ा किया।

काश! हक़ीक़त की दुनिया भी संगीत की दुनिया जैसी ख़ुशगवार, दिलकश, सुकूनदेह, और दिलरुबा की तरह होती। और उसमें साथ-साथ चलना अनंत।

दोनों के दिमाग़ में ऐसा ही कुछ कौंधता।

मकान मालकिन ने सिलाई मशीन पर रखा टीन का ढक्कन उठाया। मशीन को झाड़ा-पोंछा। अधसिली सलवार को मशीन की सुई के नीचे सरकाया। चक्के के हैंडिल पर हाथ रखा। उसका हाथ चक्के की लय के साथ घूमने लगा। धीरे-धीरे उसके कंठ से बहते पंजाबी टप्पे की लय के साथ एकमेक होता। और दो छोरों के बीच पंछी की तरह डोलता उसका मन। कभी इस छोर की शाख पर। कभी उस छोर की।

मकान मालकिन के पास तीन कमरे थे। रसोईघर के अलावा। दो कमरों में उसकी रिहाइश। और तीसरा कमरा ख़ासतौर पर संस्कार की पढ़ाई के लिए किराए पर। चूँकि उसका यह कैरियर साल था अतः माँ-पिता ने उसके लिए अलग से कमरा लेना मुनासिब समझा था।

रात के वक़्त संस्कार के साथ मिल-बैठकर पढ़ाई करना इन्दिरा ने ख़ुद चुना था। आश्चर्य कि इसमें आपत्ति किसी को नहीं थी। इन्दिरा के माँ-बाप को भी नहीं।

पहली रात ही संस्कार ने इन्दिरा से पूछा था, "तुम्हारे माता-पिता इसके लिए राज़ी हैं क्या?"

पूछते ही संस्कार को लगा था कि जब यह सवाल उसकी अपनी ही सोच से मेल नहीं खाता तो इन्दिरा की सोच, जिससे वह अब तक काफ़ी हद तक वाक़िफ़ हो चुका था, कैसे खा सकता है मेल।

"उसकी चिन्ता तुम मत करो। अपनी कहो।" इन्दिरा ने दृढ़ता से कहा था।

तो इन्दिरा की सोच अपनी जगह क़ायम है। और उसका सवाल बेवजह। किसी भी ग़लतफ़हमी की पहुँच से बहुत दूर। यही सोचकर उसने कहा था, "मेरी माँ के साथ तो तुम्हारी ख़ूब छनती थी। वह अपनी बेटियों से कम नहीं आँकती तुम्हें। रही मेरी बात, तो मुझे एतराज़ हो ही नहीं सकता।"

संस्कार ने पूरी कोशिश की थी कि उसका जवाब स्पष्टीकरण जैसा न लगे।

अब रही मकान मालकिन। इसकी चश्मदीद गवाह। सो वह तो थी ही ममतालु औरत। जिसने ज़माने के पीछे-पीछे घिसटकर बहुत कुछ देख लिया था। अब वह आगे चलकर भी देखना चाहती थी। तिस पर ममता की आँखें नहीं होतीं। फिर दिलों के मामले में आपत्ति कैसी...

आपत्ति दौलेशाह को भी नहीं थी। उस गाँव में।

दोनों परिवारों में घनिष्ठता थी ही। संस्कार अक्सर जाता रहता था हवेली। रात के समय दौलेशाह की बेटी अंजना के साथ पढ़ाई करने।

ज़रूरत संस्कार की भी थी। तिस पर अंजना की बड़ी बहन का इसरार भी, "तुम्हारी देखा-देखी शायद अंजना भी किताबों के पन्ने पलटने लगे।"

गाँव में बिजली थी नहीं। रात के वक़्त लालटेन की मरियल-सी रोशनी में किताबें बाँचना, माचिस की तीली जितनी रोशनी में, किसी पुरातन गुफा की दीवारों पर अंकित लिपि को पढ़ने जैसा लगता था संस्कार को। जबकि दौलेशाह की हवेली रात भर पेट्रोमैक्स की दूधिया रोशनी से जगमगाती रहती।

पुरखों की शानो-शौक़त भले ही पड़ चुकी थी धुँधली लेकिन अँधेरे को हवेली पर क़ब्ज़ा नहीं करने दिया था दौलेशाह ने। इस धुँधली चमक को दिखावे के लिए माँज-माँजकर चमकाने का लोभ भी नहीं था उन्हें। क़द से बेशक वह ठिंगने थे। और एक आँख की रोशनी से वंचित भी। पर दरियादिली और आज़ाद-ख़याली के मामले में उनका क़द कहीं ऊँचा था। और एक आँख न होते हुए भी एक आँख से नहीं देखते थे दुनिया को। इसलिए उन चन्द हस्तियों में शुमार जो ख़ुद से ज़्यादा औरों के लिए जीने को जीवन का मक़सद बना लेते हैं।

दौलेशाह की पत्नी पाँच सन्तानों को जन्म देने के बाद संसार को अलविदा कह चुकी थी। पाँच में से ज़िन्दा बचीं तीन सन्तानें पति के हवाले कर।

इन सन्तानों में सबसे बड़ा था उनका बेटा। एक बार कैनेडा क्या गया फिर वहीं का होकर रह गया। किसी कैनेडियन लड़की से ब्याह रचाकर। उससे छोटी बेटी का ब्याह राजस्थान के अजमेर निवासी एक व्यवसायी के साथ हो चुका था। अक्सर हवेली आती रहती थी वह। कभी-कभी तो महीनों हवेली में ही डटी रहती।

स्वभाव में अपने पिता की कार्बन कॉपी। हँसमुख। खुले दिलवाली। स्नेह की उष्णता से लबालब। एक सयानी और भद्र स्त्री थी वह। पहली ही मुलाक़ात में किसी का भी दिल जीत लेने की कला में माहिर।

"तो तुम अंजना के सहपाठी हो। और दोस्त भी। आज से क्या अभी से मेरे भी दोस्त हुए।"

पहली ही मुलाक़ात में संस्कार से कहा था उसने।

दोस्त बनना। दोस्ती की गरिमा को बरक़रार रखते हुए दोस्ती को निभाना। पूरी निष्ठा और स्निग्धता के साथ। अपनी किसी भी हरकत से दूसरे तक किसी

तरह की कोई ग़लतफ़हमी संचारित न हो, इसका पूरा-पूरा एहतियात बरतना। ये सब उसी से सीखा था संस्कार ने।

सबसे छोटी थी अंजना। यानी दौलेशाह की पाँचवीं सन्तान। कई मायनों में अपने पिता और बड़ी बहन से एकदम विपरीत। बिगड़ैल। उच्छृंखल। मुँहफट। कुछ भी अगर मनमुताबिक़ न हो पाए तो भड़क उठना या फिर याचक बन जाना। अनजाने में ही आत्म-प्रवंचना की शिकार। ज़रूरत से ज़्यादा लाड़-प्यार या 'पैंपरिंग' की वजह से नहीं। बल्कि किन्हीं ऐसे कारणों से जिनसे शायद वह ख़ुद भी अनभिज्ञ थी। तमाम हाव-भाव भ्रामक। यानी उनसे जो भी झलकता, उसमें कितना सच है, कितना झूठ, समझ पाना कठिन।

संस्कार पर कुछ ज़्यादा ही मेहरबान रहती थी अंजना।

उसकी एक और सनक बड़ी ही विचित्र-सी लगती थी संस्कार को।

उन दिनों 'मुग़लेआज़म' का एक नग़मा 'प्यार किया तो डरना क्या...', हर किसी की ज़ुबान पर रहता था। लेकिन अंजना की ज़ुबान के बजाय हवेली में मौजूद ग्रामोफ़ोन से निकलने लगता। संस्कार के हवेली पहुँचते ही। फिर चाहे सुबह हो, दोपहर हो, शाम हो या रात।

नग़मे से संस्कार को कोई परहेज़ नहीं था। उसे अनेक बार सुन सकता था वह। नग़मा था ही बेहतरीन नग़मों में से एक सदाबहार नग़मा।

यह नग़मा अगर उसी के आने पर बजने लगता है तो यह अंजना की सनक नहीं हो सकती। इसके पीछे उसकी कोई और ही मंशा आकार लेती प्रतीत होती संस्कार को।

"तुम्हारी सुई इसी एक गीत पर क्यों अटकी रहती है?" एक बार पूछ ही लिया था संस्कार ने।

"जब अपनी ज़ुबान साथ नहीं देती तो किसी दूसरे की ज़ुबान का सहारा लेना ही पड़ता है।" अंजना ने तपाक से कहा था। जैसे एक अरसे से इसी ताक में थी वह कि मौक़ा मिलते ही लपक ले। और पुड़िया में लिपटी अपनी मंशा को संस्कार की ओर उछाल दे। यह देखने के लिए व्याकुल कि संस्कार पुड़िया को कैच करता है या नहीं।

ज़रूरत से ज़्यादा मेहरबानी अक्सर हज़म नहीं होती। ख़ासकर तब, जब आपका सिस्टम निख़ालिस का आदी हो। ऐसे में मिलावटी मंशा को कैच करना,

वह भी छद्म रूप से आपकी ओर सरकती मंशा को। या फिर उसके साथ कोई समझौता करना, अपने साथ ही नहीं, दूसरे के साथ भी बेईमानी होती है।

दौलेशाह काम के सिलसिले में अक्सर गाँव से बाहर जाते रहते थे। कभी क़स्बे तो कभी शहर। ज़्यादातर कोर्ट-कचहरी के चक्कर में। दीवानी मुक़दमों में तारीख़ें तो मिलती हैं पर फ़ैसले कभी-कभी पीढ़ियों तक नहीं हो पाते। पीछे से अंजना या तो अकेली रहती या फिर बड़ी बहन साथ होती।

हाँ, हवेली में दो नौकर ज़रूर थे। एक अधेड़ आदमी और उसकी पत्नी। बरसों से हवेली की देखरेख और खान-पान का ज़िम्मा उन्हीं के कन्धों पर था।

पेट्रोमैक्स की दूधिया रोशनी में किताबों का हर शब्द और भी बड़ा होकर संस्कार की स्मृति में दर्ज होता रहता।

अंजना पढ़ने की बजाय या तो कुछ गुनगुनाती रहती थी या फिर ऊँघती रहती। मानो रतजगा करती हो। या फिर कमरे में चक्कर लगाती, अजीबोग़रीब हरकतें करती रहती थी। जानबूझकर संस्कार का ध्यान अपनी ओर आकर्षित करने के लिए।

संस्कार देखकर भी अनदेखा करता रहता। पर अंजना की एक बात की अनदेखी नहीं कर पाया था वह। यानी अंजना के साथ घटित और उसी के द्वारा बयान की गई एक घटना। जिसने अंजना को लेकर संस्कार की गुत्थी को और भी पेचीदा बना दिया था।

उस गाँव का ही एक लड़का शहर के कॉलेज में पढ़ता था। गाहे-बगाहे उसका गाँव आना-जाना लगा रहता। अंजना के साथ मिलना-जुलना भी। इसी गाँव के स्कूल से बारहवीं पास करने के बाद साल भर पहले ही गया था शहर के कॉलेज में। यह मेल-मिलाप स्कूल में एक साथ पढ़ते हुए ही परवान चढ़ा था। दोनों एक-दूसरे के काफ़ी क़रीब भी आ गए थे। अंजना के दिल में तो लड़के के लिए प्रेमभाव भी पनप चुका था।

एक दिन उस लड़के के घर गई हुई थी अंजना। संयोगवश उस दिन लड़का घर में एकदम अकेला था। बहुत अरसे से पल रही थी उसके भीतर कामेच्छा। बस इन्तज़ार था तो सही मौक़े का। और मौक़ा पाते ही उसकी इच्छा में लग गया था पलीता।

अंजना ने लड़के की फन उठाती इच्छा को भाँपकर पूछा था कि क्या वह भी उससे प्रेम करता है। लड़का चुप। क्योंकि उसके भीतर लगी शब्दों की भीड़ से

ग़ायब था यह शब्द। अंजना ने दोहराया था अपना सवाल। पर तब तक लड़का उसकी देह को टटोलने-मसलने लगा था। और अंजना का सवाल लड़के की ठोस चुप्पी से टकराकर चकनाचूर।

इससे पहले कि लड़के की प्रचंड होती काम वासना अंजना को अपनी लपेट में ले लेती, वह हवेली लौट आई थी। लड़के को लोलुपता की दहकती भट्ठी में अकेले जलने के लिए छोड़।

अंजना ने यह घटना आख़िर उसे क्यों सुनाई? क्या यह साबित करने के लिए कि वह ऐसी-वैसी लड़की नहीं है। या संस्कार को यह जताने के लिए कि वह जो चाहती है उसकी गरिमा को अपनी गरिमा समझनेवाले के सामने ही वह आत्मसमर्पण कर सकती है।

सारा-का-सारा दारोमदार क्या एक 'हाँ' पर ही टिका था? अगर वह लड़का एक झूठी या अस्फुट-सी 'हाँ' अंजना के कान में सरका देता तो क्या वह ख़ुद को लड़के के हवाले कर देती?

तिस पर अंजना ने जो कुछ भी संस्कार को बताया उसमें कितना सच था और कितना झूठ, यह जानने का फ़िलहाल संस्कार के पास सिर्फ़ एक ही ज़रिया था। हालाँकि यह ज़रिया भी अपने आप में पूरी तरह कारगर नहीं था। इसकी वजह थी अंजना के हाव-भाव, चाल-ढाल, आचार-व्यवहार में व्याप्त रहनेवाली भ्रामकता। क्या सही है क्या ग़लत, इस भ्रामकता के बीच में से किसी एक को चुन लेना संस्कार के लिए आसान नहीं था।

एक तरह से विसंगतियों का पिटारा ही तो थी अंजना। संस्कार के लिए भी। तो शायद औरों के लिए भी होगी। शायद उस लड़के के लिए भी।

बहरहाल, अंजना के साथ अपनी दोस्ती क़ायम रखना चाहता था संस्कार। तब तक, जब तक यह पहेली सुलझ नहीं जाती। सुलझ गई और उत्तर सकारात्मक हुआ तो भी वह दोस्त बना रहेगा। उसके आगे, दूर-दूर तक कुछ था भी नहीं। न संस्कार के मन में। न अन्तर्मन में। अंजना के लिए।

अंजना की बड़ी बहन गाँव आई होती तो बीच-बीच में उनके कमरे में झाँक जाती थी।

"संस्कार मन लगाकर पढ़ रहा है और तुम ऊँघ रही हो। देखा-देखी ही सही। कुछ तो भेजे में डाल लिया करो।" बड़ी बहन डपट दिया करती।

"इसे तो पढ़ाई के अलावा कुछ सूझता ही नहीं। स्कूल में तो चपड़-चपड़ करता रहता है। यहाँ आते ही इसकी ज़ुबान घास चरने चली जाती है।"

कहकर अंजना कनखियों से संस्कार की ओर देखने लगती। देखते वक़्त उस लड़के से किया गया सवाल भी उसकी आँखों में डबडबा आता।

"कम-से-कम मुहावरे का इस्तेमाल तो ठीक से किया करो। ज़ुबान नहीं अक्ल घास चरने जाती है। और तुम्हारी अक्ल तो घास-ही-घास चरती रहती है।"

लेकिन बड़ी बहन की व्यंग्योक्तियों का भी कहाँ असर होता था अंजना पर।

क्या अंजना का यह कोई ऐसा भाव है जिसे वह चारे की तरह इस्तेमाल करना चाहती है। या सिर्फ़ एक खेल। जिसके अन्दर भी चलता रहता है कोई और खेल। या फिर ऐसा भाव जो तुरत-फुरत नहीं पलते-पलते बड़ा होता है। संस्कार सोचता रहता पर नतीजा नदारद।

इसलिए अक्सर वह अंजना का ध्यान बँटाने की कोशिश करता रहता था। उसे ऐसी बातों में उलझाकर जिनसे दोनों के बीच निकटता का आभास देती एक समुचित दूरी क़ायम रहे। ताकि उनके बीच किसी ग़लतफ़हमी के पनपने की गुंजाइश ही न बचे।

"अच्छा यह बताओ कि अक्ल बड़ी होती है या भैंस?" अंजना को चिढ़ाने के लिए कह देता संस्कार।

"दीदी, देखो, यह चिढ़ा रहा है मुझे। पढ़ाई में फिसड्डी हूँ इसलिए ही न।" अंजना तुनक कर कहती।

"ठीक ही तो कहता है संस्कार। दिल लगाकर नहीं पढ़ोगी तो कैसे जानोगी कि दोनों में कौन-सी शै बड़ी होती है।" बड़ी बहन संस्कार की तरफ़ हो लेती।

"यानी कि मैं भैंस हूँ।" अंजना रुआँसी हो आती।

"यह फ़ैसला तुम दोनों मिल-बैठकर कर लेना।" बड़ी बहन सुलह करवाने की ग़रज़ से कहती।

"दीदी, तुम भी हमेशा इसी की ज़ुबान में बोलती हो।" अंजना उलाहना-सा देती।

"पक्ष भी उसी का लेना चाहिए जो इसके क़ाबिल हो। वैसे संस्कार मेरा भी तो दोस्त है। दोस्ती भी तो निभानी होती है।" बड़ी बहन की बहुअर्थी दलील होती।

"तो मैं कौन हूँ?"

"मेरी नकचढ़ी बहन।" बड़ी बहन भी चिढ़ाने में पीछे नहीं रहती। यही सोचकर

कि शायद इसी तरह से कुछ अक्ल आ जाए छोटी बहन को।

"यह जुमाँ-जुमाँ चार दिन पहले मिला सगा। और बरसों से साथ रहनेवाली पराई।" अंजना कहने भर के लिए कह देती।

'किसी की ओर बढ़ने से पहले यह देख-जान लेना निहायत ज़रूरी होता है कि वह भी आपकी ओर आ रहा है या नहीं। अन्यथा अफ़सोस ही हाथ लगता है।' बड़ी बहन ने एक गहरी नि:श्वास छोड़ते हुए कहा।

संस्कार को लगा कि बड़ी बहन को छोटी बहन की मंशा का आभास है। या फिर उसके किसी अपने कड़वे अनुभव का निचोड़ है यह सूत्र वाक्य।

"दीदी तुम भी न..."

अंजना अपनी बहन के सूत्र वाक्य का कुछ और ही अर्थ समझकर पाँव पटकते हुए कमरे से बाहर निकल गई। पर थोड़ी देर में लौट भी आई थी। शायद किसी और तरकीब के साथ।

"भैंस को भूख लगी थी। सो जल्दी-जल्दी अपना पसन्दीदा चारा निगलकर लौट आई है।" संस्कार ने अंजना को फिर चिढ़ाया।

बड़ी बहन और संस्कार ठठाकर हँस दिए थे।

पर अंजना ने चिढ़ने की बजाय मायूसी से कहा था, "मेरी पसन्द की किसको पड़ी है।"

"बहुत हो गई मसखरी। पहले भी दो कक्षाओं में ब्रेक लगा चुकी हो। अबकी फेल हुईं तो तुम्हें अपने साथ राजस्थान ले जाऊँगी।"

बड़ी बहन ने अपना यह कहा सच भी कर दिखाया था।

अंजना दसवीं में फेल हो गई थी। और एक दिन बड़ी बहन के साथ राजस्थान रवाना।

उच्छृंखल और मुँहफट होते हुए भी अंजना मन में उछल-कूद करते भाव को सीधे-सीधे अपनी जुबान से व्यक्त नहीं कर पाई। इसके लिए उसने जिन भ्रामक और अप्रिय हरकतों-करतबों का सहारा लिया वह प्रेम जैसे उदात्त भाव की गरिमा के साथ खिलवाड़ नहीं तो और क्या हो सकता था। उसका कोई डर?

इस तरह के भाव उदात्त होने के साथ-साथ बेहद नाजुक भी होते हैं। उन्हें ठीक से न सँभाल पाने का डर हमारी क्षमताओं के आगे एक बड़े प्रश्नचिह्न की तरह गड़ा रहता है क्योंकि हम ख़ुद ही उनके बारे में आश्वस्त नहीं होते। उन पर

हमारा भरोसा इस क़दर कमज़ोर कि पता ही नहीं चलता असल में हम क्या चाहते हैं। इसलिए जो भी सामने आ जाता है और आसान शिकार भी लगता है, उसी की ओर दबे पाँव बढ़ने लगते हैं। अपनी अजीबोग़रीब हरकतों के ज़रिये। ताकि अपने डर, अपनी अनिश्चितता को दूसरे पर लादकर निश्चिन्त हो सकें। इस उम्मीद को पालते-पोसते कि दूसरा हमारी मंशा को समझकर, हमें भी समझा देगा।

असल में होता कुछ और है। वह भाव तो ज्यों का त्यों पड़ा रहता है हमारे डर, हमारी अनिश्चितता की शरण में। अपनी ज़िन्दगी में दाख़िल हो सकनेवाले किसी ऐसे शख़्स की इन्तज़ार में जो हमारी ही शर्तों पर उस भाव को ग्रहण कर ले। ऐसे में हम हर दस्तक पर द्वार खोलने के लिए विवश हो जाते हैं। फिर दस्तकों का यह सिलसिला कभी थमता ही नहीं। और वह भाव अनिश्चितताओं के जंगल में अनाथ-सा भटकता रहता है। अपनी क़ब्र ख़ुद खोदने तक...।

इन्दिरा के माँ-बाप आज़ाद ख़याल थे या नहीं, संस्कार को नहीं पता। या फिर इन्दिरा क्या-क्या करती है उसमें उनकी कोई दिलचस्पी ही नहीं थी। होगी भी तो शायद इस क़दर बुझी-बुझी कि उसके सुलगने का इन्तज़ार करते-करते थककर ख़ुद ही बुझ चुके थे। उनकी यह ठोस उदासीनता बेतरह चौंका देनेवाली थी। इसलिए संस्कार उनके किसी भी द्वार से अन्दर घुसकर उनके इस रवैये के बारे में कोई भी राय क़ायम करने के लिए भले ही स्वतंत्र पर अभी तो सब द्वार बन्द थे। पर कभी तो कोई द्वार खुलेगा...

कमरे में एक चारपाई थी। चारपाई पर बिस्तर। एक कुर्सी। एक मेज़। मेज़ पर अलार्म घड़ी।

इन्दिरा और संस्कार एक साथ जितनी भी देर कमरे में रहते घड़ी की ओर भूलकर भी नहीं देखते थे ताकि समय का अहसास उनसे उनका वर्तमान न छीन सके। और यह भी कि उनके लिए महत्त्वपूर्ण समय नहीं, महत्त्वपूर्ण है हर वो पल जिसे वह एक साथ जीते थे।

इन्दिरा हठ करके संस्कार को कुर्सी पर बिठाती और ख़ुद चारपाई पर। क्योंकि उसके मतानुसार कुर्सी को हमेशा चारपाई से ऊँचा दर्जा हासिल रहा है।

कुछ अजीब-सा था उसका यह मत। नितान्त निजी भी। इससे भी ज़्यादा अजीब था इसके लिए उसका तर्क।

"चारगाई हमारी प्रतिभा को अक्सर नींद की माँद की ओर धकेलती है। जबकि

कुर्सी हमारी प्रतिभा को निखारती है। अगर हम कुर्सी पर होने का दम्भ न पालें तो।"

इस पर बहस हो सकती थी। पर इन्दिरा के साथ क़तई नहीं।

उस रात भी दोनों बिनाका गीतमाला का रसास्वादन करने के उपरान्त अगले दिन होनेवाले हाउस टेस्ट की तैयारी में जुटे हुए थे।

संस्कार पढ़ने में पूरी तरह तल्लीन। इन्दिरा कुछ अनमनी-सी। पढ़ाई से उसका ध्यान उचट-सा गया था। कभी किताब के पन्ने उलटती-पलटती। कभी किताब में डूबे संस्कार को निहारती।

तभी अचानक उसे पता नहीं क्या सूझा, "तुमने कबीर का यह दोहा तो ज़रूर पढ़ा होगा।"

संस्कार ने सिर उठाकर इन्दिरा की ओर देखा।

"कुछ कहा तुमने?" संस्कार के मुँह से निकला। जैसे वह अभी आधा किताब में हो और आधा इन्दिरा की तरफ़।

"तुम जिस तरह किताबों में डूब जाते हो उसी तरह अगर..."

अपनी बात अधूरी छोड़ उसने संस्कार की ओर सवालिया निगाहों से देखा।

"अब हर कोई तुम्हारी तरह ज़हीन तो नहीं हो सकता न। एक नज़र दौड़ाई और किताबों में छपा हुआ कंठस्थ।" संस्कार ने कहा तो सहज भाव से लेकिन कहते ही लगा कि कहीं उसके मन के किसी कोने में छिपी ईर्ष्या ने तो नहीं बुलवा दिया उससे यह।

लेकिन इन्दिरा तो कहीं और थी उस पल। उसका ध्यान ही नहीं गया संस्कार के कथन की ओर। उसके दिलो-दिमाग़ में तो कबीर का दोहा ज़ुबान पर आने को आतुर था। और तुरन्त आ भी गया :

पोथी पढ़ि पढ़ि जग मुआ, पंडित भया न कोय।
ढाई आखर प्रेम का, पढ़े सो पंडित होय॥

तब तक संस्कार पूरी तरह से इन्दिरा की ओर आ चुका था।

अंजना भी तो कुछ ऐसा ही कहना चाहती थी ज़ुबान से। पर उसने अपने जज़्बात का इज़हार करने के लिए जो तरीक़ा अख़्तियार किया था वह उसके जज़्बात की सत्यता पर ही प्रश्नचिह्न लगा देता था।

इन्दिरा का तरीक़ा कितना भिन्न था अंजना के तरीक़े से। उसके आगे प्रश्नचिह्न

तो क्या अर्द्धविराम लगाना भी इन्दिरा की मंशा की सत्यता को जानबूझकर झुठलाना होता। अपने आप में इस क़दर पूर्ण था इन्दिरा का तरीक़ा और उसका इज़हार भी। क्योंकि यह कोई खेल नहीं था। न प्रत्यक्ष न परोक्ष।

एक तरीक़ा अखरता था। दूसरा पुलकित कर रहा था संस्कार को।

दोनों लड़कियों की मंशा के बीच नदी के दो किनारों जैसी भिन्नता को आज कितनी स्पष्टता से दृष्टिगत ही नहीं, महसूस भी कर पा रहा था संस्कार।

हो सकता है तुम जो कहती-करती हो वह सब तुम्हारे लिए भी कभी नामुमकिन रहा हो। तुमने अपनी सकारात्मक सोच और समझ से उसे मुमकिन बनाया होगा। उसी तरह मैं भी अगर कर पाया तो मुझे भी इसी प्रक्रिया से गुज़रना होगा। फिर चाहे प्रक्रिया कितनी भी जटिल क्यों न हो। और अन्तर्संघर्ष कितना भी मारक।

यही कहना चाह रहा था संस्कार। पर इसे व्यक्त करने के लिए उसने भी कबीर के दोहे का सहारा लिया :

धीरे धीरे रे मना, धीरे सब कुछ होय।
माली सींचे सौ घड़ा, ऋतु आए फल होय॥

इन्दिरा ने भरी-पूरी निगाहों से देखा संस्कार को। इस नतीजे पर पहुँचते हुए कि संस्कार ने भी दोहे के ज़रिये पूरी शिद्दत से महसूस किए गए को ही वाणी दी। ख़ुद भी तो उसने दोहे के ज़रिये ही अपने अहसासात को ही प्रकट किया।

साथ-साथ इतना चलना तो हो ही चुका था। निस्सन्देह। यह दीगर बात है कि दोहे के पीछे छिपा संस्कार का आशय छिपा नहीं रहा था इन्दिरा से। इस आशय को वह उसकी सीमा मानकर नहीं बल्कि अपनी ही तरह की एक स्वभावगत ख़ासियत के रूप में ग्रहण कर, संस्कार की तरफ़ मुड़ना चाहती थी। मुड़कर, उसके साथ-साथ चलते हुए अपनी ओर आना चाहती थी।

इन्दिरा ने इस चुनौती को स्वीकार भी कर लिया था। क्योंकि इन्दिरा जानती थी कि इसी बिन्दु से साथ-साथ आगे बढ़ते हुए अपनी परिपक्वता को ही नहीं, औदात्य को भी प्राप्त हो सकेगा वह भाव। भाव जो अपने शैशव को पारकर किशोरावस्था को लाँघने के लिए लालायित है।

बाह्य-जगत करवट ले रहा था। उसके साथ-साथ करवट ले रहा था दोनों का भाव-जगत भी।

एक का कुछ तेज़ गति से। दूसरे का अपेक्षतया मंथर गति से। पर अपनी-अपनी तरह से।

उधर जवाब तो अंजना भी पाना चाहती थी। जबकि संस्कार के पास था भी। न बना-बनाया। न दोमुँही सोच की देन। स्थितिजन्य जवाब।

पर अंजना तो सिर्फ़ चखना चाहती थी। चखने के बाद, मुँह फेर, पलायन करना चाहती थी। किसी दूसरे स्वाद की ओर। फिर वह कड़वा सच सुनकर अपनी जुगाली को बदमज़ा क्यों करती। ख़ासकर जब ख़ानाबदोशी उसकी नस-नस में समाई हुई थी।

इधर इन्दिरा थी कि सवाल करने के साथ-साथ जवाब देने में भी समर्थ। ऐसा करते हुए ख़ुद पर भरोसे को आवाज़ देकर नहीं बुलाना पड़ता उसे। क्योंकि वह उस भरोसे का माप-तोल, हिसाब करने में यक़ीन नहीं रखती।

संस्कार के भरोसे का आकलन करने में भी उससे कोई चूक नहीं होती थी। हालाँकि कभी-कभार ऐसा आभास ज़रूर करती थी अपनी बातचीत या हाव-भाव के ज़रिये। पर वह भी सिर्फ़ संस्कार के भरोसे को कवच से बाहर निकालने की नीयत से।

'मास्टर राम सहाय की छड़ी के सामने हथेलियाँ फैलाने से अच्छा है कल के सबक को दिमाग़ में बिठाना।'

कल हाउस टेस्ट है यह असलियत संस्कार के दिमाग़ से पुँछी नहीं थी। भले ही थोड़ी देर के लिए पृष्ठभूमि में चली गई थी।

साथ ही संस्कार के सामने यह सच्चाई भी मुँह बाए खड़ी थी कि देर-सबेर उसे उन अपरिहार्य सवालों के जवाब ढूँढ़ने ही होंगे। ढूँढ़ने ही नहीं उनका माकूल जवाब भी देना होगा, जो इन्दिरा के साथ शुरू हुई यात्रा के दौरान उठेंगे। वह भी सीधे-सीधे। सिर्फ़ मन से ही नहीं। रूह से भी। अगर इस यात्रा को किसी ऐसे मरहले तक ले जाना है जिससे आगे किसी भी मोड़ पर कम-से-कम अँधेरा तो प्रतीक्षारत नहीं होता। और न ही किसी सवाल से लगती है ठोकर। सवाल चाहे पत्थर की तरह सख़्त ही क्यों न हो।

इन्दिरा भी आगे बढ़ते हुए बार-बार अनुत्तरित सवालों की ओर लौटेगी। क्योंकि थोड़ी-सी असमंजस भी दृष्टि को धुँधला कर सकती है। और बन सकती है रास्ते की बाधा भी।

छलाँगों में रास्ता तय करने की बजाय अब संस्कार के साथ क़दम मिलाकर आगे बढ़ना जो तय कर लिया है इन्दिरा ने। इस बात के प्रति सजग कि छलाँग लगाने से वे दोनों किसी ऐसी जगह गिर सकते हैं जहाँ से आगे बढ़ना शायद मुमकिन न हो पाए।

इस बीच इन्दिरा हाथ में किताब लिए, कमरे में टहलने लगी थी। कुछ अंशों को ऊँचे स्वर में पढ़ते हुए।

"यह क्या बचपना है। ऊपर-नीचे सब सो रहे होंगे और तुम हो कि..."

अंजना भी कभी-कभी यही करती थी। पर संस्कार उसे टोकता नहीं था। जानता था कि किसी चीज़ के साथ ज़्यादा देर बँधे रहना अंजना की फ़ितरत नहीं थी। यहाँ तक कि वह अपना पहरावा भी दिन में तीन-चार बार बदलती थी। यही दर्शाता था कि बेसब्री और ऊब किस क़दर दबोचे हुए है उसे।

"...मनमानी करती रहती हो। यही कहना चाहते थे न। मैं तो करूँगी। टोकोगे, तो यहाँ आना ही छोड़ दूँगी।"

बिलकुल बच्ची ही तो लग रही थी इन्दिरा। इस पल। मानो बचपन के किसी अभाव की पूर्ति कर रही हो।

पर जिस अदा में उसने यह कहा था उससे संस्कार की हँसी रोके नहीं रुक रही थी।

"बस यही। यही तो चाहती हूँ मैं। मुझे ख़ुशी है कि तुम कभी-कभार हँसना भूले नहीं हो।"

इन्दिरा के चेहरे पर रौनक लौट आई थी। शायद यह भाँप लेने के बाद कि संस्कार धीरे-धीरे ही सही लौट रहा है अपनी हक़ीक़ी फ़ितरत की तरफ़। और उसकी तरफ़ भी।

संस्कार यह भी जानता था कि इन्दिरा न तो यहाँ आना छोड़ सकती है, न सवाल करना।

"तुम अपने सिर पर मँडराते मास्टर राम सहाय के भूत को भगाते रहो। तब तक मैं यह तय करती हूँ कि मेरे सवालों में से कौन-सा सवाल इस पल मुझे सबसे ज़्यादा सता रहा है।"

इन्दिरा पूरी तरह उसे चिढ़ाने पर उतर आई थी। और यह सब वह कह रही थी अपने बचपन के दरवाज़े पर खड़ी-खड़ी।

"तुम्हारे पास सवालों का ज़ख़ीरा है क्या? जब देखो सवाल। ख़त्म होने को ही नहीं आता।"

संस्कार ने अपनी तरफ़ से तो युद्ध-विराम की मुद्रा में हाथ खड़े कर दिए। पर उसे नहीं पता था कि उसने निमंत्रण दे दिया था। और-और सवालों को।

"मुझे पता था तुम आओगे। इसीलिए चुन-चुन कर इकट्ठा कर रखे हैं सवाल। अब आ ही गए हो तो तुम पर ही लुटाऊँगी न यह ख़ज़ाना।"

"और कोई नहीं मिला होगा न?" संस्कार भी उसकी रौ में बहने लगा था।

"मिला था एक। चार-पाँच महीने पहले।" यह कहते हुए इन्दिरा का चेहरा एकदम भावहीन। पर आँखें मुस्कराती।

"कौन?" संस्कार की चौंकाहट से निकला।

"अब कोई बुद्धू का ख़िताब पाने पर तुला हो तो मैं क्या कर सकती हूँ।"

मुस्कराहट आँखों से निकलकर पूरे चेहरे पर बिछ गई।

इस मुस्कराहट ने संस्कार की समझ का दीया झट से जला दिया।

'बुद्धू' के ख़िताब का दावेदार उससे बेहतर कौन हो सकता है—संस्कार ने मन-ही-मन मुस्कराते हुए सोचा।

"कुछ सवाल कभी बासी नहीं होते। इन सवालों की काया बेशक बदल जाती है पर रूह नहीं। और ऐसे सवालों का अनुत्तरित रहना ही समूची मानव जाति के हित में होता है। अन्यथा, तलाश ही ख़त्म हो जाएगी और हम सब जड़।" संस्कार ने कहा।

इन्दिरा हास-परिहास के अन्दाज़ में ही कहना चाहती थी कि 'बुद्धू' ख़िताब के दावेदार न तुम कभी थे न होओगे। पर ऐसा कहकर संस्कार के कहे का निरादर नहीं करना चाहती थी वह। हास-परिहास अपनी जगह। संजीदगी अपनी जगह। दोनों का आनन्द भी अपनी-अपनी जगह।

"इसीलिए न यह जीवन पुराना होता है, न वजूद से जुड़े सवाल। यह कल्पना करते हुए भी डर लगता है कि इनके बिना जीवन कैसा होगा। शायद कुछ-कुछ वैसा ही जैसे हवा, पानी और धूप के बिना पौधा।"

एक तरह से संस्कार के कहे पर ही अपनी मुहर लगाई थी इन्दिरा ने।

सुनते ही संस्कार ने मन-ही-मन तय कर लिया था कि आगे से वह ख़ुद चारपाई पर बैठेगा और इन्दिरा को कुर्सी पर बिटाएगा।

तभी अचानक मकान मालकिन कमरे में दाख़िल हुई। वह अक्सर नहीं आती थी उनके कमरे में।

अलार्म घड़ी में साढ़े दस बज रहे थे।

"अभी और पढ़ना है तो चाय बना दूँ। नींद आँखों से दूर रहेगी।"

महज़ औपचारिकतावश नहीं पूछा था उसने। बल्कि उस पल अपने धँसाव से बाहर निकलकर एक सगी भावना से पूछा था।

संस्कार कहने को ही था कि इस वक़्त तकलीफ़ न उठाएँ। पर इससे पहले कि उसकी जुबान हरकत में आती इन्दिरा बोली, "थोड़ी-थोड़ी चलेगी मौसी जी।"

इन्दिरा काफ़ी उत्साहित लग रही थी।

मकान मालकिन जाते-जाते दरवाज़े से ऐसे पलटी जैसे अचानक कुछ याद आ गया हो।

"बेटी, तुम्हारी माँ ने आज सुबह ही तुम्हारे बारे में मुझे बताया कि मरजाणी ने पिछले एक महीने से रात का खाना छोड़ रखा है और सुबह तड़के उठकर हर रोज़ कुछ ऊलजलूल कसरतें करती रहती है।"

"बस यूँ ही मौसी जी। कुछ ज़्यादा ही मोटी हो गई थी इसलिए।" इन्दिरा के मुँह से बरबस निकल गया।

"पर बेटी, यह तुम्हारी खाने-पीने की उम्र है। व्रत-उपवास करने की नहीं।" इतना कहकर मकान मालकिन चली गई।

संस्कार के सामने एकाएक सब कुछ शीशे की तरह साफ़ हो गया कि इन्दिरा क्यों कर रही थी उपवास और कसरतें।

साथ-साथ चलने को फलीभूत करने के लिए अपने दुर्दमनीय जज़्बे को वह ऊपर से सरल दिखनेवाले नायाब तरीक़े से भी हक़ीक़ी बना सकती है। संस्कार था कि इस पर हतप्रभ। यह तप नहीं तो और क्या हो सकता है।

"तुम्हें यह जोख़िम उठाने की क्या ज़रूरत थी। और ऐसा कब तक करती रहोगी?"

इन्दिरा को लेकर चिन्तित हो ही उठा था संस्कार। साथ ही उसका क़ायल भी कि जिसे करने के वायदे अक्सर लोग-बाग करते रहते हैं उसे इन्दिरा कर दिखाती है। वह भी बिना कोई दिखावा किए।

"जब तक पलड़े बराबर नहीं हो जाते। इतना ही नहीं, जब तक साथ-साथ

चलना जीने की एकमात्र वजह नहीं बन जाता। वजह भी ऐसी जिसकी किसी और वजह के साथ अदला-बदली नहीं की जा सकती। और हाँ, यह सिद्ध करना नहीं, ख़ुद को अपने जज़्बे की कसौटी पर परखना होगा मेरे लिए।"

इन्दिरा अपने विश्वास में थोड़ा और गहरे उतर गई थी।

"पलड़ा तुम्हारा ही भारी था। है भी। और हमेशा रहेगा भी।" यह बात संस्कार ने बेहिचक कह दी। क्योंकि यह था भी एक निर्विवाद सच।

जब हम ख़ुद से सच बोलने के अपने साहस को नींद से जगा लेते हैं तब दूसरे का सच जानने और मानने की राह भी आसान हो जाती है हमारे लिए। जिज्ञासा और भी सच्ची और गहन।

यह भी सच है कि सवालों-जिज्ञासाओं की दुनिया रहस्यमयी होती है। जटिल भी। उससे भी कहीं अधिक रहस्यमय, पेचीदा और अथाह होता है हमारा अन्तर्मन। कुछ-कुछ ब्रह्मांड जैसा। दोनों की परस्पर टकराहटें बेहद दिलचस्प और बहुत हद तक निर्णायक भी। इस अन्तर्संघर्ष से उबरकर साथ-साथ चलना जब हमारे सामने सशरीर आ खड़ा होता है, तब उसे देखते ही बरबस हमारी अन्तरात्मा बोल उठती है:

'यही। यही तो चाहते रहे हैं हम। एक-दूसरे के लिए।'

लेकिन इन टकराहटों के दौरान पेश आ सकती हैं कुछ ऐसी प्रत्याशित-अप्रत्याशित घड़ियाँ भी जिनके प्रबल दबाव तले दोनों शख़्सों या दोनों में से किसी एक के बिखरने की सम्भावना बनी रहती है। यह बिखरना यात्रा के बीच रास्ते ही स्थगित होने का बायस भी बन सकता है।

ऐसी डगमग स्थिति में अपनी निहित क्षमताओं की ओर ले जानेवाला मार्ग ख़ुद ही ढूँढ़ना होता है। इस मार्ग को प्रशस्त भी हम ख़ुद ही कर सकते हैं। अपना लैंप ख़ुद बनकर। क्योंकि पेचीदा-से-पेचीदा स्थिति से उबरने के लिए ख़ुद पर भरोसे से ज़्यादा बड़ा और कारगर अन्य किसी का भरोसा नहीं हो सकता। तभी इन क्षमताओं के दम पर हम प्रबल-से-प्रबल दबाव को भी बेअसर कर सकते हैं।

सम्भवतया इससे ज़्यादा प्रभावी और माकूल कोई और जवाब नहीं हो सकता। एक बड़े प्रश्नचिह्न की तरह यात्रा के आड़े आ सकनेवाले उस दबाव का।

आख़िरकार सबसे महत्त्वपूर्ण होता है नतीजा। नतीजा हासिल करने के लिए दोनों शख़्सों का संवेदना और चेतना के स्तर पर 'रिसेप्टिव' होना निहायत ज़रूरी ताकि दोनों इस समूची प्रक्रिया से निस्सृत सत्य का, मिलकर, एक ही मिकदार

में, एक जैसी ही शिद्दत के साथ वरण कर, आस्वादन कर सकें।

कुछ ऐसे ही आत्मान्वेषण से गुज़र रहा था संस्कार। ऐसे में स्मरण हो आया उसे कबीर का यह दोहा :

जिन खोजा तिन पाइया, गहरे पानी पैठ।
मैं बपुरा बूड़न डरा, रहा किनारे बैठ॥

दायाँ हाथ जो-जो कर सकता है, उसे बायाँ हाथ भी, उतनी ही क्षमता के साथ कर सके तो समझो, साथ-साथ चलना फलीभूत हो रहा है।

यही साथ-साथ चलना अगर किसी मायने में 'एक' होना भी है तो उस 'एक' के दो हाथों में से निश्चय ही दायाँ हाथ इन्दिरा है और बायाँ हाथ वह ख़ुद। यानी दोहे का पहला हिस्सा इन्दिरा और दूसरा हिस्सा वह।

दूसरा हिस्सा बनकर वह रहना नहीं चाहता। ऐसा करना, इन्दिरा के तप का घोर निरादर ही नहीं, पूर्ण तिरस्कार भी होगा। एक आघात भी। इस यात्रा के लिए ही नहीं। यात्रा की प्रणेता इन्दिरा के लिए देर-सबेर एक नासूर में तब्दील हो जानेवाला भी साबित हो सकता है।

ऐसे में वह किनारे बैठ सिर्फ़ लहरें गिनते हुए कैसे पलायन कर सकता है। उसे भी तो गहरे उतरना होगा। उतना ही जितना गहरे उतरने की इन्दिरा ने ठान रखी है।

बारह

खाना खाने के बाद संस्कार नीचे अपने कमरे में जाने के लिए रसोईघर से निकला। बरामदे में आते ही उसकी निगाहें आसमान की ओर उठ गईं। उसने देखा, अपनी पूर्णता को दृढ़ संकल्प के साथ हासिल करने की ओर अग्रसर। आधा चाँद। और धरती पर बिछी चाँदनी की चादर पर सलमा-सितारों की तरह झिलमिलाती बस्ती के मकानों की रोशनियाँ।

सितम्बर का महीना। बरसात दस-बारह दिन पहले ही अपना बरसना समेट

विदा हो चुकी थी। दिन बेशक अभी गर्म थे। पर रातें थोड़ी ख़ुशगवार।

संस्कार को आज थोड़ी देर हो गई थी। कमरे में जाने के लिए। इन्दिरा तो अब तक आ भी चुकी होगी। वक़्त की ग़ुलाम नहीं थी। पर पल-पल की महत्ता से पूरी तरह बाख़बर रहती थी वह। ख़ासकर इसलिए कि सान्निध्य का एक लम्हा भी उसके लिए उतना ही मानीखेज़ था जितना लू के थपेड़ों से कुम्हलाते फूल के लिए एक बूँद जल।

आज तो उसकी ख़ैर नहीं। यही सोचते-सोचते संस्कार कमरे में दाख़िल हुआ।

इन्दिरा चारपाई पर कोहनियों के बल अधलेटी-सी। खुली किताब आँखों के सामने। पर उसका यह डूबना किताब में डूबना नहीं लगा संस्कार को।

इन्दिरा निश्चय ही कहीं और थी। शायद अपने स्मृति-लोक में विचरती।

इन्दिरा का चेहरा एकदम भाव-विह्वल हो आया था। इस क़दर कि आँसू निकले कि निकले। और कितने भाव देखता आया है उसके चेहरे पर संस्कार। पर यह भाव पहली बार दिखाई दिया था उसे। सिर्फ़ आँखों में। वह भी इस क़दर दुर्बोध कि निश्चित तौर पर कुछ भी समझ पाना असम्भव।

इस भाव को पारदर्शी होने से कैसे रोक रखा था इन्दिरा ने? और क्योंकर? और ऐसे कौन-से आँसू हैं जो उसकी आँखों में आते-आते रह जाते हैं?

इस बारे में संस्कार कुछ पूछे भी तो कैसे?

हालाँकि इन्दिरा उससे कभी कुछ छिपाती नहीं। इसे छिपा रखा था तो ज़रूर लेकिन कोई बहुत बड़ी तार्किक वजह रही होगी उसके पास। वजह शायद कच्ची-पक्की होगी उसके भीतर। जब तक पूरी तरह पकेगी नहीं बताएगी नहीं। कुछ भी अधपका परोसना इन्दिरा की फ़ितरत में दूर-दूर तक था भी नहीं।

इतना तो जानने ही लगा था वह इन्दिरा को।

तो क्या डॉ. नीलिमा की तरह ही इन्दिरा के अतीत का भी कोई ऐसा पन्ना है जिस पर दर्ज है एक हृदय-विदारक कहानी?

किसी और दिन वह देर से आता तो इन्दिरा उसे लताड़ने के लिए नहीं, सिर्फ़ और सिर्फ़ सजग करने के लिए ऐसा कुछ कहती :

"साथ-साथ जिया एक लम्हा भी अक्सर अपनी सम्पूर्णता से थोड़ा और आत्मसम्पन्न बना देता है हमें। जबकि एक-दूसरे के साथ ठिलते-ठिलते बिताए सैकड़ों-हज़ारों लम्हों से भी मायूसी के सिवा हमारे हाथ कुछ नहीं लगता। एक

तुम हो कि...उस लम्हे की दहलीज़ तक पहुँचकर भी वहीं ठिठक जाते हो।"

इन्दिरा द्वारा ख़ाली छोड़े गए स्थान को वह ख़ुद भर लेता। यह जानते हुए भी कि कहीं पहुँचकर भी, नहीं पहुँचना तकलीफ़ों को निमंत्रण देना होता है।

इन्दिरा ऐसा करती थी कभी-कभार। क्योंकि उस रिक्ति को ख़ुद भरकर वह नामालूम-सी भी ठेस नहीं पहुँचाना चाहती थी उसे।

पर आज इन्दिरा ने ऐसा कुछ भी नहीं कहा। न कहने का उपक्रम ही दिखाया। इस क़दर मुब्तला थी वह अपने स्मृति-लोक के साथ।

संस्कार का एक मन हुआ कि इन्दिरा को यूँ ही रहने दे। जहाँ भी वह है वहीं। इस वक़्त उसे वहाँ से जबरन खींचना एक गुनाह होगा।

लेकिन आज सुबह देखा वह दृश्य भी बार-बार उसकी आँखों के सामने साकार हो उठता था, जिससे वह अभिभूत भी था। जब उस दृश्य की कशिश से उबरना उसके लिए नामुमकिन हो गया, गुनाह न करने की पुख़्ता दलीलों के बावजूद करने देने की इच्छा प्रबल और वाणी बस से बाहर, तब कोई भी सज़ा भुगतने के लिए ख़ुद को पूरी तरह तैयार कर उसने यह तो पूछ ही लिया :

"तुम क्या हर रोज़ इसी तरह खुले में नहाती हो?"

सवाल इतना अप्रत्याशित था कि सीधे इन्दिरा की चेतना से जा टकराया। झटका भी तगड़ा। और वह एक ही झटके में स्मृति-लोक से बाहर। हक़ीक़ी दुनिया में। संस्कार को बिटर-बिटर ताकती...

उस वक़्त सुबह के ग्यारह बज रहे थे। छुट्टी का दिन भी था आज। ख़ूब-ख़ूब चमकीला। दस-बारह दिन पहले हुई बरसात की आख़िरी मूसलाधार बारिश से अंग-प्रत्यंग धुला-धुला। पर धूप धीरे-धीरे तल्ख़ होती। अभी इतनी ही तल्ख़ कि कुछ देर उसमें खड़े रहना मुमकिन।

संस्कार के घर उस वक़्त वह ख़ुद और किचन में परसराम। दोपहर के भोजन की तैयारी में जुटा। पिता दौरे पर थे। माँ और बहनें मकान मालकिन के यहाँ। संस्कार बरामदे में। घुमक्कड़ी के चक्कर में।

इन्दिरा के बेहड़े में एक कामचलाऊ स्नानगृह था। मुश्किल से चार फुट चौड़ा। लम्बाई में थोड़ा ज़्यादा। ऊँचाई तीन-साढ़े तीन फुट। बेहड़े में मौजूद अमरूद के एक बौने पेड़ की बग़ल में। जिसके पत्ते हरे होने से पहले ही सूखकर झर जाते। ग़लती से दो-चार फल लग भी गए तो पकने से पहले ही कीड़ों का घर बन जाते थे।

दूसरी मंज़िल के इस बरामदे से इन्दिरा का घर, बेहड़ा, अमरूद के पेड़ का पत्ता-पत्ता और स्नानगृह भी साफ़-साफ़ दिखाई देता था। उतना ही साफ़-साफ़, जैसे बिना दूरबीन से थोड़ी दूर का दृश्य, हाथ भर की दूरी का, देखनेवाले की बीनाई अगर थोड़ी कमज़ोर हो तो भी स्नानगृह में मौजूद शख़्स की पसलियाँ गिनना आसान।

संस्कार घर की सीढ़ियाँ उतरने को ही था कि उसकी निगाहें बेहड़े से होती हुई स्नानगृह पर जा ठिठकीं। अगले ही पल लोटे से बदन पर पानी उँडेलती इन्दिरा पर।

इन्दिरा के होंठ फड़फड़ा रहे थे। वह शायद धीमे स्वर में कोई गीत गुनगुना रही थी। चारों ओर से एकदम बेख़बर। इस आशंका तक से दूर कि नहाते हुए उसे कोई देख भी सकता है। शायद पहले कभी ऐसा हुआ ही नहीं होगा। शायद इस मकान की ऊपरी मंज़िल इससे पहले कभी आबाद हुई ही नहीं होगी। इसलिए।

इस हद तक तल्लीन थी वह नहाने जैसे मामूली कर्म में भी। इस बात की क़ायल तो वह थी ही कि कुछ भी करो, पूरे मन से करो। आधे-अधूरे मन से किया काम मंसूबों में अक्सर घुन की तरह लग जाता है।

लेकिन जो पहले नहीं हुआ, आगे भी कभी नहीं होगा, इस बात को लेकर हम इतने निश्चिन्त कैसे हो सकते हैं। जबकि जीवन तो है ही अनिश्चितताओं का गलियारा।

निर्विघ्न बरसती चमकीली धूप में इन्दिरा का गोरा-चिट्टा बदन और भी उजला और पारदर्शी-सा हो आया था। घुटनों पर अठखेलियाँ करतीं उसके वक्ष की गोलाइयाँ। टहनी पर अग़ल-बग़ल लटके दो लम्बोतरे आमों की तरह नहीं। पकने को हो आए सन्तरों जैसी। न बहुत ठोस। न पिलपिली। न बहुत बड़ी। न बहुत छोटी। पर इतनी ज़रूर कि जिससे देह की ख़ूबसूरती का सन्तुलन और उस सन्तुलन का खिलना बरबस किसी का ध्यान अपनी ओर खींच ले।

तभी इन्दिरा नहाकर उठी। सिर से लेकर पिंडलियों तक की देह उसके सामने थी। उसके हर कटाव की विशिष्टता उसे और मोहक बनाती। ऊपर से नीचे की ओर एक लय बहती, चमकती, थरथराती, लचीली देह।

और संस्कार अभिमंत्रित-सा निर्निमेष ताकता। जैसे पलकें अपना झपकना ही भूल गई हों।

नहाने के बाद कपड़े पहनकर जब तक इन्दिरा घर के अन्दर नहीं चली गई संस्कार उसी सम्मोहनावस्था में खड़ा रहा। दुनिया से अनुपस्थित। पर उस सौन्दर्य

के अद्भुत जगत में उपस्थित। भीतर खलबली। आँखों में देह की चौंध। लेकिन धीरे-धीरे सौम्य और स्थिर होती एक स्निग्धता में तब्दील होकर उस अनूठे अनुभव का आत्मसात् करती।

इन्दिरा ने एक बार भी नज़रें उठाकर ऊपर की ओर नहीं देखा था। इस क़दर डूबी हुई थी ख़ुद में...

"तुमने कब देखा?" इन्दिरा के स्वर में आश्चर्य-मिश्रित नटखटता थी।

"आज सुबह।"

"कहाँ से?"

"अपनी छत से। और कहाँ से?"

"पहले भी कभी देखा था?"

"नहीं।" संस्कार ने दृढ़ता से कहा।

"पर मैं तो हर रोज़ यहीं नहाती हूँ। तुम्हारी तरह हफ़्ते में दो-तीन बार नहीं।"

इन्दिरा जानबूझकर उसे छेड़ भी रही थी और प्रेरित भी कर रही थी। उसके भीतर करवटें लेते सच को जानते हुए भी। उस सच को उसकी ज़ुबान पर लाने के लिए ताकि वह अपनी स्थायी झिझक से थोड़ा और बाहर आ सके।

"तो क्या मैं झूठ बोल रहा हूँ?" संस्कार ने अचकचाकर कहा और इन्दिरा के चेहरे से नज़रें हटा लीं। जैसे जिस्म का सारा ख़ून चेहरे पर आकर इकट्ठा हो गया हो।

"नज़रें तो हटा लीं। पर चेहरा कैसे छिपाओगे? इस पर तो सब लिखा-धरा है।" इन्दिरा ने कहा।

संस्कार को लगा, जो भी हो, उसे नज़रें नहीं चुरानी चाहिए थीं। पता नहीं ऐसे नाज़ुक मौक़ों पर उससे ऐसा क्यों हो जाता है। न चाहते हुए भी।

"वैसे तो तुम हर रोज़ देखते हो मुझे। पर उस तरह देखकर कैसा लगा?" इन्दिरा ने उसकी आँखों में झाँकते हुए पूछा।

या तो यह हद दर्जे की बेशर्मी हो सकती है या फिर ऐसा कहनेवाले का प्रबल आत्मविश्वास कि उसके कहे की ग़लत व्याख्या हो ही नहीं सकती।

हो सकती थी। अगर इन्दिरा की जगह इस वक़्त अंजना होती तो।

"क्या मतलब?" जवाब होते हुए भी संस्कार के मुँह से बरबस निकल गया।

"मतलब तो सीधा-सा है। आख़िर हम दोनों हैं तो इनसान ही। कोई पहुँचे हुए

संत-महात्मा नहीं। इसलिए कुछ तो लगा ही होगा।"

संस्कार को लगा, इन्दिरा उसे टटोलना चाहती थी कि वह जहाँ खड़ा है वहाँ की ज़मीन पुख़्ता है या दलदली। पुख़्ता है तो कितनी। और अगर दलदली है तो कितनी।

इन्दिरा मुस्करा दी। मानो उसे आश्वस्त कर रही हो कि ऐसा कुछ नहीं है जैसा वह सोच रहा है।

"मौनी बाबा जी। रोज़ नहाया करो। पानी मैं ला दिया करूँगी। कहो तो..."

इन्दिरा ने फिर से अपनी बात अधूरी छोड़ दी।

आगे वह क्या कहना चाहती थी संस्कार समझ गया था। पर इस बार उसने बात पूरी नहीं की। जरूरत ही नहीं थी। क्योंकि वह जानता था, इन्दिरा बात करते-करते कभी भी करवट बदल लेती है। ऊँचे स्तर से, सामान्य स्तर और सामान्य से ऊँचे स्तर पर जाने में उसे ज़रा भी देर नहीं लगती थी। पर सामान्य से नीचे किसी बेहूदगी के स्तर पर उतरना उसे बिलकुल गवारा नहीं था।

"क्यों? रोज़ नहाने से क्या ईश्वर से मिलाप हो जाता है?"

विषयान्तर संस्कार को भी सुहाता था। यह सोचकर कि फ़िलहाल तो जूझना टला।

"शुद्धि हो जाती है, बच्चा।" कहकर आशीर्वाद की मुद्रा में संस्कार के सिर पर हाथ रख दिया।

बाबा से सीधे बच्चा पर! और उसकी हँसी छूट गई।

"तन की न। और मन की मैल का क्या? वह तो कुएँ भर पानी से भी नहीं धुलती।"

अपने सिर पर रखा इन्दिरा का हाथ हटाने का कोई उपक्रम नहीं दिखाया संस्कार ने। क्या पता करिश्माई इन्दिरा का यह स्पर्श कोई करिश्मा ही कर दिखाए।

"कुएँ भर पानी से भले ही नहीं। पर पश्चात्ताप के एक आँसू से भी धुल जाती है मन की मैल।"

कहने के बाद इन्दिरा को लगा असली बात अचानक दूसरी पटरी पर चल निकली है।

"हम दोनों ने तो कोई गुनाह नहीं किया है। फिर यह मैल-मैल का खेल क्यों खेल रहे हैं हम?" इन्दिरा ने कहा।

"कभी-कभी आपबीती से मोहलत लेकर जगबीती पर चिन्तन-मनन भी ज़रूरी होता है।" संस्कार जानता था कि बात पटरी से ज़रूर उतरी है। लेकिन जिस पटरी पर अब है, वह भी इसी जीवन का दूसरा पहलू है।

"बिलकुल, दोनों पहलू एक-दूसरे के पूरक हैं। और हर चीज़ दोनों पहलुओं के सन्तुलन से ही क़ायम रह सकती है। एक पहलू के दम पर ज़्यादा देर उसका जीवित रहना नामुमकिन होता है।"

भले ही इन्दिरा उसे लाड़-प्यार से 'बच्चा-बच्चा' कहकर सम्बोधित कर रही थी पर संस्कार को यह सम्बोधन बहुत सुकून दे रहा था।

आख़िर बच्चा ही तो है वह इन्दिरा के सामने। वही क्यों? हर आदमी बच्चा ही तो होता है औरत के लिए। जो 'धारण' करता है, वही 'बड़ा' होता है। इसीलिए तो 'धात्री' की संज्ञा से अभिहित किया गया है औरत को।

रात काफ़ी हो गई थी। अमूमन ग्यारह बजे तक दोनों पढ़ना स्थगित कर देते थे। इस वक़्त घड़ी में बज रहे थे साढ़े ग्यारह। पर इन्दिरा थी कि डटी हुई। जाने का कोई लक्षण नहीं दिखाई दे रहा था संस्कार को।

उनके बीच जब भी कोई प्रसंग शुरू होता तो इन्दिरा उसे उसकी परिणति तक पहुँचाकर ही दम लेती थी। उसे टालने या स्थगित करने की लेशमात्र भी कोशिश नहीं करती थी वह।

सामान्यत: तो उसकी यह आदत संस्कार को बहुत अच्छी लगती थी। लेकिन कभी-कभी अपने लिए ऐसी स्थिति लगती जिससे तत्काल पार पाना उसे बहुत मुश्किल प्रतीत होने लगता था।

और इन्दिरा की पारखी निगाहों से उसकी यह जद्दोजहद छिपी नहीं रहती थी। इसीलिए वह प्रसंग को स्थगित कर देती थी। संस्कार को चिन्तन-मनन का मौक़ा देकर। उस स्थिति से उबरने की ख़ातिर।

संस्कार को लग रहा था, आज वह ख़ुद कहीं अटकी हुई है जिसे स्थगित कर पाना उसके वश में नहीं है।

"अच्छा, फ़िलहाल नैतिकता-अनैतिकता को दरकिनार कर यह बताओ। दिखना सही होता है या दिखाना।"

तो इन्दिरा अभी तक मूल प्रसंग में अटकी हुई थी—संस्कार ने राहत की साँस ली। उसे लगा इस प्रसंग को उसकी परिणति तक पहुँचाने का दारोमदार आज उस

पर आ गया है। अगर वह ऐसा नहीं करेगा तो इन्दिरा सारी रात यहीं गुज़ार देगी।

"मेरे अनुसार तो दिखना ही सच्ची ख़ूबसूरती हो सकता है। दिखाना तो नुमाइश करना होता है। अंजना की तरह।" संस्कार ने भी सन्दर्भ को ध्यान में रखते हुए ही कहा।

"जो दिखता है उसे दिखाने में कैसा परहेज़?"

इन्दिरा की टोही निगाहें संस्कार के चेहरे पर गड़ी थीं।

"यह इस बात पर निर्भर करता है कि हम डाल पर खिले फूल की ख़ूबसूरती से निहाल होना चाहते हैं या अपना पुष्प-प्रेम दिखाने के लिए उसे डाल से जुदा कर अपने फूलदान में सजाना चाहते हैं। दिखाने की उम्र कमोबेश फूलदान में सजे फूल जितनी ही होती है। जबकि दिखने की कोई उम्र नहीं होती।" संस्कार ने कहा।

"तुम्हारा मतलब ख़ूबसूरती देह में नहीं, कहीं और होती है?" इन्दिरा की तसल्ली आख़िरी चरण में थी।

"देह में भी होती है। लेकिन सिर्फ़ देह तक ही नहीं। और यह भी कि उसे हम कहाँ से देखते और आत्मसात् करते हैं। मन से भी या सिर्फ़ इन्द्रियों से ही। सम्भवतः इसी से तय हो सकता है ख़ूबसूरती का देह में होते हुए भी देहातीत होना। या सिर्फ़ देह तक सीमित रहना।"

अपनी तरफ़ से जितना हो सकता था, स्पष्ट करने की कोशिश की संस्कार ने।

इन्दिरा ने आगे कोई सवाल नहीं किया। एक गहरी आश्वस्ति से घिरी संस्कार के और निकट सरक आई। ऐसी आश्वस्ति जिसके बाद ख़ुद को सौंपना किसी आत्मग्लानि का नहीं, एक अछूती ख़ुशी के साथ-साथ कृतज्ञता का निमित्त भी बनता है।

संस्कार चारपाई पर अधलेटा था। इन्दिरा का चेहरा उस पर झुका हुआ। जैसे झील का स्पर्श पाने को आतुर किनारे खड़े पेड़ की कोई शाख।

छत से लटकते बल्ब के पीले आलोक में इन्दिरा रहस्यमयी-सी लग रही थी। उसका चेहरा एकतान होने के प्रगाढ़ उत्ताप से दीप्त।

स्निग्ध आँच की एक नदी इन्दिरा से होकर संस्कार की ओर बहने लगी थी। संस्कार के भीतर कुछ चटखा। जैसे खिलने से पहले कली। और फिर खिलता चला गया। अपनी वयस्कता को प्राप्त होने के गौरव-गरिमा से प्रफुल्लित।

इस वक़्त संस्कार पर झुकी हुई यह वही देह थी जो उसने सुबह निर्वस्त्र देखी

थी। पर इस वक़्त ढकी हुई। गहरे नीले रंग की कमीज़, सफ़ेद चूड़ीदार पायजामी और उस पर नीले रंग के दुपट्टे में लिपटी। उतनी ही ढकी हुई जितनी वह हर रोज़ देखता था। पर इस पल का देखना रोज़ के देखने से भिन्न था। कहीं अधिक स्निग्ध उत्ताप से पगा भी। एक अन्य अहसास की फुलझड़ियों से निस्सृत भी...

गहरा नीला रंग संस्कार को बचपन से ही बेहद पसन्द था। एक तरह से उसकी कमज़ोरी ही था वह रंग।

बचपन में जब वह कंचों से खेला करता था इसी रंग के कंचे बाज़ार से ख़रीदता।

एक बार जब वह कंचों से ठसाठस जेब के साथ बाज़ार से लौटा तो माँ ने देखते ही पूछा था, "जेब में क्या ठूँस रखा है? जेब फट नहीं जाएगी? ला, देखूँ ज़रा।"

और माँ ने सारे के सारे कंचे उसकी जेब से निकालकर बिखेर दिए थे।

"अरे! ये तो सारे के सारे एक ही रंग के हैं।" माँ ने हैरानी से कहा था।

"मैं क्या करूँ। मुझे तो बस यही रंग भाता है।" संस्कार ने इस रंग के लिए अपनी कमज़ोरी स्वीकार कर ली थी।

"तो आगे चलकर जीवन के और रंगों को कैसे पहचानोगे? हर रंग की अपनी एक ख़ूबी होती है। और इस ख़ूबी की पहचान इसी उम्र से शुरू होती है बच्चे।" माँ ने उसे समझाया था।

तब संस्कार को माँ की यह बात समझ नहीं आई थी। अब आ गई है। पर जुनून का कोई क्या करे...

वस्त्रों से ढकी देह का भी अपना एक अलग आकर्षण होता है। एकदम मौलिक। स्फटिक। बेदाग़। लेकिन रहस्य भी तो हमें आकर्षित करते हैं। रोमांचित करते हैं। हमारी जिज्ञासा को जीवित भी रखते हैं। रहस्यों के प्रति आकर्षण में यदि कोई खोट हो तो उनकी सतह पर किलोल करने के बाद उनकी तरफ़ से उदासीन हो जाते हैं। आकर्षण धीरे-धीरे कुन्द। फिर देह चाहे वस्त्रों से ढकी हो या निर्वसन।

दरअसल संस्कार को निर्वसनता में अटके रहना बिलकुल नहीं भा रहा था। वह तो उस निर्वसनता से निस्सृत सौन्दर्य की आभा को ही आत्मसात् करना चाह रहा था। ऐसा नैसर्गिक सौन्दर्य जो देह में घात लगाए बैठी यौन भावना की आग को हवा नहीं देता। अपितु उस आग को स्थिर और सौम्य बनाता है।

हद-बेहद

असल में देह कभी निर्वसन नहीं होती। उसे निर्वसन करती है देखनेवाली आँख। क्योंकि निर्वसनता देह में नहीं, आँख में होती है...

निर्वसन देह तो संस्कार ने एक बार पहले भी देखी थी। उस गाँव में।

गाँव में एक परिवार रहता था। पुरानी मसीत के पास। धज्जी दीवारों से बने नीची छतवाले एक घर में। गाँव से कोस भर दूर बहते एक नद वाले छोर की तरफ़।

परिवार में पाँच प्राणी थे। एक अधेड़ औरत। धीरे-धीरे सूखती। पता नहीं किसी रोग से। कुपोषण से या फिर किसी बोझ तले दबी। हर वक़्त किसी-न-किसी काम में जुटी रहती। इच्छा-अनिच्छा की परवाह किए बिना। मानो काम बहुत हों और वक़्त बहुत कम। और अपने रहते-रहते उन कामों को निपटा लेना उसके जीवन का एकमात्र मक़सद। ज़्यादातर इशारों से ही काम चलाती। जब भी कुछ बोलती तो ऐसे लगता जैसे अचानक याद आ गया हो कि उसे बोलना भी आता है। अपने तबके की अन्य औरतों की तरह कभी गाली-गलौज नहीं करती थी। नाराज़ होना तो जैसे उसे आता ही नहीं था। घर में अगर कोई ग़लती कर भी दे तो बस यही कहती, "कोई गल्ल नहीं। कोई गल्ल नहीं।"

उस औरत के चार बच्चे थे। सबसे बड़ी लड़की शादीशुदा थी। उससे छोटा लड़का स्कूल के पास वाले चौराहे पर चाय का एक खोखा चलाता था। उससे छोटी लड़की की उम्र पन्द्रह-सोलह बरस। सबसे छोटा लड़का स्कूल में पढ़ता था। स्कूल तो बस शक्ल दिखाने जाता था। बड़े भाई का हाथ बँटाना ही जमता था उसे।

अधेड़ औरत और उसकी छोटी बेटी सुबह-शाम संस्कार के घर पानी भरने आया करती थीं। मन्दिर के पासवाले कुएँ से वे भरती थीं पानी।

बड़ी बेटी मायके आती तो दोनों बहनें पानी भरने आती थीं। वे अक्सर संस्कार की माँ के पास कुछ देर बैठतीं। सुख-दुख करतीं। माँ पूरे मनोयोग से सुनतीं। बीच-बीच में छोटा-मोटा सलाह-मशविरा भी देती रहतीं।

दोनों बहनों की शक्लो-सूरत भी एक जैसी ही थी। सीरत भी लगभग एक ही जैसी। दोनों की देह का रंग साँवला था। स्याह की तरफ़ झुका हुआ साँवला।

संस्कार अक्सर बाबा नागा से मिलने जाता रहता था। गाहे-बगाहे इसी रास्ते में पड़ते अधेड़ औरत के घर भी चला जाता था।

बाबा नागा ने जीवन का जो अमानवीय और घिनौना रूप देखा था, उसके बाद किसी का भी घोर नैराश्य के गर्त में गिरकर मर-खप जाना या फिर जीवन

से विरक्त हो जाना लगभग अवश्यम्भावी होता है।

लेकिन बाबा नागा ने इस अवश्यम्भावी के सामने घुटने टेकने से इनकार कर दिया था।

दरअसल भारत-विभाजन की त्रासदी की भेंट चढ़ गया था उनका पूरा परिवार। वह ख़ुद अपने एक बाजू से वंचित होकर किसी तरह बचते-बचते लाहौर से पहुँचे थे अमृतसर। फिर दो साल तक शरणार्थी शिविरों की ख़ाक छानते रहे। शिविरों में इस त्रासदी के शिकार, घोर दैहिक और मानसिक पीड़ा सहते लोगों की व्यथा-कथाएँ देखते-सुनते उन्हें अहसास हुआ कि उन लोगों के दुख के सामने उनका अपना दुख कोई मायने नहीं रखता। इसी अहसास ने उन्हें नैराश्य और विरक्ति से उबार लिया था।

शरणार्थी शिविरों से निकलकर वे घूमते-घामते इस गाँव में पहुँच गए थे। फिर वहीं के होकर रह गए थे।

पचपन के आसपास उम्र और मैट्रिक तक शिक्षा प्राप्त नागेश्वर फिर नागेश्वर से कैसे बाबा नागा बन गए उन्हें ख़ुद भी पता नहीं चला।

गाँव के बाहर भी एक कुआँ था। उसमें लगे रहट से गिरता पानी आसपास के खेतों की प्यास बुझाता था। रहट से कोई पन्द्रह-बीस फुट की दूरी पर तीन कमरों का किसी पुरानी सराय जैसा मकान। मकान के पीछे एक तालाब। जिसमें शायद कभी बरसात का पानी जमा किया जाता होगा। गाँव की ज़रूरतों के लिए। तालाब के चारों ओर नीचे से ऊपर तक लम्बी-चौड़ी सीढ़ियाँ। गाँव में कभी-कभार आनेवाली लोक-नाट्य मंडलियाँ यहीं पर अपनी कला का प्रदर्शन करती थीं अब।

मकान और रहट के बीच था एक पुराना घना पेड़। चारों ओर एक चबूतरे से घिरा। बीचवाले कमरे में था एक शिव मन्दिर। दूसरे में बाबा नागा की रिहाइश। और तीसरा कमरा उनके लिए जो रात-बिरात गाँव में आ जाते। क्या पता उनमें कोई ऐसा हो जो बाबा नागा की तरह यहीं का होकर रह जाना चाहे।

सभी धर्मों के धर्मग्रंथों, वेद, उपनिषद्, पुराण आदि का परायण किया हुआ था बाबा नागा ने। इन ग्रंथों से अर्जित ज्ञान की रोशनी में अपने जीवनानुभवों को देखने-परखने के बाद जो जीवन-दृष्टि पाई थी उसी के ज़रिये गाँव के सीधे-साधे लोगों के साथ सुख-दुख साझा करते थे। उन्हें दुख-तकलीफ़ों से उबरने का रास्ता भी सुझाते थे। तथाकथित धर्माचार्यों और अन्य उपदेशकों की तरह नहीं। बल्कि

लोगों को यह विश्वास दिलाकर कि वे ख़ुद भी उन्हीं में से एक हैं। किसी देवता के अवतार नहीं।

लेकिन बातचीत के दौरान प्राचीन ग्रंथों का सहारा भी लेते रहते थे। क्योंकि वे जानते थे कि भारतीय लोकमानस में इन ग्रंथों की उपस्थिति संस्कारगत है। इनमें लोगों की श्रद्धा और आस्था अटूट।

संस्कार से एक बार कहा भी था बाबा नागा ने :

"अन्धे को क्या चाहिए। दो आँखें। घोर दुख-तकलीफ़ों की मार सहते-सहते नैराश्य के कगार पर पहुँच चुके, अपनी रोशनी से वंचित यानी अपना आत्मविश्वास खो चुके लोगों को उसी आत्मविश्वास से रू-ब-रू करवाना मानवता की सबसे बड़ी सेवा है। इसके लिए उन लोगों की जिस भी चीज़ में गहरी श्रद्धा और आस्था है उसी के ज़रिये यह करना सम्भव हो पाता है। क्योंकि इसके ज़रिये बताया-समझाया गया लोग आसानी से मान भी लेते हैं और ग्रहण भी कर लेते हैं।"

बाबा नागा इसी पेड़ के नीचे लोगों के साथ संवाद स्थापित करते थे। यह मानकर कि अपनी जड़ों के ज़रिये धरती के साथ गहरा नाता बनाए, पुरातन को नवीन से जोड़ते पेड़ की छाया अनेक को एक करती है।

ऐसी शख़्सियत का सान्निध्य पाना संस्कार का शौक़ नहीं था। उसकी जिज्ञासु वृत्ति ही उसे बाबा नागा की ओर खींच ले जाती थी। कुछ ऐसा सोचकर कि किसी के बिन बुलाए भी हम उसकी ओर बार-बार क्यों खिंचे चले जाते हैं। मनोरंजन के लिए? या समय व्यतीत करने की ग़रज़ से? नहीं। हरगिज़ नहीं। और अगर हमारी मंशा यहीं तक सीमित होती है तो यह आत्मप्रवंचना नहीं तो और क्या है? बल्कि इसलिए जाते हैं कि उस शख़्सियत से हमें ऐसा कुछ हासिल होता है जो हमारे पास नहीं है। यह हासिल थोड़ा-थोड़ा करके ही सही, आत्मसम्पन्न बनाता रहता है हमें। विषम से विषम हालात में भी बिखरने नहीं देता। जीवन में अपने 'होने' का स्मरण बार-बार कराते हुए।

बाबा नागा एक बात सबसे ज़रूर कहते थे। ख़ासकर सुबहो-शाम की पूजा-अर्चना के वक़्त :

अपने आप में सच्ची पूजा भी उतनी ही सम्पूर्ण होती है जितना कि पूज्य। क्योंकि सच्ची पूजा में सर्वकल्याण की कामना निहित होती है। यही कामना पूजा को पूज्य के बराबर ला खड़ा करती है। आख़िर पूज्य भी तो यही चाहता होगा।

बाबा नागा इन्हीं अर्थों में पुजारी थे।

उस शाम भी संस्कार बाबा नागा से कुछ-न-कुछ हासिल करने के बाद अधेड़ औरत के घर चला गया था।

अधेड़ औरत ने एक बार उससे कहा था, "पुत्तर, कदी-कदी ग़रीबां दे बेहड़े भी पैर पा जाया कर।"

संस्कार जब भी वहाँ जाता, कभी लस्सी, कभी चाय तो कभी मक्के की रोटी और सरसों का साग परोसकर वह उसकी आवभगत में जुट जाती। बड़े दुलार से खिलाती-पिलाती। उस वक़्त जो ख़ुशी और कृतज्ञता का भाव संस्कार को उस औरत के चेहरे पर दिखाई देता उससे वह गद्‌गद हो उठता। यही अपनापन उसे बरबस उस घर के बेहड़े में ला खड़ा करता था।

कुछ-कुछ उसी तरह जैसे बाबा नागा की फ़क़ीराना शख़्सियत।

संस्कार ने दरवाज़े पर दस्तक देने के लिए ज्योंही किवाड़ों पर हाथ रखा किवाड़ खुलते चले गए।

कमरे के बीचोबीच अधेड़ औरत की बड़ी लड़की खड़ी थी। एकदम निर्वसन। वह शायद कपड़े बदलने जा रही थी।

संस्कार की निगाहें क्षणांश को पच्चीस-छब्बीस बरस की युवती पर ठिठकीं। वह भी संस्कार को देख सकपकाई। फिर संस्कार को पहचानते ही मुस्कराते हुए बोली, "थोड़ी देर बाहर रुको। पानी भरने का वक़्त हो रहा है। साथ ही चलते हैं।"

यह देखना पटरियों पर सरपट भागती रेलगाड़ी की खिड़की से देखे गए दृश्य को देखने जैसा था। ऐसा दृश्य जो स्मृति के किसी अँधेरे कोने में लावारिस-सा पड़ा रहता है।

संस्कार ख़ुद भी उस देखने में, किसी भी रूप में, शामिल नहीं था। तिस पर उस युवती से उसका ऐसा-वैसा कोई रिश्ता भी नहीं था...

पर आज सुबह संस्कार ने जो देखा था, उसमें पूरी तरह शामिल था वह क्योंकि इस युवती के साथ लगातार गहराता एक रिश्ता था उसका।

ऐसा देखना जिसमें हम शामिल हों हर रूप में, आत्मविश्लेषण करने पर भी अन्तर्विवश कर देता है कि हम ख़ूबसूरती की तरफ़ खड़े हैं या नग्नता की तरफ़। स्त्री की तरफ़ खड़े हैं या उसकी देह की तरफ़। रिश्ते की तरफ़ खड़े हैं या अपनी किसी तात्कालिक लोलुपता की तरफ़।

यह आत्मविश्लेषण हमें अपने अँधेरे से भी रू-ब-रू करवाता है और रोशनी से भी। चुनना हमें ही होता है। वह भी अपने विवेक की मदद से कि हमें दोनों में से किसकी तरफ़ खड़े होना है।

"लगता है काफ़ी गहरे उतर गए हो। कोई मोती हाथ लगा कि नहीं?"

दोनों के बीच कुछ देर से व्याप्त चुप्पी को इन्दिरा ने ही तोड़ा। आमतौर पर चुप्पी को बुलाती भी वही है और मुखर भी वही करती है। अपने लिए कम और संस्कार के लिए अक्सर।

"एकदम खरा मोती।" संस्कार ने अनायास कहा और उसी आवेग में इन्दिरा को अपने बाहुपाश में भींच लिया। बस पल-दो पल। फिर उसने इन्दिरा को अपने बाहुपाश से अलग तो नहीं किया पर पकड़ ढीली कर दी।

इन्दिरा ने भी भाँप लिया था उसका यह सायास उपक्रम। पर उसने इस पर अपनी कोई प्रतिक्रिया ज़ाहिर नहीं की। करती भी क्यों? पहली बार संस्कार की तरफ़ से हुई इस पहल से वह बेहद मुतमइन जो थी।

"पर मेरी बात तो अभी वहीं की वहीं खड़ी तुम्हारी ओर अपलक देख रही है।" इन्दिरा ने कहा।

"मुझे तो तुम ऐसे ही अच्छी लगती हो। बहुत अच्छी।" संस्कार ने उसके कान में फुसफुसाते हुए कहा।

"यानी ऐसे भी। नहीं?"

इन्दिरा ने 'ऐसे भी' को रेखांकित करते हुए कहा।

"यार तुम तो बाल की खाल उतारने पर तुली रहती हो।" संस्कार ने तुनक कर कहा।

"ऐसा न करूँ तो तुम्हारी सुई एक ही जगह अटकी रहे।"

इन्दिरा भी अब उस आलिंगन में समाने लगी थी।

"अब पसन्द कोई एक दिन में तो पक्की होती नहीं। थोड़ा वक़्त तो लगता ही है न?" संस्कार ने कहा।

"तब तक मैं कहीं बूढ़ी ही न हो जाऊँ।" कहकर इन्दिरा मुस्करा दी। स्निग्ध उष्णता से पगी एकदम सगी मुस्कान थी उसकी।

"सपने वही देखने चाहिए जिनके पूरा होने की उम्मीद हो।"

कहीं टिकने की भरपूर कोशिशों के बावजूद संस्कार बार-बार डगमगा जाता।

कम-से-कम ऐसे सगे पलों में तो टिके रहना चाहिए उसे।

"तो अब सपने देखने पर भी पाबन्दी?" इन्दिरा ने चिहुँककर कहा।

"मेरा मतलब..."

"तुम्हारा मतलब भी समझती हूँ मैं। अगले पल क्या होगा, इसके डर से जीना तो नहीं छोड़ सकते हम। हमारे हिस्से जितना भी आता है उसे तो भरपूर जी सकते हैं न?"

इन्दिरा ने संस्कार को टोकते हुए कहा।

वह भी तो यही चाहता है। पर किसी कोने में दुबका कोई डर अचानक निकलकर क्यों दबोच लेता है उसे—संस्कार ने सोचा।

मकान मालकिन भी जग रही थी। सिलाई मशीन का घूमता हुआ पहिया। उससे निकलती घिर्र-घिर्र की समरस तान। उसमें घुलते-मिलते, मकान मालकिन के कंठ से बहते सुर। रात के सन्नाटे को छलनी-छलनी करते। उदासी को और-और गहन और मार्मिक बनाते—साडा चोला लीरां...

कभी-कभी मर्सिये जैसा क्यों प्रतीत होता है संस्कार को मकान मालकिन का गुनगुनाना। क्या इसलिए कि जीवन भी उसे धीरे-धीरे एक खुली क़ब्र जैसा लगने लगा है जिसमें वह ख़ुद तो दफ़न नहीं होना चाहती। पर कोई अदृश्य हाथ उसे क़ब्र की ओर धकेलते जा रहे हैं।

इधर दोनों एक-दूसरे से घिरे। एक-दूसरे में समाते। एक-दूसरे की ख़ुशबू, स्निग्ध आँच और आह्लादमयी ताज़गी में डूबते-उतराते। दो ध्रुव अपने अछूते उत्ताप से एक-दूसरे को सींचते। मानो दो समय अपनी-अपनी पहचान को उस पल भुलाकर भी अनादि पहचान के साँचे में ढलते।

तभी अचानक इन्दिरा ने अपने उत्तप्त होंठ संस्कार के होंठों पर धर दिए। उसी पल परस्परता ने भी पा लिया अपने शिखर का स्पर्श। उस स्पर्श में समाती, परस्परता का उत्सव मनाती, प्रगाढ़ आलिंगन में आबद्ध देहें। मानो उस अद्वितीय एकत्व से कभी न जागने के लिए।

जागे तो दरवाज़ा खुलने की आहट से।

दरवाज़े के बीचोबीच ठिठके संस्कार के पिता। आधे बाहर के अँधेरे में। आधे कमरे के उजास में। उस पल पिता के चेहरे पर व्याप्त भाव को पढ़ पाना नामुमकिन।

पिता कभी नहीं आते इस कमरे में। माँ भी नहीं। बहनें ज़रूर आ धमकती थीं

कभी-कभार। माँ की सख़्त मनाही के बावजूद।

कई दिनों के दौरे के बाद लौटे थे पिता। उसी वक़्त। किसी दूर-दराज़ के गाँव से। जहाँ शायद बिजली न होने से रातें अँधेरी होती हैं। उढ़के हुए दरवाज़े की झिरी से निकलकर भीतर की रोशनी की कोई लतर बिछी हुई होगी बरामदे के फ़र्श पर। क़स्बे की बत्तियाँ भी इस वक़्त गुल होंगी। इसलिए उस लतर ने बरबस खींच लिए होंगे पिता के पाँव अपनी ओर और उसी रौ में बढ़ आए दरवाज़े तक भी।

दोनों को भाव-जगत से लौटते देख पिता भी लौट गए। चुपचाप। बिना कुछ कहे। जाते-जाते दरवाज़ा भी उढ़काते गए।

संस्कार के भीतर उस जादुई अहसास की मुट्ठी अभी आधी खुली थी। आधी बन्द। इन्दिरा की निगाहें संस्कार के चेहरे पर गड़ीं।

"तुम तो शोहदे हो।" इन्दिरा की उत्फुल्लता से निकली मीठी झिड़की। उसकी धीमी खिलखिलाहट कुछ पल तक खिलती रही कमरे में।

एक तरफ़ इन्दिरा की निडरता से हतप्रभ। दूसरी तरफ़ उछलकर मुँह तक आ चुके डर से आक्रान्त संस्कार।

"तुम्हें डर नहीं लगता?" उसका डर उछलकर बाहर।

"डरें तो तब जब कोई गुनाह किया हो।" इन्दिरा का आत्मविश्वास था लाजवाब।

वर्तमान कभी-कभी एक करिश्मे जैसा भी प्रतीत होता है। पर इस करिश्मे से अभिभूत होकर भी क्यों डगमगा जाते हैं हम। वजह चाहे कोई भी हो।

पर इन्दिरा नहीं डगमगाती। कैसे रह लेती है वह वर्तमान के बीचोबीच। ख़ुद को सब ओर से समेटकर। एकनिष्ठ।

वह भी रह सकता है क्या? अपने लिए ही नहीं। इन्दिरा के लिए भी।

तेरह

आज भी छुट्टी का दिन था। दोपहर तक आसमान बिलकुल नीला-झक्क था। दिन ढलते-ढलते आसमान की नीलिमा स्याह बादलों

की ओट। देखते-ही-देखते बेमौसमी मूसलाधार बारिश।

रात के साढ़े आठ बज रहे थे। बारिश अब रिमझिम में तब्दील। संस्कार अपने कमरे में। बिनाका गीतामाला सुनने के लिए बेसब्री से इन्दिरा के इन्तज़ार में।

अकेला तो नहीं ही सुनेगा वह। सुनेगा तो इन्दिरा के साथ। एक साथ मर्मस्पर्शी सुरीले गीत सुनने का लुत्फ़ ही अनूठा होता है।

छुट्टी वाले दिन इन्दिरा एक-दो चक्कर ज़रूर लगाती थी। कभी माँ से मिलने के बहाने तो कभी मकान मालकिन से। माँ जो भी काम कर रही होतीं उसमें उनका हाथ बँटाने लगती। माँ मना करतीं तो कहती, "अपने घर भी तो करती हूँ। फिर यह घर भी अब पराया कहाँ रहा।"

माँ से फ़ुर्सत पाकर संस्कार की बहनों के साथ व्यस्त हो जाती। उनसे होनेवाली बातचीत में संस्कार को शामिल करने की फ़िराक़ में रहती। कभी बड़ी वाली बहन चुटकी लेती, "बात हमसे कर रही हो और देख रही हो भाई की तरफ़।"

ऐसे में उसे चिढ़ाने के लिए जानबूझकर किसी काम में व्यस्त होने का नाटक करने लगता संस्कार।

इन्दिरा कुछ ऐसे त्योरियाँ चढ़ा लेती मानो कह रही हो, "मैं सब जानती हूँ। चुपचाप रास्ते पर आ जाओ बच्चू। वरना...।"

पर आज ऐसा कुछ भी नहीं हुआ था। इन्दिरा दिन में एक बार भी इधर झाँकने तक नहीं आई थी।

इससे पहले कि इस बात को लेकर संस्कार की सोच बेलगाम होकर इधर-उधर भटकने लगती मकान मालकिन कमरे में दाख़िल हुई।

"आज रेडियो नहीं सुनना है क्या? तुम्हारा पसन्दीदा प्रोग्राम तो शुरू भी हो चुका है।" शायद मकान मालकिन को भी उन दोनों की आदत-सी हो चुकी थी। कुछ ख़ाली-ख़ाली-सा लग रहा होगा उसे। इसलिए नहीं रहा गया होगा।

"इन्दिरा की राह देख रहा हूँ।" उद्वेग जनित सनसनाहट थी उसकी आवाज़ में।

"पर वो तो यहाँ है ही नहीं।" मकान मालकिन ने कहा।

"तो फिर कहाँ है?" सनसनाहट तेज़ होती हुई।

"माँ के साथ अपनी मौसी के यहाँ गई है।"

"कहाँ?" सनसनाहट दिमाग़ तक पहुँच चुकी थी।

"गुड़गाँव। तुम्हें नहीं पता?" मकान मालकिन ने हैरानी जताई।

"न तो।" संस्कार के मुँह से ऐसे निकला जैसे कोई बहुत बड़ी अनहोनी हो गई हो।

"आ जाएगी दो-एक दिन में।" मकान मालकिन ने उसकी बेचैनी को भाँपते हुए दिलासा दिया और कमरे से निकल गई।

दरवाज़े दोनों खुले थे। संस्कार के कमरे का भी। शायद मकान मालकिन के कमरे का भी। और रेडियो का वॉल्यूम भी ऊँचा। बारिश की रिमझिम से छनकर संस्कार के कानों तक पहुँचता यह गीत, 'ओ सजना बरखा बहार आई, रस की फुहार लाई...'

अनहोनी ही तो थी संस्कार के लिए।

इन्दिरा तो अपने पल-पल की ख़बर देना भी नहीं भूलती थी कभी। चाहती थी हर पल उसके साथ बीते। ताकि कोई ऐसा पल अग़ल-बग़ल से न निकल जाए जिसका भीतर से न गुज़रना एक साँस की क्षति जैसा प्रतीत होने लगे। साथ-साथ रहते हुए भी। और अपनी-अपनी छत के नीचे रहते हुए भी यह तसल्ली रहती कि कुछ ही पलों का फ़ासला तो है उनके बीच। जब चाहा, देखते-ही-देखते तय।

वही इन्दिरा आज चली गई है। वह भी उसे बिन बताए?

ऐसा हो ही नहीं सकता।

संस्कार के यक़ीन से निकली एक आवाज़। एकदम ठोस और साबूत। साफ़-साफ़ सुनाई दी उसे—निष्प्रयोजन क़तई नहीं है। इन्दिरा का अचानक जाना। यूँ ही कभी कुछ नहीं करती वह।

इसकी पुष्टि कर दी संस्कार की एक याद ने।

उस दिन इन्दिरा के घर के दरवाज़े पर खड़ा था वह। स्कूल जाने के लिए इन्दिरा के इन्तज़ार में। इन्दिरा अक्सर अपने दरवाज़े पर इन्तज़ार करती हुई मिलती थी उसे।

तो आज इन्तज़ार करवाना चाहती है—उसने सोचा था।

एक पल। दो पल। कई पल बीत गए पर इन्दिरा का नामोनिशां तक नहीं था कहीं। दरवाज़ा खोलकर वह बेहड़े में दाख़िल हो गया था। देखा, तो दोनों कमरों पर ताले पड़े हुए थे।

देरी होते देख संस्कार डगमगाते क़दमों से स्कूल की ओर चल दिया था। इन्दिरा, आख़िर गई तो कहाँ? स्कूल भी गई है तो उसके साथ क्यों नहीं?

स्कूल पहुँचा तो चपरासी घंटी को पीट रहा था। दनादन। मानो बरसों से भीतर जमा एकरसता से उपजी खीज उस निर्जीव घंटी पर उतार रहा हो।

छात्र क़तारबद्ध हो रहे थे। सुबह की प्रार्थना के लिए।

प्रार्थना के बाद मास्टर राम सहाय ने हाज़िरी लेते हुए जब इन्दिरा का नाम पुकारा तो जवाब देते हुए उसने एक रहस्यमयी मुस्कराहट से देखा संस्कार की ओर। यह मुस्कराहट किसी ऐसे रहस्य की ओर इंगित कर रही थी जिसके खुलते ही संस्कार अवाक् रह जानेवाला था।

रहस्य से पर्दा उठा था छुट्टी के बाद घर लौटते हुए।

"अकेले आना था तो पहले ही बता देतीं। मुझे हैरान-परेशान तो न होना पड़ता।"

"अरे, अरे! मेरा बुद्धू तो सचमुच नाराज़ हो गया।" इन्दिरा ने उसे पुचकारते हुए कहा।

"नाराज़ होनेवाली बात होगी तो नाराज़ ही होऊँगा न। तालियाँ थोड़े बजाऊँगा।" संस्कार की नाराज़गी में से भी झाँक रही थी उसकी उत्सुकता।

"कई दिनों साथ-साथ चलने के बाद एक दिन अकेले भी चलकर यह देखना चाहती थी कि उसके बाद साथ-साथ चलना कौन-सी करवट..."

इन्दिरा ने फिर से अपनी बात अधूरी छोड़ चुप्पी साध ली थी। उसके इसरार के बावजूद एक भी शब्द और नहीं कहा था उसके बाद।

संस्कार 'बूझो तो जाने' जैसी मनःस्थिति से जूझता रहा था रात भर।

'आँखों में नींद की खुमारी बाक़ी है। लगता है रात भर ठीक से सोए नहीं।

अगले ही दिन चुटकी ली थी इन्दिरा ने।

पर संस्कार के लिए यह चुटकी नहीं एक कुरेद थी।

"रोज़ क़दम-क़दम कम-से-कमतर होता आया है फ़ासला। लेकिन आज तुम्हें देखकर तो लगता है एक छलाँग ही लगा दी है तुमने। एक ही दिन में यह कमाल! यक़ीन ही नहीं होता।" संस्कार ने आश्चर्य व्यक्त करते हुए बता दिया। उसी तरह जिस तरह से बूझी थी उसने पहेली।

"यक़ीन ही तो कुंजी होती है हर समस्या की। समस्या चाहे संचित संस्कारों से जनित हो या फिर स्थितिजनित, काफ़ी दुष्कर होता है इस पर यक़ीन करना। लेकिन अगर एक बार हो जाए तो फिर वैसा ही होता है जैसा तुम्हारे साथ हुआ और होता भी रहता है। तुम्हारे साथ ही क्यों किसी के साथ भी हो सकता है।"

इन्दिरा ने कहा। वहाँ से, जहाँ से ख़ुद इस यक़ीन को हासिल किया होगा उसने।

अपने यक़ीन को टटोलने की ज़हमत उठाने की बजाय अक्सर हम उससे पलायन जैसी आसान राह चुन लेते हैं। इस डर से कि कहीं यक़ीन में झाँकने से ऐसा कुछ न दिख जाए कि आईने में अपना चेहरा देखना ही मुहाल हो जाए। इसीलिए ख़ुद पर यक़ीन न करने का एक-न-एक बहाना ढूँढ़ ही लेते हैं हम। बहाना भले ही फिर पूरी तरह अतार्किक क्यों न हो।

हालाँकि इस बात पर भी दो राय नहीं हो सकती कि कभी-कभी तर्क भी हमें एक से दूसरी जगह तक ही पहुँचा सकते हैं। जबकि कल्पना शक्ति वहाँ तक भी जहाँ पहुँचना हमारे लिए कल्पनातीत होता है।

"मुझसे तो जान लिया। पर तुमसे जानना अभी बाक़ी है।" संस्कार भी यह जानने के लिए उत्सुक था कि आख़िर 'साथ-साथ चलने' ने कौन-से करवट ली है इन्दिरा के भीतर।

"सच को देखने और ग्रहण करने का नज़रिया अलग-अलग हो सकता है। पर सच तो अपनी जगह अटल रहता है। यहाँ तो नज़रिया भी एक जैसा ही लगता है। फ़र्क़ इतना-सा ही है कि उसकी दहलीज़ के इस पार मैं हूँ। उस पार तुम। इस पार या तो तुम आ जाओ या फिर मैं ही उस पार आ जाती हूँ।"

इन्दिरा ने आख़िरकार वह कह ही दिया। सीधे-सीधे। जिसका मुखर होना टलता आ रहा था अब तक। कहा भी तब जब वह इस बात से पूर्णतया आश्वस्त हो चुकी थी कि संस्कार क़तई अन्यथा नहीं लेगा उसकी स्पष्टवादिता को...

दो दिन मौसी के पास रहने के बाद लौट आई थी इन्दिरा।

इस वक़्त संस्कार के साथ। उसके कमरे में। उसके चेहरे पर एक अनूठी चमक थी। ऐसी चमक जो ख़ुद को किसी स्थिति में अच्छी तरह परख लेने की गहरी तसल्ली से उपजती है।

संस्कार देख भी रहा था। चमत्कृत भी हो रहा था उस अनूठी चमक से।

"पिछली रात मैंने एक सपना देखा।" इस बार संवाद की शुरुआत संस्कार की तरफ़ से हुई।

"तो तुम सपने भी देखते हो। बहरहाल, क्या देखा? मुझे? या कुछ और ही है?"

"मैं एक जंगल में था और तुम मुझे पुकार रही थीं। पर दिख नहीं रही थीं। मैं तुम्हें हर दरख़्त के पीछे ढूँढ़ता फिर रहा था।"

"मिली क्या?"

"हाँ। बड़ी दौड़-धूप के बाद। एक पेड़ की सबसे ऊँची शाख पर, ज़मीन के काफ़ी ऊपर टँगे एक झूले पर बैठी थीं तुम। मुझे अपने पास बुलातीं। आ जाओ। एक साथ झूला झूलते हैं।"

"पर मुझे तो पेड़ पर चढ़ना आता ही नहीं।" इन्दिरा ने यह जानते हुए भी कहा कि बात तो सपने की हो रही है। किसी हक़ीक़त की नहीं। शायद उस सपने में हक़ीक़त की कोई झलक दिखाई दे गई थी उसे। इसीलिए।

"पेड़ पर तो चढ़ गया मैं। उस शाख के निकट भी पहुँच गया।"

"फिर।"

"पर झूले तक नहीं पहुँच पाया। जहाँ तक पहुँच पाया वहीं से कभी तुम्हें, कभी उस झूले को देखता रहा।"

बताकर, संस्कार उसकी ओर देखने लगा।

सपने अक्सर अनर्गल होते हैं। लेकिन कभी-कभी कोई सपना हमारी किसी प्रबल दमित इच्छा का अक्स होता है—इन्दिरा यही कहना चाहती थी। इस सपने को लेकर। लेकिन उसने कहा नहीं।

"नज़दीकियाँ कई बार सतह पर उछल-कूद करते पानी के बुलबुलों जैसी होती हैं। कुछ वक़्त की दूरी, ज़मीनी दूरी भी ऐसी नजदीकियों को असीम दूरी में बदल देती है। हम दोनों की निकटता भी कहीं इन बुलबुलों जैसी ही तो नहीं है? या फिर निकटता का अहसास ज़रा-सा भी छितराए बिना प्रगाढ़ का प्रगाढ़ ही रहता है? यह जानना मुझे बेहद ज़रूरी लगा। इसीलिए गई थी मैं तुमसे दूर। मौसी के घर।"

कहकर इन्दिरा कुछ पल ख़ामोश रही। यह सोचते हुए कि इससे पहले कहने से जो रह गया है उसे कैसे कहे।

"वैसे देखा जाए तो मैं गई ही कहाँ थी। यहीं थी। तुम्हारे सपने में ही सही। थी तो तुम्हारे ही साथ।"

पहले जो वह कहना चाह रही थी उससे संस्कार आहत हो सकता था। अब जो कहा उससे संस्कार का धीरज बँधेगा।

इन्दिरा कितनी समझदारी से स्थिति को सँभाल लेती। इतना ही नहीं, उसके ज़रिये उसे किसी-न-किसी दुविधा से भी निकाल लेती थी—संस्कार ने सोचा।

अंजना भी अपनी बहन के साथ राजस्थान जाने के बाद गाँव आई थी। कुछ

दिनों के लिए। एक दिन संस्कार भी गया था उससे मिलने। वह संस्कार से कुछ ऐसे मिली जैसे उसे कहीं देखा हो। पर याद न आ रहा हो कहाँ। बहुत ही संक्षिप्त और औपचारिक-सी बातचीत भी हुई थी दोनों के बीच।

अंजना के लहज़े में सिर्फ़ तिरस्कार था संस्कार के प्रति। उस तिरस्कार से ऐसा कुछ झलकता—एक तुम ही नहीं हो इस जहान में। और भी बहुत हैं मुझ पर मर मिटनेवाले।

दो व्यक्तियों के बीच नज़दीकी भले ही बहुत हद तक एकतरफ़ा और बनावटी ही क्यों न हो और मनोरथ अधम पर उसके पूरा न होने पर उस नज़दीकी को कोई इतने फूहड़ अन्दाज़ में ख़ारिज कैसे कर सकता है? यही सोचते हुए संस्कार तुरन्त लौट आया था हवेली से। आहत-सा उस दिन।

'दो निजताओं के बीच दूरी की बात कर रही हो तुम। एक-दूसरे की निजता के सम्मान की भी। यह दूरी तो सचमुच अलंघ्य होती है। इस सच के स्वीकार की बुनियाद पर ही तामीर हो सकती है, परस्परता की बुलंद और अनूठी इमारत।'

इन्दिरा की बात का यही अर्थ निकाला था संस्कार ने। अगर इन्दिरा आज यह नहीं बताती तो न जाने कब तक वह इस सत्य से अनजान रहता।

इस सत्य के उजागर होते ही संस्कार को बड़ी शिद्दत के साथ महसूस हुआ कि इन्दिरा के भीतर कुछ ऐसा ज़रूर है जो मनुष्य की तरह जुड़ना चाहता है उससे। दैहिकता की सीमा को लाँघ। लिंग-भेद से ऊपर उठकर।

व्यक्ति और व्यक्ति, ख़ासकर स्त्री और पुरुष के बीच विमुखताओं और दुर्भावनाओं की सम्भावना बनी रहती है।

इसके ठीक बरक्स, मनुष्य और मनुष्य के बीच जो भी होता है, वह उदात्त और जीवनोन्मुखी। ऊर्ध्वगामी होते हुए भी, हर हालात में, धरती के साथ अपना नाता जोड़े रखता है। जैसे पेड़ हर हालत में निभाता है धरती के साथ अपना नाता।

इन्दिरा के लिए भी आसान नहीं था। कुछ वक़्त के लिए भी संस्कार से दूर जाना। लेकिन सत्य से रू-ब-रू होने की इच्छा बलवती हो तो फिर मुश्किल से मुश्किल राह भी आसान लगने लगती है।

दूर जाने का निर्णय लेते वक़्त इन्दिरा के दिलो-दिमाग़ में यह भी चल रहा होगा कि एक-न-एक दिन दोनों को एक-दूसरे से दूर जाना ही जाना है। इस सत्य का स्वीकार भी उतनी ही अहमियत रखता था जितना कि निजताओं के सत्य का

स्वीकार। यानी एक तीर से दो लक्ष्यों को भेदना। और भेद भी लिया था उसने।

इसी यक़ीन के बलबूते वह अपने और संस्कार के रिश्ते को ऐसे मुक़ाम तक ले जाना चाहती थी जहाँ पहुँचकर ज़मीनी तो क्या निजताओं की दूरी भी निष्प्रभ हो जाए। इसके लिए वक़्त का कम या ज़्यादा होना उतनी अहमियत नहीं रखता जितनी उपलब्ध वक़्त में से अधिकतम को पूरी शिद्दत के साथ जीना। जिसके लिए किसी भी हद को लाँघकर, बेहद से भी आगे जाने के जज़्बे से पूरी तरह लैस कर लिया था उसने ख़ुद को। ताकि आत्मसम्पन्नता की तिजोरी इस क़दर मज़बूत हो जाए कि ये दूरियाँ उसमें सेंध न लगा सकें। और वक़्त की जंग (रस्ट) उसे नष्ट न कर पाए।

असल में तभी तो हो सकेगा 'अकेले-अकेले चलना' भी 'साथ-साथ होने' के स्थायी अहसास में रूपान्तरित।

कितना सारगर्भित था इन्दिरा का यह अहसास।

कोई किसी के नज़दीक आकर उससे दूर जा सकता है। पर एक बार उसके जीवन में दाख़िल होकर, उसका अभिन्न अंग बन जाने के बाद, उससे दूर जाना तो दूर की बात है उस अभिन्नता से आँख तक चुराना गवारा नहीं कर सकता।

दो निजताओं के भीतर अभिन्नता की कामना यदि बेहद उत्कट हो तो इस नामुमकिन प्रतीति को भी मुमकिन बनाया जा सकता है।

"खाना हम अपने हाथ से खाएँ या दूसरे के हाथ से। आख़िरकार परिणत तो रक्त में ही होता है न। ऐसा नहीं कि अपने हाथ से खाओ तो रक्त में और दूसरे के हाथ से खाया पानी में।"

कुछ देर आत्ममंथन में डूबे रहने के बाद ख़ामोशी तोड़ी इन्दिरा ने।

"लेकिन जब अपने हाथ सलामत हों, तो दूसरे के हाथ की याचना क्यों?"

इन्दिरा का संकेत उसके सपने की ओर है, यह तो समझ गया था संस्कार। पर अपनी दुविधाओं-जिज्ञासाओं का क्या करे वह?

"कभी-कभी कोई बात हमें समझ नहीं आती। लेकिन दूसरे के समझाने पर क्यों लगता है कि यह तो हमें भी पता था। जैसे चिट्ठी अपने सही पते पर डाकिए के हाथ पहुँचे या किसी दूसरे के हाथ से। इससे क्या फ़र्क़ पड़ता है।"

"क्योंकि पता होते हुए भी वह हमें सुझाई नहीं देता। दूसरा सुझा देता है। या यूँ कहें कि दूसरा अपना हाथ बढ़ाकर हमारे डगमग आत्मविश्वास का हाथ थाम

लेता है।" संस्कार ने तपाक् से कहा।

"तो फिर जो हममें पहले से ही विद्यमान है उससे ख़ाली कैसे हो सकते हैं हम? दूसरा तो सिर्फ़ निमित्त भर होता है।"

इन्दिरा के चेहरे पर कुछ देर पहले देखी चमक एक बार फिर से उभरती दिखाई दी संस्कार को। पहले की अपेक्षा कहीं ज़्यादा निखरी-निखरी और निराली-सी भी लगी संस्कार को। मानो इन्दिरा के अन्तर्जगत के आसमान में अकस्मात् उदित हुआ हो एक नया सितारा। उसे और-और आलोकित करता।

क्या कभी उसके चेहरे पर भी आएगी ऐसी ही कोई चमक? दुविधाओं से पूरी तरह मुक्त होने के बाद अपनी ही समझदारी से निस्सृत चमक। जिससे चमत्कृत हो सके इन्दिरा। ऐसी नहीं जैसे सूरज के प्रकाश से प्रकाशित चन्द्रमा की चमक। यानी कभी बाबा नागा तो कभी किसी और के प्रकाश से प्रकाशित। और अब...?

नहीं, नहीं। हरगिज़, हरगिज़ कृतघ्न नहीं हो सकता है वह। ऐसा ख़याल भी कैसे आ सकता है उसके दिमाग़ में?

इसी उधेड़बुन में संस्कार के मुँह से निकल गया :

"किसी से रोशनी उधार लेकर साथ-साथ चलना भी, साथ-साथ होने में परिणत हो सकता है क्या?"

"यह कहकर तुम सचमुच शर्मिन्दा कर रहे हो मुझे और आहत भी। उधार हम तभी लेते हैं जब अपनी जेब पूरी तरह ख़ाली हो। भरने की नाउम्मीदी अपने चरम पर। तुम किसी ऐसी चीज़ से ख़ाली हो, जो सिर्फ़ मुझमें है, तुममें नहीं। ऐसा लगना तो दूर, मेरी कल्पना से भी परे है यह। लगता, तो क्या मैं तुम्हारे साथ-साथ इतना रास्ता तय कर पाती? मैं ही क्यों? तुम भी।"

इन्दिरा का हर शब्द एक टीस था। अनजाने में ही जिसे कुरेद दिया था संस्कार ने।

संस्कार के लहज़े में पछतावा-ही-पछतावा। उसकी हार्दिकता से उपजा। देर तक कचोटती रही उसे इन्दिरा की टीस।

कुछ ज़ख़्म ऐसे होते हैं जो भर जाने के बाद भी अपने निशान छोड़ जाते हैं। देह पर भले ही नहीं। लेकिन रूह पर ज़रूर। देह पर हों तो दिखाई भी दें। रूह पर छूट गए निशानों को चिह्नित कर पानेवाली दृष्टि क्या उसके पास है ही नहीं? अगर है तो फिर क्यों नहीं देख पाया वह आज?

इन्दिरा ख़ामोश थी। शायद ख़ुद को समेटने, संयत करने की कोशिश में। उस कोशिश में पूरी तरह क़ामयाब भी रही।

यही तो ख़ूबी है इन्दिरा में। आहत-भाव को भी पाँव पसारने नहीं देती अपने भीतर। भली-भाँति यह जानते हुए कि ऐसे भाव का ज़्यादा देर तक टिकना, हरा करना होता है सूख चुके ज़ख़्मों को।

"रात काफ़ी हो गई है। सुबह स्कूल भी तो जाना है। साथ-साथ। एक नई सुबह का स्वागत करते हुए।"

इन्दिरा ने एकदम सहज भाव से मुस्कराते हुए कहा। एकदम निर्मल और सगी थी उसकी यह मुस्कान।

चौदह

अक्तूबर का तीसरा सप्ताह। इतवार का दिन।

पिछले ही दिन तय हो गई थी आज की यह पिकनिक। इसमें शामिल थे—थानेदार का बेटा वरुण। उसकी प्रेमिका प्रेमा। डॉक्टर का बेटा मोहन। संस्कार और इन्दिरा तो थे ही।

दरअसल यह पिकनिक थी इन्दिरा के दिमाग़ की उपज। एक साथ पूरा दिन अपने नाम करने और हर रोज़ क़दम-क़दम आगे बढ़ने की बजाय एक लम्बी छलाँग लगाने का एक बेहतरीन बहाना भी। अवसर भी। परस्परता के भाव को थोड़े-थोड़े से कुछ ज़्यादा प्रगाढ़ बनाने की दिशा में। कुछ रास्ता और तय करना। कहीं थमने की वजहों को साझा करते हुए, एक-एक कर निरस्त करते रहना।

कितना कुछ सम्भव हो पाता है जब चहारदीवारियों के अन्दर समय को ठेलने की बजाय, खुले आसमान तले भरपूर साँस लेते हुए खुले मन से समय का मिज़ाज पहचानने-समझने लगते हैं। समय की गाभिन ख़ामोशी को कुछ इस तरह से सुनते हुए :

मेरा कर्म-धर्म है बीतना। तुम मेरे बीतने को एक दर्शक मात्र की तरह देखते

रहना चाहते हो। या फिर मेरे अपार ख़ज़ाने में से अपना देय अर्जित कर मुझे उस देय से मुक्त। दोनों में से किसी एक को चुनने में अपनी मदद तुम्हें ख़ुद करनी होगी। इसमें तुम्हारी सहायता मैं कदापि नहीं कर सकता। क्योंकि मैं न किसी के पक्ष में हूँ, न ख़िलाफ़। तटस्थ रहना मेरी नियति है। हर प्राणी की अपनी-अपनी नियति होती है। इसलिए निर्णय भी तुम्हें ही लेना होगा। उसी निर्णय पर निर्भर होगा मेरे पास जो तुम्हारा देय है उससे वंचित रहना भी। देय से मुझे मुक्त करना भी। या फिर अनंत काल तक उस देय का बोझ अपनी आत्मा पर ढोते रहना भी। क्योंकि मैं पीछे न लौटने के लिए अभिशप्त तो हूँ ही, क्षणांश भर को थमकर पीछे न देखने के लिए भी।

मोहन के बारे में इन्दिरा को कोई आपत्ति नहीं थी। लेकिन वरुण और प्रेमा को साथ ले जाने पर बड़ी मुश्किल से राज़ी हुई थी वह।

"पिकनिक का मतलब होता है ख़ुद से आगे बढ़कर दूसरों के साथ घुलना-मिलना। परिचय को लगाव में बदलना। अपने दायरे को व्यापक बनाना।" संस्कार का तर्क था।

"तो फिर वरुण और प्रेमा ही क्यों? सारी क्लास को ही साथ क्यों न ले चलें? दायरा और भी ज़्यादा विस्तृत होगा।" इन्दिरा अड़ी हुई थी।

"मेरा मतलब है जिनके साथ हमारी ढंग की बोलचाल हो। जिनके साथ किसी-न-किसी स्तर पर हम विचार-बँटवारा कर सकते हों। अब पूरी क्लास के साथ तो यह मुमकिन नहीं हो सकता न।" संस्कार का कहना था।

"यानी जिसके साथ हम कुछ क़दम चले हों? पर यह ढोंग भी तो हो सकता है।" इन्दिरा ने कहा।

"ढोंग है या नहीं इसका पता तो तभी चलेगा जब हम उनके साथ थोड़ा और आगे जाएँगे।" संस्कार का कहना भी अपनी जगह ठीक था। और ख़ुद जानकर ही कुछ तय करना उसका स्वभाव।

"तुम समझते हो कि वरुण और प्रेमा अपने सिवा किसी और के साथ चल सकते हैं? हमारे साथ चलेंगे तो मन-ही-मन यह तंज़ कसते हुए कि देखा हमारे बग़ैर इनकी कोई औक़ात ही नहीं है। अपने भरोसे की लगाम ऐसे लोगों के हाथ थमा देना अक्लमंदी नहीं है।" इन्दिरा का यह तर्क भी अपनी जगह एकदम खरा था।

संस्कार जानता था कि इन्दिरा कभी मनमानी नहीं करती। जबरन कुछ मनवाने

की कोशिश तक नहीं करती। कर रही है तो ज़रूर कोई ठोस वजह होगी। वैसे भी इन्दिरा इन दोनों को उससे कहीं ज़्यादा जानती-समझती थी। उन दोनों के साथ पिछले दो सालों से पढ़ती आ रही थी इस स्कूल में। जबकि उसे यहाँ आए अभी छह महीने भी नहीं हुए थे।

इन्दिरा को कभी किसी की बुराई करते हुए नहीं देखा-सुना था संस्कार ने। उन दोनों की भी नहीं कर रही थी। वह तो सिर्फ़ उनकी फ़ितरत से वाक़िफ़ करवाना चाह रही थी उसे। इसके लिए उसकी हर दलील दमदार भी थी।

फिर भी संस्कार एक ढुलमुल-सी दलील देने से नहीं रोक सका था ख़ुद को।

"कुछ भी हो। क्लास के अन्य लड़के-लड़कियों के मुक़ाबले हमारे ज़्यादा नज़दीक हैं। कोशिश करने में क्या हर्ज है।" संस्कार चाह रहा था कि इन्दिरा किसी तरह हामी भर दे।

"कोशिश भी वहीं की जानी चाहिए जहाँ नाममात्र की भी उम्मीद हो। सामने तो हवा में क़दम उठा लेंगे। पर नज़र हटते ही वहीं से क़दम पीछे खींच लेंगे।" इन्दिरा ने भी आख़िरी कोशिश की। संस्कार को समझाने की।

"तुम तो कभी ऐसी निराशावादी बातें नहीं करतीं। फिर आज क्यों?"

संस्कार ने भी कुछ ऐसे कहा जैसे डूबते को तिनके का सहारा हो।

"तुम्हारी मर्ज़ी।"

इन्दिरा ने यह सोचकर बहस को विराम दे दिया था कि बहस को खींचने से मतभेद कभी-कभी मनभेद में भी बदल सकता है। और अगर ऐसा वरुण और प्रेमा जैसे लोगों की ख़ातिर हो तो लानत है ऐसी बहस पर। यह भी कि कभी-कभी समझाने से बेहतर होता है ख़ुद जानना-समझना। असलियत से दो-चार होने के बाद।

संस्कार भी जान गया था कि इन्दिरा सन्तुष्ट नहीं है। निरुत्तर भी नहीं। बस बहस को स्थगित कर दिया था। शायद यही सोचकर कि कुछ मसलों के उत्तर स्थितियाँ ही देती हैं।

पिकनिक पर जाने के लिए वरुण ने एकदम से हाँ नहीं की थी। कुछ देर सोचता रहा था वह। फिर होंठों पर एक कुटिल-सी मुस्कराहट के साथ कहा था, "ऐसे मौक़े बार-बार नहीं मिलते।"

प्रेमा तो थी ही उसकी पिछलग्गू। वह भला इनकार क्यों करती।

रही मोहन की बात तो संस्कार के साथ उसकी गाढ़ी छनती थी। पर वह था

नशे का आदी। हर वक़्त आँखें चढ़ी-चढ़ी। आँखों का रंग ललछौंहा। कभी-कभी अचानक स्कूल से दो-तीन दिन के लिए ग़ायब हो जाता। स्कूल से ही नहीं, क़स्बे से भी। किसी को नहीं पता कहाँ और क्यों?

इस उम्र में ही गाल चिपके हुए। कमान की तरह मुड़ी हुई पीठ। उसकी पीठ और पेट में फ़र्क़ करना दुश्वार। बोलता तो ऐसे जैसे मुँह में दाँत ही न हों।

घर होते हुए भी जब किसी को ज़्यादातर वक़्त घर से बाहर गुज़ारना पड़े तो उसके पीछे कोई बहुत बड़ी वजह ज़रूर होती है।

वजह संस्कार को पता थी। काफ़ी कुछ। मोहन ने ही बताई थी एक बार। दारू के नशे में धुत्त होकर। जब वह निपट अकेला था अपनी पीड़ा के जंगल में। और पीड़ा मुखर होने को व्याकुल।

तब मोहन छठी में पढ़ता था। किसी दूसरे शहर में। उसके पिता की पोस्टिंग उसी शहर के एक अस्पताल में थी। एक दिन वह स्कूल से घर लौटा तो पता चला उसकी माँ अस्पताल में भर्ती थी। घर में स्टोव के फटने से बुरी तरह जल गई थी। जब तक वह अस्पताल पहुँचा माँ दम तोड़ चुकी थी।

मोहन की माँ भी उसी अस्पताल में डॉक्टर थी।

माँ की मौत के साल भर बाद ही पिता ने शादी रचा ली थी। एक विधवा नर्स के साथ जिसका पति बहुत सारी दौलत छोड़ गया था उसके नाम। नर्स की नौकरी तो वह शौक़िया तौर पर करती थी।

सौतेली माँ को फूटी आँख नहीं सुहाता था मोहन। इसी दौरान दो जुड़वाँ शिशुओं का घर में आगमन हुआ था। सौतेले भाई और बहन का। फिर तो पूछो मत।

सौतेली माँ को काँटे की तरह और भी गहरा गड़ने लगा था मोहन। पिता थे कि माँ के सामने बेचारे। धीरे-धीरे घर उससे छिनने लगा। रिश्ते-नाते भी। फिर तो सब कुछ छिनता ही चला गया। उसे हर उस चीज़ से ख़ाली करता जो जीने की वजह हो सकती है। उस निचाट में उसे निपट अकेला छोड़।

माँ की अस्वाभाविक मौत के आगे लगा प्रश्नचिह्न आज भी नश्तर की तरह गड़ा है मोहन के मर्म में। बड़ा और बड़ा होता। अपनी धार पैनाता।

पिता की डॉक्टरी और उनके रुतबे ने माँ की मौत को स्वाभाविक साबित कर दिया था। पर मोहन के लिए आत्मघाती।

मन का बहुत अच्छा था मोहन। मृदुभाषी भी। अक्सर चुप रहता। ज़्यादातर

बातों का जवाब सिर हिलाकर या एक सिकुड़ी हुई 'हाँ' या 'न' से ही देता था। थोड़ा खुलकर तभी बोलता जब चुप्पी उसकी पीड़ा को अर्द्ध-सुषुप्तावस्था से जगाने पर उतारू हो जाती। अन्यथा अपनी ही किसी दुनिया में निमग्न रहता। उस दुनिया से बाहर तभी निकलता जब बाहर की दुनिया अपनी क़लम से उसकी पीड़ा को लिखकर उसे पढ़ा सके। जिसे पढ़कर वह अपनी दुनिया के बिखराव को समेट-सँवार सके।

जो लड़का घर में व्याप्त कटुता और दमघोंटू माहौल के बावजूद कटु न हो, न मन से, न वाणी से, वह आत्मघाती कैसे हो सकता है। इसका मतलब तो यही है कि उसमें ऐसा कुछ-न-कुछ ज़रूर है जो उसे जीवन से पूरी तरह विमुख नहीं होने दे रहा।

एक बार संस्कार ने मोहन से यह कहा था, "दुख में बिखरना आसान होता है। निखरना बेहद मुश्किल। क्योंकि दुख के असह्य बोझ तले दबी हमारी जिजीविषा की कराहें हमारे हौसले को यहाँ-वहाँ छेदती रहती हैं। ऐसे में जीवन की कोई भी आहट हमें सुनाई नहीं देती। जीवन तब भी हार नहीं मानता। हमारे दरवाज़े पर दस्तक देता ही रहता है।"

"मैं समझता हूँ।" मोहन का जवाब था।

"एक बार समझ आ जाए तो फिर निखरना भी कुछ-न-कुछ आसान हो ही जाता है।"

"कोशिश तो करता हूँ। पर...।"

आगे के शब्द मोहन के रुँधे हुए कंठ में ही अटके रह गए थे।

पक्की सड़क पर लगभग दो मील दूरी पर पक्की सड़क से छिटककर दाईं ओर जाता था एक कच्चा रास्ता। इसी रास्ते पर आधा मील की दूरी पर था एक आम का बग़ीचा। बग़ीचे में एक कुआँ भी। पिकनिक के लिए इसी जगह को चुना गया था। क़स्बे के आसपास पिकनिक लायक़ कोई और जगह थी भी नहीं।

यह एक ख़ुशगवार दिन था। गर्मियों की तपिश से मुक्त खिली-खिली धूप के पालने में झूलता। पालने को झुलाती मंद-मंद बयार। आपस में ही नहीं क़ुदरत के साथ संवाद का भी प्रकृति-प्रदत्त एक ख़ास मौक़ा।

मोहन के अलावा सभी के कन्धों पर झूलते थैले। थैलों में दोपहर का भोजन। संस्कार ने पहले ही यह छूट दे दी थी मोहन को।

बीच-बीच में सभी इधर-उधर दृष्टिपात करते हुए आगे बढ़ रहे थे। मंथर गति से। आसपास या जहाँ तक निगाह जा सकती है, कुछ ऐसा ढूँढ़ते जिससे खुलना-खिलना थोड़ा आसान हो जाए। हालाँकि नज़ारे कुछ ख़ास थे नहीं इस इलाक़े में। वैसे भी मैदानी इलाक़ों में देखने लायक़ ख़ास कुछ होता नहीं है। क़ुदरती नज़ारों के मामले में। पर यहाँ का सब कुछ एक खुलेपन और विस्तार का अहसास ज़रूर कराता है। यह भी कि हम धरती पर हैं।

पहाड़ी इलाक़ों में बेशक हम क़ुदरत के करिश्मों से रोमांचित, विस्मित और प्रफुल्लित होते हैं। पर एक सिकुड़न-सी भी महसूस करते हैं। मानो चारों ओर से छोटी-बड़ी पहाड़ियों से घिरे धरती के किसी खोखल में हों।

सड़क के दोनों ओर खेत। नई फ़सल के लिए जोते जाने की बाट जोहते। हालाँकि अब तक गेहूँ की बीजाई हो जानी चाहिए थी। लेकिन एक-आध बारिश निहायत ज़रूरी थी। ताकि धरती का सीना कुछ नरम हो जाए। और हल जोतना आसान।

अधिकतर, एक तरफ़ संस्कार और इन्दिरा तो दूसरी तरफ़ वरुण और प्रेमा आपस में बतियाते। मोहन अपने आपमें। वरुण और प्रेमा से दूर। लेकिन इन्दिरा और संस्कार के अग़ल-बग़ल ही।

"अरे! हम पिकनिक पर आए हैं किसी शोक सभा में नहीं।" इन्दिरा ने अपनी नाराज़गी प्रकट कर ही दी।

हालाँकि संस्कार ने एक-दो बार कोशिश की भी थी। वरुण और प्रेमा से बात करने की। पर उसकी ओर ध्यान देने की बजाय दोनों अपनी गिटपिट में लगे रहे।

संस्कार बड़ी देर से यह भी सोच रहा था कि ऐसी कौन-सी बात करे जो सबको एक-दूसरे से जोड़े रखे।

इन्दिरा के साथ उसका जुड़ाव तो असंदिग्ध है। मोहन के साथ दोस्ती का भाव भी गहरा। पर वरुण और प्रेमा के साथ?

सन्तोष और शकुंतला भी उसकी दोस्त थीं। उनकी लड़ाई अपने साथ नहीं थी क्योंकि वे भीतर से कमज़ोर नहीं थीं। पुरुष के क्रूर वर्चस्व से आज़ाद होने का उनका इरादा मज़बूत। जबकि मोहन की लड़ाई अपने साथ है। जिस अँधेरी दुनिया में उसे धकेल दिया गया है उससे निकलने की जद्दोजहद अभी तक अधपकी।

तभी एक कार उनके क़रीब आकर रुकी। उसमें से एक विदेशी जोड़ा उनके सामने।

युवक की उम्र कोई तीस के आसपास रही होगी। युवती उम्र में उससे बड़ी दिखती क्योंकि उसके चेहरे की त्वचा कुछ ढीली-ढीली-सी हो आई थी। बड़े ग़ौर से देखने पर ही यह पता चलता था। उसने शायद मेकअप भी नहीं कर रखा था। अन्यथा त्वचा का यह नामालूम-सा ढीलापन उसके पीछे अवश्य छिप जाता। शायद औरतों पर उम्र कुछ जल्द ही धावा बोल देती है।

"सुन्दर! अति सुन्दर! खालिस हिन्दुस्तानी ख़ूबसूरती। ऐसी ही ख़ूबसूरती पुलकित करती है और मन में बस जाती है।"

विदेशी युवक ने इन्दिरा की ओर देखते हुए अंग्रेज़ी में कहा। उसने हर शब्द साफ़-साफ़ कहा था। शायद अपने मूल उच्चारण को सायास पीछे धकेलते हुए। सबकी उम्र को भाँपते हुए। ताकि उन्हें समझने में कोई दिक़्क़त न आए।

समझने में किसी को दिक़्क़त हुई भी नहीं। बोलने में हो सकती है। पर इतनी नहीं कि संवाद ही न हो पाए। आगे का सारा संवाद हुआ भी अंग्रेज़ी में ही।

दरअसल विदेशी युवक कहना कुछ और ही चाहता था। लेकिन इन्दिरा को देखते ही उसके मुँह से बरबस निकल गया कुछ और ही।

"क्या?" संस्कार ने हैरानी से कहा।

पर यह हैरानी विदेशी युवक की बेबाक़ी को लेकर थी। न कि उसके कथन पर।

स्त्री-सुलभ लज्जा से इन्दिरा का चेहरा आरक्त। वह संस्कार की ओर देखने लगी। मानो यह कह रही हो, 'आज तक तुमने जो नहीं कहा, इस अजनबी ने पहली ही मुलाक़ात में कह दिया। जो मन में हो, उसे मन में ही पालते-पोसते रहना अच्छी बात है। लेकिन कह देना बड़ी बात। यक़ीनन मैं न तो तुमसे कुपित होकर और न ही किसी दूसरे के मुँह से अपनी प्रशंसा सुनकर कह रही हूँ यह।'

विदेशी युवक संस्कार के 'क्या' की ओर ध्यान दिए बिना अपनी रौ में कहता गया।

"लड़की तो यह भी सुन्दर है पर इसकी सुन्दरता पुलकित नहीं करती। सिर्फ़ ललचाती है। और लालच बुरी बला होती है।"

इस बार युवक का इशारा प्रेमा की ओर था।

"तुम होश में तो हो।" वरुण तो जैसे फट ही पड़ा।

प्रेमा तो ऐसे जैसे काटो तो ख़ून ही नहीं।

"कृपा करके बुरा मत मानिए। यह सिर्फ़ मेरी व्यक्तिगत राय है। इसके साथ सहमति ज़रूरी नहीं।"

युवक ने क्षमा-याचना करते हुए कहा।

"अपनी राय अपने पास रखो। और अपना रास्ता नापो।" वरुण बदतमीज़ी पर उतर आया था।

संस्कार को बहुत बुरा लग रहा था। ख़ुद को रोक नहीं पाया, "अपनी राय ही तो ज़ाहिर की है। पत्थर पर लकीर तो नहीं खींच दी है।"

"तुम्हारे मन में तो लड्डू फूट रहे होंगे। तुम्हें क्यों दिखाई देगा कि प्रेमा के दिल पर क्या बीत रही है।"

वरुण ने संस्कार को भी आड़े हाथों ले लिया।

"यह क्या हिमाकत है? बिना सोचे-समझे कुछ भी बोले जा रहे हो। आख़िर शालीनता नाम की भी कोई चीज़ होती है कि नहीं?"

अक्सर चुप रहनेवाले मोहन से भी बर्दाश्त नहीं हो रहा था वरुण का यह असभ्य व्यवहार।

"अब देखिए न। प्रेमिका तो मेरी भी सुन्दर है। पर उस तरह से नहीं जैसे ये दोनों लड़कियाँ।"

विदेशी युवक ने अपनी सहजता को बरक़रार रखते हुए शालीनता से बात आगे बढ़ाई।

"पता है क्यों?" सवाल उठाकर युवक सबकी तरफ़ देखते हुए मुस्करा दिया।

एक पल के लिए सभी अपनी नाराज़गी भुलाकर युवक की ओर उत्सुकता से देखने लगे।

"उम्र एक मुक़ाम तक तन की ख़ूबसूरती की दोस्त होती है। उसके बाद धीरे-धीरे दुश्मन बनने लगती है। इन दोनों लड़कियों की अभी तक दोस्त है। मेरी प्रेमिका की धीरे-धीरे दुश्मन बनने लगी है। तन के साथ अगर मन भी ख़ूबसूरत हो तो समझो सोने में सुहागा। मन की ख़ूबसूरती सदाबहार होती है, यह एक सर्वविदित ही नहीं सर्वमान्य सच्चाई है। इसमें अपनी ख़ूबसूरती में दुनिया की ख़ूबसूरती दिखाई देती है। जबकि इस पर अभिमान ख़ूबसूरती के चेहरे पर दाग़। जैसे चाँद पर।"

कहकर युवक ने अपनी प्रेमिका की ओर देखा। युवती ने भी मुस्कराकर सहमति प्रकट कर दी।

युवक को पता था कि सच का सामना करना हर किसी के बूते की बात नहीं होती। ख़ासकर, आत्ममुग्धता के शिकार लोगों के लिए तो बिलकुल नहीं। इसलिए न चाहते हुए भी प्रेमा के बारे में पहले की गई टिप्पणी को उसने थोड़ा सन्तुलित तो कर दिया था पर आख़िर में 'अभिमान' की बात कहकर अपना स्टैंड भी बरक़रार रखा था।

वरुण और प्रेमा की भृकुटियों पर पड़े बल कुछ-कुछ ढीले। शायद उन्हें विदेशी युवक का संकेत समझ ही नहीं आया था। आता भी कैसे? आत्मश्लाघा अन्धी ही तो होती है। बहरी भी।

इन्दिरा ने इस पूरे प्रकरण के दौरान चुप्पी साधे रखी थी। मौक़े की नज़ाकत को देखकर उसे यह सही भी लगा था। वैसे भी विदेशी युवक ने जिस समझदारी का परिचय दिया था उस पर कोई टिप्पणी करना अनावश्यक हस्तक्षेप होता। एक विवेकशील और सहृदय शख़्स की नीयत में जबरन कोई खोट ढूँढ़कर।

"आप किस देश से हैं?" संस्कार ने विषयान्तर करते हुए पूछा।

"हम दोनों आस्ट्रेलियन टेलिविजन के कलाकार हैं। भारत भ्रमण के लिए आए हैं क्योंकि भारतीय जीवन-पद्धति से भी काफ़ी मुतास्सिर हैं हम। ख़ासकर ओशो के जीवन-दर्शन से। उनके सान्निध्य का सुअवसर भी मिला है हमें। अपने आप में यह एक अनूठा अनुभव रहा हमारे लिए।"

विदेशी युवक की बात सुनकर संस्कार को अचानक बाबा नागा की इसी सन्दर्भ में की गई एक टिप्पणी स्मरण हो आई।

"बहुत से विदेशी लोग अक्सर भारत आते रहते हैं। शान्ति, सुकून और मोक्ष की खोज में। उनमें से अधिकतर एक रूमानी चाह के वशीभूत होकर। कुछ हासिल करने की बजाय और भी 'कन्फ़्यूज़' होकर लौट जाते हैं। हवन कुंड की राख से माथे पर तिलक लगा लेने भर से न तो शान्ति मिल सकती है न सुकून। मोक्ष तो बड़ी दूर की कौड़ी है। इसके लिए तो हवन कुंड होना पड़ता है। हवन कुंड वही बन सकता है जिसकी तड़प में कोई छिद्र न हो।"

"भारतीय और पाश्चात्य जीवन-पद्धतियाँ मनुष्य को कहीं-न-कहीं पहुँचाती हैं। लेकिन अपने-अपने तरीक़े से। हम यह जानने-समझने के लिए बेहद उत्सुक

थे कि दोनों पद्धतियों के समुचित मिश्रण से क्या कोई ऐसी जीवन-दृष्टि उभरकर आती है जिसे अपनाकर हम और भी बेहतर मनुष्य बन सकते हैं?"

विदेशी युवक ने अपना मंतव्य और भी स्पष्ट कर दिया।

"तो क्या लगा आपको? किसी निर्णय पर पहुँचे या नहीं?"

इन्दिरा इस युवक की समझ और दृष्टि-सम्पन्नता से काफ़ी प्रभावित थी। इसलिए पूछ लिया उसने।

"अभी तो पहली बार भारत आए हैं हम। जिसके बारे में सिर्फ़ पढ़ा-सुना था उसे अपनी आँखों से देखने-परखने। हम क़रीब दो महीने से इस देश में हैं। इस दौरान जो भी देखा-जाना वह अभी एकदम कच्चा-कच्चा-सा है हमारे भीतर। उसका पकना एक सपने जैसा। इसलिए इतनी जल्दी किसी निर्णय पर पहुँचना घातक हो सकता है। यह भी हो सकता है कि हम न इधर के रहे न उधर के। इसके लिए तो बार-बार यहाँ आना होगा। इस जीवन-पद्धति को भी पहले समझना होगा। समझकर आत्मसात् करना होगा। तत्पश्चात् ही किसी निर्णय पर पहुँचना श्रेयस्कर हो सकता है।"

युवक ने अपनी प्रबल इच्छा का खुलासा कर दिया।

युवक की बातें दिलचस्प तो थीं ही। बेहद संजीदा भी।

संस्कार ही नहीं, इन्दिरा और मोहन के मन में भी उससे कुछ और जानने का औत्सुक्य अपने चरम पर। जबकि वरुण और प्रेमा जमुहाइयाँ लेते।

"तो आप शादीशुदा हैं?" संस्कार ने पूछा।

जवाब देने की बजाय युवक अपनी प्रेमिका की ओर देखने लगा। मानो यह कहता कि तुम बताओगी या मैं बताऊँ।

इतने में मोहन ने यह मानकर पूछ लिया कि वे शादीशुदा नहीं हैं।

"इसका मतलब है आप दोनों बिना शादी किए ही एक-दूसरे के साथ रह रहे हो। कब से?"

"दरअसल शादी करने से पहले कुछ संमय एक-दूसरे के साथ रहकर हम यह जान-समझ लेना चाहते थे कि शादी के बाद साथ रह सकते हैं या नहीं।" युवती ने तपाक से कहा।

"इतने अरसे बाद भी जान पाए या नहीं?"

इन्दिरा ने ऐसे पूछा जैसे उनके जवाब पर बहुत कुछ निर्भर करता हो। आख़िर एक तरह से वह और संस्कार भी तो साथ ही रह रहे हैं।

"बिलकुल। नतीजतन हम दोनों ने आधी शादी कर भी ली है।" युवक ने मुस्कराते हुए कहा।

"आधी मतलब?" मोहन की हैरानी से निकला।

"कुछ दिन पहले। इसी देश के एक मन्दिर में। पूरे भारतीय रीति-रिवाजों के अनुसार।" जवाब प्रेमिका ने दिया।

"और अपने देश लौटते ही चर्च में जाकर इस गठबन्धन को पूर्ण बना देंगे।" युवक ने रहस्य पर पड़ा झीना-सा पर्दा भी उठा दिया।

थी तो यह सबके लिए अचरज की बात। अचरज हुआ भी। लेकिन सबको अपनी-अपनी तरह से।

उनकी जीवन-शैली में जो एकदम जायज़ है और समाज में मान्यताप्राप्त भी, वही हमारे यहाँ नाजायज़ और अमान्य।

हमारे यहाँ तो शादी के बाद ही जान पाते हैं कि दो व्यक्ति एक साथ रह सकते हैं या नहीं। न भी रह सकते हों तो भी इस साथ के बोझ को ढोते रहने के लिए विवश। और धीरे-धीरे गठबन्धन विवशता में किए गए समझौते में तब्दील।

इनमें कौन-सा तरीक़ा ज़्यादा मुफ़ीद है। इधर का या उधर का? इधर के तरीक़े में खामियाँ हैं तो उधर का तरीक़ा भी 'फुल-प्रूफ़' नहीं हो सकता। शायद इसी खोज में सात समन्दर पार कर आया है यह विदेशी जोड़ा कि कहीं दोनों तरीक़ों के समुचित मिश्रण में न छिपा हो कोई निराला तरीक़ा।

पुरुष-प्रधान हमारे समाज में तो अन्ततः घुटने औरत को ही टेकने पड़ते हैं। अपने क्रन्दन को अपनी क़िस्मत का लेखा मानकर।

एक तरफ़ संस्कार की माँ है। उसकी मकान मालकिन है। ऐसी ही और भी बहुत सारी स्त्रियाँ होंगी। जबकि दूसरी तरफ़ सन्तोष और शकुन्तला जैसी लड़कियाँ। डॉ. नीलिमा जैसी औरतें भी। अगर ये हैं तो और भी बहुत होंगी। जिन्होंने अपने क्रन्दन को भाग्य का लेखा मानने से इनकार कर दिया होगा। पुरुष वर्चस्व के ख़िलाफ़ खड़े होकर अपनी पहचान अपने बलबूते पर क़ायम करने का एलान भी। इसकी राह में आनेवाली किसी भी चुनौती को मुँहतोड़ जवाब देने का उनका इरादा अटल भी ज़रूर होगा।

इन्दिरा भी तो स्त्री-संघर्ष की ऐसी ही एक साक्षात् मिसाल है। तमाम वर्जनाओं से मुक्त जीवन को अपनी एक स्वतंत्र पहचान के साथ जीने के लिए लालायित।

इन्हीं विचारों में डूबते-उतराते संस्कार के मन में तसल्ली भी थी और दुख भी। दोनों में से कौन-सा भाव प्रबल है उसके लिए इस वक़्त यह तय कर पाना मुश्किल।

तभी विदेशी युवक ने सामने फैले खेतों के उस पार पहाड़ी पर एक क़िले के खँडहरों की ओर इशारा करते हुए पूछा, "कितनी दूर होगी वह पहाड़ी यहाँ से?"

"यही कोई दो मील।" संस्कार ने जवाब दिया।

"हम वहाँ जाना चाहेंगे। क्यों प्रिय, जाना चाहोगी?" युवक ने अपनी प्रेयसी से पूछा।

"बिलकुल जाना चाहूँगी।" प्रेयसी ने बच्चों की तरह ख़ुश होते हुए कहा। मानो खिलौनों के ढेर में कोई नायाब खिलौना हाथ लग गया हो।

"कोई ख़ास ही वजह होगी वहाँ जाने की?" अबकी इन्दिरा बोली। बोलते ही उसके दिमाग़ में कौंधा—तो असल में वहीं जाने के लिए यहाँ रुके थे दोनों। न रुकते तो न उनके साथ वार्तालाप होता न दो भिन्न संस्कृतियों के बारे में उनके गूढ़ विचार सुनने का सुअवसर मिलता।

"न भी हो तो क्या? हम दोनों मिलकर ख़ास बना देंगे।" विदेशी युवक ने कहा। जैसे आम में ख़ास ढूँढ़ना उनकी फ़ितरत हो।

"ख़ास! माई फुट।" वरुण ने कन्धे बिचका दिए।

"तुमने ठीक कहा दोस्त।" विदेशी युवक ने एक उचटता-सा दृष्टिपात किया वरुण पर। फिर इन्दिरा और संस्कार से सम्बोधित :

"आज वहाँ खँडहर है। यहाँ जीवन। कभी वहाँ जीवन होगा। और यहाँ खँडहर। यह एक अन्तहीन सिलसिला है। जीवन और मृत्यु के बीच आँख-मिचौनी का। यह आँख-मिचौनी ही परम सत्य है। इस सत्य का यदि बोध हो जाए तो क़ुदरत की एक अद्‌भुत नेमत प्रतीत होने लगता है जीवन। तब विषम से विषम हालात में भी जीवन एक दु:स्वप्न नहीं, बल्कि निश्चित तौर पर जीने योग्य। क्या पता वहाँ जाकर हमें भी ऐसा ही कोई बोध हो जाए।"

तत्पश्चात् विदेशी युवक ने अपनी कार 'लॉक' की और सड़क पार कर खेतों के बीच बनी पगडंडी पर बढ़ते चले गए। कुछ दूर तक अपने हाथ रूमालों की तरह अलविदा-स्वरूप हवा में लहराते हुए। ऐसे शख़्स कभी विदा नहीं होते हमारे जीवन से। कुछ इस क़दर छोड़ जाते हैं अपने व्यक्तित्व की छाप। भले ही वे कुछ पल, कुछ दिन, कुछ महीनों के लिए ही क्यों न आए हों हमारे जीवन में।

बाबा नागा, सन्तोष, शकुन्तला और डॉ. नीलिमा भी तो अनुपस्थित होकर उपस्थित हैं उसके जीवन में—संस्कार की सोच पिरो रही थी बहुत-सी चीज़ों को एक सूत्र में।

अब वे पाँच थे। लेकिन अपने-अपने में लीन। फ़िलहाल अपने बीच कोई सूत्र तलाशने की बजाय, थोड़ी देर पहले जो घटित हुआ था उसके अपने-अपने अर्थ निकालते।

वरुण की प्रेयसी, प्रेमा। एकदम कृशकाय-सी। ऐसी कि हवा तेज़ बहने लगे तो उसके पाँव उखड़े कि उखड़े। वैसे भी ज़मीन पर पाँव रखती ही कहाँ थी वह।

उसकी हड्डियों पर मांस तो जैसे नाममात्र को ही। चेहरे की हड्डियाँ उभरी हुईं। नुकीली ठुड्डी। नाक थी कि होंठों पर गिरने को बेचैन। आँखें चेहरे के अनुपात में कहीं बड़ी-बड़ी। और उनमें विराजमान हिकारत का स्थायी भाव।

रंग ज़रूर गोरा-चिट्टा था उसका। एक पल के लिए उसकी ख़ूबसूरती चौंकाती भी थी। फिर तुरन्त निगाहें हटा लेने को बाध्य कर देती। नाक-नक़्श बेमेल। उनमें से झाँकता, गिरगिट की तरह पल-पल रंग बदलता उसकी ख़ूबसूरती का भ्रम। टूटने पर भी कुछ दूर तक पीछा करते रहते थे ये आँखों को चुभनेवाले रंग। इसलिए किसी एक रंग पर टिके रहना मुश्किल। ऐसा लगता जैसे देखनेवाला ख़ुद किसी फिसलन भरी ढलान पर खड़ा रहने की बेमानी कोशिश कर रहा हो।

एक वाक्य में कहें तो—अहंकार की शाख पर अपने खिलने में भी मुरझाई हुई गंधहीन, रंगहीन, रसविहीन ख़ूबसूरती।

"यह भी कोई बात हुई कि एक को तो आसमान पर बिठा दिया और दूसरी को पाताल में धकेल दिया।" बड़ी देर से भीतर खौलते ग़ुस्से को आख़िर वरुण ने उलीच ही दिया।

प्रेमा के चेहरे पर तो तब से ही छपा हुआ था कि वह जली-भुनी बैठी है।

"जरा विवेक से काम लो। जो है, उसे तुम भी जानते हो और हम भी। फिर किसी अजनबी के कहे पर बवाल क्यों?"

मोहन का यह कहा वरुण और प्रेमा की समझ में नहीं आया। आता भी कैसे? पता नहीं इस वक़्त क्या-क्या सवार था उन दोनों पर।

"उन्हें जो पूछना था पूछकर अपना रास्ता लेते। ख़ूबसूरती पर भाषण झाड़ने की क्या ज़रूरत थी। वे होते ही कौन हैं ऐसी बेहूदी तुलना करनेवाले।"

प्रेमा भी पीछे नहीं रही अपना गुबार निकालने में।

संस्कार, इन्दिरा और मोहन ऐसी बातों को पीछे छोड़, आगे बढ़ आए थे, जो नासमझी के कारण ग़लतफ़हमियों को जन्म देती हैं। लेकिन कुछ बातों को गाँठ में भी बाँध लाए थे जो जीवन के आईने में ख़ुद को देखने-परखने के लिए अन्तर्विवश कर देती हैं।

दूसरी तरफ़ वरुण और प्रेमा। तालाब की तलछट में किलोल करते मेढकों के जोड़े की तरह उसी को संसार मान टर्राते।

"यह तो मानने, न मानने पर है कि वे कोई होते हैं या नहीं। अब लकीर ही खींच दोगे तो फिर सही और ग़लत का फ़ैसला कैसे होगा।"

मोहन आज खुलकर बोल रहा था।

तो अब पिकनिक के रंग में भंग पड़नेवाला है—संस्कार ने सोचा।

इन्दिरा कुछ कहने ही वाली थी कि संस्कार ने उसे चुप रहने का इशारा किया। उसे लगा इस नाज़ुक मौक़े पर इन्दिरा जो भी कहेगी, वरुण और प्रेमा को नागवार ही गुज़रेगा।

असलियत का सामना करने की बजाय जब हम आत्ममुग्धता की माँद में उतर जाते हैं तब सिर्फ़ अँधेरा ही अँधेरा हाथ लगता है। और हद क़दम पर एक ठोकर। ठोकरों से तिलमिलाए हम फिर मैल ही मैल उलीचने पर उतारू।

'इन्दिरा और प्रेमा के बारे में विदेशी युवक की 'परसेप्शन' अनुभूतिजन्य हो सकती है या स्थितिजन्य। पहली सूरत में चूक की कोई गुंजाइश ही नहीं हो सकती। हालाँकि दूसरी सूरत में उन्नीस-बीस का फ़र्क़ हो सकता है।'

संस्कार यही कहना चाहता था। उसे लगा भी ऐसा ही था। लेकिन वरुण और प्रेमा पर इस वक़्त हावी फ़ितूर को देखते हुए उसने कहा यह :

"देखो वरुण, यह एक ऐसे व्यक्ति की तात्कालिक टिप्पणी है जिसके साथ न तो हमारा कोई वास्ता था और शायद न ही कभी होगा। फिर उसने अपनी प्रेयसी को भी तो नहीं बख़्शा। प्रेयसी ने भी नाराज़गी जताने की बजाय अपने सहचर की बात को मुस्कराते हुए स्वीकार कर लिया। हमें इसी भावना से लेना चाहिए उसकी टिप्पणी को।"

संस्कार ने यह जानते हुए भी कहा कि वास्ता व्यक्ति से भले ही न हो पर उसकी सोच से ज़रूर होता है।

संस्कार ने अपनी तरफ़ से स्थिति को सामान्य करने की कोशिश की। माहौल में तनाव था और मन में कड़ुवाहट। किसी की दी हुई नहीं। अपनी ही संकीर्णता का प्रतिफल।

"तुम ठहरे ज्ञानी-ध्यानी। उपदेश देने में माहिर। हम ठहरे दो टके के लोग। बुद्धि से भी एकदम कंगाल। क्या खाकर तुम्हारा मुक़ाबला करेंगे।"

वरुण ने कटाक्ष किया। किसी भी तर्क की सुई से अपने अहं के फूले हुए गुब्बारे को फुस्स होते देखना वह हरगिज़ गवारा नहीं कर सकता। क्योंकि उसे लगा, कटाक्ष ही एक ऐसा मारक हथियार हो सकता है जो तर्क को छलनी-छलनी कर सकता है और तर्क देनेवाले को लहूलुहान।

"अपनी मुँहझौंसी, आधी पत्नी के लिए उसने जो कहा, जानबूझकर हमें गुमराह करने के लिए। उसकी ज़ुबान कुछ और कह रही थी और आँखें कुछ और। देखा नहीं कैसे लार टपक रही थी उसके मुँह से। हरामी कहीं का।"

प्रेमा ने तो मानो युवक के चरित्र प्रमाण-पत्र पर ही हस्ताक्षर कर दिए।

कोई जितना होता है उतनी ही बात कर सकता है। तिस पर अपनी पीठ भी थपथपा सकता है। यह तो संस्कार समझता था। लेकिन अगर वह सामान्य-से शिष्टाचार को भी तिलांजलि देकर दूसरों को नंगा करने पर आमादा हो तो यह भूल जाता है कि ऐसा करके वह ख़ुद को ही नंगा कर रहा है। यानी अपनी ही क्षुद्रता का बेलिहाज़ प्रदर्शन।

अपनी अन्तरात्मा की आवाज़ के प्रति बहरा व्यक्ति ही ऐसा कर सकता है। उसे दूसरों के सिर्फ़ शब्द ही सुनाई देते हैं। उन शब्दों में निहित आत्मा की ध्वनि क़तई नहीं। ऐसे व्यक्ति के लिए क्या आत्मसम्मान, तो क्या किसी और का सम्मान। कुल जमा, न अपने लायक़, न किसी और के लायक़।

तब तक वे सब बग़ीचे में पहुँच गए थे।

बग़ीचा था कि एकदम घना। आमों की मीठी-मीठी महक से सुवासित।

उसके देस में तो आम अगस्त के अन्त तक पक जाते हैं। हो सकता है इधर के आम किसी और प्रजाति के हों। देर से पकनेवाली प्रजाति के—संस्कार ने सोचा।

बग़ीचे में हरी दूब इकसार नहीं थी। टुकड़ों-टुकड़ों में थोड़ी घनी। ऐसा लग रहा था जैसे ये बिखरे हुए टुकड़े दूब के नन्हे-नन्हे द्वीप हों और पेड़ों से छनकर आती धूप इन द्वीपों पर झिलमिलाती।

"यहीं पर जमाई जाए आज की महफ़िल।"

कुएँ के पास दूब के द्वीप की ओर संकेत करते हुए मोहन ने कहा।

उसकी आवाज़ में एक अलग ही तरह का उत्साह था आज। इस तरह के ख़ास मौक़े आते ही कहाँ थे उसकी रोज़मर्रा की घुटनभरी ज़िन्दगी में। आज बमुश्किल आया था तो उस घुटन को थोड़ा हल्का कर लेना चाहता था ताकि कहीं दम ही न घुटने लगे। आज ज़्यादातर बोल भी वही रहा था। मानो सारे वार्तालाप की कमान अपने हाथों में ले ली हो।

उसके उत्साह और तार्किकता से साफ़-साफ़ झलक रहा था कि भीतर की टूट-फूट के बावजूद कुछ-न-कुछ ज़रूर साबूत है उसके आन्तरिक संसार में। टूट-फूट के बीच भी अलग से दिखता। अपनी घुटन के ख़िलाफ़ ही नहीं, पतनोन्मुखी सोच के ख़िलाफ़ भी खड़ा।

इन्दिरा, संस्कार और मोहन कुएँ के पास दूब के एक द्वीप में बैठ गए।

वरुण और प्रेमा उनसे थोड़ी दूर खड़े आपस में गिटपिट करते। गिटपिट थी कि ख़त्म होने को ही नहीं आ रही थी जब से एक साथ पिकनिक पर निकले थे।

संस्कार को लगा, दोनों के बीच कुछ-न-कुछ ज़रूर पक रहा है।

"अब आ भी जाओ। यह कोई हादसा नहीं था कि उस पर शोक मनाते रहें।"

मोहन ने वरुण और प्रेमा को अपने पास बुलाया।

ज़ख़्म भी हो तो उसे कुरेदने की बजाय उससे निजात पाने की तजवीज़ की जाती है। यहाँ तो ऐसा कुछ था ही नहीं। पर अगर मामूली-सी खरोंच को भी कोई कुरेद-कुरेदकर ज़ख़्म बनाने पर तुला हो तो कोई क्या करे—संस्कार ने सोचा।

अंबियाँ दे बूटयाँ ते लग गया बूर नीं,
रुत वे मिलापां वाली, चन्न मेरा दून नीं...

तभी अपनी मौज़ में, चारों ओर से बेख़बर, तीस-पैंतीस बरस का एक गबरू जवान पेड़ों के झुरमुट से निकलकर कुएँ की तरफ़ आया। यह पंजाबी गीत गाता हुआ।

शायद उसे दूर गाँव में बैठे अपने चन्न यानी अपनी पत्नी या प्रेमिका की याद सता रही थी। आम तो पक चुके थे। पर उसका इन्तज़ार कब पकेगा।

उन सब पर नज़र पड़ते ही उसका गाना एकाएक थम गया। वह सबको कुछ पल किसी अजूबे की तरह ताकता रहा।

"जी आइयाँ नूं। अज तां साड्डा बग़ीचा भी रब्ब दे सदके ज़माने बाद आबाद हो गिया जी।"

युवक ने बड़े अदब के साथ गद्‌गद भाव से कहा और कुएँ की मुँडेर से सटकर खड़ा हो गया।

वह शायद बग़ीचे का रखवाला था।

वरुण और प्रेमा आपस में जो बातचीत कर रहे थे वह किसी सिरे पहुँच गई थी या फिर रखवाले की आवाज़ ने उनका ध्यान भंग कर दिया था?

बहरहाल वे दोनों भी जहाँ खड़े थे वहीं बैठ गए। तीनों से थोड़ी दूर। सन्तुष्ट-से। जैसे कोई बहुत बड़ा तीर मार लिया हो।

इन्दिरा ने अपने टिफिन के साथ-साथ संस्कार का टिफिन भी थैले से बाहर निकालकर रख दिया।

"रोटी-शोटी खा लो जी। मैं पाणी निकाल देता हूँ।" रखवाला अचानक पंजाबी से हिन्दी बोलने पर उतर आया था।

फिर उसने रस्सी से बँधी बाल्टी कुएँ में डाल दी।

"आप क्यों तकलीफ़ उठा रहे हो। पानी हम ख़ुद निकाल लेंगे।"

संस्कार को लगा, रखवाला इतने अपनेपन से बात कर रहा है ऐसे में चुप रहना अच्छी बात नहीं है।

"तकलीफ़ किस बात की जी। तुसीं केहड़ा रोज़-रोज़, आणा हैंगा इत्थे। थोड़ा पुन्न सानूं भी कमा लैण दो।"

रखवाले ने पानी से भरी बाल्टी कुएँ से खींचकर मुँडेर पर रख दी। वह तुरन्त मुड़ा और एक पेड़ के पीछे से लम्बा-सा डंडा उठा लाया। डंडे के एक सिरे पर हुक-सी लगी हुई थी। फिर दो-तीन पेड़ों का निरीक्षण-सा किया और एक पेड़ से सात-आठ आम उतारकर संस्कार के सामने रख दिए।

"साड्डे बग़ीचे दे अंबां दा सुआद भी चख लो जी। इक-दो दिनां च तुड़ाई शुरू होण वाली है। फिर अगले साल तक नीं लभणे बूटियाँ ते अंब।"

कहकर रखवाला वही गीत गुनगुनाता हुआ पेड़ों के पीछे ओझल हो गया।

संस्कार ने सोचा, रखवाला उन्हें यहाँ से जाने को भी कह सकता था। किसी के फलों से लदे बग़ीचे में इस तरह बिना इजाज़त घुस आना शराफ़त की बात थी भी नहीं। लेकिन रखवाले ने उलटा बड़े प्यार और सम्मान से वह कर दिखाया,

जो वह कर सकता था। वह भी बिना किसी अपेक्षा के।

कुछ लोग पराए होते हुए भी पल भर की मुलाक़ात में ही अपने लगने लगते हैं। जबकि कुछ दिखते अपने-से हैं पर रहते हैं पराए के पराए।

कुछ लोग आत्मीयता से पगी छोटी-छोटी ख़ुशियाँ, बिन माँगे, नि:स्वार्थ भाव से देकर अपने रास्ते चले जाते हैं। इनसे उद्घाटित सत्य जीवन-यात्रा में हमारा सम्बल बनकर जीवन और मनुष्यता में हमारी आस्था को कभी चुकने नहीं देता।

"संस्कार, तुम अपने नाम के साथ सरनेम क्यों नहीं लगाते?" वरुण ने अकस्मात् यह सवाल दाग़ा। होंठों पर एक कटखनी मुस्कान के साथ।

अपनी तरफ़ से फेंका था वरुण ने एक जाल। संस्कार को फाँसने के लिए। यह सोचकर कि वह इसमें फँसकर बेतरह छटपटाएगा। लाचार-बेबस। तिनके तक के सहारे के लिए हाथ-पाँव मारता। वह अपनी जीत का जश्न मनाते हुए क़हक़हे लगाएगा। जिनकी किरचें संस्कार के मनोबल को छलनी-छलनी कर घुटने टेकने पर मजबूर कर देंगी।

सवाल इतना अनपेक्षित था कि संस्कार के साथ-साथ इन्दिरा और मोहन भी बेतरह चौंके।

तीनों कुछ पल वरुण का वह चेहरा ताकते रहे जिसके पीछे से पहली बार प्रकट हुआ था उसका यह कुत्सित चेहरा।

"ज़रूरी नहीं लगा।" संस्कार ने एकदम सहजता से कहा।

"ज़रूरी नहीं लगा या कुछ छिपाना चाहते थे इसलिए? ताकि किसी के सामने सिर ही न उठा सको।"

वरुण ने उसकी खिल्ली उड़ाई।

"हम जो भी हैं वह हमारी ताक़त है। शर्मिन्दगी नहीं।" संस्कार ने दृढ़ता से कहा।

"छिपाना ही होता तो संस्कार के पिता अपने नाम के साथ सरनेम क्यों लगाते?"

बहुत देर से चुप इन्दिरा ने अपनी चुप्पी तोड़ी।

"वरुण, यह क्या ज़ाहिलों जैसी बात कर रहे हो। सरनेम तो मैं भी नहीं लगाता। अगर ऐसा करना कोई गुनाह है तो यह गुनाह मैंने भी किया है। मेरे जैसे और हज़ारों-लाखों ने भी किया होगा। आनेवाली पीढ़ियाँ भी करती रहेंगी। अब उखाड़ लो जो उखाड़ना है।" मोहन का आक्रोश भी चरम पर था।

"तुम नहीं लगाते तो कोई बात नहीं। क्योंकि तुम नीच जात नहीं हो।"

आख़िर वरुण ने अपनी कालिख उगल ही दी।

"मैं लगाती हूँ। अब कभी नहीं लगाऊँगी अपना सरनेम। क्योंकि अगर मेरा शर्मा होना, ऊँचाई पर होना है तो मैं इस ऊँचाई को ठोकर मारती हूँ। मुझे ऐसी ऊँचाई नहीं चाहिए जिससे गिरना कभी थमता ही नहीं। मेरे लिए ऐसी ऊँचाई रेत का एक ढेर है जिसकी खोखली हस्ती को आँधी-बाढ़ कभी भी मिटा सकती है।" इन्दिरा ने तो जैसे हथौड़ा ही दे मारा वरुण के सिर पर।

"इसका मतलब है तुम्हें पहले से ही मालूम था?" वरुण ने बिलबिलाते हुए कहा।

"बिलकुल।"

इन्दिरा और मोहन ने एक स्वर में कहा।

"पता था फिर भी?"

वरुण को जैसे यक़ीन ही नहीं हो पा रहा था।

"फिर भी क्या?"

मोहन ने आँखें तरेरते हुए कहा।

वरुण से एकाएक कुछ जवाब देते नहीं बना।

"तुम्हारी इस जड़ता और इसे लेकर तुम्हारी ग़लतफ़हमी को मैं दूर किए देती हूँ। कोई भी शख़्स अपनी जाति से नीच नहीं हो जाता। असल में नीच वही होता है जिसकी सोच नीच होती है।"

इन्दिरा ने एक और प्रहार किया।

"रहने दो इन्दिरा। चिकने घड़े पर पानी डालना बेकार है। मैं इसकी इच्छा पूरी किए देता हूँ।" संस्कार ने कहा।

वरुण कुछ कहने को उद्यत हुआ।

"रुको वरुण। पहले संस्कार को अपनी बात पूरी कर लेने दो। फिर जो मन में आए बकते रहना।'

इन्दिरा ने वरुण की व्यग्रता को भाँप उसे चुप करा दिया।

"'मेरा सरनेम है चौधरी। मैं 'हूँ' संस्कार चौधरी। एक पिछड़ी जाति के अनेक प्राणियों में से एक। हो गई तसल्ली। अब करते रहना बैल की तरह इसकी जुगाली।"

'हूँ' पर बल देते हुए संस्कार ने एक पत्थर फेंका वरुण की ओर। पूरी ताक़त के साथ। समय के झंझावातों से धीरे-धीरे लेकिन निश्चित तौर पर लोहा लेता, लगातार पैना होता पत्थर।

"मुझे भी पहले से ही मालूम था। बस तुम्हारे मुँह से सुनना चाहता था एक बार।"

वरुण एक-आध बाजी जीतनेवाले जुआरी की तरह अपने अहंकार की तलछट में किलोल करता।

"सुनने-सुनाने का वक़्त बीत गया। फिर भी तुम सुनो। धारा के साथ तो शव भी बह लेता है। धारा के ख़िलाफ़ तैरना ही पुरुषार्थ कहलाता है। और हम शव नहीं हैं इसलिए एक बात गाँठ बाँध लो। अब मुठभेड़ होगी।" संस्कार ने दृढ़ता से कहा।

आए थे पिकनिक मनाने। लेकिन पिकनिक एक खेल में बदल चुकी थी। ऐसा खेल जिसे सब नियम ताक पर रखकर खेला जाता है। सिर्फ़ और सिर्फ़ दूसरों को अधम और ख़ुद को श्रेष्ठ साबित करने की कुत्सित लालसा के वशीभूत होकर।

शाम होने में अभी काफ़ी वक़्त था। पर वहाँ रुके रहने का अब कोई औचित्य नहीं रह गया था। इसलिए सभी चुपचाप घर की ओर लौट चले।

संस्कार, इन्दिरा और मोहन आगे-आगे। उनके पीछे वरुण और प्रेमा।

धीरे-धीरे दोनों ग्रुपों के बीच बढ़ती दूरी।

लकीर तो न जाने कब से है। दो छोरों के बीच। पर उस लकीर का लगातार सिकुड़ते जाना बर्दाश्त नहीं हो रहा एक छोर को। हालाँकि लकीर के इस ओर भी आदमज़ात। दूसरी ओर भी आदमज़ात। लेकिन ज़ेहनियत में ज़मीन-आसमान का फ़र्क़।

एक ओर धर्म, जाति, गोत्र, कुल, ऊँच-नीच आदि के नाम पर लकीर को अमिट बनाने की साज़िशें। जबकि दूसरी ओर इस लकीर को मिटाकर इनसान को उसका आत्मसम्मान, गरिमा लौटाने की अनवरत जद्दोजहद।

"लगता है इनकी दुनिया में इनसान नहीं सिर्फ़ जातियाँ रहती हैं।" मोहन ने कहा। लग रहा था उसे तकलीफ़ पहुँची है। धूल की तरह कहीं से उड़कर आई तकलीफ़ नहीं जिसे झाड़-पोंछकर साफ़ किया जा सकता है, बल्कि नश्तर की तरह मर्म तक मार करती तकलीफ़।

इन्दिरा ने चारों तरफ़ घूमकर एक भरपूर दृष्टिपात किया। गहरी साँस लेकर ढेर सारी हवा फेफड़ों में भरी और बोली :

"देखो न। क़ुदरत तो कोई भेदभाव नहीं करती। हर पौधे को एक समान पालने-पोसने का भरसक प्रयास करती है। फिर भी कई पौधे बड़े हो जाते हैं।

छायादार। फलदार। और कई बौने के बौने रह जाते हैं। हम भी तो जीवन की ज़मीन से उगनेवाले पौधे ही हैं। किसी की फ़ितरत उसे बड़ा बना देती है। किसी को और भी बौना।"

"तुम ठीक कहती हो, इन्दिरा"—मोहन ने कहा। फिर अचानक जैसे कुछ याद हो आया हो—"देखा जाए तो विदेशी युवक ने कुछ भी ग़लत नहीं कहा था। मैं उसमें इतना और जोड़ना चाहूँगा कि वरुण और प्रेमा की जोड़ी है ही बेमेल। तन से ही नहीं मन से भी। दोनों के अपने-अपने स्वार्थ हैं। और यही स्वार्थ उनके रिश्ते की बुनियाद। दोनों में बस एक ही चीज़ साझी है। वह है उनकी फ़ितरत।"

पहली बार इतनी लम्बी बात की थी मोहन ने और दृष्टि भी एकदम साफ़ और गहरी।

एक लड़का जिसकी छवि हमेशा दाँव पर लगी रहती है। जिसे सब धरती का बोझ समझकर हिकारत से देखते हैं। उसके सिर्फ़ एक व्यसन के लिए। बिना उसके भीतर झाँके कि उस व्यसन के लिए वह सिर्फ़ ख़ुद ही ज़िम्मेदार है या वे सब भी जिन्हें किसी को बाहर-बाहर से देखकर अपना फ़ैसला सुना देने का व्यसन है।

एक ऐसा शख़्स जो अपनी सगी माँ को असमय खो देने के बाद, एक ऐसी औरत के रहमोकरम पर ज़िन्दा रहने को विवश है, जिसके लिए रहम सिर्फ़ किताबी बात है। अपने पिता की दूसरी औरत का पराया बेटा होने के पराएपन में ज़िन्दा रहने को विवश शख़्स।

कैसे उतर लेता होगा वह दूसरों के भीतर की सीढ़ियाँ। कोई अपनी एक छवि को दूसरी छवि से कैसे निर्मल कर सकता है इसका जीता-जागता प्रमाण संस्कार के सामने है आज।

दुख-दर्द किसी व्यक्ति का एक साथ दुश्मन भी हो सकता है और गुरु भी। गुरु इस दुश्मन से जूझने की प्रेरणा देता है। यह विश्वास दिलाते हुए कि यह सोचना छोड़ दो कि तुम अकेले हो। तुम जैसे लाखों हैं।

संस्कार को यक़ीन होने लगा था कि मोहन भी अपनी तकलीफ़ में अकेला नहीं होगा। आज मोहन का जो नया रूप उसके सामने आया था उससे रू-ब-रू होने के बाद अविश्वास की बात तो दूर उससे एक गहरी आश्वस्ति जगने लगी थी संस्कार के मन में।

"साथ-साथ चलने के लिए मैंने जब चुना था तुम्हें तो समूचा का समूचा।

न कि टुकड़ा-टुकड़ा। तुम्हारे साथ अभिन्न भाव से जुड़ी हर चीज़, हर रिश्ते के सत्य को स्वीकार कर।"

इन्दिरा ने संस्कार से सम्बोधित होते हुए कहा।

इन्दिरा को बेहद ज़रूरी लगा इस नाज़ुक बेला में यह कहना। ख़ासकर अप्रत्याशित रूप से उठे 'सरनेम' वाले प्रकरण को ध्यान में रखते हुए। ताकि उस अप्रत्याशित की छाया तक न पड़े उनके रिश्ते पर।

"मेरे लिए तुम दोनों के रिश्ते को शब्दों में पिरोना मुमकिन नहीं है। कुछ इस क़दर निराला है यह रिश्ता। 'मेड फार ईच अदर' जैसा। बस इतना ही कह सकता हूँ कि वही सत्य तुम्हारे रिश्ते की बुनियाद है जो इसे इतना बुलंद बना देता है कि वरुण और प्रेमा जैसे लोग सपने में भी सीढ़ी के ऊपर सीढ़ियाँ लगाकर वहाँ तक नहीं पहुँच सकते।"

मोहन ने थोड़ा झिझकते हुए कहा। ख़ासकर इसलिए कि इन्दिरा इसे कहीं अपने व्यक्तिगत जीवन में अनधिकार हस्तक्षेप न मान ले।

"बहुत बड़ी बात कह दी तुमने। हमारे प्रति तुम्हारी हार्दिकता से उपजे उद्‌गार हैं ये। एक चुनौती भी हमारे रिश्ते के लिए कि वह आज जिस भी मुक़ाम पर है उसके आगे अनगिनत मुक़ाम हैं। बस चलना नहीं थमना चाहिए। नहीं थमेगा तो विकसना भी ज़ारी रहेगा। और विकसने की कोई हद नहीं होती। है न संस्कार?"

"निस्सन्देह।" संस्कार ने तपाक् से सहमति प्रकट कर दी।

"काश! अपना भी कोई रिश्ता होता। तुम दोनों के जैसा तो क़िस्मत से मिलता है। इससे आधा ही सही। होता तो।"

कहते-कहते मोहन की आँखें डबडबा आईं। अपनी विह्वलता छिपाने के लिए उसने अपना चेहरा हाथों से ढाँप लिया।

फिर भी संस्कार और इन्दिरा से छिपी नहीं रही उसकी यह भाव-विह्वलता।

"तुमसे चन्द लोगों ने मुँह फेरा है। पूरी दुनिया ने नहीं। हम दोनों भी इसी दुनिया में रहते हैं। कुछ रिश्ते टूटते हैं तो कुछ नए भी जन्म लेते हैं। इसलिए अपने मन से यह निकाल दो कि तुम बिलकुल अकेले हो।"

कहकर संस्कार ने मोहन को गले लगा लिया।

"हम दोनों तुम्हारे सच्चे दोस्त हैं। दोस्ती से ज़्यादा सगा भला और कौन-सा रिश्ता होता है। पर मुझे एक बात समझ नहीं आ रही है कि तुम्हारे जैसे इनसान

के साथ कोई कैसे नाता तोड़ सकता है। अगर ऐसा हुआ है तो ऐसा करनेवाला ज़रूर कोई अमानुष ही होगा।"

इन्दिरा ने भी उसे धीरज बँधाया।

दरअसल मोहन के बारे में इन्दिरा कुछ ज़्यादा नहीं जानती थी। संस्कार के आने से पहले मोहन उसके लिए एक सहपाठी-मात्र ही था। कभी-कभी संक्षिप्त-सी बातचीत, वह भी औपचारिक ज़्यादा। और कोई दिलचस्पी दिखाने की कोशिश न एक तरफ़ से हुई थी, न दूसरी तरफ़ से।

संस्कार की वजह से ही उसके मन में मोहन के प्रति मैत्री-भाव पनपने लगा था। सच्चा-पक्का मैत्री-भाव।

उसके जीवन में संस्कार के आने तक वह भी तो निपट अकेली थी। अपने सुख-दुख में। कौन था उसके अकेलेपन के दर्द का साथी। वह ख़ुद ही तो। द्रष्टा भी और भोक्ता भी।

नहीं-नहीं। कुछ भी हो हम दोनों मोहन की आँखों में अश्रु देखना गवारा नहीं कर सकते।

इन्दिरा की किसी गुह्य वेदना से चिंगारी की तरह उठी ये आवाज़। उसके अन्तर्मन में।

"हरगिज़ नहीं। हरगिज़ नहीं।" आख़िर फूट ही पड़ी इन्दिरा की वेदना।

संस्कार ही नहीं, मोहन ने भी बेतरह चौंककर इन्दिरा की ओर देखा।

"क्या हुआ? क्या हुआ?" दोनों की घबराहट से निकला।

"कुछ नहीं।" इन्दिरा ने संयत होते हुए कहा।

पन्द्रह

संस्कार हैरान था। कुछ-कुछ चिन्तित भी।

अगर वरुण 'सरनेम' के बारे में पहले से ही जानता था तो उसने आज तक क्यों नहीं उठाया यह सवाल? पिछले छह-सात महीने में उनके बीच

दोस्ती भले ही न पनपी हो पर उनके बीच सब कुछ औपचारिक ही हो, ऐसा भी कभी नहीं लगा संस्कार को।

फिर कब पड़ गया इस द्वेष का बीज? धीरे-धीरे अंकुरित होता। पौधे से पेड़ बनने की ओर उन्मुख बीज। भनक तक नहीं लगने दी वरुण ने। न बीज पड़ने की न अंकुरित होने की। न पत्ता तक हिलने की। शायद इसलिए कि सही वक़्त आने से पहले उसका प्रकट होना उतना मारक नहीं हो पाता जितना वरुण उसे बनाना चाहता था। यानी जब लोहा गर्म हो तभी चोट की जाए।

पिकनिक ने उसे यह मौक़ा प्लेट में सजाकर परोस दिया था और उसकी दिली इच्छा फलित।

जाति को हथियार बनाकर वह इन्दिरा के मन में घृणा का बीज बोना चाहता था। साथ ही प्रेमा के अपमान का प्रतिशोध लेना भी।

अगर ऐसा था तो ग़ज़ब का शातिर दिमाग़ पाया था वरुण ने। बेशक नकारात्मकता की पटरी पर सरपट दौड़ता। अपने प्रतिशोध के पहियों तले कुछ पा सकने की वजहों को भी कुचलता।

वरुण अपनी कुंठाओं को आसानी से शब्द नहीं देता था। वह हद दर्जे का कंजूस था इस मामले में। लेकिन जब भी ऐसा करता तो अपनी संकीर्णता को महिमामंडित करने के इरादे से। दूसरों को आसान शिकार मानते हुए।

नफ़रत और प्रतिशोध की आग में थोड़ा-थोड़ा करके सब कुछ झोंक देने में जितना वक़्त लगता है उससे आधा वक़्त भी नहीं लगता सद्भावना से रिश्ते कमाने में। लेकिन नकारात्मक आवेग आदमी के विवेक को इस क़दर ग्रस लेते हैं कि उनकी कालिमा दूसरे की तमाम कोशिशों के बावजूद धुल नहीं पाती। उलटा गहरी और ठोस होती चली जाती है। मन में इस ग़लतफ़हमी को पालते-पोसते कि किसी दूसरे की क्या मजाल उसे पाठ पढ़ाने की। इस तरह आदमी का वजूद ही उस कालिमा का गुलाम बन जाता है। तब अपनी बेचैनी से दूसरे का सुख-चैन छीनकर चैन की बंसी बजाने की लालसा में गलते-गलते, गल ही जाता है आदमी। इस तथ्य से अनभिज्ञ कि जिसे वह लालसा समझता है असल में वह आत्मप्रवंचना है।

उसी रात कमरे में आते ही इन्दिरा ने कहा, "इतनी आसानी से पिकनिक पर जाने के लिए उनका राज़ी हो जाना बेवजह नहीं हो सकता, मुझे तभी लग गया था। फिर भी तुमने कोशिश की। करते भी रहे हो। यह अच्छी बात है। इससे ज़्यादा

के पात्र वे दोनों न कभी थे, न हो सकते हैं।"

"जो सोच किसी भी लिहाज़ से जायज़ नहीं है उसकी लगाम खींचने का वक़्त आ गया है।"

संस्कार ने इन्दिरा के संकेत को समझते हुए कहा।

"लगाम खींचने का ही नहीं। बल्कि जड़ों समेत उखाड़ फेंकने का।" इन्दिरा ने दृढ़ता से कहा।

"फिर भी बुरी बातों को ढोना नहीं चाहिए। थोड़ी दूर तक भी नहीं। क्योंकि बुराई संक्रामक रोग की तरह होती है। किसी की भी सोच उसकी चपेट में आ सकती है। दूसरी तरफ़ जिससे हम एक बार जुड़ जाते हैं, उससे हर हाल में जुड़े रहना चाहिए।"

कहकर संस्कार ने अर्थपूर्ण निगाहों से इन्दिरा की ओर देखा।

"जानती हूँ। तुम्हारी आशंका बेबुनियाद नहीं हो सकती। हो सकता है तुम्हारे साथ इससे पहले भी कुछ ऐसा ही घटा हो। तुम्हारे किसी क़रीबी ने कुछ ऐसा कह दिया हो जिससे तुम्हें गहरा आघात लगा हो।"

इन्दिरा ने तो उसके डर के मूल पर ही उँगली रख दी थी।

ऐसा ही हुआ था एक बार। तब वह आठवीं में पढ़ता था। उसका एक घनिष्ठ दोस्त था। स्कूल के बाहर भी बहुत सारा वक़्त उसके साथ बीतता था। दोनों एक-दूसरे के घर भी कभी-कभार आते-जाते रहते थे।

वह एक छुट्टी का दिन था। संस्कार अपने दोस्त के घर पर। दोपहर का खाना उसके साथ खाने की ज़िद्द पर अड़ा उसका दोस्त। खाना खाने के बाद दोस्त के घर से क्या निकला कि फिर निकल ही गया दोस्त की जिन्दगी से भी।

दोस्त के घर से निकलकर वह अभी कुछ क़दम ही आगे बढ़ा था कि उसे अचानक स्मरण हो आया। वह असल में यहाँ एक किताब लेने के लिए आया था। इसलिए वह उन्हीं पैरों लौटकर दोस्त के घर के दरवाज़े पर पहुँचा। और वहीं-का-वहीं ठिठका रह गया था।

भीतर माँ अपने बेटे से कह रही थी—"अपने इस नीच जात दोस्त को यहाँ मत लाया करो। जिस भी बर्तन में खाता है, वह बर्तन मुझे कूड़ेदान में फेंकना पड़ता है। इस तरह तो घर में एक भी बर्तन नहीं बचेगा।"

इसके आगे संस्कार कुछ नहीं सुनना चाहता था। दरवाज़े से ही लौट आया

था। यह सोचते-सोचते कि दोस्त की माँ ने बर्तनों को नहीं, उसे ही कूड़ेदान में फेंक दिया था। ईश्वर ने तो सबको एक समान बनाया है। फिर कोई इनसान कूड़ा-कर्कट कैसे हो सकता है।

"तुम तो जानती हो। दूध का जला छाछ भी फूँक-फूँककर पीता है। और मैं तुम्हें किसी भी क़ीमत पर खोना नहीं चाहता। तुम्हें खोने के डर से मेरी रूह तक काँप उठती है।"

संस्कार भावुक हो उठा।

"अरे! अरे! देखो तो! मेरा बुद्धू कैसे आईने को आईना दिखाने की बच्चों जैसी ज़िद्द कर रहा है।"

इन्दिरा ने उसे पुचकारते हुए कहा।

"जानता हूँ। हम दोनों एक-दूसरे का आईना हैं।" संस्कार ख़ुद पर क़ाबू पाते हुए बोला।

"तो फिर जहाँ तक मेरी बात है आईने में बेवजह बाल ढूँढ़ना छोड़ो। कहीं से भी देख लो। इसमें वही दिखेगा जो हमारे बीच है। जस-का-तस।"

इन्दिरा का एक-एक शब्द जैसे आईना था। सच्चा और पारदर्शी।

और संस्कार का तनाव छू मंतर।

"दरअसल तुम्हारा ख़ुद पर ही नहीं मुझ पर भी भरोसा चट्टान की तरह मज़बूत है। मैं ही डगमगा जाता हूँ। कभी-कभी।" संस्कार ने बेझिझक कहा।

"यह मेरे प्रति तुम्हारी प्रीति है। बेशक अभी टिमटिमाती हुई। बस इन्तज़ार है उस पल का जब यह मेरे आसमान का ध्रुव तारा बन जाएगी। यक़ीनन ऐसा होकर रहेगा।"

देखते-ही-देखते इन्दिरा का चेहरा एक निराली आभा से दीप्त हो उठा। किसी भी दुनियावी पैमाने के लिए अमाप्य यह आभा मानो उसके वजूद से प्रस्फुटित हुई हो।

इरादे अगर नेक हों, सच्चे और पारदर्शी भी, तड़प गहनतम, तो नामुमकिन भी मुमकिन लगने लगता है। उम्मीदों को लगने लगते हैं पंख। हदें ख़ुद-ब-ख़ुद आसमान छूने लगती हैं।

क्या वह ख़ुद को कभी किसी ऐसे पैमाने में तब्दील कर पाएगा जो इस आभा का प्रत्युत्तर हो सके?

"जो हम दोनों में यक़ीनन साझा है वही मुझे हद में बाँधता है और तुम्हें हदों

से मुक्त करता है। यह विडम्बना नहीं तो और क्या है?"

संस्कार ने राहत की साँस ली। मानो मन पर पड़ा कोई भारी बोझ हट गया हो।

अमूमन हम अपनी किसी कमी को संजीदगी से स्वीकार करने की बजाय उसे 'जस्टिफाई' करने की कोशिश करते रहते हैं। वह भी पंगु दलीलों के सहारे।

संस्कार के विरल स्वीकार ने इन्दिरा के इस विश्वास को और भी अटूट बना दिया कि अपनी हद के स्वीकार में ही निहित रहता है अस्वीकार भी। इसी अस्वीकार से जन्म लेती है अपनी हद के दायरे को पहले व्यापक और फिर शनैः-शनैः विराट बनाने की अदम्य इच्छाशक्ति भी।

"आज पिकनिक कैसी रही? ख़ूब मौज़-मस्ती की होगी?" दरवाज़े पर खड़ी मकान मालकिन की आवाज़ ने दोनों को उनकी रौ से बाहर खींच लिया।

एक तरह से अच्छा ही हुआ। कुछ बातें जब एक ख़ास मरहले पर पहुँच जाती हैं तब उससे आगे बढ़ने से पहले एक अन्तराल की सख़्त ज़रूरत होती है। ताकि उनमें जो अनदेखा, अनकहा छूट गया है उसके महत्त्व पर चिन्तन-मनन सम्भव हो सके। और जो कह दिया गया है उस पर भी एक वस्तुपरक दृष्टिपात किया जा सके।

"ख़ूब मज़े किए मौसी।" इन्दिरा का दिल नहीं होंठ मुखर हुए।

"अच्छा किया! कभी-कभी खुले में भी साँस लेनी चाहिए।"

कहकर मकान मालकिन ने गहरी साँस ली। मानो उसने यह प्रत्यक्ष रूप में तो दोनों से कहा लेकिन परोक्ष रूप से ख़ुद को ही मशविरा दिया हो।

अपने अन्तरंग पलों में मकान मालकिन का कभी-कभार यूँ अचानक आ टपकना दोनों को अपनी निजता में ख़लल जैसा कभी नहीं लगा। उलटा उन्हें यही लगा कि मकान मालकिन उनके बारे में सब कुछ जानती है। भूले से भी इस जानकारी का ज़िक्र उसने दोनों के समक्ष कभी नहीं किया। उनसे नहीं किया तो निश्चय ही किसी और से भी नहीं ही किया होगा। शायद इस भावनावश कि उसके जीवन में जो सैलाब उसका सब कुछ बहाकर ले गया था वैसा कोई सैलाब दोनों के जीवन में कभी न आए। मन-ही-मन यह प्रार्थना करते हुए कि दोनों के बीच जो है, ईश्वर करे, अटूट बन जाए।

मकान मालकिन के जाते ही संस्कार ने इन्दिरा से पूछा, "अच्छा यह बताओ,

उस विदेशी युवक ने प्रेमा के बारे में जो कहा, वैसा ही कुछ तुम्हारे बारे में कहा होता तो?"

इस वक़्त इन्दिरा को यह विषयान्तर अच्छा लगा। वह ख़ुद भी ऐसा ही चाह रही थी।

शायद दोनों की एक जैसी सोच का परिणाम ही था यह विषयान्तर।

"मुझ पर कोई पहाड़ थोड़े टूट पड़ता। ख़ूबसूरती या बदसूरती क़ुदरत की देन है। दोनों सब प्राणियों में होती हैं। होती हैं न?"

"बिलकुल होती हैं। क्योंकि हम सब हैं तो आख़िर इनसान ही। भगवान नहीं।"

"तो इसके लिए किसी और को कोसना, ज़िम्मेदार ठहराना कहाँ की अक्लमंदी है।"

"यह तो सच की ओर पीठ करके झूठ को पालने-पोसने जैसा होगा।" संस्कार ने इन्दिरा की बात की पुष्टि दूसरी तरह से कर दी।

"रही मेरी बात तो मैं क़ुदरत को या किसी अन्य को जिम्मेदार ठहराने की बजाय अपने भीतर जो असुन्दर है उसकी भरपाई अपने भीतर के सुन्दर से करने की कोशिश करती।"

इन्दिरा की इस सूझ-बूझ से संस्कार उसकी ओर उठतीं कुछ और सीढ़ियाँ एक साथ फलाँग गया।

"चलो, अब यह भी बता दो कि विदेशी ने तुम्हारे बारे में जो कहा, सुनकर कैसा लगा तुम्हें?" संस्कार ने गद्‌गद भाव से कहा।

"अपनी तारीफ़ किसे अच्छी नहीं लगती। लेकिन इसका मतलब यह नहीं कि तारीफ़ सिर चढ़कर बोलने लगे।" इन्दिरा ने कहा।

तारीफ़ हमारे प्रति किसी के अन्धे अनुराग की उपज हो सकती है या किसी स्वार्थ की। दोनों ही मामलों में निष्पक्षता ग़ायब रहती है।

राग-द्वेष से ऊपर उठकर की गई तारीफ़ ही सच्ची होती है। यानी जो है। जैसा है। जितना है को वाणी देनेवाली। न कम। न ज़्यादा।

शायद इन्दिरा के कहने का मतलब भी यही था—संस्कार ने सोचा।

"अच्छा, मेरी छोड़ो। तुम बताओ। तुम्हें कैसा लगा?" इन्दिरा ने ऐसे कहा मानो यह कह रही हो—"बच्चू मुझे घेरने के चक्कर में ख़ुद घिर गए न।"

"जो पहले ही तुमसे निहाल हो उसे और क्या लग सकता है।"

संस्कार के अन्तःकरण से अनायास निकला। इतना सगा उद्‌गार। पहली बार।

सुनते ही इन्दिरा भी निहाल।

संस्कार अचरज में। उसकी ओर पीठ किए कहाँ बैठा था यह सच अभी तक, जिसके वज़न ने उसका आगे बढ़ना मुहाल कर रखा था। शायद इस सच को भी दोनों के बीच ऐसे ही प्रगाढ़तम पल का इन्तज़ार रहा होगा। उस पल के प्रकट होते ही सच भी अपने देय से मुक्त और संस्कार उसके वज़न से।

कुछ पल दोनों के बीच ख़ामोशी छाई रही। इस बीच दोनों अपनी-अपनी तरह से ही नहीं एक-दूसरे की तरह भी उस पल के आह्लाद का आस्वादन करते रहे। कुछ ऐसे कि आस्वाद दोनों की रूह में घर कर ले। हमेशा-हमेशा के लिए।

अलार्म घड़ी में साढ़े दस बज रहे थे।

सिलाई मशीन का पहिया घूम रहा था और मकान मालकिन का कंठ मुखर।

"बात चल निकली है तो एक और बात बताती हूँ तुम्हें।"

ख़ामोशी के अन्तराल के बाद इन्दिरा ने ही पहल की।

"हाँ-हाँ, क्यों नहीं।" संस्कार की जिज्ञासा बरक़रार थी। एक झिझक जो उसका हाथ पकड़े रखती थी फ़िलहाल उससे अपना हाथ छुड़ा लिया था उसने।

"एक दिन मैंने प्रेमा से बातों-बातों में यूँ ही कह दिया था कि आज वह बड़ी सुन्दर लग रही है।"

"वो तो मैं हूँ ही। इसके लिए मुझे किसी के प्रमाण-पत्र की ज़रूरत नहीं है। तुमसे तो क़तई नहीं।"

"प्रेमा ने बेलिहाज़ और निहायत बेशर्मी से जवाब दिया था। मानो सुन्दरता न होकर जेब में रखा कोई चमकदार पत्थर हो। जब चाहा निकालकर दिखा दिया।"

यह तो अहंकार की इन्तहा है। तो विदेशी युवक ने प्रेमा के बारे में जो भी कहा था वह उसकी नज़र नहीं नज़रिया था। अपनी देह के प्रति प्रेमा ने कई आँखों में लालच लपलपाते देखा होगा। इसी का परिणाम है यह अहंकार। यानी घर फूँक तमाशा देखने जैसा—संस्कार ने सोचा। और तभी उसके सामने अंजना की फ़ितरत भी साकार हो उठी।

दोनों लड़कियों की फ़ितरत में बहुत-सी समानताएँ हैं। लेकिन एक बहुत बड़ा फ़र्क़ भी है।

प्रेमा में अहंकार कूट-कूट कर भरा है। ख़ुद से जुड़ी हर चीज़ के प्रति अहंकार। इस क़दर रचा-बसा कि मानो उसके बिना साँस लेना भी उसके लिए दूभर हो।

जबकि अंजना में अहंकार नहीं था। एक अजीब-सी बेचैनी थी। सब कुछ ताबड़तोड़ हासिल कर लेने की बेचैनी। यानी मौक़ा मिलते ही झपट पड़ो। हासिल करो। और अपना रास्ता लो।

"हम न जाने किस-किस रूप में अपने संस्कारों, अपनी विरासत का बोझ ढोते रहते हैं। चाहे-अनचाहे। जाने-अनजाने।"

संस्कार ने एक गहरा नि:श्वास छोड़ते हुए कहा।

"मतलब?"

"उन ग्रंथियों का जिन्हें हमने नहीं चुना होता है। कुछ से तो कोशिश करके हम छुटकारा पा लेते हैं। तुम्हारे जैसा अगर कोई जीवन में आ जाए तो एक-एक कर बाक़ी से भी मुक्ति मिलती रहती है।"

कहकर संस्कार ने इन्दिरा की ओर कृतज्ञ भाव से देखा।

"हम तो डूबेंगे सनम। लेकिन तुम्हें साथ लेकर ही डूबेंगे। ऐसी ही मानसिकता के साथ बहुत से एक-दूसरे के जीवन में आते हैं। लेकिन कुछ ऐसे भी होते हैं जो एक-दूसरे को उबार लेते हैं। इसे ही तो परस्परता कहते हैं।"

इन्दिरा का संकेत किसकी ओर है, संस्कार भली-भाँति समझ गया था।

"पर मुझे इस बात का अफ़सोस हमेशा रहेगा कि सब कुछ जानते-समझते हुए भी अंजना को नहीं उबार पाया। अगर कोशिश करता तो शायद क़ामयाब हो जाता।"

फिर संस्कार ने अंजना के बारे में सब कुछ तफ़सील से बता दिया। बिना किसी लाग-लपेट के।

इन्दिरा पूरी तन्मयता से सुनती रही। इस दौरान उसके चेहरे पर या आँखों में ईर्ष्या जैसा कोई भाव क्षणांश के लिए भी संस्कार को नहीं दिखाई दिया। इस क़दर डूबकर सुनती रही कि शायद उसमें से ऐसा कुछ हाथ लग जाए जो संस्कार को उस अफ़सोस के बोझ से मुक्ति दिला सके।

"पता नहीं इस मसले पर मेरी प्रतिक्रिया को तुम किस तरह से लोगे। सब कुछ सुनने के बाद मुझे ऐसा लगा जैसे अंजना 'प्रेम' शब्द को रेत पर लिखने की एक बेमानी कोशिश कर रही थी। वह भी सिर्फ़ कुछ पल के दैहिक सुख के लिए। किसी अनुभव के लिए क़तई नहीं।"

इन्दिरा ने झिझक के साथ अपनी राय प्रकट कर दी।

"तुम तो ऐसे कह रही हो जैसे इस तरह के अनुभव से गुज़र चुकी हो।" संस्कार के मुँह से अनायास निकल गया। कहते ही उसे लगा, यह क्या बेहूदा बात कह दी उसने। देखते-ही-देखते वह शर्मिन्दगी से पानी-पानी हो उठा।

"शर्मिन्दा होने की ज़रूरत नहीं है। तुम्हारा सवाल एकदम जायज़ है। तुम्हारे ही क्यों किसी के भी मन में सबसे पहले यही सवाल उठता।"

इन्दिरा ने स्थिति को सँभाला।

"नहीं-नहीं। एकदम नाजायज़।" संस्कार का हर शब्द उसकी शर्मिन्दगी की गवाही देता।

"मुझे ऐसा कोई अनुभव नहीं है। पर क्या सिर्फ़ अपने ही अनुभवों का महत्त्व होता है? दूसरों के अनुभवों का नहीं?"

फिर इन्दिरा ने अपनी बात को स्पष्ट करने के लिए एक बात संस्कार को बताई।

पिछले साल ही इन्दिरा ने अपनी एक सहपाठिन के मुँह से सुना था, इस अनुभव के बारे में। उस लड़की से इन्दिरा की कोई ख़ास अन्तरंगता नहीं थी। फिर भी इन्दिरा को ही क्यों चुना था उसने अपने अनुभव को साझा करने के लिए? उसे नहीं पता था। लेकिन इतना इन्दिरा ज़रूर जानती थी कि उस लड़की का अपने ही एक सहपाठी के साथ प्रेम सम्बन्ध था। इस सम्बन्ध को लेकर वह लड़की काफ़ी संजीदा भी थी।

"फिर क्या कहा उसने?" संस्कार ने अपनी शर्मिन्दगी से उबरते हुए पूछा।

"यही कि यह एक अनूठा अनुभव था उसके लिए।"

अपने कौमार्य को साबित करने के लिए यह स्पष्टीकरण क़तई नहीं था, इन्दिरा की ओर से। अपितु एक तथ्य ही बयान किया था उसने।

सुनते ही संस्कार के दिमाग़ में बाबा नागा की एक बात कौंध गई।

"हम बेशक अपने अनुभवों से बहुत कुछ अर्जित करते हैं। लेकिन दूसरों के जीवनानुभवों से भी बहुत कुछ सीखते हैं। इसी तरह हम आत्मसम्पन्नता की राह पर आगे बढ़ते रहते हैं। अपने अनुभव-जगत को और-और व्यापक बनाते हुए।"

उसने ख़ुद भी तो कितना कुछ सीखा है दूसरों की ज़िन्दगी से। फिर भी वह इतना मूर्खतापूर्ण सवाल कैसे कर बैठा?

"यह अगर देह से देह तक सीमित रहता है तो महज़ काम वासना। किसी भी

सूरत में अनुभव में रूपान्तरित नहीं हो सकता। इसीलिए क्षणिक और अस्थायी।"

इन्दिरा ने अपनी सोच को थोड़ा और खुलकर बयान किया।

"मतलब देह की अहमियत न के बराबर?"

"नहीं। दैहिकता से ऊपर उठते ही यह एक अनुभव में तब्दील हो सकता है। ज्यों-ज्यों ऊपर उठता है त्यों-त्यों स्थायी। स्थायी हो सकता है तो फिर स्थायित्व को लाँघकर शायद चिरस्थायी भी।"

इन्दिरा ने अपने प्रवाह को बरक़रार रखते हुए कहा।

"पर मैं तो देह की अहमियत..."

"देह की अहमियत इस दृष्टि से महत्त्वपूर्ण है कि इस अनुभव की धरती देह ही है। कुछ-कुछ वैसे ही जैसे बीज के लिए धरती की।"

"अगर यह देहों के बीच सम्भव नहीं है तो फिर और किस तरह सम्भव हो सकता है?"

संस्कार चाह रहा था कि इस बात को लेकर जो अस्थिरता उसके मन में है कम-से-कम वह तो स्थिर हो जाए।

"देह अपने आपमें क्या है? महज़ मांस का एक पिंड। इस पिंड को सजीव बनाते हैं इसके भीतर निवास करनेवाले।"

"देह है तभी तो हम हैं।" संस्कार की जिज्ञासा थमने का नाम ही नहीं ले रही थी।

"हमारी देह में शैतान का वास भी है। व्यक्ति का भी। मनुष्य का भी। और रूह का भी।"

"ओह! हाँ-हाँ।"

संस्कार के अर्द्धचेतन से जैसे कुछ एकाएक उछलकर चेतन में आ विराजा।

"यदि यह शैतान और शैतान के बीच घटित होता है तो समझो सब कुछ तबाह। व्यक्ति और व्यक्ति के बीच बेशक एक अनुभव हो सकता है यह। लेकिन ज़्यादा-से-ज़्यादा यह स्थायी ही हो सकता है। यह तो तुम भी जानते हो कि स्थायी भी परिवर्तनशील होता है। जबकि मनुष्य और मनुष्य के बीच निस्सन्देह अनूठा। इसलिए चिरस्थायी भी।"

इन्दिरा ने अपनी बात को आख़िरी चरण तक लाकर छोड़ दिया। इसलिए कि समूचे प्रकरण का निचोड़ वह ख़ुद ही निकाले तो बेहतर होगा दोनों के लिए। न

कि उसके द्वारा सुझाए गए नतीजे का सम्मान रखने के लिए अपनी सहमति प्रकट कर दे क्योंकि अपने नतीजे में सन्देह के लिए कोई जगह ही नहीं होती।

"यानी देहों से ऊपर उठकर अगर यह अनुभव रूह तक पहुँचने में सफल हो जाता है तो एक बोध में रूपान्तरित। अद्भुत। सोचकर ही ऐसा लगता है। अगर सचमुच में हो जाए तो 'असम्भव' शब्द ही शब्दकोश से छूमंतर हो जाए।"

सोच के स्तर पर ही सही पर उस आह्लाद को महसूस तो किया संस्कार ने। यही तो चाहती थी इन्दिरा। ख़ुद इस नतीजे पर नहीं पहुँचता तो शायद उसके लिए न जाने कब तक व्याकुल रहता।

यही सोचकर इन्दिरा की तसल्ली को तो जैसे पंख ही लग गए।

"यह शब्द भले ही शब्दकोश से ग़ायब हो या न हो पर अपनी कामना को जीवित रखना तो हमारे वश में होता है न।"

इन्दिरा थी कि अपने इरादे पर अटल।

अपने जीवनानुभवों का विश्लेषण तो कई कर सकते हैं। लेकिन सिर्फ़ किसी के मुँह से सुनी हुई बात का इतना सूक्ष्म विश्लेषण कोई विरला ही कर सकता है। ऐसी ही विलक्षण सूझ-बूझ रखनेवाली युवती के साथ उसका रिश्ता 'कहीं नहीं' से 'कहीं तक' तो पहुँच गया है।

यहाँ से आगे वे दोनों निश्चय ही जटिल मानवीय सम्बन्धों की पड़ताल करते हुए अपने रिश्ते को भी आगे बढ़ाते रहेंगे। उस समझ-बूझ के साथ जो दोनों ने परस्परता की अपनी यात्रा के दौरान हासिल की है। जिसकी वजह से उनका रिश्ता और-और खिलता जा रहा है। इस खिलने को वे उसके उत्कर्ष तक ले जाना चाहेंगे जिसका स्पर्श हदों में जीने की आदी मानुस जात को हर लिहाज़ से नामुमकिन प्रतीत होता है।

इस स्पर्श के लिए वे बैठे-बैठे झोली फैलाकर इन्तज़ार नहीं करेंगे। अपितु आत्मसजगता के साथ निरन्तर प्रयासरत रहेंगे।

बाबा नागा का कहना भी कुछ ऐसा ही था :

"प्रेम और करुणा उदात्त भाव हैं। ये अगर जुड़ाव का निमित्त बनते हैं तो वह बन्धन अभेद्य हो जाता है और सनातन भी। घोर-से-घोर संकट भी ऐसे बन्धन को चुनौती नहीं दे सकता। बशर्ते कि हमारे भीतर इनकी विद्यमानता असंदिग्ध हो। साथ-ही-साथ इनका बोध भी।"

साथ-ही-साथ बाबा नागा सजग भी कर देते :

"इनके अर्थों के पीछे भागने की भूल कभी नहीं करनी चाहिए। अन्यथा अर्थ प्रमुख हो जाते हैं और अहसास गौण। और जो चीज़ इस तरह बदलती रहती है उसकी अर्थवत्ता हमेशा संदिग्ध बनी रहती है। क्योंकि सांसारिकता जितनी तत्परता अर्थ को अनर्थ कर देने में दिखाती है उतनी अर्थ को आत्मसात् करने में दिखाए तो अर्थ और अहसास में कोई फ़र्क़ ही न रहे।"

अपनी बात का खुलासा बाबा नागा कबीर के इस दोहे के साथ करते :

संसारी से प्रीतड़ी, सरै न एको काम।
दुविधा में दोनों गए, माया मिली न राम॥

यानी अर्थों के चक्कर में अहसास से भी हाथ धोने पड़ते हैं।

अपने तईं संस्कार ने कुछ ऐसे ही समझा बाबा नागा द्वारा किए गए खुलासे को।

बहरहाल बात तो अंजना की हो रही थी। इसी बहाने अनजाने में ही संस्कार एक विहंगम दृष्टिपात कर आया था इन्दिरा के साथ अपने रिश्ते पर।

हम अक्सर प्रेम के नाम पर मोह या आसक्ति को मचान बनाकर देह-से-देह का शिकार करना चाहते हैं। देह की लपलपाती जीभ से। जीभ जितनी लम्बी होगी भूख उतनी ही प्रचंड। क्षणिक सुख आनन्द में रूपान्तरित होने की बजाय उस भूख की आग में भस्म। ऐसा आनन्द जिसे हम स्नायुओं से जान ही नहीं सकते।

इस विचार में डुबकी लगाने के बाद संस्कार को लगा, अंजना के मन पर कोई बोझ था ही नहीं। बस एक अस्थायी उबाल था। जब देह को देह से कोई जवाब नहीं मिला तो उबाल ठस्स।

"लगता है गहरे में उतर गए थे। कुछ हाथ लगा कि नहीं?"

इन्दिरा की आवाज़ ने संस्कार को ख़यालों की दुनिया से हक़ीक़ी दुनिया में ला खड़ा किया।

"इतना कुछ कि अब कई जेबों वाला कुर्ता सिलवाना पड़ेगा।"

संस्कार ने नींद से बोझिल पलकों को तेज़ी से झपकाते हुए कहा।

"अब अच्छे बच्चे की तरह सो जाओ। सपने भी तुम्हारा इन्तज़ार करते-करते कहीं तुमसे नाराज़ होकर मेरा दरवाज़ा न खटखटाने लगें।"

कहकर इन्दिरा उठ खड़ी हुई। दरवाज़े पर पहुँच एकाएक पलटी।

"कल आधा घंटा पहले स्कूल पहुँचना है। तैयार रहना।"

और संस्कार को वजह पूछने का मौक़ा दिए बिना दरवाज़ा उढ़काते हुए चली गई।

अगले दिन लगभग बीस मिनट पहले ही स्कूल पहुँच गए दोनों। इन्दिरा ने और-और बातों में उलझाए रखा संस्कार को। पूछने का मौक़ा ही नहीं दिया गया कि स्कूल जल्दी क्यों पहुँचना है।

पहुँचते ही इन्दिरा ने बस्ता रखा और स्कूल के कार्यालय की ओर दौड़ गई। लौटी तो सीधे प्रार्थना सभा में।

प्रार्थना के बाद मास्टर राम सहाय रजिस्टर खोलकर हाज़िरी लेने लगे।

इन्दिरा के नाम पर पहुँचते ही पुकारा—इन्दिरा। रोज़ की तरह इन्दिरा शर्मा नहीं।

कभी-कभी किसी चीज़ का छिनना भी कितना सुकूनदेह होता है। वह भी तब जब छीननेवाला कोई और नहीं, आदमी ख़ुद ही हो।

कितनी खिली-खिली दिख रही थी इन्दिरा। उसके खिलने में किसी का मुरझाना साफ़-साफ़ दिखाई दे रहा था संस्कार को।

सोलह

पिकनिक के बाद चौथा दिन। स्कूल से एक साथ लौटते इन्दिरा और संस्कार। आसमान में छिटपुट बादल। बची-खुची धूप से अपना बदन सहलाती शाम। सर्दियों की ओर खरामा-खरामा क़दम बढ़ाती। क़स्बे में व्याप्त दिनभर की हलचल को सोखती। ख़ामोशी की पहली सीढ़ी पर क़दम रखती।

इधर संस्कार के मन में मची हलचल थी कि चुप होने का नाम ही नहीं ले रही थी। अपने अन्तिम चरण में पहुँचने के बाद मुखर होने को व्यग्र। छलकने को हो आई थी यह हलचल।

ज्यों ही दोनों पक्की सड़क से घर की ओर जानेवाले रास्ते पर पहुँचे संस्कार

ने अचानक कहा, "अभी घर जाने का मन नहीं है। थोड़ा टहल आएँ?"

इन्दिरा को आभास था, संस्कार आज टहलने के लिए क्यों कह रहा है। पिकनिक से लौटने के बाद पिछले तीन-चार दिन से अन्तर्मुखी-सा हो गया था वह। ख़ासकर उस रात उनके बीच हुई बातचीत के बाद। छिटपुट बातचीत के अलावा कोई और ख़ास बात हुई भी नहीं थी दोनों के बीच। न रात को पढ़ाई करते वक़्त। न स्कूल आते-जाते।

इन्दिरा जानती थी कि जब तक संस्कार ख़ुद-ब-ख़ुद अपनी ऊहापोह के भँवर से निकलकर किनारे की ओर नहीं आएगा अपनी मानसिक स्थिति पर चुप्पी साधे रहेगा। इसलिए उसने संस्कार से जबरन कुछ कहलवाने की कोशिश नहीं की थी।

"तुमने तो मेरे मन की कह दी। मैं भी कुछ ऐसा ही महसूस कर रही हूँ। फिर मौसम भी तो कितना ख़ुशगवार है।"

इन्दिरा ने संस्कार की राह थोड़ी आसान करने के लिए कहा।

पर भीतर के मौसम का क्या करे वह—संस्कार ने ख़ुद से ही कहा।

"ऐसे में लगता है; चलते ही जाएँ। चलते-चलते इतना रास्ता तय कर लें कि जहाँ से लौटने की रही-सही विवशताएँ भी हार मान लें।"

इन्दिरा ने एक और कोशिश की संस्कार को पटरी पर लौटाने की।

"विवशताओं को हराना तो कोई तुमसे सीखे। तुम एक बार जो ठान लेती हो उसे पूरा करके ही दम लेती हो।"

"सचमुच?"

इन्दिरा को लगा, संस्कार पटरी पर लौट रहा है। उसने बड़े ग़ौर से उसकी ओर देखा। जैसे उसके चेहरे, उसकी आँखों में कुछ ऐसा ढूँढ़ रही हो जो उसकी तसल्ली को थोड़ा और गहरा कर दे।

"जबकि मैं जो करना चाहता हूँ उसे करने का ख़ुद से वायदा ज़रूर करता हूँ कि तभी कुछ-न-कुछ दबे पाँव आकर मेरे कान में फुसफुसाता है—नहीं तुम एक हद से आगे हरगिज़ नहीं जा सकते।"

कहकर संस्कार रुका। अबकी उसकी निगाहें इन्दिरा की ओर उठीं। कुछ पल उसके चेहरे को खँगालती रहीं।

इन्दिरा ने कुछ कहने का उपक्रम नहीं दिखाया। उसे लगा कि संस्कार की ज़ुबान

तक जो आ गया है इस वक़्त उससे उसका ध्यान बँटाना क़तई उचित नहीं होगा।

"मैं दावे के साथ कह सकता हूँ कि यह मेरी अन्तरात्मा की आवाज़ नहीं है। बल्कि कुछ अहम मौक़ों पर अक्सर हस्तक्षेप करनेवाली कोई रहस्यमयी आवाज़ है। आज तक मैं ठीक से उसकी न तो शिनाख़्त कर पाया न ही इसकी कोई काट ढूँढ़ पाया हूँ।"

आख़िरकार संस्कार ने अपनी दुखती रग पर अपनी उँगली धर ही दी।

"हो ही नहीं सकती। होती तो हम एक-दूसरे के संग एक क़दम भी नहीं चल पाते।"

इन्दिरा ने तपाक् से जवाब दिया। जैसे कि इस पर उसके विश्वास की जड़ें संस्कार से भी कहीं ज़्यादा गहरी हों।

"यही तो।"

संस्कार ने भी उतनी ही तत्परता से कहा।

"तुमने ही तो कहा था कि अपने संस्कारों, अपनी विरासत के कुछ बोझ हम अनजाने-अनचाहे ही ढोते रहते हैं। तुम्हारे इसी कथन में तो छिपा है तुम्हारी समस्या का हल।"

कहकर इन्दिरा ने संस्कार की ओर भरपूर निगाहों से देखा।

संस्कार का चेहरा उसकी कशमकश का आईना बन गया था।

"वो कैसे?"

संस्कार की कशमकश चेहरे से उछलकर इन्दिरा की गोद में आ गिरी।

"यही बोझ हमारे पैरों की बेड़ियाँ बनकर हमें हदों में बाँधे रखते हैं। मेरे साथ भी कभी ऐसा ही था। लेकिन मैंने इनकी आवाज़ सुनने की बजाय अपनी अन्तरात्मा की आवाज़ सुनी। नतीजा तुम्हारे सामने है।"

इन्दिरा ने संस्कार की समस्या पर पड़ा ढक्कन उठा दिया।

"तो फिर सुनने में यह जितना आसान लगता है इस पर अमल करना क्यों कठिन प्रतीत होता है?"

"जहाँ तक मैं समझ पाई हूँ इन्हीं हदों की वजह से तुम 'पवित्र प्रेम' में विश्वास करने पर मजबूर हो। जिसमें एक सीमा के आगे दैहिकता का सहज समावेश भी तुम्हें मर्यादा का उल्लंघन लगता है। हम दोनों के बीच आए अन्तरंग पलों में यह महसूस भी किया है मैंने।"

"मुझे भी कुछ-कुछ ऐसा ही लगता रहा है। लेकिन तुमने तो इस 'लगने' को यक़ीन में बदल दिया।"

संस्कार धीरे-धीरे अपनी सहजता में दाख़िल होने लगा था।

"यह डर नहीं है। अन्तर्द्वंद्व है तुम्हारा। इन हदों द्वारा निर्देशित नैतिकता-अनैतिकता को लेकर। ख़ासकर दैहिकता के बारे में। मेरा यह मानना है कि दैहिकता को स्थूल अंगों तक सीमित नहीं किया जा सकता।"

इन्दिरा उसकी समस्या की एक-एक पर्त खोलकर उसे दिखाती जा रही थी।

"तुम्हारे किए हुए और कहे हुए पर मैं चकित होता रहता हूँ। और हाँ, अभिभूत भी। इसके सामने मेरा कुछ करना मुझे तुम्हारी परछाईं तक तो पहुँचा देता है। तुम तक नहीं पहुँचने देता। शायद इसलिए कि तुममें कुछ इस क़दर कोरा, अछूता और कोमल है कि उसे छूते हुए भी डर लगता है।"

संस्कार अब खुलकर अपनी समस्या की सीवनें उधेड़ने लगा था।

"देखो संस्कार। प्रेम अगर खरा है, खरा मतलब एकाधिकार की मानसिकता से पूर्णतया मुक्त तो देहों के समागम में परस्परता का भाव प्रमुख रहता है। क्योंकि यह जितना दैहिक स्तर पर घटित होता है उससे कहीं ज़्यादा भाव-जगत में भी। मेरे हिसाब से इसी से परिभाषित होना चाहिए यह समागम।"

तभी उन्हें एक लारी सामने की ओर से आती दिखी। लगातार हॉर्न बजाती हुई। मानो ड्राइवर हॉर्न पर हाथ रखकर उसे हटाना भूल गया हो। हालाँकि दोनों सड़क से थोड़ा हटकर कच्चे रास्ते पर चल रहे थे। दोनों को देखकर भला ड्राइवर की मंशा कैसे चुप रहती। प्रकट भी हुई तो पूरी कर्कशता के साथ। ढलती शाम की ख़ामोशी को तार-तार करती।

दोनों तब तक उस जगह आ पहुँचे थे जहाँ से एक सम्पर्क सड़क, मुख्य सड़क से छिटककर, अन्दर की ओर मुड़ जाती थी। सम्पर्क सड़क के मुहाने पर एक मील पत्थर। मील पत्थर पर दर्ज—पटौदी 50 मील।

मुख्य सड़क को छोड़ इसी सम्पर्क सड़क पर हो लिए दोनों।

संस्कार था कि इन्दिरा ने इस विश्लेषण के ज़रिये जिस ख़ूबी से उसकी दुखती रग से उसका साक्षात् करवाया था उस पर अभिभूत। इस भाव से उसने इन्दिरा की ओर देखा।

लेकिन इन्दिरा ने कुछ और ही समझ लिया।

"इस तरह से क्यों देख रहे हो मुझे। मेरी उस सहपाठिन ने जिस तरह विस्तार से अपने अनुभव के बारे में बताया था, उससे जो भी मैंने ग्रहण किया, वही तो बता रही हूँ। तुम्हें भले ही यह अजीब लग रहा हो।"

इन्दिरा ने उसे आश्वस्त किया।

"नहीं। मैं तो यह सोच-सोचकर दंग हूँ कि सिर्फ़ सुने हुए से तुम इतना कुछ ग्रहण कर सकती हो, जब अनुभूत को आत्मसात् कर बयान करोगी तो वह मेरे लिए किसी अजूबे से कम नहीं होगा।"

संस्कार ने इन्दिरा की ग़लतफ़हमी का निवारण करने के लिए कहा।

"पता नहीं तब क्या होगा। लेकिन समागम अगर दोनों स्तरों पर साथ-साथ घटित होता है तो फिर उसमें नैतिकता-अनैतिकता अथवा यौन-शुचिता के उल्लंघन का सवाल ही पैदा नहीं हो सकता। क्योंकि तब यह परस्परता के भाव को विकसित करते हुए सम्भवतया अपने उत्कर्ष को भी प्राप्त हो सकता है। बशर्ते आनन्दातिरेक के पलों में हम ख़ुद को बिखरने न दें।"

इन्दिरा ने बेझिझक अपनी बात को सिरे चढ़ा दिया।

"ऐसी आह्लादकारी निकटता में एक-दूसरे का अभिन्न बनना कितना विस्मयकारी, कितना अद्‌भुत होता होगा। इस वक़्त तो मैं उसकी कल्पना ही कर सकता हूँ।"

संस्कार सचमुच इस आह्लाद के आस्वादन को अपने भीतर रिसता महसूस कर रहा था।

"हदों के बावजूद, तुम्हारी इसी कल्पना में, उन्हें लाँघने की तुम्हारी अदम्य इच्छा झलकती है। यही इच्छा मुझे तुम्हारी पहुँच से बाहर नहीं होने देती। मेरे लिए इतना भी सब कुछ के बराबर है।"

इन्दिरा की तसल्ली देखते ही बनती थी।

तभी संस्कार को न जाने क्या सूझी कि एकाएक उसके मुँह से निकला, "कुछ ऐसा भी है जो तुम कभी नहीं करना चाहोगी?"

"ऐसा कुछ भी नहीं जो सिर्फ़ बन्द होने के लिए ही खुले।"

इन्दिरा ने कहा। और चारों ओर एक व्यापक दृष्टिपात किया।

दोनों बाह्य दुनिया से दूर निकल आए थे। क़ुदरत की दुनिया में। जिसका एकान्त आन्तरिक दुनिया के निकट आने का एक विरल और अखंडित मौक़ा

प्रस्तुत करता है। ऐसा मौक़ा जिसे बाह्य दुनिया देने की बजाय छीनने के लिए तत्पर रहती है। इस मौक़े को दोनों ने कृतज्ञता के साथ स्वीकार भी किया था।

धीरे-धीरे गहराता झुटपुटा। धरती को ढाँपता। आसमान में पूर्णता की ओर आधे से ज़्यादा रास्ता तय कर चुका चाँद। अँधेरा है तो मैं भी हूँ रोशनी का एक स्रोत—इस तरह अपनी उपस्थिति का अहसास कराता।

दोनों वापिस जाने के लिए मुड़ गए। मन-ही-मन इस विश्वास को और भी पुख़्ता करते कि वे मुड़े ज़रूर हैं पर पीछे लौटने के लिए नहीं। अपितु जहाँ पहुँच चुके हैं वहाँ से अबाध आगे बढ़ते रहने के लिए।

सत्रह

सरपट उतरता जाड़ा। तेज़ी से अपनी तहें खोलता। हर तह में घात लगाए बैठी ठिठुरन। सबको धूप की शरण में जाने के लिए विवश करती।

गर्मियों में धूप के प्रकोप से बचने के लिए कमरों की छाया में ऊँघती, कमरों के ठिठुरते नीम अँधेरे को अलविदा कह, स्कूल के मैदान में आ डटी कक्षाएँ। धूप में तितर-बितर। धूप का तल्ख मिज़ाज चखने के बाद अब उसकी गरमाई का स्पर्श पाने के लिए लालायित।

प्रिंसिपल साहब छुट्टी पर तो मैदान में उतरी कक्षाएँ एक-दो अध्यापकों के हवाले। मास्टर जी सिर खुजलाते। अपनी क़िस्मत को कोसते। कभी इस कक्षा तो कभी उस कक्षा में। जिस कक्षा से मास्टर जी थोड़ी देर के लिए हटे, वहाँ शोर ही शोर। धींगामुश्ती। गुत्थमगुत्थी।

दिसम्बर के इस दिन हवा में छड़ी लहराते, कक्षाओं के बीच कूद-फाँद करते मास्टर राम सहाय। इस उम्र में ही जर्जर होती काया के साथ। बिफरते। हाँफते। इस पल धौंकनी होती साँस पर क़ाबू पाने के लिए रुकते। उस पल एक-न-एक हुड़दंगी छात्र के पीछे भागते। छात्र थे कि उनकी इस हालत का लुत्फ़ उठाने के

लिए उन्हें और-और दौड़ाते। जानते हुए भी कि पकड़े जाने पर क्या कहर बरपा होनेवाला है।

उम्र शायद इतनी दुश्मन नहीं थी उनकी जितना उनका ग़ुस्सा। पढ़ाते वक़्त त्योरियाँ चढ़ी रहतीं। शब्द जैसे मुँह से न निकलकर त्योरियों से निकलते। ब्लैकबोर्ड पर गणित का कोई सवाल हल करते हुए भी एकदम चौकन्ने। कक्षा में होनेवाली नामालूम-सी खुसुर-फुसुर को भी सूँघ लेते। फिर आती खुसुर-फुसुर करनेवालों की शामत। जैसे हाथ में पकड़ी छड़ी, छड़ी न होकर ख़ून की प्यासी तलवार हो। ख़ून का स्वाद चखकर ही म्यान में समानेवाली।

उनकी मुरझाई काया से ग़ुस्सा ऐसे झाँकता रहता जैसे पीले भुरभुरे पत्तों के ढेर में लाल रंग का चिथड़ा।

मास्टर राम सहाय दुनिया से तो नाराज़ दिखते ही थे। उससे भी ज़्यादा ख़ुद से। ऐसी नाराज़गी जो अभावों, असफलताओं से पार न पा सकने की घुटन की देन होती है। इस देन से मुक़ाबला करते हुए सीधे खड़े रहने की तमाम कोशिशों के बावजूद उनके कन्धे झुकते जा रहे हैं। उनके ग़ुस्से के अलावा उनके उसूल भी उनकी पहचान बन चुके थे। उनके उसूल न किसी से डरते थे। न समझौता करते थे। न किसी परिस्थिति के सामने घुटने टेकते थे।

एक विचित्र-सा विरोधाभास था उनके व्यक्तित्व में।

सुबह आसमान एकदम साफ़ था। दोपहर होते-होते बादलों की ओट। देखते-ही-देखते सफ़ेद से कब हल्के भूरे और फिर स्याह हो गए पता ही नहीं चला।

आधी छुट्टी ख़त्म होते-होते मूसलाधार बारिश। रंगों के इस खेल ने किसी को सँभलने का मौक़ा ही नहीं दिया।

भीगते बस्ते। बस्तों पर ताबड़तोड़ झपटते छात्र।

संस्कार की कक्षा के सभी छात्र बस्तों समेत कमरे में पहुँच चुके थे। वह अभी किताबें-कॉपियाँ बस्ते में ठूँस ही रहा था कि इन्दिरा दौड़ती-हाँफती हुई आई। बस्ते में जैसे-तैसे किताबें-कॉपियाँ ठूँसी। संस्कार का बस्ता अपने कन्धे पर लटकाया। उसका हाथ पकड़कर जबरन खींचते हुए क्लास-रूम की ओर दौड़ चली। इस अचानक खींचातानी से वह हड़बड़ा गया। एक-दो बार गिरते-गिरते भी बचा।

मैदान में उस वक़्त वे दोनों ही दौड़ रहे थे। ऊपर से धारासार बरसता पानी। तर-बतर होते दोनों। बरामदे में खड़े छात्र उनकी ओर उँगलियाँ उठाकर फब्तियाँ

कसते। बाहर पानी की बौछारें और बरामदे में हँसी के फव्वारे।

संस्कार ने अपना हाथ छुड़ाने की बहुत कोशिश की लेकिन इन्दिरा की पकड़ इस क़दर मज़बूत कि कसमसाकर रह गया। उसने संस्कार को क्लासरूम में पहुँचाकर ही दम लिया।

इन्दिरा अपना बस्ता बारिश शुरू होने से पहले ही कमरे में रख आई थी। बस्ते पर अपना दुपट्टा छोड़ नंगे सिर ही निकल आई थी मैदान में। हालाँकि स्कूल प्रशासन की सख़्त हिदायत थी कि लड़कियाँ किसी भी सूरत में दुपट्टा सिर से नहीं उतरने देंगी।

"बुरी तरह भीग गए हो। लाओ, तुम्हारे बाल पोंछ दूँ।"

कहकर इन्दिरा ने बस्ते पर रखा दुपट्टा उठाया।

"रहने दो। रहने दो। मैं ख़ुद कर लूँगा।"

संस्कार ने दुपट्टा इन्दिरा के हाथों से छीनने की कोशिश की।

क्लासरूम में मौजूद लड़के, लड़कियाँ कुछ-कुछ कौतुक और गहरी लालसा से देखने लगे इस लीला को। उनके लिए तो यह एक रासलीला थी। फ़ुर्सत ही कहाँ थी इन तमाशबीनों के पास यह सोचने की कि यह सब किस भावावेश में हो रहा है। उन्हें तो बस शून्य से अवतरित हुए इस विरल मौक़े की जुगाली करनी थी। उसका मज़ा लूटते हुए। इस सच से बिलकुल अनजान कि उनका अपना भी तो लुट रहा था, बहुत कुछ।

इन्दिरा पर तो जैसे जुनून सवार था।

"सिर नहीं पोंछोगे तो बीमार पड़ जाओगे।" इन्दिरा ने दाँत पीसते हुए कहा।

इससे उसकी जीभ या कपोलों की अन्दरूनी खाल दाँतों से कट गई। जिससे होंठों के एक कोर पर ख़ून की बूँदें छलछला आईं।

न जाने किस भावना के वशीभूत संस्कार का विरोध पस्त-सा हो गया। विरोध, विरोध न रहकर एक स्वीकार।

इन्दिरा बिना किसी की परवाह किए दुपट्टे से रगड़-रगड़कर उसके बाल सुखाने लगी। गनीमत थी कि उसने संस्कार को कपड़े उतारने के लिए नहीं कहा। वरना उसका रौद्र रूप देखकर उसे यह भी करना पड़ता।

"अब तुम अपने केश भी सुखा लो। तुम कोई ठंडप्रूफ़ तो हो नहीं।"

संस्कार की बची-खुची अचकचाहट को भी इन्दिरा के हौसले ने सोख लिया था।

सुनते ही इन्दिरा के सख़्त चेहरे पर चिर-परिचित मृदुल, कोमल भाव पुनः लौट आया।

"कहो, तो मैं सुखा दूँ। वैसे भी सब कुछ तुम ही तो करती हो। इस बहाने मुझे भी एक मौक़ा मिल जाएगा।"

संस्कार ने शरारती मुस्कराहट के साथ कहा।

"तुम पहले अपने बाल सुखाना तो सीख लो, बच्चू।" इन्दिरा ने भी उसी लहज़े में जवाब दिया। कहते वक़्त उसके होंठों से होती हुई ख़ून की एक-दो बूँदें उसके वक्ष पर आ गिरीं।

"होंठ तो पोंछ लो। शेरनी लग रही हो, शेरनी। ऐसा ग़ुस्सा मास्टर राम सहाय को ही सुहाता है।"

"तुम्हें तो ग़ुस्सा करना भी नहीं आता। इसलिए तुम्हारे हिस्से का भी मैं ही कर लेती हूँ।" इन्दिरा भी मुस्करा दी।

इर्द-गिर्द जमा भीड़ के बीचोबीच होते हुए भी, इन घड़ियों में वे भीड़ का हिस्सा न होकर एक-दूसरे का हिस्सा थे। दोनों के बीच बाहरी कुछ भी नहीं था। हवा तक नहीं।

"संस्कार का हो लिया। अब मेरी बारी है।" भीड़ में से एक आवाज़ उछली।

भीड़ का एक समवेत ठहाका उठा उन दोनों के बीच आन फूटा।

इन्दिरा ने कहनेवाले को देख लिया था। उसे ही नहीं, सबको अलग से दिखाई देता था वह। पूरी क्लास ही नहीं स्कूल के तमाम छात्रों के बीच खड़ा हो तब भी। कुछ ऐसे जैसे खड़ी फ़सलों के बीच बिजूका।

पौने छह फुट के लगभग क़द। बीस की उम्र पार। देह से जितना हट्टा-कट्टा दिमाग़ से उतना ही पैदल। पिछले दो साल से एक ही क्लास में अटका। लगभग हर रोज़, हर विषय के अध्यापक से पिटता। अध्यापक जब कभी सवाल पूछते तो जवाब देने की बजाय उन्हें घूरने लगता। कुछ-कुछ धमकाने के अन्दाज़ में कि शायद अध्यापक उसकी क़द-काठी से घबराकर पीछे हट जाएँ। अक्सर बेवजह एक-न-एक छात्र से भिड़ जाता। गाली-गलौज, मार-पीट पर उतर आता।

अजीब बात यह थी कि वरुण के साथ उसकी गहरी छनती थी। जिस लड़के के साथ अधिकांश छात्र बात तक करने से कतराते थे उससे वरुण की दोस्ती? शायद इसलिए कि वरुण को उस लड़के में अपनी ऐसी छवि दिखाई देती थी

जिसे वह सार्वजनिक नहीं करना चाहता था। करता तो फिर उसके आभिजात्य का क्या होता।

"तो तुम्हारे बाल कभी किसी ने नहीं सुखाए? तुम्हारी माँ ने भी नहीं?" इन्दिरा ने ऐसे कहा जैसे अभी उसकी गर्दन दबोच लेगी।

"सुखाए हैं न। पर अपने हाथों में वो मज़ा कहाँ जो तुम्हारे गोरे-गोरे मुलायम हाथों की छुवन में है।"

लड़के ने चटखारा लेते हुए कहा।

"तो आओ। ऐसे सुखाऊँगी कि तुम्हारा सिर भी तुम्हारी अक्ल की तरह हमेशा के लिए गंजा हो जाएगा।"

इन्दिरा के इस क़रारे जवाब से लड़का थोड़ी देर बगलें झाँकता रहा।

"यह भी मंज़ूर है मुझे।" लड़के ने निहायत ढिठाई और बेशर्मी से कहा।

संस्कार कुछ कहने को उद्यत हुआ कि इन्दिरा ने उसे हाथ के इशारे से रोक दिया। वह नहीं चाहती थी कि उसके कुछ कहते ही इस वाक्-युद्ध का रुख़ उसकी ओर मुड़ जाए।

"लगता है उस दिन की मार भूल गए हो..."

पिकनिक के बाद वरुण ने ढिंढोरा पीट ही दिया था। पर ऐसा ख़ुद न करके इस लड़के को मोहरा बनाया था। इस लड़के के साथ उसी की नस्ल के तीन-चार साथी भी शामिल हो गए थे।

आधी से ज़्यादा क्लास खिंची-खिंची रहने लगी थी संस्कार से। ख़ासकर ये तीन-चार लड़के फब्तियाँ कसने से भी बाज नहीं आते। कभी-कभी तो यह भी कह देते, "दूसरों का हक़ मारने के लिए पैदा हुए हैं ऐसे नीच लोग।"

इन्दिरा साथ होती तो उनसे उलझ पड़ती। पूरे दमखम के साथ, "नीच तो तुम्हारे जैसे लोग हैं जिनके मन में सड़ी हुई नीचता कूट-कूट कर भरी हुई है।"

संस्कार उसे उलझने से मना करता। इसलिए नहीं कि कोई जवाब नहीं था उसके पास। बल्कि यह सोचकर कि जवाब कुछ देर के लिए तो उनका मुँह बन्द कर सकता है। पर खूँटे से बँधी उनकी सोच को रस्सी से अलग नहीं कर सकता। इसके लिए तो खूँटा ही उखाड़ फेंकना होगा। खूँटा तभी उखड़ेगा जब उस ज़मीन को ही पैरों तले से खींच लिया जाएगा जिस पर खूँटे की तरह गड़ी है ऐसी सोच। फिर भी जहाँ लगेगा कि जवाब भी कारगर हो सकता है, ज़रूर

दिया जाएगा। उससे भी कहीं अधिक धारदार तरीक़े से जितने से पूछा जाता है यह सवाल। बिना कोई रहम किए।

किसी सत्याग्रह के ज़रिये ऐसे लोगों से हृदय परिवर्तन की उम्मीद रखना भूसे के ढेर में दाना तलाश करने जैसा है। इन्दिरा प्यार का जवाब प्यार से और थप्पड़ का जवाब थप्पड़ से देने में यक़ीन रखती है।

संस्कार अपने इरादे के साथ-साथ इन्दिरा के इरादे में भी यक़ीन रखता था। नज़रिये अलग-अलग हो सकते हैं पर अभीष्ट तो एक ही था।

उस दिन तो हद ही हो गई थी।

अंग्रेज़ी पढ़ानेवाले अध्यापक छुट्टी पर थे और क्लास में धींगामुश्ती का दौर अपने चरम पर।

इसी दौरान वह लड़का यानी बिजूका और उसके तीन-चार साथी संस्कार के पास आए।

"क्यों न क्लास में संस्कार जैसे छोटी जात के लड़कों की क़तार ही अलग कर दी जाए। फिर छूत-वूत भी पास नहीं फटकेगी।"

बिजूका ने मुँह बिचकाते हुए कहा और संस्कार का बस्ता उठाने लगा।

संस्कार ने बस्ते पर अपनी पकड़ मज़बूत कर दी। इतनी कि उस हट्टे-कट्टे बिजूके को भी नानी याद आने लगी।

"तुम हमें अलग क़तार में क्या बिठाओगे? लेकिन वह दिन दूर नहीं जब एक ही क्लास में दो-दो, तीन-तीन साल चिपके रहनेवाले तुम जैसे लोगों की अलग क़तार बनेगी। जिस पर आते-जाते लोग थूकेंगे।"

संस्कार के जवाब से बिजूका की छीना-झपटी थोड़ी ढीली पड़ गई। चेहरा ऐसा जैसे काला रंग पोत दिया गया हो।

इस बीच इन्दिरा भी संस्कार की बग़ल में आन खड़ी हुई थी। क्लास की कुछ अन्य लड़कियों के साथ-साथ मोहन भी।

बिजूका अब संस्कार से ही नहीं बस्ते पर इन्दिरा, मोहन और अन्य कुछ लड़कियों की पकड़ से भी अकेले ही जूझ रहा था। उसके तीन-चार साथी और वरुण के साथ-साथ प्रेमा भी तमाशबीन।

अपनी हेठी होते देख बिजूका ने बस्ते पर से हाथ हटाकर संस्कार को एक ज़ोरदार धक्का दिया। संस्कार दो-चार क़दम दूर जा गिरा।

फिर क्या था। इन्दिरा ने आव देखा न ताव। एक थप्पड़ जड़ दिया बिजूका के गाल पर। थप्पड़ इतना झन्नाटेदार था कि बिजूका जैसे भीमकाय लड़के के पाँव भी ज़मीन से उखड़ गए क्योंकि थप्पड़ में देह की ताक़त से ज़्यादा इरादे की ताक़त विद्यमान थी।

बिजूका था किंकर्तव्यविमूढ़। तमाशबीनों के बीच सन्नाटा। किसी के ख़्वाबो-ख़याल में भी नहीं था कि इन्दिरा इतना दुस्साहस कर सकती है।

पर इरादे अटल हो तो हदें भरभराकर टूट गिरती हैं।

सकते से उबरते ही बिजूका मैदान छोड़कर भाग लिया।

इन्दिरा उसके पीछे-पीछे। संस्कार और मोहन इन्दिरा के पीछे।

आगे-आगे बिजूका। पीछे इन्दिरा यह कहती हुई, "तुझे तो आज सबक सिखाकर ही रहूँगी। ताकि तू क्या तेरे बिरादर भी ऐसी हिमाकत से हमेशा के लिए तौबा कर लें।"

इस सबकी ख़बर प्रिंसिपल तक पहुँचने में देर नहीं लगी। ऐसी ख़बरें फैलती हैं जंगल की आग की तरह। हर कोई इसकी चपेट में।

प्रिंसिपल साहब अपने दफ़्तर से निकलकर सनसनाते हुए स्कूल के मैदान में। देखते-ही-देखते सभी तमाशबीन अपनी-अपनी कक्षाओं में। वरुण और प्रेमा भी।

इन्दिरा, संस्कार, मोहन और बिजूका को छोड़कर।

प्रिंसिपल ने चारों को अपने दफ़्तर में आने की हिदायत दी। क्लास-टीचर राम सहाय को भी बुला लिया।

मामले की सरसरी जानकारी लेने के बाद चारों को मास्टर राम सहाय के हवाले कर दिया। या तो मामले से पल्ला झाड़ने के लिए या फिर यह सोचकर कि मास्टर राम सहाय उसूलों के पक्के हैं और निष्पक्षता के क़ायल भी। जो भी निर्णय लेंगे ठीक ही होगा। ज़्यादा-से-ज़्यादा डाँट-डपटकर, समझा-बुझाकर मामले को रफ़ा-दफ़ा कर देंगे।

प्रिंसिपल को क़तई यह उम्मीद नहीं थी कि उनके एक मातहत के उसूल और निष्पक्षता उन पर ही भारी पड़नेवाली थी।

मास्टर राम सहाय चारों को लिए स्टाफ़ रूम में आ गए।

"अब ज़रा तफ़सील से बताओ कि मामला आख़िर है क्या। तुममें से कौन बताएगा?"

सभी जानते थे कि मास्टर राम सहाय मामले की तह तक जाएँगे।

"सबको साँप सूँघ गया है क्या?" मास्टर राम सहाय गरजे।

"मैं बताती हूँ।" इन्दिरा ने कहा।

फिर पिकनिक के दिन से लेकर आज जो हुआ वह सब तफ़सील से बयान कर दिया इन्दिरा ने।

ग़ौर से सुनने के बाद मास्टर जी ने घंटी बजाई। चपरासी हाज़िर।

"जाकर, वरुण और प्रेमा को बुला लाओ।" मास्टर राम सहाय ने कहा। फिर बिजूका को घूरते हुए कहा, "तो तुम हो आज की इस सारी ख़ुराफ़ात की जड़। इसका मास्टर माइंड भी आता ही होगा। पहले तुम्हारी ख़बर ले लूँ। फिर..."

"मैंने कुछ नहीं किया।" बिजूका की आवाज़ काँप रही थी। कोई देह से कितना भी क़द्दावर क्यों न हो। मार से तो भूत भी भागते दिखाई देते हैं।

"यह छीना-झपटी, धक्का-मुक्की तुमने नहीं की तो तुम्हारा बाप आया था करने? वैसे भी तुम कौन होते हो, किसी की जगह कहाँ है, यह बतानेवाले।"

और मास्टर जी की छड़ी तड़ातड़ बरसने लगी।

बिजूका बन्दर की तरह उछल-कूद करने लगा। अपने बचाव के लिए।

तभी एक अध्यापक स्टाफ़ रूम में आया। देखते ही बोला, "राम सहाय जी, क्यों पीट रहे हो बेचारे को?"

"जात-पाँत का बखेड़ा करनेवाले को उसकी जात बता रहा हूँ।" मास्टर राम सहाय ने दाँत पीसते हुए कहा।

"ऐसा भी क्या ग़लत कर दिया है इसने? जो है वही तो कहा होगा। अब जीती मक्खी भला कौन निगलना चाहेगा।"

अध्यापक ने बेलिहाज़ हो बेशर्मी से बता दिया कि वह किस ओर खड़ा है।

मास्टर राम सहाय बिजूका को पीटना छोड़ उस अध्यापक को कुछ पल घूरते रहे।

"तो आप शिक्षक होते हुए भी जात-पाँत, ऊँच-नीच के नाम पर सिर-फुटौवल करने की शिक्षा देते हैं अपने शिष्यों को।" मास्टर राम सहाय ने वितृष्णा से कहा।

"आप तो पंडित हैं। फिर ऐसे लोगों का पक्ष कैसे ले सकते हैं? हमारे लिए तो यह शर्म से डूब मरने की बात है।"

अध्यापक महोदय कुतर्क पर उतर आए थे।

"आपने ठीक कहा। ऐसे घृणित भेदभाव को हवा देनेवालों को तो चुल्लू भर पानी में डूब मरना चाहिए। रही पंडित होने की बात तो माथे पर चन्दन का टीका लगा लेने और कुछ पोथे रट लेने से कोई पंडित नहीं बन जाता। पंडित बनता है अपनी सोच और अक़्लमंदी से। और अक़्लमंदी किसी जाति-विशेष की बपौती नहीं होती।"

मास्टर राम सहाय उस अध्यापक को उसकी औक़ात बताने पर आमादा थे।

"आप कोई भी तर्क दे लो। पर ऐसे लोगों को हम किसी भी सूरत में अपने से आगे नहीं निकलने देंगे। अगर निकल गए तो यह दुनिया एक संडास बन जाएगी। तब हमारे जैसे कुलीन लोगों को किसी दूसरे ग्रह पर बसेरा करना पड़ेगा।"

अध्यापक ने अपने भीतर भरे अन्धकार को उलीचकर अपनी ज़हालत को नंगा कर दिया।

"यह जो तुम्हारा पेट है न, यह भी तो एक संडास ही है। इसकी सड़ाँध ने तुम्हारी सोचने-समझने की शक्तियों को कुंद कर दिया है। इसी सोच के साथ जब दूसरे ग्रह पर जाओगे तो वह भी तुम्हारी इस सड़ांध से दूषित हो जाएगा।"

मास्टर राम सहाय के इस प्रहार से अध्यापक की बोलती बन्द। वह बुरी तरह सकपका गया था।

इतनी देर से चुप संस्कार को अध्यापक की यह टिप्पणी बर्दाश्त नहीं हुई।

"आप जैसे तथाकथित कुलीन लोग बेशक संख्या में हमसे अधिक होंगे। पर संख्या हर मामले में निर्णायक नहीं होती। निर्णायक होता है आत्मसम्मान। इसी आत्मसम्मान की ख़ातिर हम उतना ऊपर उठते रहेंगे जितना आप हमें गिराने की बेमानी कोशिश करोगे।"

संस्कार के बिना आपा खोए इस मर्यादित सटीक और कारगर जवाब से बहुत प्रभावित हुए मास्टर राम सहाय। आँखों-ही-आँखों में उन्होंने संस्कार को शाबाशी दी।

अध्यापक महोदय अपने गिरने को कमज़ोर हाथों से थामते-थामते फ़ौरन वहाँ से निकल लिए।

तभी वरुण और प्रेमा स्टाफ़ रूम में दाख़िल हुए।

"आइए, आइए। थानेदार साहब। जो कारनामा आपने किया है उसके एवज़ में क्या इनाम पेश करूँ? अपना सरनेम? पर वह तो मैंने भी कभी नहीं लगाया अपने नाम के साथ। पूछो, पूछो। क्यों नहीं लगाता हूँ मैं?"

मास्टर राम सहाय का व्यंग्य तीखा ही नहीं बेहद मारक भी था।

सभी चुप। कुछ अप्रत्याशित घटित होने की प्रतीक्षा में।

"अब बोलते क्यों नहीं। ज़ुबान को लकवा मार गया है क्या?" मास्टर राम सहाय बिफरे।

वरुण, प्रेमा और बिजूका बोलने की बजाय एक-दूसरे की ओर ताकते। एक-दूसरे में उस तिनके को ढूँढ़ते जो उनकी डूबती नैया को पार लगा दे।

मास्टर राम सहाय ने मोहन की ओर देखा।

"एकदम सच है, सर! मेरी आँखों के सामने हुआ है यह। उस दिन भी और आज भी।"

मोहन ने निडरता से कहा।

"तुम ख़ुद को तुर्रम की औलाद समझते हो। बाप थानेदार है तो जो चाहे बकोगे। जो चाहे करोगे। तुमने जो किया है वह ग़लती नहीं, गुनाहे-अज़ीम है। जिसके लिए तुम्हारा पूरा जीवन बरबाद हो सकता है। तुम जैसे लोग इनसानियत के नाम पर एक कलंक हैं। इस धरती का बोझ।"

कहते-कहते मास्टर राम सहाय हाँफने लगे थे। उनका यह रौद्र रूप पहली बार देखा था सबने। आग उगलता रूप। कितनी आग भरी हुई थी उस क्षीण काया में। मानो ऐसे लोगों को भस्म कर देने पर उतारू।

"जो आज हुआ, उससे मेरा कोई लेना-देना नहीं है, सर!" वरुण ने सफ़ाई देने की कोशिश की। पर साफ़-साफ़ दिख रहा था कि एक सहम एक थुलथुल काया में व्याप गया था।

"तो फिर चलो, तुम्हारे ही बाप के थाने में इस सारे मामले की रिपोर्ट दर्ज करवा देते हैं। सुबूत भी मौजूद हैं और गवाह भी। तहक़ीक़ात के बाद ख़ुद पता चल जाएगा किसका लेना-देना है, किसका नहीं।"

यह धमकी नहीं थी। मास्टर राम सहाय अपने कहे हुए पर अडिग। उन्हें यक़ीन हो गया था कि कौन ग़लत है और कौन सही।

"नहीं-नहीं सर! ऐसा मत कीजिए। दुबारा ऐसा नहीं होगा।"

वरुण, प्रेमा और बिजूका गिड़गिड़ाने लगे क्योंकि उन्हें मालूम था कि कहना जितना आसान है, भुगतना उतना ही मुश्किल।

"मैं कुछ नहीं सुनना चाहता। इस मसले का फ़ैसला अब प्रिंसिपल के सामने

ही होगा।" कहकर मास्टर राम सहाय सबको अपने साथ आने का इशारा कर प्रिंसिपल के दफ़्तर की ओर चल दिए।

संस्कार, इन्दिरा और मोहन ज़मीन पर मज़बूती से पाँव धरते हुए। जबकि वरुण, प्रेमा और बिजूका घिसटते हुए।

मास्टर राम सहाय की राय जानने के बाद प्रिंसिपल साहब ने बता दिया कि वह सिर्फ़ अपनी कुर्सी की तरफ़ हैं।

"देखिए सहाय जी, यह जो भी हुआ है बेहद शर्मनाक है। ऐसा नहीं होना चाहिए। पर अगर थाना-कचहरी करेंगे तो अख़बारनवीस हो-हल्ला करेंगे। इससे स्कूल की बदनामी होगी। इसलिए आप इन तीनों नामुराद छात्रों को अपने स्तर पर जो सज़ा देना चाहें, बेझिझक दें। इससे ज़्यादा कुछ करना न स्कूल के हित में है, न हमारे और न ही इन छात्रों के।"

प्रिंसिपल ने छोटी-सी तकरीर देकर किनारा करना चाहा।

"देखिए सर, अगर हम कोई कड़ा क़दम नहीं उठाएँगे तो विद्यार्थियों में इसका ग़लत सन्देश जाएगा। शिक्षा प्राप्त करने के बाद जब यही विद्यार्थी जीवन में उतरेंगे तो नफ़रत का ज़हर यूँ ही फैलाते रहेंगे।"

मास्टर राम सहाय प्रिंसिपल को इस मामले में आसानी से पल्ला नहीं झाड़ने देना चाहते थे।

"सहाय जी, इन विद्यार्थियों की अभी उम्र ही क्या है। समय के साथ ख़ुद अक्ल आ जाएगी। नहीं आई तो फिर भुगतें। पर यहाँ नहीं।"

प्रिंसिपल जहाँ तक देख रहे थे उसके आगे कुछ देखना ही नहीं चाहते थे।

"आपका मतलब तो यह हुआ कि यह सब जैसा है वैसा ही चलता रहे। और हम अपना उत्तरदायित्व भविष्य के माथे मढ़कर चैन की बंसी बजाते रहें।"

मास्टर राम सहाय ने सीधे-सीधे चोट कर दी।

"प्रिंसिपल मैं हूँ। इस मामले में क्या करना है, क्या नहीं इसका फ़ैसला करना मेरे अधिकार-क्षेत्र में आता है। लेकिन यह लोकतंत्र का जमाना है। इसमें बहुमत के साथ ही चलना पड़ता है।"

प्रिंसिपल की तिलमिलाहट से निकले थे ये शब्द। एकदम खोखले और निस्पृह शब्द।

"लेकिन आप जैसे पढ़े-लिखे लोग ही सिर्फ़ अपनी कुर्सी को बचाने के लिए

बहुमत का राग अलापते रहेंगे तो अल्पमत के साथ हो रहे इस जघन्य भेदभाव को कौन मिटाएगा?"

मास्टर राम सहाय ने प्रिंसिपल के ढुलमुल रवैए को ही चुनौती दे डाली।

"मिस्टर सहाय, आप अपनी सीमा लाँघकर मुझे ही कटघरे में खड़ा करने पर तुले हुए हो। बस बहुत हो गया। अब आप जा सकते हैं।"

प्रिंसिपल की खिसियाहट भरी खीज का प्रमाण थे ये शब्द।

प्रिंसिपल उनसे उलझना नहीं चाहता था। एक तो मास्टर राम सहाय का सर्विस रिकॉर्ड कमाल का था। अध्यापकों-छात्रों के मन में उनका सम्मान भी बहुत था। तिस पर उनकी ठोस दलीलें। उनका कुछ बिगाड़ने की बजाय छलनी-छलनी होते रहते। जीत सकते नहीं थे। हारने में उन्हें अपनी हेठी दिखाई दे रही थी। उन्हें तो बस अपनी नौकरी के बचे-खुचे साल शान्ति से गुज़ारने थे। बिना कोई जोख़िम उठाए। इसलिए फ़िलहाल अपने ओहदे की धौंस ही एक कारगर ज़रिया लगा अपना पीछा छुड़ाने का।

मास्टर राम सहाय अपनी सारी तकलीफ़, उसूलों के साथ अकेले। पर इस सोच के साथ कि हमेशा तो अकेले रहेंगे नहीं। कोई-न-कोई तो जुड़ेगा उनके साथ। एक जुड़ेगा तो एक, अनेक में भी तब्दील होगा। वह तो इन कुरीतियों के ख़िलाफ़ अपनी लड़ाई ज़ारी रखेंगे। इसके लिए उनसे जो बन पड़ेगा, करने से पीछे नहीं हटेंगे।

इस मामले में उन्होंने ऐसा किया भी।

वरुण, प्रेमा, बिजूका और उसके तीन-चार साथियों को हफ़्ते भर के लिए स्कूल से निलम्बित कर दिया। इससे पहले छड़ी से उनकी मरम्मत करना भी नहीं भूले थे। और यह कहकर अपना इरादा भी स्पष्ट कर दिया कि दुबारा भूल से भी ऐसा हुआ तो प्रिंसिपल तो क्या कोई भी उनकी ढाल नहीं बन पाएगा...

इस बीच संस्कार का हाथ पकड़कर इन्दिरा का नंगे सिर मैदान में दौड़ना और क्लास-रूम में दोनों के बीच अन्तरंगता, एक ख़बर बन चुकी थी। इस ख़बर का बुख़ार पूरे स्कूल के सिर चढ़कर बोल रहा था।

किसी के लिए चटखारे लेनेवाली बमुश्किल उपलब्ध घटना थी यह। किसी के लिए कई दिनों तक जुगाली करने का मसाला। नैतिकता के ठेकेदारों के लिए बेहयाई का खुलेआम प्रदर्शन।

वरुण तथा उसके पिछलग्गुओं के लिए तो जैसे अन्धे के हाथ बटेर लगने जैसा। पिकनिक के बाद हुए अपने अपमान का बदला लेने का एक सुनहरा अवसर। ख़ूब बढ़-चढ़कर प्रचार कर रहे थे वे।

स्कूल के कभी इस कोने, तो कभी उस कोने से सुनाई दे रहा था एक नारा। पर कुछ दबी-दबी आवाज़ में—'बेहयायी नहीं चलेगी, नहीं चलेगी बेहयायी।'

चार-पाँच लड़कों का एक गिरोह लगा रहा था यह नारा। बिजूका की अगुआई में।

सुनते ही मास्टर राम सहाय आगबबूला।

मास्टर राम सहाय ने अपनी आँखों नहीं देखा था कुछ भी। जिन्होंने देखा था, उनका देखा हुआ, 'जितने मुँह उतनी बातें' की शक्ल में, उनकी अपनी-अपनी विकृतियों से लदा-फँदा पहुँच रहा था मास्टर राम सहाय के कानों तक। पहुँचते-पहुँचते इस क़दर विकृत कि मास्टर जी को सारी दाल ही काली दिखने लगी थी।

इसलिए मास्टर राम सहाय का आगबबूला होना स्वाभाविक ही था। क्योंकि नैतिकता का उनका अपना भी एक पैमाना था। इस घटना को उस पैमाने से मापना लगातार भारी पड़ रहा था उन्हें। आख़िर स्कूल विद्या के मन्दिर होते हैं। दर्शकों के फूहड़ मनोरंजन के लिए रासलीला का कोई मंच नहीं।

इन्दिरा और संस्कार को भी लग रहा था कि आज स्कूल में कुछ-न-कुछ ज़रूर चल रहा है। चल नहीं, दौड़ रहा है। छात्रों की आँखों, चेहरों, यहाँ तक कि उनकी तमाम भाव-भंगिमाओं से टपकता।

यह सब उन दोनों के बीच घटित होने की प्रतिक्रिया है, इससे अनजान नहीं थे वे। लेकिन इसके बाद जो भी अप्रत्याशित रूप से घटित होनेवाला था उससे बिलकुल अनभिज्ञ।

दोनों इस तसल्ली से लबालब कि उनके बीच जो भी हुआ है वह सब एकदम मासूम, स्वच्छ, पारदर्शी और नैसर्गिक था। तत्काल प्रकट हुए पलों की जो स्वाभाविक माँग थी उसी की उत्कट अभिव्यक्ति।

छुट्टी के बाद संस्कार और इन्दिरा क्लास रूम से निकले। बरामदे में सामने से मास्टर राम सहाय उन्हें अपनी ओर आते दिखे। हाथ में छड़ी लहराते हुए। वह उन दोनों को रुकने का इशारा कर रहे थे। उनकी चाल-ढाल देखकर लगा, आज कुछ ठानकर आए हैं। त्योरियाँ कुछ ज़्यादा ही चढ़ी हुईं। झुर्रियाँ और भी प्रत्यक्ष।

बारिश काफ़ी देर पहले थम चुकी थी। पर आसमान अभी भी बदरंग था। अपने

स्वाभाविक रंग के लिए व्याकुल। क्योंकि इस वक़्त व्याप्त रंग उसका था ही नहीं।

स्कूल छात्रों से पूरी तरह ख़ाली। छुट्टी के घंटे पर पहली चोट पड़ते ही छात्रों के बस्ते कन्धे पर लटकते। आख़िरी चोट से पहले ही स्कूल में सन्नाटा।

"तुम घर जाओ।" मास्टर राम सहाय ने इन्दिरा को कड़े लहज़े में हिदायत दी।

इससे पहले कि इन्दिरा कुछ कहती मास्टर राम सहाय, संस्कार को लगभग धकियाते हुए क्लास रूम के भीतर ले गए।

"हाथ आगे करो।" मास्टर राम सहाय दहाड़े।

इस ग़ुस्से का सबब संस्कार को समझ नहीं आया। कभी ग़ुस्सा हुए ही नहीं थे उस पर। वह कुछ पल बिटर-बिटर ताकता रहा मास्टर जी को। यह सोचते हुए कि किसी को सुने बिना सज़ा देना उनकी फ़ितरत नहीं थी। लेकिन इस बार उन्होंने ऐसा किया है तो कोई वजह ज़रूर होगी। वजह पर उनका यक़ीन इस क़दर ठोस कि बताना भी मुनासिब नहीं समझा होगा।

"सुना नहीं?" मास्टर जी आपे से बाहर हो रहे थे।

तो आज वह सुनना नहीं, सिर्फ़ बताना चाहते हैं। वह भी छड़ी की ज़ुबान से। अपने ख़िलाफ़ जाकर भी। अपने ख़िलाफ़ आदमी तब जाता है जब अपनी अन्तरात्मा की आवाज़ को दरकिनार कर दूसरों की सतही आवाज़ पर भरोसा कर बैठता है। यानी अपनी ओर मुड़ने की बजाय दूसरों की ओर मुड़ जाता है।

मास्टर राम सहाय का यह रूप तो पहली बार देखा था संस्कार ने।

संस्कार यह भी जानता था कि ऐसे में जिरह करने का मतलब होगा मैदान के इस कोने से उस कोने तक पिटते जाना।

संस्कार ने चुपचाप हथेलियाँ आगे कर दीं। पर देखता रहा मास्टर राम सहाय की आँखों में आँखें डालकर। उन्हें धमकाने या डराने के लिए नहीं अपितु इसलिए कि शायद वजह का चेहरा उन आँखों में दिख जाए।

तड़-तड़ा-तड़। कुछ ही पलों में न जाने कितने बार बरसी छड़ी। लेकिन संस्कार ने हथेलियाँ पीछे नहीं खींची। हालाँकि उसे लग रहा था कि हथेलियाँ नहीं ज़ख़्म-ही-ज़ख़्म हैं। सिर से पाँव तक मार करती उनकी असह्य टीस।

हथेलियों पर बरसती छड़ी की आवाज़ इतनी तेज़ थी कि स्कूल में पसरे सन्नाटे को चीरती हुई पहुँच गई इन्दिरा के कानों में। वह बरबस खिंची चली आई क्लास रूम में।

कुछ पल सन्न-सी खड़ी देखती रही उस अनहोनी को।

"यह स्कूल है। कोई बाग़-बग़ीचा नहीं कि गलबहियाँ डालकर घूमते रहो। तुमने तो लाज-शर्म ही बेच खाई है।"

मास्टर राम सहाय के इन कटु-वचनों ने सारी स्थिति एकाएक साफ़ कर दी दोनों के सामने। उन्हें समझ आ गया कि आख़िर माज़रा क्या है।

मास्टर जी अपनी उखड़ी हुई साँसों पर क़ाबू पाने के लिए थोड़ी देर रुके। बेचैनी से इधर-उधर निगाहें दौड़ाईं। क्लास-रूम में व्याप्त शून्य को अपने भीतर भरकर पुनः संस्कार पर टिक गईं।

संस्कार को अपनी आँखों में झाँकता पाकर मास्टर जी के भीतर फिर कुछ उबला। ज्यों ही उन्होंने दुबारा मारने के लिए छड़ी उठाई इन्दिरा ने बीच में आकर छड़ी पकड़ ली।

मास्टर राम सहाय ने जी-तोड़ कोशिश की छड़ी को छुड़ाने की। लेकिन इन्दिरा की पकड़ के सामने उनकी एक न चली।

मास्टर जी फटी-फटी आँखों से कभी इन्दिरा तो कभी छड़ी को ताकते। ग़ुस्से, शर्म और हैरानी के मिले-जुले भावों ने उनका चेहरा ही बदल दिया। इस क़दर कि मास्टर राम सहाय कोई दूसरे ही व्यक्ति दिखने लगे। कम-से-कम वे दोनों तो इस व्यक्ति को नहीं जानते।

कोई छात्र, वह भी एक लड़की। उनकी छड़ी को पकड़ने की हिम्मत कैसे कर सकती है। अपने आज तक के शिक्षक-जीवन में पहली बार यह अप्रत्याशित घटा था जिसने उन्हें बुरी तरह झिंझोड़ दिया था। एक तरफ़ तो इन्दिरा के साहस को सलाम करने का मन हो रहा था दूसरी ओर एक अक्षम्य अपराध लग रहा था उन्हें। खीज-बेबसी के कारण उनकी सोचने-समझने की ताक़त को ही जैसे काठ मार गया था उस पल।

"जो भी किया मैंने समझ-बूझकर किया। संस्कार के मना करने के बावजूद। फिर क़ुसूरवार तो मैं ठहरी। मेरे क़ुसूर की सज़ा संस्कार को क्यों दी आपने? यह तो सरासर अन्याय है।"

इन्दिरा ने दो-टूक कहा। और मास्टर जी तथा संस्कार के बीच चट्टान की तरह खड़ी हो गई। उन्नत ललाट के साथ।

यह तो दुस्साहस है—मास्टर राम सहाय ने सोचा।

"तुम ठहरीं लड़की-जात। पर इसे तो अक्ल होनी चाहिए। तुम बीच में न पड़ो। इसी में तुम्हारी भलाई है।"

कुछ पल पहले दहाड़नेवाले मास्टर राम सहाय अटक-अटक कर बोल रहे थे। मानो किसी सदमे ने उनका गला पकड़ रखा हो।

"क्यों न पकड़ूँ। हाथ पकड़ना कोई गुनाह तो नहीं है। मैं फिर पकड़ूँगी। आपके सामने ही।" इन्दिरा ने दबंग लहज़े में कहा।

और सचमुच संस्कार के हाथ अपनी हथेलियों में भर लिए। हथेलियाँ सहलाने लगी। सहलाते-सहलाते अचानक चूम भी लीं संस्कार की हथेलियाँ।

यह तो दुस्साहस नहीं, इन्तहा है। इन्तहा से भी आगे का कुछ। उनकी कल्पना से भी परे। ख़ासकर ऐसे मामलों के बारे में मास्टर जी का जो पैमाना था उसे चकनाचूर करता। जिसके सामने उन्हें अपने सबसे अज़ीज़ उसूल, अपने आदर्श फीके दिखने लगे थे। इनका विरोध एकदम खोखला।

कितना कुछ कौंध गया था मास्टर राम सहाय के मस्तिष्क में। उस खिंचे हुए पल में।

संस्कार ने भी इस बार अपनी हथेलियाँ नहीं खींचीं। इन्दिरा को वह करने दिया जो वह करना चाह रही थी।

"लीजिए, अगर यह गुनाह है तो मैंने यह गुनाह दो बार किया है। आप इसके गवाह हैं। इसलिए मुझे दुगुनी सज़ा दीजिए।"

कहकर इन्दिरा ने अपनी हथेलियाँ मास्टर राम सहाय के सामने कर दीं।

मास्टर जी के मस्तिष्क में एक बार फिर वह सब कुछ कौंधा। उन्होंने आँखें बन्द कर लीं। जैसे इस अकल्पनीय स्थिति का सामना करना उनके वश में न हो। तिस पर हैरतअंगेज़ यह कि अविश्वसनीय होते हुए भी उन्हें अपने उन्नत भाव की प्रतीति कराता।

"कल अपने-अपने बाप को लेकर आना।" मास्टर राम सहाय की निचुड़ी-निचुड़ी आवाज़। उनके इरादे के खँडहर में किसी ज़ख़्मी पंछी की तरह आर्तनाद करती।

मास्टर जी के लिए उस स्थिति में टिके रहना नामुमकिन। क्योंकि उनकी असफलताओं में जुड़ गई थी एक और नायाब असफलता। यह असफलता शरीरी न होकर एकदम अशरीरी थी उनके लिए। ऐसा कुछ कर जानेवाली जो बड़ी-से-बड़ी सफलताएँ भी नहीं कर पातीं। पर इसके लिए ज़रूरी था उनके भीतर उठे

बवंडर का स्थिर होना। ताकि दो दिशाओं में दौड़ती उनकी सोच किसी एक दिशा का हाथ थाम ले। दूसरी को अलविदा कहकर।

मास्टर राम सहाय जाने के लिए मुड़ गए। वह अभी दरवाज़े पर ही पहुँचे थे कि इन्दिरा दरवाज़े के बीचोबीच डट गई।

"सर, अगर आपने मुझे सज़ा नहीं दी तो मैं घर ही नहीं जाऊँगी। यहीं पड़ी रहूँगी स्कूल में।"

इन्दिरा ने फ़ैसलाकुन लहजे में कहा।

मास्टर जी ने मुड़कर संस्कार की ओर ऐसी निगाहों से देखा जैसे मदद की याचना कर रहे हों।

संस्कार ने भी उन्हें निराश नहीं किया।

"इन्दिरा चलो, घर चलें।" संस्कार ने बड़ी मुश्किल से बस्ता कन्धे पर लटकाते हुए कहा।

"नहीं। पहले सज़ा। फिर घर।"

इन्दिरा थी कि अपने इरादे पर अटल।

कभी-कभी जिस स्थिति से पलायन करने की सोचते हैं हम उसका सामना करने में ही निहित रहती है उसकी गिरहों से मुक्ति।

मास्टर राम सहाय किसी विक्षिप्त की तरह इन्दिरा को पीटने लगे। जहाँ-तहाँ। और इन्दिरा की पूरी देह मार के लिए प्रस्तुत।

जिस पीड़ा के कारण अन्दर-ही-अन्दर संस्कार का कराहना अभी थमा नहीं था उसी पीड़ा का वरण कर रही थी इन्दिरा। बेख़ौफ़। बिना चीख़े। बिना कराहे। बिना हिले-डुले। मानो इन्दिरा की देह पर नहीं, उसकी अटलता पर बरस रही थी छड़ी। और यह पीड़ा न होकर एक तप हो उसका। किसी फल की कामना में किया गया तप नहीं बल्कि रोशनी को थोड़ा और व्यापक बनाने के लिए ताकि थोड़ा और आगे देखा जा सके।

मास्टर राम सहाय का डर उनके क्रोध से झाँकने लगा था। पूरी तरह मुखर होकर। वह बुरी तरह थककर, एकदम पस्त, हताश से एक ओर खड़े थे। गहरी-गहरी साँसें लेते। शायद किसी पश्चात्ताप में घुलते। यह सोचते हुए कि सही और ग़लत के बीच कभी-कभी क्यों घुसपैठ करने लगते हैं—उनका क्रोध, अभाव, असफलताएँ। उनसे उपजी हताशा भी।

"नहीं-नहीं।"

अचानक मास्टर राम सहाय के भर्राए कंठ से निकला।

स्कूल के गेट के पास पहुँच चुके इन्दिरा और संस्कार ने पलटकर देखा।

मास्टर राम सहाय हाथ में पकड़ी छड़ी को टुकड़ा-टुकड़ा कर रहे थे।

दोनों का मन मास्टर जी के प्रति करुणा से भर उठा।

अठारह

स्कूल में होने जा रही थीं इंटर-हाउस खेल-प्रतियोगिताएँ। ख़ूब ज़ोर-शोर से चल रही थीं तैयारियाँ। खेलों में हिस्सा लेनेवाले छात्रों को अभ्यास के लिए आधी छुट्टी के बाद पढ़ाई से छूट। ताकि वे सीखे हुए को थोड़ा और माँज सकें। साल भर तो खेल-अध्यापक की ड्यूटी सिर्फ़ दिन में एक खेल पीरियड तक महदूद रहती थी। लेकिन इन दिनों काम-ही-काम। खेल अध्यापक की प्रतिस्पर्द्धा किसी के साथ न होकर अपने साथ। अपनी प्रतिभा को विद्यार्थियों में विकसित होते देखना, उसमें निखार लाना उनका एकमात्र लक्ष्य। इसलिए उनका पूरे मनोयोग से जुटे रहना स्वाभाविक।

प्रतियोगिताओं को लेकर विद्यार्थियों का उत्साह और उमंग देखते ही बनता था। स्कूल ही नहीं क़स्बे के पतझड़ी-जीवन में भी वसंत की तरह आती थीं ये प्रतियोगिताएँ।

विद्यार्थियों के माँ-बाप, सगे सम्बन्धी तथा खेलों में रुचि रखनेवाले क़स्बे के अन्य लोग भी विद्यार्थियों की हौसला-अफ़ज़ाई के लिए इस मौक़े का बेसब्री से इन्तज़ार करते। ये अन्य लोग मनोरंजन की ख़ातिर। माँ-बाप अपने बच्चों को ट्रॉफ़ी के साथ घर लौटता देख फूले न समाते। ताकि घर में आनेवाले मेहमानों को सबसे पहले ट्रॉफ़ी दिखाकर उनकी प्रशंसा से अपनी ख़ुशी को दोगुना कर सकें। कुछ इस भाव को दर्शाते कि देखो, उन्होंने कितने प्रतिभाशाली सपूत को जन्म दिया है।

कुछ विद्यार्थी इसलिए उत्साहित कि अपनी प्रतिभा को परखकर अपने खेल

को और बेहतर बना सकें। साथ-ही-साथ अपने दमख़म को भी आज़मा सकें। जीवन में आनेवाली चुनौतियों का सामना करने के लिए। कुछ इस मंशा से कि पिछली पराजयों का हिसाब चुकता कर सकें। कुछ सिर्फ़ इसलिए कि थोड़े दिन ही सही शिक्षकों के नामुराद सवालों से छुटकारा मिलेगा और पिटाई से राहत।

छात्र ही क्यों अध्यापक भी अपने नीरस रूटीन से अलग हटकर कुछ ऐसा देखने को लालायित जिससे उनकी अपनी अधूरी इच्छाओं की पूर्ति हो सके।

कुल चार हाउस थे। नवीं, दसवीं, ग्यारहवीं और बारहवीं के छात्रों को मिला—ग्रीन, ब्लू, रेड और येलो हाउस।

इन्दिरा ग्रीन हाउस में थी। संयोगवश संस्कार भी। ग्रीन हाउस के इंचार्ज थे मास्टर राम सहाय। उन्हीं की पसन्द से ग्रीन हाउस में शामिल हुआ था संस्कार।

इस बार इन्दिरा इन प्रतियोगिताओं को लेकर पहले से कहीं अधिक उत्साहित थी। संस्कार जो उसके साथ था। बैडमिंटन का चैंपियन। स्कूल के एक और चैंपियन वरुण को खेल पीरियड में कई बार संस्कार से मात खाते देखा था इन्दिरा ने। वह ख़ुद भी एथलेटिक्स में हिस्सा लेती थी। पिछले दो सालों से उस स्पर्द्धा की ट्राफ़ी ग्रीन हाउस के लिए जीतती आई थी। इस बार बैडमिंटन की ट्राफ़ी भी जुड़कर रहेगी। यही सोचते हुए।

ग्रीन हाउस को इन प्रतियोगिताओं में आज तक नम्बर एक का गौरव हासिल नहीं हो पाया था। इन्दिरा की यह हार्दिक इच्छा थी कि इस बार मैदान के बीचोबीच लहराते रेड हाउस के झंडे की जगह ग्रीन हाउस का झंडा लहराए। वरुण जो इतराता फिरता था साल भर रेड हाउस के झंडे को देख-देख।

संस्कार के आग्रह पर इन्दिरा भी रैकेट पकड़कर थोड़ी-बहुत उछल-कूद करने लगी थी। लेकिन धीरे-धीरे यह उछल-कूद दिलचस्पी में बदलने लगी थी। सीखने की ललक भी ज़ोर मारने लगी। तिस पर यह कि संस्कार के सान्निध्य में कुछ और वक़्त गुज़ारने का मौक़ा हाथ से क्यों जाने देती वह। फिर भी दिलचस्पी लेना अलग बात है और खेल में पारंगत होना दूसरी बात। यह बात वह भली-भाँति जानती थी।

इन्दिरा को यक़ीन हो चला था कि बैडमिंटन के सभी एकल और युगल मैच ग्रीन हाउस ही जीतेगा। युगल मैच में वरुण और प्रेमा की जोड़ी ही एकमात्र बड़ी चुनौती थी। ग्रीन हाउस की ही किसी बैडमिंटन खेलनेवाली लड़की को पार्टनर बनाकर संस्कार इस चुनौती का सामना भी कर लेगा।

अब सवाल यह था कि संस्कार की पार्टनर कौन बने। इसका दारोमदार था भी संस्कार पर। इन्दिरा तो इस खेल में उसका पार्टनर बनने की सोच भी नहीं सकती थी। लेकिन संस्कार था कि उसे ही अपना पार्टनर बनाने की ज़िद्द पर अड़ा हुआ।

"तुम भी कमाल करते हो। सचमुच खेलना और खेलने के नाम पर उछल-कूद कर लेना अलग-अलग बातें हैं।"

विधिवत प्रैक्टिस शुरू करने के दिन ही कहा था इन्दिरा ने।

"पिछले पाँच-छह महीने खेल पीरियड में इस खेल के प्रति तुम्हारी लगन को देखते हुए ही यह फ़ैसला लिया है मैंने। वैसे भी तुम जो ठान लेती हो करके ही दम लेती हो।"

संस्कार ने इन्दिरा को ढाढ़स बँधाया।

"पन्द्रह दिन में क्या ख़ाक सीखूँगी? इतने में तो कोर्ट में ढंग से खड़ा होना भी नहीं आएगा।"

इन्दिरा चाहती थी कि संस्कार उसकी असमर्थता को समझ ले।

"यह तुम मुझ पर छोड़ दो। अव्वल तो तुममें कोई कमी है ही नहीं। अगर कोई मामूली कमी रह भी गई हो तो पन्द्रह दिन में उसे सुधारा जा सकता है।"

"सुधारने के लिए किसी चीज़ का कम-से-कम आधा-अधूरा ज्ञान तो ज़रूरी होता है। यहाँ तो अभी शुरुआत भी ढंग से नहीं हो पाई है। इसलिए मैं तुम पर नहीं छोड़ सकती। अपने हाउस की दो लड़कियाँ बैडमिंटन खेलती हैं। अच्छा-ख़ासा खेल लेती हैं। उन्हीं में से एक को पार्टनर चुन लो।'

इन्दिरा ने अपना फ़ैसला सुना दिया।

"इसका मतलब है तुम्हें विश्वास नहीं है मुझ पर?"

"यहाँ बात विश्वास-अविश्वास की नहीं सच को स्वीकार करने की है। एक का नौसिखियापन दूसरे की क़ाबिलियत पर भारी पड़ सकता है।"

इन्दिरा की दलील अपनी जगह बेशक सही थी। पर संस्कार टस-से-मस होने को तैयार नहीं था।

"मेरी पार्टनर तो तुम बन ही चुकी हो। इस खेल में भी तुम ही बनोगी। अन्यथा मैं अपना नाम ही वापस ले लूँगा।"

संस्कार की यह धमकी काम कर गई। इन्दिरा जानती थी कि वह ऐसा कर सकता है।

"मेरी वजह से तुम हार सकते हो। और मुझसे यह बिलकुल सहन नहीं होगा।"

इन्दिरा ने अपनी तरफ़ से आख़िरी कोशिश की थी। पर उसका प्रतिरोध इस धमकी से पतला पड़ चुका था। ख़ासकर इस डर से कि कहीं संस्कार सचमुच ही खेल से न हट जाए। खेलेगा नहीं तो जीत-हार की बात ही ख़त्म। यह उसे क़तई गवारा नहीं था।

फिर शुरू हुआ था प्रैक्टिस का दौर। आधी छुट्टी के बाद तीन घंटे। उसके बाद भी अँधेरा घिरने तक।

खेल-अध्यापक भी बीच-बीच में आकर खेल की बारीक़ियों के बारे में उन्हें कुछ-न-कुछ ज़रूर बता जाते। उन पर संस्कार के लिए अमल करना जितना आसान था इन्दिरा के लिए उतना ही दुश्वार। एक-न-एक चूक होती रहती उससे। वह भी संस्कार की तरह चार-पाँच साल से बैडमिंटन खेल रही होती तो यह नौबत ही न आती।

जब दोनों प्रैक्टिस में मग्न होते, वरुण और प्रेमा भी कभी-कभार आ टपकते। उन्हें सिर्फ़ यह जतलाने कि प्रैक्टिस की ज़रूरत अनाड़ियों को होती है।

कुटिलता से मुस्कराते हुए कहते, "कैसे मरे जा रहे हैं हमें हराने के लिए। हमें हराना कोई ख़ाला जी का बाड़ा नहीं है।"

उनका इशारा ख़ासकर इन्दिरा की ओर होता।

इन्दिरा भड़क उठती। दोनों से उलझ बैठती।

"ये तो इनके पैतरे हैं हमारा हौसला पस्त करने के। मन-ही-मन ये भी जानते हैं कि जीतना भी कोई ख़ाला जी का बाड़ा नहीं है।"

संस्कार उसे समझाता।

"कहते तो तुम ठीक हो। पर इस बार इसके साथ प्रतिष्ठा नहीं, हम दोनों का मक़सद जुड़ा हुआ है।"

संस्कार उसका संकेत भली-भाँति समझ जाता।

"मैदान चाहे खेल का हो या जीवन का। हार-जीत इनका हिस्सा होते हैं। बस इतना ज़रूर कि जीत हमें अहंकारी न बनाए। और हार से हमारा हौसला पस्त नहीं होना चाहिए।"

संस्कार उसे समझाना चाहता कि इस मुक़ाबले को वह हार-जीत से ऊपर उठकर देखे।

"आज तक तो नहीं फहराया ग्रीन हाउस का झंडा। थोड़ी मायूसी ज़रूर होती थी। पर सदमा कभी नहीं लगा।" इन्दिरा ने असलियत बयान कर दी।

"तो इस बार ऐसी क्या ख़ास बात जो तुम्हें मथे जा रही है?" संस्कार हैरानी प्रकट कर देता।

"ख़ासियत यह कि इस बार इससे तुम जुड़ गए हो। तुमसे मैं। मुक़ाबला वरुण और प्रेमा से नहीं एक ज़हनियत से है।"

जीत को लेकर इन्दिरा इतनी जुनूनी क्यों है, एकदम स्पष्ट हो गया था संस्कार के सामने।

"पर इस खेल को खेल तक ही सीमित रहने दो। इसे हमारे बीच लाने की क्या ज़रूरत है?" संस्कार ने उसे चेताया।

"अभी तुम नहीं समझोगे। समझ भी गए तो स्वीकार नहीं करोगे।"

यह कहकर इन्दिरा इस विषय पर संवाद को विराम दे देती।

इन्दिरा ने पकड़ ही लिया था उसे। इसी तरह पकड़ लेती है वह अहम मौक़ों पर उसे। उसे लताड़ने के लिए नहीं। अपितु अहसास दिलाने के लिए क्योंकि संस्कार ख़ुद जहाँ तक देख सकता है इन्दिरा उससे कहीं आगे तक देख-भाँप लेती है।

इस मुक़ाबले के ज़रिये भी वह बड़े फलक पर पेश आनेवाली चुनौतियों की तरफ़ संकेत कर रही थी। इसीलिए वह नहीं चाहती थी कि उसकी वजह से इस छोटे स्तर से होनेवाली शुरुआत ऐसी हो जिससे इरादों में कोई दरार पड़ जाए।

संस्कार जानता है कि उसकी अपनी सोच में कोई ख़म नहीं है। लेकिन जब उस पर अमल करने का मौक़ा आता है तो उससे कहीं-न-कहीं छोटी-बड़ी चूक हो जाती है। इसीलिए उसकी हमेशा यह कोशिश रहती है कि इन्दिरा का जो यक़ीन उस पर है उसे ज़रा-सी भी ठेस न पहुँचे।

इसी के प्रति सजग होते हुए संस्कार ने उस गाँव में होनेवाली इंटर-स्कूल खेल प्रतियोगिताओं के बारे में चाहते हुए भी, इन्दिरा को कुछ नहीं बताया। वहाँ भी बैडमिंटन का एकल ख़िताब जीतने के बावजूद युगल का फ़ाइनल वह हार गया था। इसमें उसकी पार्टनर थी सन्तोष।

हारने के बाद सन्तोष ने हताश होने के बजाय कहा था, "पहले तो कभी भी फ़ाइनल तक भी नहीं पहुँचे। इस बार पहुँचे हैं तो अग़ली बार फ़ाइनल में भी जीतेंगे।"

दोनों लड़कियों के जज़्बे में कितनी समानता है। भले ही हार-जीत के मायने

दोनों के लिए अलग हों—संस्कार ने सोचा।

आख़िर प्रतियोगिताएँ शुरू हुईं।

संस्कार ने अपने सभी एकल मैच जीत लिए। एकल के फ़ाइनल में वरुण को भी हरा दिया। उसे मशक्कत ज़रूर करनी पड़ी।

सभी युगल मैच भी जीत लिये। लेकिन फ़ाइनल में पहला गेम हार गए। काफ़ी अन्तर से। और इन्दिरा हताश।

"मैंने कहा था, मुझे पार्टनर मत बनाओ।" इन्दिरा रुआँसी हो आई।

"इससे पहले के युगल मैच भी तो तुम्हारे साथ ही जीते हैं। फिर अभी दो गेम बाक़ी हैं। पासा पलटते देर नहीं लगती।"

संस्कार ने उसे ढाढ़स बँधाया।

दूसरा गेम संस्कार और इन्दिरा के नाम रहा। भले ही कम अन्तर से। इन्दिरा के चेहरे पर थोड़ी-सी रौनक लौट आई। पर उसके भीतर डर भी करवटें ले रहा था।

तीसरे गेम में दोनों टीमें 20-20 के स्कोर पर। लेकिन सर्विस वरुण के हाथ। अगला अंक भी वरुण की टीम ने हासिल कर लिया।

संस्कार ने इन्दिरा को कोर्ट के पिछले कोने में खड़े रहने की ताकीद कर दी।

"तुम बस खड़ी रहना। बाक़ी सब मैं सँभाल लूँगा।"

वरुण ने आख़िरी सर्विस की। शटल काक संस्कार के काफ़ी ऊपर से होती हुई इन्दिरा की ओर लपकी। संस्कार ने भाँप लिया था कि शटल लाइन से बाहर जा रही है। इसलिए चिल्लाया, "जाने दो, जाने दो।"

लेकिन तब तक इन्दिरा का रैकेट शटल की ओर लपक चुका था। शटल नेट के पार जाने की बजाय, नेट में ही फँसकर रह गई।

वरुण और प्रेमा एकदम उछल पड़े। जैसे शिकार के साथ आँख-मिचौनी खेलने के बाद हिंस्र जानवर ने शिकार की गर्दन दबोच ली हो।

इन्दिरा ने रैकेट ज़मीन पर पटका और पलक झपकते ही वहाँ से ही नहीं, स्कूल से भी ग़ायब हो गई।

कुल मिलाकर ग्रीन हाउस ने पहली बार बाज़ी मार ली थी।

मैदान के बीचोबीच लहराते रेड हाउस यानी वरुण और प्रेमा के हाउस का झंडा उतारकर, उसकी जगह ग्रीन हाउस का झंडा हवा में लहराने लगा था।

लेकिन इन्दिरा आसपास नहीं थी।

उस रात इन्दिरा न तो पढ़ने आई। न ही अगले दिन स्कूल।

स्कूल जाते समय संस्कार ने थोड़ी देर इन्दिरा का इन्तज़ार भी किया। लेकिन इन्दिरा के घर का दरवाज़ा नहीं खुला। एक मन हुआ कि जाकर उसे बुला लाए। तभी उसे लगा कि इन्दिरा का न आना अकारण नहीं हो सकता। ज़रूर उसे गहरा सदमा लगा है। लेकिन खेल में एक मामूली-सी हार इन्दिरा जैसी लड़की के हौसले में कैसे सेंध लगा सकती है, संस्कार समझ नहीं पा रहा था।

संस्कार ने कभी-कभार यह ज़रूर महसूस किया था कि उसके लिए जो बात मामूली होती, वही इन्दिरा के लिए असाधारण। अगर यह हार सचमुच उसके लिए किसी कारणवश असाधारण थी तो सदमा लगना भी स्वाभाविक।

आख़िरकार उसकी इस सारी ऊहापोह से एक ही निष्कर्ष निकला। थोड़ा वक़्त देना चाहिए इन्दिरा को इस सदमे से उबरने के लिए। अगर यह सदमा ही है, कुछ और नहीं तो।

यही सोचते-सोचते संस्कार स्कूल के लिए अकेला ही निकल गया। इतने महीनों में दूसरी बार। पहली बार डगमगाते हुए नहीं बल्कि ज़मीन पर मज़बूती से पाँव रखते हुए। क्योंकि चीज़ें उसके भीतर पहले की तरह कच्ची नहीं अपितु पकने को हो आई थीं अब तक।

फिर भी बेचैनी तो थी। डर नहीं। जल्द-से-जल्द असली वजह जानने की।

दिन भर संस्कार के पेट में तितलियाँ हौल मचाती रहीं। छुट्टी का वक़्त होते-होते यह बेचैनी उसकी हर भाव-भंगिमा से छलकने लगी थी।

आख़िरी पीरियड चल रहा था। अध्यापक को भी शायद आज जल्दी थी। उनकी भाव-भंगिमाओं से भी ऐसा ही कुछ ज़ाहिर हो रहा था। लेकिन संस्कार को उनसे भी कहीं ज़्यादा। उसने आव देखा न ताव बस्ता उठाया और अध्यापक से इजाज़त लिये बिना ही घर की ओर दौड़ लिया। आज तो जैसे एक ही छलाँग में घर पहुँच जाना चाहता था वह। फिर भी वक़्त था कि चींटी की चाल से चलता। जबकि हर रोज़ चींटी की चाल से चलते हुए भी उसे लगता था कि वक़्त पंख लगाकर उड़ रहा है।

अपने घर न जाकर संस्कार सीधा इन्दिरा के बेहड़े में दाख़िल हो गया। उसकी माँ अभी नर्स की ड्रेस में ही थी। शायद अभी-अभी आई होगी अस्पताल से।

संस्कार ने उसे इन्दिरा के कमरे का दरवाज़ा पीटते हुए पाया।

"मरजाणी ने कल शाम से ख़ुद को कमरे में दफ़न कर रखा है। न दरवाज़ा खोलती है, न ही मुँहझौंसी कुछ बोलती है। पता नहीं काहे का सोग मना रही है।"

संस्कार ने पहली बार इन्दिरा की माँ को इतने कटु वचन बोलते सुना था। ऐसा नहीं था कि वह पहली बार यहाँ आया था। जब भी आता या तो इन्दिरा के माँ-बाप घर पर होते ही नहीं थे। होते भी तो बड़ी बेरुखी से इन्दिरा के कमरे की ओर इशारा कर छुट्टी पा लेते। वह कोशिश करता उनके साथ बातचीत करने की।

एक बार जब संस्कार ने कहा था, "आज तो मैं आपसे ही मिलने आया हूँ, माँ जी।"

"मुझसे मिलकर क्या करोगे? ख़ाक? मेरा जादू तो कब का ख़त्म हो चुका है।" इन्दिरा की माँ का जवाब था।

कमोबेश हर व्यक्ति में कुछ-न-कुछ जादुई ज़रूर होता है, जो दूसरों को उसकी ओर आकर्षित करता है। और किसी-न-किसी स्तर पर गुफ़्तगू के लिए प्रेरित भी। इसी के ज़रिये हम यह जान पाते हैं कि उस व्यक्ति के साथ कितनी दूर तक चला जा सकता है।

संस्कार ने सोचा, अगर इन्दिरा की माँ का इशारा इसी जादू की तरफ़ था, उसके ख़त्म हो जाने की तरफ़, तब तो साथ चलने की बात तो दूर, औपचारिक संवाद भी लगभग नामुमकिन।

फिर भी जब-जब इन्दिरा की माँ के साथ संस्कार का सामना हो जाता, न पूछना उसे उनके प्रति असम्मानजनक लगता तो माँ की ओर से ऐसा ही कुछ सुनने को मिलता।

"अन्दर कुछ तिया-पाँचा कर रही होगी।"

कहकर किसी-न-किसी काम में व्यस्त होने का दिखावा करने लगती।

मसलन, अमरूद के बौने पेड़ से झड़े दो-चार पत्ते बुहारते हुए बड़बड़ाती, "इस मुए पर भी फल तो कभी लगते नहीं। बस पत्ते-ही-पत्ते हैं मेरी क़िस्मत में। वे भी हरे हुए नहीं कि सूखे का रोग टूट पड़ता है इन पर कहर बनकर।"

या फिर रसोईघर में जाकर बर्तन पटकने लगती। मानो कमरे में उसकी बेटी न होकर कोई फ़ालतू का सामान पड़ा हो। माँ को किसी कबाड़ी का इन्तज़ार। जो बिना मोल-भाव किए औने-पौने दामों इस फ़ालतू सामान को अपने साथ ले जाए।

इन्दिरा के पिता के पास तो जैसे ज़ुबान ही नहीं थी। थी भी तो उसे ख़र्च करने में या तो बेहद कंजूस या फिर मौक़े की ताक में रहता होगा।

ढीले-ढाले कुर्ते-पायजामे में उसकी बेडौल और कृशकाय-सी देह ऐसी दिखती जैसे किसी ठूँठ पर कपड़े टँगे हुए हों। चेहरे पर एक लापरवाही का भाव और कटखनी उदासीनता। न ख़ुद से कोई मतलब न किसी और से। अपना होना जिसके लिए एक बोझ हो। इस बोझ को ढोते-ढोते जैसे उसका पूरा वजूद ही चरमरा गया हो। जैसे कोई हाथ उसे जबरन इस जीवन में धकेलकर अदृश्य हो गया हो। और वह उस हाथ के प्रकट होने के इन्तज़ार में जीवन के बचे-खुचे दिन गिनता।

दरअसल उसे एक बेचेहरा आदमी कहना ज़्यादा मुनासिब होगा। दूसरों से उनके चेहरे छीनकर, ख़ुद जैसा देखने की क्रूर ख़ुशी में मदांध, एक सूखे पत्ते की तरह अपने ही किसी बवंडर में चकराता आदमी।

अलबत्ता इन्दिरा की माँ ज़रूर ख़ूबसूरत रही होगी। एकदम गोरी-चिट्टी। तीखे नाक-नक़्श। भरी-भरी काया। लेकिन असमय ही अपनी ख़ूबसूरती के अवसान पर ख़ुद से ज़्यादा दूसरों से खफ़ा।

सुन्दरतम को भी जब कोई घुन लग जाता है तो वह सिर्फ़ कान्तिहीन ही नहीं हो जाता बल्कि खोखला भी हो जाता है।

दोनों का प्रेम विवाह हुआ था, इन्दिरा से ही पता चला था संस्कार को।

"क्या बात है माँ जी, आज इन्दिरा स्कूल नहीं आई?" संस्कार ने पूछा। कोई और चारा भी नहीं था उसके पास।

"दरवाज़ा कुछ बोलता तो तुम्हें भी बताती।"

इन्दिरा की माँ इतना ही कहकर फिर दरवाज़ा पीटने लगी। यह बड़बड़ाते हुए, "इतना सोग तो इसने तब भी नहीं मनाया था जब इसके छोटे भाई की अचानक दर्दनाक मौत हो गई थी। जिसके बिना यह जमुहाई भी नहीं लेती थी।"

संस्कार के लिए यह जानकारी एकदम नई थी और दहला देनेवाली थी।

इन्दिरा ने कभी ज़िक्र ही नहीं किया इस हादसे का जबकि वह ख़ुद को कुछ बताने से एक बार परहेज़ कर सकती है। उसे बताने की चूक कभी नहीं कर सकती। कुछ ख़ास ही बाध्यता रही होगी।

हवा एकदम तेज़ हो गई थी। बेरहम-सी भी। जैसे हर चीज़ को उखाड़ फेंकने के उन्माद से ग्रसित।

अमरूद का लगभग गंजा पेड़। विलाप की मुद्रा में खड़ा। उसके साथ जुड़े रहने के लिए बेतरह छटपटाते बचे-खुचे भूरे पत्ते।

सर्द शाम। पाँच बजे का म्लान सूरज अँधेरे की खाई में लुढ़कने को बेताब। बेहड़े में पल-पल निचुड़ती रोशनी। गोबर-मिट्टी से शायद काफ़ी अरसा पहले लीपा हुआ कच्चा बेहड़ा। धीरे-धीरे बदरंग होता आसमान। और बेहड़ा स्याही पुतने के इन्तज़ार में।

तभी इन्दिरा के पिता ने गली से बेहड़े में दाख़िल होने के लिए बने दरवाज़े को हौले से ठेला। दरवाज़े पर ठिठके-ठिठके जिराफ़ की तरह गर्दन अन्दर डालकर स्थिति का एहतियात से जायज़ा लिया। फिर लम्बे-लम्बे डग भरता कमरे की ओर जाने लगा। जैसे उस दृश्य से उसका कोई सरोकार ही न हो। या फिर किसी चीज़ से बचना चाहता था वह।

"तुमने मरजाणी को कल से एक बार भी दरवाज़ा खोलने के लिए नहीं कहा। हर स्थिति से किनारा करना तुम्हारी आदत बन गई है। तंग आ गई हूँ मैं।"

पत्नी ने अपना सारा ग़ुस्सा, खीज, हताशा छूटते ही पति की ओर उछाल दिया।

पति था कि लपकने को क़तई तैयार नहीं। वह कुछ पल पत्नी को ख़ाली-ख़ाली निगाहों से घूरता रहा। जैसे पत्नी नहीं कोई राह चलता अचानक सम्बोधित हो गया हो उससे। फिर अपने बदन को ऐसे झटकारता हुआ कमरे में जाने लगा जैसे किसी धूल को झाड़ रहा हो।

पत्नी ने लपककर उसकी बाँह थाम ली। कसकर।

"मरजाणी से दरवाज़ा खुलवाओ। नहीं तो दरवाज़ा तोड़ दो। मुझसे यह नाटक अब और बर्दाश्त नहीं होता।"

कहकर वह पति को जबरन इन्दिरा के कमरे की ओर खींचने लगी।

संस्कार को ऐसा लग रहा था जैसे किसी मूल पात्र के अचानक ग़ायब हो जाने पर उसकी जगह जबरन उसे इस स्थिति के मंच पर धकेल दिया गया हो। अपनी भूमिका से एकदम अनभिज्ञ पात्र की तरह।

हवा का मिज़ाज उग्र से उग्रतर होता। अमरूद के पेड़ पर साँय-साँय के लिए जद्दोजहद करते पत्ते। पेड़ से हमेशा के लिए नाता टूट जाने और अनाथ हो जाने के भय से थर-थर काँपते।

पति ने अपनी बाँह पूरी ताक़त लगाकर छुड़ाई। उसका ढीला-ढाला कुर्ता-

पायजामा हवा में कुछ ज़्यादा ही फरफराता। सूखा चेहरा जैसे चटखने को हो आया। आँखें सुलगने लगीं।

"तेरी बेटी है। चीख़-चिल्ला। दरवाज़ा तोड़। जो मर्ज़ी हो कर। बस मुझे बख़्श दे।"

या तो पति जिस मौक़े की ताक में रहता था, वह हाथ लग गया था। या फिर उसकी बर्दाश्त से बाहर हो गया था।

"तेरी नहीं है?" पत्नी ने ऐसे मुँह बिचकाया जैसे कुछ बेहद कसैला निगल लिया हो।

"मेरी?" पति पूरे गले से हँसा। एक पैनी और जलती हुई हँसी। उस हँसी की किरचें संस्कार के अन्तस् तक धँसती चली गईं।

इस वक़्त दोनों के बीच इन्दिरा थी। एक बेटी की तरह नहीं। एक हथियार की तरह जिसे एक-दूसरे के ख़िलाफ़ क्रूरता से इस्तेमाल करने की होड़-सी लग गई थी दोनों के बीच।

इन्दिरा का इस रूप में दोनों के बीच होना बेरहमी से छील रहा था संस्कार को। इस वक़्त। वह ख़ुद न जाने कब से गुज़र रही होगी इस मर्मांतक पीड़ा से।

"तुम्हारी वाहियात बातें सुनते-सुनते मेरे कान पक चुके हैं। इस बौखलाहट के पीछे जो मंशा है उसे ख़ूब समझती हूँ मैं।"

पत्नी ने भी पैतरा बदलकर हमला बोल दिया।

"मेरी मंशा जो है, सो है। ज़रा अपनी मंशा को भी कभी-कभार धूप दिखाने की ज़हमत उठाया करो। सड़-गल चुकी है यह।"

पति भी माहिर लगता था अपना कीचड़ पत्नी के मुँह पर पोत देने में।

"कभी अपना चेहरा देखा है। शंकाओं ने कैसा नर्क पोत रखा है इस पर।"

पत्नी ने अपनी घृणा उलीच दी।

"यह नर्क भी तो तुम्हारी ही देन है। हस्पताल में तुम्हारी मेज़-कुर्सी, तुम्हारे एप्रन, तुम्हारी सारी-की-सारी जूठन हर रोज़ साफ़ करता हूँ। फिर भी धुल पाया है कुछ?"

पति ने इतने ही शब्दों में पत्नी के साथ अपने रिश्ते को उधेड़कर रख दिया था।

संस्कार के लिए यह तय करना मुश्किल कि कौन शिकारी है और कौन शिकार।

इस वक़्त तो संस्कार को यही लग रहा था कि दोनों कहने भर को पति-पत्नी

हैं। एक-दूसरे पर चढ़-दौड़ने, बेलिहाज़ नंगा करने की फ़ुर्सत का जैसे कोई अभाव ही नहीं है उनके पास। दोनों के बीच न तो कोई मौसम बचा है न किसी मौसम का इन्तज़ार। बस अपना रास्ता बदल चुकी नदी का पाट है। सूखा और उजाड़।

इस सूखी नदी के हर लिहाज़ से कंगाल किनारों के बीच शायद दौड़ती रहती है उनकी बेटी। घिसते-घिसते नाज़ुक हो चुकी इस उम्मीद के साथ कि शायद कभी नदी इस रास्ते पर लौट आए।

संस्कार की हालत कुछ ऐसी कि न इधर से बोल सकता है न उधर से। वह एक ऐसा दर्शक होने को अभिशप्त है जो घुप्प अँधेरे में उठते दमघोंटू धुएँ के स्रोत को टटोल रहा हो। अब धुआँ कोई ठोस चीज़ तो होती नहीं कि छूकर ही कुछ अनुमान लगा पाता। न धुआँ कोई जानदार चीज़ कि बाजू से पकड़कर बाहर का रास्ता दिखा पाता।

बेहड़े में जो घटित हो रहा था इन्दिरा के कानों तक भी पहुँच ही रहा होगा। संस्कार भी वहाँ मौजूद है इससे भी अनभिज्ञ नहीं होगी वह। फिर भी दरवाज़ा था कि बन्द-का-बन्द।

निश्चय ही इन्दिरा यह चाहती होगी कि दरवाज़ा खोलने से पहले वह सब कुछ संस्कार के सामने खुल जाए जो अब तक बन्द था उसके लिए।

इन्दिरा ने पहले भी कहा था कि कुछ बातें इतनी गूढ़ होती हैं जिनके बारे में सुना-सुनाया उतना असरदार साबित नहीं होता जितना उनका साक्षी होकर क्योंकि सुना-सुनाया अक्सर संदिग्धता के घेरे में रहता है। उसे यह विश्वास होगा कि एक दिन ऐसा ज़रूर आएगा जब उसका पारिवारिक माहौल जो संस्कार के लिए अभी तक एक रहस्य था, उसकी आँखों के सामने अनावृत्त होगा।

तिस पर इन्दिरा की माँ ने भी संस्कार से दरवाज़ा खुलवाने का एक बार भी आग्रह नहीं किया था। शायद इस मामले में उन्हें संस्कार की दख़लंदाज़ी गवारा ही नहीं थी।

इन सब बातों को ध्यान में रखकर संस्कार ने भी कोशिश नहीं की दरवाज़े खुलवाने की। माँ-बाप की उपस्थिति में ऐसा करना हिमाकत ही तो होती। अलबत्ता माँ-बाप अगर अनुपस्थित होते तो वह इन्दिरा के बन्द दरवाज़े पर दस्तक ज़रूर देता।

बेहड़े में आमने-सामने डटीं नफ़रतें पुराने ज़ख़्म कुरेदने और नए ज़ख़्म देने पर तुली हुई थीं। ज़ख़्म-ही-ज़ख़्म। रक्त-ही-रक्त। मवाद-ही-मवाद।

प्रेम-विवाह को कौन-सा घुन लग गया है कुछ-कुछ समझ आ गया था संस्कार को।

उन्नीस

तीन महीने से ज़्यादा गुज़र चुके थे उस घटना के बाद। घटना के दूसरे दिन से ही सब कुछ सहज हो गया था इन्दिरा और संस्कार के बीच।

पहले ही की तरह एक साथ स्कूल आना-जाना। रात के वक़्त पढ़ाई करना। एक-दूसरे के बीच उगनेवाले पलों को पूरी उत्कटता के साथ जीना।

बारहवीं कक्षा की परीक्षाएँ समाप्त हो जाने के बाद भले ही दोनों की मुलाक़ातें अपेक्षतया कम हो गई थीं लेकिन जज़्बात थे बरक़रार के बरक़रार।

दोनों का मिलना अब ज़्यादातर संस्कार के घर पर ही होता। उस घटना के बाद संस्कार ने इन्दिरा के घर जाना बिलकुल बन्द कर दिया था क्योंकि वह नहीं चाहता था कि फिर से कुछ ऐसा अप्रिय घटित हो जिसकी वजह से इन्दिरा को कोई आघात पहुँचे। कम-से-कम उसकी वजह वह हरगिज़ नहीं बनना चाहता था।

बैडमिंटन में हार के बाद इन्दिरा का ख़ुद को कमरे में बन्द कर लेना। उसके भाई की दर्दनाक मौत का ज़िक्र। उसके माँ-बाप के आपसी रिश्ते और उनके साथ उसके रिश्ते के भयावह सच को जानने के बाद संस्कार के मन में उठनेवाले सवाल जस-के-तस। क्योंकि जितना वह देख-जान पाया था वह अधूरा सच था।

इन्दिरा थी कि इस सब पर एकदम चुप्पी साधे।

अपने अभीष्ट तक पहुँचने का इन्दिरा का अक्सर स्थितिजन्य होते हुए भी असामान्य और तथाकथित सामाजिक नज़रिये से जो अमान्य तरीक़ा है उसके प्रति क्यों उदासीन हैं उसके माँ-बाप? दोनों बहुत उदार क़िस्म के प्राणी हों ऐसा उनके उस दिन के व्यवहार से नामुमकिन प्रतीत होता है। अगर पुराने या दकियानूसी ख़यालात उनके संस्कारों में प्रबल हैं तो वे बेटी को इतनी आज़ादी हरगिज़ नहीं देते। तब तो उनकी यही कोशिश होती कि बेटी में अपनी तरह से जीने की रुचि

ही विकसित न हो। और वे बेटी में से एक ग़ुलाम को प्रकट होते देखना चाहते।

इसका मतलब है यह आज़ादी इन्दिरा ने ख़ुद हासिल की होगी। तमाम जीवन-भक्षी हालात के बीच रहते हुए भी। सिर्फ़ और सिर्फ़ अपने आत्मबल के सहारे। उन हालात से जद्दोजहद करते हुए या फिर उसमें कुछ जन्मजात है जो उसे पग-पग पर सचेत करता होगा कि आज़ादी का मतलब उच्छृंखलता और मनमानी करना नहीं होता। बल्कि आज़ादी को पूरी ज़िम्मेदारी के साथ एक अहसास में तब्दील करना होता है। उस अहसास की निर्मलता को बचाए रखना भी।

पिछले एक साल से संस्कार ख़ुद इन्दिरा के इस आत्मानुशासन का गवाह रहा है।

सम्भवतया अपनी जद्दोजहद के ज़रिये इन्दिरा हर उस चीज़ से मुक्त होना चाहती थी जो जीवनोन्मुखी होने की हर आकांक्षा को ग्रस लेती है। इसके लिए उसने माँ-बाप के साथ अपने बचे-खुचे रिश्ते को भी दाँव पर लगाने से गुरेज़ नहीं किया होगा। शायद इसलिए कि जो अपने माँ-बाप के साथ रिश्ते में दुर्लभ है उसे संस्कार और उसके परिवार के साथ अपने रिश्ते में पा सके। ताकि उस प्राप्य से अपने माँ-बाप के साथ लगातार सूखते रिश्ते को सींच सके।

या फिर इन्दिरा के माँ-बाप को एक-दूसरे को उधेड़ने के सिवा और कुछ सूझता ही नहीं। एक-दूसरे के प्रति नफ़रत की दलदल में इस क़दर धँस चुके हैं कि उन्हें ऊपर-नीचे, आगे-पीछे, अपना-पराया कुछ दिखाई ही नहीं देता। जीवन की बात तो दूर अपनी ही मांस-मज्जा से जन्मी बेटी भी नहीं।

ऐसे ही कुछ सवाल संस्कार के सामने मुँह बाए खड़े थे। इनको लेकर वह सिर्फ़ अनुमान ही लगा सकता था। सही-सही जवाब या तो इन्दिरा के पास थे। या उसके माँ-बाप के पास। या फिर भविष्य के गर्भ में।

भविष्यवक्ता तो संस्कार था नहीं। इन्दिरा के माँ-बाप से कुछ पूछने का मतलब था उनकी आग में हाथ डालना।

इन्दिरा से पूछना उसके ज़ख़्मों को कुरेदना भी साबित हो सकता है। ऐसा करके वह उसे फिर से पीड़ा के उस अग्निकुंड में नहीं धकेलना चाहता जिससे न जाने कैसे-कैसे जानलेवा ख़तरे उठाकर यहाँ तक पहुँची है जहाँ वह अकेली से दुकेली हुई थी। ऐसे में उस पर कोई दबाव डालना फिर से वहीं पहुँच जाना भी हो सकता है जहाँ से दोनों ने साथ-साथ चलना शुरू किया था और इन्दिरा से उसके जीने का मक़सद छीनकर अपाहिज बना देना भी।

ऐसा करना तो दूर, सोचना भी एक अमानुषिक कृत्य होगा। उसके प्रति जिसके साथ उसका रिश्ता अपने उत्कर्ष पर है। इस उत्कर्ष में निहित सौन्दर्य और परस्परता के उत्कट भाव को वह ख़तरे में नहीं डाल सकता। इसलिए तो और भी कि उन दोनों के बीच जो इस वक़्त है वह एक लड़के और लड़की के बीच विशुद्ध ऐन्द्रिक उत्ताप में किलोल करने जैसा नहीं है। शुरू से ही नहीं था, जिसमें देखते-ही-देखते लगाव विलुप्त। और 'कुछ' की परिणति 'तुच्छ' में हो जाती है।

मर्द और औरत के बीच सिर्फ़ ऐहिक लगाव जैसा भी नहीं। जिसमें अधिकतर 'कुछ' की परिणति 'कुछ' तक सीमित होकर रह जाती है।

दोनों के बीच अब सब कुछ मनुष्य और मनुष्य के बीच जैसा है। समग्रता में दुर्लभ परिणति की ओर निरन्तर अग्रसर। धरती के सीने में खौलते उन्मत्त ज्वालामुखी की तरह कभी भी फटकर उस 'सब कुछ' को लीलने के लिए लालायित नहीं। अपितु धरती के सीने से फूटनेवाले सोते की तरह उस 'सब कुछ' को अपनी संजीवनी से सींचता।

पानी पर तैरते बर्फ़ के दो टुकड़े एक-दूसरे की ऊष्मा से पिघलकर एक प्रवाह बन चुके हैं।

यह परस्परता अब नकारात्मक वृत्तियों से मुक्त दो आज़ादियों के बीच है। ऐसी अनूठी परस्परता को ठोस-से-ठोस वजह के बावजूद फिर से टुकड़े-टुकड़े करना गुनाहे-अज़ीम होगा। उसके लिए ही नहीं। किसी के लिए भी।

एक तरफ़ कुछ सवाल थे संस्कार के मन में। दूसरी तरफ़ इन्दिरा के साथ निरन्तर प्रगाढ़-से-प्रगाढ़तम होती प्रेम की दुनिया। पिछले तीन महीनों में इस दुनिया के प्राप्य पर एक गहन, अन्तरंग भाव से दृष्टिपात करते हुए पहुँचा है वह इस क़स्बे में अपने आख़िरी लम्हों तक।

क्या इन बचे हुए चन्द लम्हों में मर्मांतक पीड़ा से लिथड़ा इन्दिरा के अतीत का वह पन्ना खुलेगा जिस पर अमिट स्याही में दर्ज है दमघोंटू परिस्थितियों से उबरने की संघर्ष-गाथा? या फिर उस संघर्ष-गाथा की दुर्दमनीयता को अपने तईं गिनते-मापते ही इस क़स्बे से रुख़सत हो जाएगा? लेकिन सिर्फ़ क़स्बे से ही। इन्दिरा से कदापि नहीं। हो भी कैसे सकता है वह जीवनपर्यंत। रिश्तों के ज़रिये भी प्रेम की अनंतता की ओर जानेवाला मार्ग प्रशस्त हो सकता है उसी के साहचर्य में तो जाना है उसने।

पिता के तबादला आदेश आ चुके थे। नई जगह ज्वाइन करने के बाद वे

परिवार को लेने आए हुए थे। इस बार तबादला बड़े शहर में हुआ था। यहाँ से कोई अढ़ाई सौ मील दूर। अपने देस के थोड़ा और क़रीब।

वार्षिक परीक्षाओं के परिणाम भी घोषित हो चुके थे।

पिछले तीन दिनों से चल रहा था पैकिंग का सिलसिला।

परसराम को हिदायतें देती रहती माँ। उसे साझा भी करती रहती।

"सँभालकर, कहीं कुछ टूट न जाए। बीच में अच्छे से रद्दी भर लेना। यह तस्वीर इस ट्रंक में कपड़ों के बीच रखना। बरसों सँभाली है। कितने ताँगों, लारियों और रेलगाड़ियों के धक्कों से यही एक सबूती बची है। और तो न जाने क्या-क्या टूट-फूट चुका है।"

कहते-कहते माँ कहीं गहरे उतर जातीं। आँखों में न जाने क्या-क्या डबडबा आता। कुछ पल जैसे वह बुझती हुई चीज़ों के पीछे भागती रहतीं। हाथ में माचिस लिए। लेकिन इससे पहले कि वह बुझती हुई चीज़ों को माचिस की तीली से रोशन करें, चीजें उनके हाथ में आते ही राख हो जातीं। और माँ एक गहरी श्वास छोड़कर फिर वहीं लौट आतीं जहाँ अपने बुझने को वे कुछ पल के लिए भूल जाती थीं।

फिर संस्कार की ओर देखकर कहतीं, "यह रोनी सूरत क्यों बना रखी है। ज़रा हाथ बटाओ। तेरे से छोटी हैं फिर भी काम में लगी हुई हैं।" माँ का इशारा उसकी बहनों की ओर होता।

"दो दिन पहले इन्दिरा दीदी से कह रहा था भाई कि उसका बिलकुल भी मन नहीं है यहाँ से जाने का।"

संस्कार की छोटी बहन ने रहस्योद्‌घाटन किया।

"अच्छा! मैं भी तो जानूँ कि क्यों?"

कहते ही माँ को लगा, दोनों के बीच कुछ ज़रूर है। लेकिन जो भी है सिर्फ़ मौसमी है। उनकी इस उम्र का उफान। या फिर किसी ऐसे मुक़ाम पर पहुँच चुका है जहाँ हदें कोई मायने नहीं रखतीं। बेटी जो भी बताने जा रही है शायद उसी से उस 'कुछ' की शक्ल साफ़-साफ़ दिख जाए।

"यही कि यहाँ से जाना कुछ ऐसा होगा जैसे कोई सपना हक़ीक़त बनने के बाद फिर से सपना बनने जा रहा हो।" बहन ने बात आगे बढ़ाई।

"इन्दिरा ने क्या जवाब दिया?" माँ लगे हाथ अपनी धारणा को पक्का कर लेना चाहती थी।

"संयोगवश ही हम किसी ऐसे विरले इनसान के सम्पर्क में आते हैं जिसके साथ वक़्त को पूरी शिद्दत से जीने के बाद अपने बुरे-से-बुरे वक़्त को भी हमेशा के लिए अलविदा कह देते हैं। तब उस इनसान से रुख़सत होना हमारे वश में नहीं रह जाता। जब उससे रुख़सत नहीं हो सकते तो फिर उसके अंग-संग चलते साकार होनेवाला सपना फिर से सपना कैसे बन सकता है। हरगिज़-हरगिज़ नहीं।"

बहन ने हू-ब-हू वही शब्द दोहरा दिए थे। ग़ज़ब की स्मरण शक्ति थी उसकी।

माँ को समझते देर नहीं लगी कि दोनों उस मुक़ाम पर पहुँच चुके हैं जहाँ से पीछे लौटना नामुमकिन है।

माँ ने बड़े ग़ौर से संस्कार के चेहरे को देखा। वहाँ भी उन्हें वही दिखाई दिया जिस पर माँ को यक़ीन हो चुका था।

यह सम्भव हो पाया पिता की अनुपस्थिति में। वे स्टाफ़ द्वारा आयोजित विदाई पार्टी के लिए दफ़्तर गए हुए थे।

तभी परसराम बरामदे से कमरे में आया।

"बीबीजी, पता नहीं नए साब कैसे होंगे। ये साब तो बड़े अच्छे हैं। गुस्सा ज़रूर करते हैं पर मन के सच्चे और रहमदिल भी हैं। अभी कुछ और टिक जाते तो हम जैसों का और भी कल्याण हो जाता।"

परसराम के मुँह से सुनकर माँ को बहुत अच्छा लगा। बाहर पति की छवि कितनी अच्छी है। लेकिन उन तक पहुँचते-पहुँचते अपना रूप क्यों बदल लेती है।

"कहीं टिककर रहना ही क़िस्मत में नहीं है। होता तो घर न बन जाता। इसी के लिए तो है यह सारी भाग-दौड़। बहुत कुछ मिल जाता है पर घर नहीं। और जब मिलता है तो ऊपर से बुलावा आ जाता है।" कहकर माँ फिर किसी काम में लग जातीं।

काम में लगे रहने से माँ शायद उस मनःस्थिति से बची रहतीं जो गाहे-बगाहे उन्हें जकड़ लेती थी।

"तुम भी अपना तबादला करवा लो परसराम। तुम्हारे हाथ से बनी रोटी मुँह को लग गई है। उसका स्वाद तन-मन में बस गया है।"

संस्कार कहता।

"मन तो बहुत करता है कि यहाँ से निकलकर कुछ और भी देखूँ-जानूँ। पर मेरा ऐसा नसीब कहाँ। इसमें तो यहीं मर-खप जाना लिखा है। रही रोटी की बात

तो स्वाद मेरी रोटी में नहीं आपके दिल में है छोटे साब।"

अपनी विवशता ज़ाहिर कर देता परसराम।

इन्दिरा रोज़ आती थी। माँ का हाथ बँटाती। पर अधिकतर गुमसुम-सी रहती। बस उसकी आँखें बोलती रहतीं। जैसे बहुत कुछ जमा हो उनमें। मौक़े की बाट जोहता।

इस आख़िरी दिन भी आई। पर कुछ देर से। सूरज आसमान में बहुत ऊपर उठ जाने के बाद।

"अरे, तू कहाँ रह गई थी आज? और यह चेहरा कैसा बना रखा है?"

कुछ पल माँ की निगाहें उसके चेहरे को टटोलती रहीं।

फिर जैसे कौंध-सी हुई उनके दिमाग़ में। माँ ने इन्दिरा का चेहरा अपनी हथेलियों में भरते हुए कहा, "कोई सदा थोड़े रहता है किसी के साथ। मिलना-बिछुड़ना तो जीवन की रीत है। फिर क़िस्मत बड़ी बलवान होती है। क्या पता कब, कहाँ मिला दे।"

इन्दिरा फफक पड़ी। इतने दिनों का बाँध जैसे आख़िर बह निकला।

"न रोते नहीं बेटी। हिम्मत रखते हैं।"

माँ ने इन्दिरा का चेहरा अपने सीने से लगा लिया। एक हाथ की उँगलियाँ उसके केशों में फिराने लगीं और दूसरे हाथ से उसकी पीठ सहलाने लगीं।

"रब्ब, तेरे जैसी बेटी सबको दे।"

कहते-कहते माँ की आँखें भी नम हो आईं। दोनों बहनों की भी। अपनी व्याकुलता को छिपाने के लिए संस्कार कमरे से निकल गया।

इन्दिरा को हिम्मत बँधा रही थी माँ। लेकिन उनकी अपनी हिम्मत?

जब रिश्ते महज़ रवायती न रहकर, एक-दूसरे के प्रति सच्ची निष्ठा, आत्मीयता, समर्पण और त्याग की राह पर चलते हुए परिपक्व हो जाते हैं तब लगाव भी अक्षुण्ण हो जाता है। ख़ासकर ऐसे मौक़े पर भाव-विह्वल होना एकदम स्वाभाविक। हिम्मत चाहे पहाड़ जैसी ही क्यों न हो। आख़िर हम हैं तो इनसान ही। कोई बुत नहीं।

जज़्बातों का यह प्रबल आवेग आँसुओं के ज़रिये बहता हुआ धीरे-धीरे शान्त और सौम्य हो जाता है और हम पुनः अपने सहज-चित्त में लौट आते हैं।

ऐसा ही कुछ हो रहा था इस वक़्त। वहाँ मौजूद सबके साथ।

"मुझे भी साथ ले चलो न माँ जी।"

इन्दिरा के मर्म से लिथड़े थे ये उद्गार। रूह की उन गहराइयों से निकले जहाँ

मिलन एक हक़ीक़त है तो बिछोह भी। जहाँ दोनों हक़ीक़तें पूरी तरह पक जाने के बाद कुछ ऐसे घुल-मिल जाती हैं जैसे एक शाख से लटके परस्पर गुँथे, पके हुए दो फल। एक जैसे स्वाद में अपनी अलग-अलग पहचान को विसर्जित करते।

"ले जाती। बस में होता तो ज़रूर ले जाती। पर कुछ चीज़ें सही होते हुए भी उनके लिए वक़्त सही नहीं होता। फिर तू तो मेरी परछाईं है। परछाईं कभी अपने मूल से अलग हो सकती है भला।"

कहकर माँ चुप हो गईं। बेमतलब नहीं थी यह चुप्पी। लगा, जैसे वह आगे भी कुछ कहना चाह रही हैं। शायद उसी में झाँकतीं कि कहें या न कहें। अपनी इस दुविधा से निकलने में उन्हें देर नहीं लगी। मन-ही-मन यह तय करके कि अब नहीं कहा तो शायद फिर कभी नहीं कह पाएँगी।

"औरत होना ईश्वर की सबसे बड़ी नेमत है। लेकिन सिर्फ़ औरत होकर जीना सबसे बड़ा गुनाह। इसलिए औरत के अन्दर जो इनसान है उसे कभी दबने-घुटने मत देना, बेटी।"

आख़िर माँ ने सच कह भी दिया। और सच को वहाँ तक पहुँचा भी दिया जहाँ उसे पहुँचना चाहिए था।

ढेरों अचरज और भीतर के किसी कोने से उठी टीस के साथ, दो स्त्रियों के बीच, अब तक अमुखर को मुखर होते देख-सुन-महसूस रहा था संस्कार। मानो किसी वरदान के लिए प्रार्थनारत हों दोनों।

माँ उदास थीं। लेकिन उस उदासी में से झाँक रही थी एक तसल्ली। अँधेरे कमरे में किसी झिर्री से आती रोशनी की लतर की तरह। माँ इस लतर को सौंपना चाहती थीं इन्दिरा को। उसके प्रति अपने देय से मुक्त होने के लिए। ऐसा देय जिसे एक स्त्री अपनी इच्छाओं पर दूसरी स्त्री की इच्छाओं को तरजीह देते हुए तिल-तिल सँजोती रहती है जीवन भर।

फिर माँ उठकर वहाँ से चली गईं। शायद मकान मालकिन के यहाँ। जाते-जाते बेटियों को भी साथ ले गईं। परसराम को सब्ज़ी-तरकारी लाने बाज़ार भेजकर। यह जानते हुए कि इस वक़्त किसको, किसके साथ होना चाहिए।

संस्कार जब अपने आप में लौटा तो इन्दिरा को सामने खड़े पाया।

"शाम को कुएँ के पास वाले मन्दिर में मिलना।"

बस इतना ही कहा इन्दिरा ने।

उसके चेहरे पर न चंचलता थी न रुआँसापन। पकी हुई फ़सल जैसा हो आया था उसका चेहरा।

इससे पहले कि संस्कार कुछ कहता वह चली गई।

हमेशा की तरह उसे असमंजस में छोड़कर नहीं। बल्कि एक अहसास से उसे सम्पन्न कर जिसमें नामालूम से संशय, असमंजस के लिए भी कोई जगह नहीं होती।

दुख हमारी इच्छाशक्ति से कमज़ोर होता है। हमें सिर्फ़ अपनी इच्छाशक्ति को जागृत करना होता है। उसके सक्रिय होते ही दुख परास्त होकर जिस रास्ते आया था उसी रास्ते लौट जाता है। कुछ-कुछ ऐसे ही जैसे हमारी कोई बुराई, हमारी किसी अच्छाई के सामने आत्मसमर्पण कर देती है।

इन्दिरा की इच्छाशक्ति कितनी प्रबल है यह संस्कार के लिए कोई नई बात नहीं थी।

इन्दिरा को अगर कोई ऐसी बात कहनी हो जिसका मुखर होना उसके भीतर टलता आ रहा हो, तो इसी मन्दिर में मिलते थे दोनों। मानो यह जगह साक्षी हो उसके सुख-दुख की। इस क़दर आत्मीय भी कि यहाँ पहुँचते ही बरबस फूट पड़ता हो उसके भीतर घुमड़ता शब्दों का झरना। वह दिन में ही कह देती थी, "कुएँ के पासवाले मन्दिर में मिलना।" साथ में यह भी जोड़ देती, "आओगे न?"

संस्कार की समझ से परे था कि उसके भीतर से क्यों उठता है संशय का यह झोंका। बावजूद इसके कि संस्कार का वहाँ उससे मिलना असंदिग्ध ही नहीं अपरिहार्य भी होता। उस पल उसकी समूची काया जैसे हरहराती नदी की लहरों पर डोलती नाव जैसी हो आती थी।

आश्चर्य कि आज उसने 'आओगे न' नहीं जोड़ा था।

दरअसल इन्दिरा के भीतर किसी भी एक रूप में पुरुष को पाने की कामना बेहद बलवती थी। जुनून की हद तक बलवती। तमाम वर्जनाओं के विरुद्ध जाकर। कुछ-कुछ वैसे जैसे प्रकृति आह्वान करती है पुरुष का।

एक रूप था पिता का। जिसका होना कब का बुझ चुका था उसके लिए। एक रूप था भाई का। जिसके होने को उसकी मृत्यु ने छीन लिया था उससे। एक रूप था सहयात्री का। जिससे ख़ाली होकर हमेशा-हमेशा के लिए पुरुषविहीन होकर ख़ुद को अपने भीतर शेष होती स्त्री के हवाले कर देना अकल्पनीय था उसके लिए।

शायद इसी खोखल से उठता होगा यह झोंका।

जीवन से अधिक फुर्तीली और सूक्ष्मग्राही कोई भी चीज़ हमारी कल्पना से भी अधिक फुर्तीली और सूक्ष्मग्राही साबित होती है। और कल्पनातीत कोई भी चीज़, कल्पना से कहीं अधिक वास्तविक।

जीवन के आगे-आगे चलते हुए शायद इन्दिरा इसी चीज़ को पाना चाहती थी। यानी प्रेम और प्रेमी दोनों को उनके मौलिक या आदिम रूप में। क्योंकि आदिम मादा के सामने आदिम नर का अब यही एक रूप शेष था उसके लिए। शेष होते हुए भी अशेष।

हस्पताल के पिछवाड़े से लेकर मील भर तक थे खेत-ही-खेत। चारों ओर फैले। सड़क से थोड़ा अन्दर की ओर हस्पताल की इमारत की बग़ल से एक पगडंडी खेतों के उस छोर तक घूमती, बलखाती जाती थी। बीच में इधर-उधर फूटती कुछ एक और पगडंडियाँ।

हस्पताल से दूर वाले छोर से थोड़ा पहले था यह कुआँ। खँडहर बन चुके मन्दिर के प्रांगण में। बरसों पहले यह प्रांगण विशाल रहा होगा। लेकिन समय के साथ-साथ, सिकुड़ते-सिकुड़ते अब कुएँ तक सिमटकर रह गया था। शायद लोगों की भूख के सामने ईश्वर का क़द बौना पड़ गया होगा।

मन्दिर की, सड़क की ओर वाली दीवार के सिवा तीनों ओर की दीवारें आधी-अधूरी। छत जैसे हवा में टँगी हुई। बीचोबीच खड़े एक स्तम्भ के सहारे। जगह-जगह से टूटी हुई। मन्दिर के गुंबद की जगह बचा था एक गोलाकार खोखल। दीवारों में पत्थर खिसकने से बने झरोखे।

मन्दिर में कुछ भी साबूत नहीं था। दीवारों पर विभिन्न मुद्राओं में मूर्तियाँ थीं। किसी का सिर ग़ायब। किसी का बाजू। किसी की टाँगें। किसी की आँखें। मुख्य मूर्ति की जगह ज़मीन में एक आड़ा-टेढ़ा खोखल। छत वाले खोखल के ठीक नीचे।

हैरानी की बात यह थी कि सड़क की ओर वाली दीवार में एक मूर्ति अब तक अखंडित थी। अपनी चिरस्थायी मुस्कान के साथ।

कुल मिलाकर सिर्फ़ दो ही बार आया था संस्कार इस मन्दिर में। इन्दिरा के साथ।

पहली बार ही इस मूर्ति की ओर संकेत करते हुए इन्दिरा ने कहा था :

"यह मूर्ति देख रहे हो। अभी भी साबूत है। इसके चेहरे पर व्याप्त चिरस्थायी दिव्य-सी मुस्कान देखकर मुझे यह अहसास हुआ कि जीवन में सब कुछ टूट-फूट जाने के बाद भी कुछ ऐसा ज़रूर है जिसे बुरे-से-बुरा वक़्त भी खंडित नहीं कर

पाता। शायद इसी अहसास ने मुझे भी जीवन से विमुख नहीं होने दिया।"

बरसों पहले मन्दिर के प्रांगण में बने इस कुएँ का इस्तेमाल होता होगा। मन्दिर में भक्तजनों का जमावड़ा भी। ईश्वर उनके दिल में साक्षात्। पर आज वीरान। अच्छे दिनों की खंडित स्मृति भर। खंडित ईश्वर की सुध लेनेवाला कोई नहीं था। खंडित-खंडित इस युग में।

फिर भी पंछियों से आबाद। उनकी आस्था का घर। अपनी चहक से बेरंग में, जीवन के रंग बिखेरते पंछियों का घर।

कोई जगह आबाद या वीरान किसी के होने या न होने से नहीं होती। बल्कि उस जगह के प्रति राग या विराग से होती है। पंछियों में इस जगह के प्रति राग था। इन्दिरा के मन में भी। दोनों के मिले-जुले राग से आबाद हो जाता था यह नन्हा-सा वीरान भूखंड जिसे देख एकमात्र साबूत मूर्ति की मुस्कान और भी निखरी-निखरी।

सड़क से गुज़रनेवाली लारियों की आवाज़ मन्दिर तक पहुँचते-पहुँचते मिमियाहट भर रह जाती थी। वहाँ से दी जानेवाली आवाज़ बीच रास्ते ही पस्त। वैसे भी खँडहरों को कौन आवाज़ देता है अपने पास बुलाने के लिए। ख़ासकर जब निर्दोष आवाज़ों की क़ब्र पर मना रहे हों अपनी जीत का जश्न। अपनी ही आवाज़ पर आत्ममुग्ध तथाकथित भक्तजन। अपनी क्रूर ख़ुशी का सरेआम करते प्रदर्शन। अपनी ही आवाज़ के चीथड़ों से सजाते निर्दोष आवाज़ों की अर्थियाँ।

अप्रैल माह के आख़िरी दिनों की यह संध्या। धीरे-धीरे दो वक़्तों के सन्धिस्थल की ओर अग्रसर। जहाँ बिछुड़ना होता है फिर से मिलने के लिए। दिन की तपिश झटककर पकने को आई गेहूँ की फ़सलों से होती हुई मंद-मंद बहती बयार। मन्दिर की दीवारों से टकराकर, झरोखों से भीतर दाख़िल होती। अपने शीतल, सौम्य स्पर्श से देह को थपथपाती। एक सुखद आलस्य तन-मन में संचारित करती।

उजाला अभी इतना था कि कुएँ की मुँडेर, उसकी गोलाई और मुँडेर के पास खड़ी, कुएँ में झाँकती इन्दिरा। सब कुछ साफ़-साफ़ दिखाई दे रहा था। और दिखाई दे रहा था इन्दिरा के चेहरे पर दो वक़्तों के अविस्मरणीय मिलन का उत्सव मनाने का संकल्प। ऐसे पलों का उत्सव जो अँधेरे की कोख से निकलकर हमेशा के लिए सितारे बन जानेवाले थे। दोनों के आसमान में।

कुएँ से चार-पाँच गज़ के फ़ासले पर मन्दिर के गर्भ गृह की ओर ले जानेवाली जर्जर सीढ़ियों पर बैठा था संस्कार। अपने अन्तरतम में वयस्क हो चुकी कामना की

छवियाँ उस अद्वितीय मिलन के आईने में देखने के लिए। व्याकुल निष्ठा से प्रतीक्षारत।

"यह कुआँ पता नहीं कितना गहरा है। शायद पाताल तक। इसमें झाँकते हुए न जाने कहाँ-कहाँ हो आती हूँ मैं।"

कहकर इन्दिरा ने कुएँ से अपना सिर ऊपर उठाया। मुड़ी। और सधे हुए चिड़िया के पर जैसे डग भरती हुई संस्कार की ओर बढ़ आई। जो भी इस वक़्त उसके अन्तरतम में था उसे साध लेने के विश्वास से ओतप्रोत था उसका संस्कार की ओर आना।

संस्कार को लगा, इन्दिरा की आँख शायद अब रहस्यों में झाँकने लगी है। आदिकाल से संचित मानव-मन के रहस्यों का अनावृत्त होना। कुछ-कुछ कौतुक, कुछ-कुछ विस्मय और हाँ आह्लाद से भी।

संस्कार के पास आकर इन्दिरा उससे निचली सीढ़ी पर बैठ गई। उसके घुटनों से सटकर।

"यहाँ आकर तुम्हें डर नहीं लगता?" संस्कार ने पूछा।

"शुरू-शुरू में ज़रूर लगता था। इस उजाड़ से उतना नहीं जितना अपने भीतर के उजाड़ से। क्योंकि बाहर के उजाड़ से भीतर का उजाड़ कहीं ज़्यादा डरावना होता है और घातक भी। कुछ-कुछ वैसा जैसा पंछियों को लगता था मुझसे। जैसे इनका डर आत्मीयता में बदल गया, वैसे ही मेरा भी। धीरे-धीरे पंछी मेरे इर्द-गिर्द मँडराने लगे। उनमें से एक तो मेरे आने से लेकर जाने तक मेरे आसपास फुदकता रहता है। मेरी गोद या कन्धे पर भी आ बैठता है।"

इन्दिरा ने कहा और उसकी निगाहें अधीरता से इधर-उधर कुछ ढूँढ़ने लगीं।

"वो रहा।" इन्दिरा ने सामनेवाले झरोखे की ओर इशारा किया।

"आज क्यों नहीं आया तुम्हारे पास?" संस्कार ने उत्सुकता से जानना चाहा।

"आज तुम जो साथ हो। उसे लग रहा होगा कि उसकी जगह लेनेवाला आ गया है।"

"उसकी जगह छीननेवाला मैं कौन होता हूँ?"

तभी वह पंछी अचानक झरोखे से उड़ा और इन्दिरा के कन्धे पर आ बैठा। मानो उसने संस्कार का कहना सुन लिया हो।

इन्दिरा ने कन्धे से उतार उसे हाथों में भर लिया। स्नेह से सहलाने-पुचकारने लगी। उस स्नेह से जो उसे अपने माँ-बाप से नहीं मिला। फिर भी उसकी रग-रग

में है। सम्भवतया जन्मजात। किसी और की वजह से नहीं। सिर्फ़ अपनी और अपनी वजह से। ऐसी वजह जो व्यक्ति नहीं, इनसान के मूल स्रोत से आती है। जहाँ से आनेवाला कुछ भी, कभी नहीं मुरझाता। जहाँ से किसी को अपना बनाने या किसी का होने के लिए, किसी साक्ष्य, किसी तर्क की ज़रूरत नहीं होती। तर्कातीत होता है ऐसे किसी का होना। होकर वहीं-का-वहीं टिके रहना।

"मेरी तरह ही शायद इस पंछी ने भी अपने किसी आत्मीय को खो दिया है। उसी सगे को यह मुझमें देखता है। और मैं इसमें।"

"बिलकुल ठीक कहा तुमने। वरना इस धरती पर ऐसी कोई शै नहीं है जो आदमी की फ़ितरत से न डरती हो।" संस्कार ने कहा।

"अब तुम भी दोस्ती कर लो न इससे। कब से देखे जा रहा है तुम्हें। पता नहीं यह दोस्त कब और कहाँ हमारे काम आ जाए।"

"वो कैसे?"

"अगर तुम कहीं दुनिया की भीड़ में खो जाओ तो मेरा सन्देश तुम तक पहुँचाएगा। और तुम्हारा मुझ तक।"

"आज के समय में भी?" संस्कार ने किंचित् हैरानी से कहा।

"समय बदलता है पर फ़ितरत नहीं।"

कहकर इन्दिरा ने पंछी को संस्कार की हथेलियों पर धर दिया।

संस्कार भी थोड़ी देर उसे दुलारता रहा। कुछ-कुछ वैसे ही जैसे इसकी माँ दुलारती होगी घोंसले में। फिर जब पंछी को तसल्ली हो गई कि वह जो चाहता था उसे मिल गया है तो उस तसल्ली से लबरेज़ उड़कर उसी झरोखे में जा बैठा। पर उसकी निगाहें दोनों पर टिकी रहीं।

शायद पशु-पक्षियों की घ्राण शक्ति बहुत तीव्र होती है। स्निग्धता आदमी से कहीं अधिक और मासूम भी। हमारे दुख को जल्दी सूँघकर पूरी आत्मीयता से उसमें शरीक हो जाते हैं। दुख के गह्वर में खोई हमारी मुस्कराहट को, वहाँ से निकाल, फिर से हमारे होंठों पर बिछा देते हैं। जबकि आदमज़ाद इन्हें या तो पिंजरे में क़ैद करने या फिर इन पर निशाना साधने की कतर-ब्योंत करता रहता है।

"भाई की मौत के बाद इन पंछियों ने ही सहारा दिया मुझे। सहारा ही नहीं, मेरे भीतर पनपते उजाड़ को भी आबाद किया। इनसे बातें करते हुए ऐसा लगता जैसे अपने भाई से बतिया रही हूँ।"

इन्दिरा के स्वर में वेदना थी तो सुकून भी।

"मुझे तो उसी दिन पता चला...।"

"जानती हूँ। मैं सब सुन रही थी।" इन्दिरा ने उसे टोकते हुए कहा।

"मुझे तो बता ही सकती थीं। न बताने की कोई वजह भी मुझे नज़र नहीं आती।"

इन्दिरा के अतीत की किताब अब संस्कार के हाथ में थी। उसने बड़े एहतियात से पहला पन्ना खोला। कुछ इस तरह कि हल्की-सी खरोंच भी न लगे इन्दिरा को। और पिछले से अगले पन्ने पर जाते हुए दोनों के बीच के सूत्र भी ज्यों-के-त्यों सुरक्षित रहें।

"मेरे लिए भी आसान नहीं था तुमसे छिपाना। कभी-कभी बड़ी तीव्र इच्छा उमड़ती थी तुमसे साझा करने की। लेकिन अपने अप्रिय अतीत के दुखड़े से तुम्हें तकलीफ़ज़दा होते भी नहीं देख सकती थी मैं। क्योंकि सिर्फ़ और सिर्फ़ अपना सुन्दरतम ही देना चाहती थी तुम्हें।"

इन्दिरा ने कहा और राहत की साँस ली। मानो अपनी रूह पर लदे किसी एक भारी-भरकम बोझ से मुक्त हो गई हो।

"इसका मतलब तो यह हुआ कि तुम सुख का भागीदार तो मुझे बनाना चाहती हो। लेकिन अपने दुख की लपटों से मुझे दूर रखना चाहती हो। शायद इस लायक़ नहीं हूँ मैं इसलिए।"

संस्कार निस्सन्देह आहत हुआ था।

"नहीं, हरगिज़ नहीं। मुझसे जुड़ी हर चीज़ के लायक़ एक तुम्हीं तो हो अब। तुमसे बेहतर कोई और हो ही नहीं सकता। लेकिन किसी...।"

अपनी बात पूरी किए बिना ही इन्दिरा ख़ामोश हो गई। शायद वह एक बार फिर उस हादसे के बीचोबीच जा खड़ी हुई थी। भावनाओं के अतिरेक में उसे बयान नहीं कर पा रही थी। उस पल वह शब्दों के लिए व्याकुल गिलहरी हो गई थी। कभी इस डाल कभी उस डाल।

शब्दों के लिए इन्दिरा का यह इन्तज़ार ख़त्म हो चुका था या नहीं, संस्कार को पता नहीं। लेकिन वह अपनी तरफ़ से पूरी तरह तैयार था। यह तैयारी तो उसने तभी से शुरू कर दी थी जिस पल इन्दिरा की माँ के मुख से सुनी थी उसके भाई की मौत की बात। साथ ही वह इन्दिरा को इस बात का आभास तक नहीं देना चाहता था कि वह कितना अभेद्य है और कितना भेद्य। यह सब निर्भर करता था

उस हादसे से इन्दिरा को पहुँचे आघात की अत्यंतता पर। इस पर भी कि वह आघात को कहाँ से बयान करती है :

जब आघात एकदम हरा था वहाँ से
या
जब अधपका था वहाँ से
या जब पक गया होगा वहाँ से
या
जब पककर फूटा होगा वहाँ से

इस हादसे की परिणति का कुछ-न-कुछ भान संस्कार को पहले ही हो चुका था। लेकिन उसके साथ कुछ और भी जुड़ा है जिसके बारे में वह अभी अँधेरे में था।

इन्दिरा थी कि अभी तक ख़ामोश। पर उसकी निगाहें अब संस्कार के चेहरे पर जमी हुई थीं। शायद किसी प्रत्यक्ष या परोक्ष झिर्री को टटोलतीं। इस बार खुली आँखों से नहीं। अपनी अन्तर्दृष्टि से टटोलतीं। क्योंकि अन्धकार थोड़ा गहरा हो चला था और दोनों उसमें आकृति भर।

फिर न जाने क्या हुआ या तो वह संस्कार की ओर से पूरी तरह आश्वस्त हो गई थी या फिर उसे लगा होगा कि अब बता देना ही श्रेयस्कर होगा। न बताए तो उसके और संस्कार के बीच कहीं कोई दरार न छूट जाए। छूट गई तो हमेशा घूरती रहेगी उसे।

आख़िरकार बाँध टूटा। और सब कुछ बह निकला। निहायत तकलीफ़देह भी और मैला भी...

वह वसंत पंचमी का दिन था। साल के सबसे ख़ुशगवार मौसम का एक ख़ुशगवार दिन।

इन्दिरा की उम्र बारह की थी और उसका भाई दस बरस का। सुबह से पतंग के लिए ज़िद्द पकड़े हुए। इन्दिरा उसे बार-बार समझाती कि माँ को आ जाने दो फिर पतंग लेने जाएँगे। इसलिए कि इन्दिरा के पास पतंग ख़रीदने के लिए पैसे नहीं थे। माँ अभी नाइट ड्यूटी से लौटी नहीं थी।

छुट्टी का दिन था। पिता ज़रूर घर पर थे। पर उनसे पैसे माँगने का मतलब

था गाली-गलौज, मार-पीट। यहाँ तक कि भाई-बहन दोनों घर से बाहर भी धकेल दिए जाते। और दरवाज़ा बन्द।

भाई था कि इन्दिरा के पीछे-पीछे। इन्दिरा उसे बहलाने की भरसक कोशिश करती। बहलना तो दूर उसकी ज़िद्द और भी उग्र रूप धारण करती गई। बेबसी से निकला उसका ग़ुस्सा कमरे की चीज़ों पर उतरने लगा।

इन्दिरा को लगा, आवाज़ सुनकर पिता किसी भी पल उनके कमरे में आ धमकेंगे। दोनों की शामत पक्की। बिना दलील। बिना अपील।

"अच्छा रुको। देखती हूँ।" इन्दिरा ने भाई को दिलासा दिया और कमरे में रखी माँ की आलमारी की ओर बढ़ गई।

सौभाग्य से आलमारी खुली थी। माँ शायद जल्दी-जल्दी में ताला लगाना भूल गई थी।

पैसे ढूँढ़ने में इन्दिरा को देर नहीं लगी। वहाँ पड़े हुए कुछ नोटों में से एक रुपये का नोट निकाला। फिर डरते-डरते हौले से आलमारी के पट बन्द कर दिए। डर इसलिए कि पहली बार ऐसा काम कर रही थी जिसकी इजाज़त उसका ज़मीर कभी नहीं देता। माँ शायद कुछ न भी कहती। फिर भी ग़लत तो ग़लत ही होता है। लेकिन उस पल सही और ग़लत का फ़र्क़ ही पुँछ गया था उसके दिलो-दिमाग़ से। भाई की बालसुलभ मासूम इच्छा और उसका स्नेह कुछ इस क़दर हावी हो गया था इन्दिरा पर।

भाई की ही नहीं उसकी ख़ुशी की भी उँगली थाम इन्दिरा उस रास्ते पर निकल पड़ी जो ले जा रहा था खिले हुए रंगों से विभोर दुनिया की ओर। लेकिन तब उसे क्या पता था कि यह रास्ता अधबीच से ही मुड़ जाएगा उस दुनिया की ओर जिसका सिर्फ़ एक ही रंग होता—स्याह। ऐसा स्याह जिस पर और कोई रंग नहीं चढ़ता। जिसमें समाते ही हर जीवित शै बुझ जाती है। हमेशा के लिए।

आसमान में पतंग ही पतंग थीं। हर रंग की। धरती पर वसंत का रंग। जहाँ-तहाँ बड़े-बड़े गुच्छों में बिखरा। इन्हीं रंगों के बीच से होकर इन्दिरा जा रही थी भाई के साथ। उसकी इच्छा को वसंत की तरह खिला-खिला देखकर, उसमें आकंठ शरीक होने।

सड़क के पास पहुँचते ही फिर जो हुआ उससे यही कौंध हुई कि साल के सबसे ख़ुशगवार मौसम का अतिशय ख़ुशगवार दिन भी कितना बेरहम हो सकता है।

"पतंग।"

भाई की ख़ुशी जैसे एकाएक उछलकर बाहर आ गई थी।

इन्दिरा ने भाई को सड़क के उस पार झाड़ियों में फँसी, कटी-फटी रंगबिरंगी पतंग की ओर इशारा करते हुए पाया।

इससे पहले कि इन्दिरा उसे रोकती, भाई हाथ छुड़ाकर, उमंग में डूबा, ख़तरे से एकदम अनजान, दौड़ते हुए सड़क पार करने लगा। लेकिन उसकी गति दाईं ओर से आती लारी की गति से मात खा गई। लारी भाई को सड़क पर लहूलुहान छोड़ ऐसे निकल गई जैसे वक़्त को ही मात दे गई हो।

यह सब इतना अप्रत्याशित था कि इन्दिरा को काठ-सा मार गया। इस बीच कुछ लोग इकट्ठा हो गए। उसके भाई की छटपटाती देह को उठाकर हस्पताल ले गए। उसके बाद पाँच मिनट भी नहीं लगे भाई के प्राण-पखेरू उड़ने में।

"इसकी जगह तू क्यों नहीं मर गई नामुराद?"

माँ ने बस इतना ही कहा था।

इसी के साथ खो दिया था इन्दिरा ने माँ को भी। पिता को तो जन्म के बाद ही खो दिया था उसने। और भाई को उस हादसे के दिन। अपने पास बची थी वह ख़ुद। माँ की नफ़रत की भट्ठी में हर पल झुलसने के लिए। पिता द्वारा बेदख़ल। माँ द्वारा ख़ारिज। भाई की असामयिक मौत की सघन वेदना के साथ।

एक साथ तीन-तीन रिश्तों के शवों का असह्य बोझ उठाए बारह साल की एक किशोरी। रिश्तों के मलबे तले दबी। कराहती। अपनी कराहें ख़ुद ही सुनती।

एक तरफ़ तो भाई की मौत का अपराधबोध। दूसरी तरफ़ माँ का यह वाक्य। ख़ंजर की तरह गड़े रहे उसके सीने में। सालोसाल।

इस सबके बीच इन्दिरा उम्र से पहले ही बड़ी होने लगी। ज्यों-ज्यों बड़ी होती गई त्यों-त्यों मथना तीव्र। माँ के वाक्य का अर्थ ठीक से समझ आने के बाद और उस अर्थ की वक्र-दृष्टि का लगातार सामना करते हुए तीव्र से तीव्रतर होता चला गया मथना।

ऐसे जानलेवा हालात में आदमी के पास दो ही विकल्प होते हैं। या तो वह जीवन के उस द्वार पर दस्तक दे जो रेगिस्तान की ओर खुलता है। या फिर उस द्वार पर जो जीवन की ओर।

इससे पहले कि माँ-बाप की घोर नफ़रत और भाई की मौत का अपराधबोध

इन्दिरा की रूह पर क़ाबिज़ हो जाता दूसरे विकल्प को चुन लिया उसने। ख़ासकर इसलिए भी कि अपने भीतर प्रेम और करुणा के स्रोत में वह नफ़रत और अपराधबोध का ज़हर नहीं घुलने देना चाहती थी। इसके लिए ज़रूरी था जीवित रहना। मर-मर कर नहीं। ज़िन्दादिली से जीवित रहना। इसलिए उसने तीन-तीन मौतों को अपनी कमज़ोरी बनाने की बजाय ताक़त बना लिया और एक मशाल भी।

अपने किसी प्रिय की मौत के दुख के साथ जीना और उसके प्रेम के साथ जीना दो बिलकुल भिन्न बातें हैं। उसकी मौत के दुख के साथ रहते-रहते हम ख़ुद मृत्यु की ओर बढ़ते रहते हैं। जबकि उसके प्रेम को जीवित रखकर जीवन में बने रहते हैं।

संस्कार को आज यक़ीन हो गया था कि इन्दिरा की काया ही नहीं, उसके दुख, सहनशक्ति, हौसला, इरादे और सबसे ऊपर प्रेम का पलड़ा भी उससे कहीं अधिक वज़नी है। उस ओर झुका हुआ जिस ओर अगर निर्ममता है, नफ़रत है, संघर्ष है तो जीवन एक अद्‌भुत नेमत भी है। दिल को छू लेनेवाली सुन्दरता से भरपूर। और प्रेम का असीम, अगाध स्रोत भी।

वह कृतज्ञ है उस शख़्सियत का जो तमाम अवरोधों के बावजूद ऐसे प्रेम को साधे रख सकी। जिसकी वजह से उसे भी ऐसे प्रेम के सान्निध्य में पुष्पित-पल्लवित होने का अन्यत्र दुर्लभ मौक़ा मिला।

कीचड़ में कमल खिलता है यह तो सर्वविदित है। लेकिन नफ़रत की दलदल से प्रेम का फूल खिल सकता है, संस्कार पहली बार देख रहा था।

"सब कुछ बिगड़ गया था। पर न जाने क्यों बिखरा नहीं। शायद उसे निखरना था इसलिए। निखरा तब जब तुम मेरे जीवन में दाख़िल हुए। शायद कुछ चीज़ें होती ही तब हैं जब हम उनके होने की उम्मीद से पूरी तरह ख़ाली हो चुके होते हैं।"

बहुत पलों से ख़ामोश इन्दिरा ने अपनी चुप्पी तोड़ी। इसी चुप्पी से निकला उसके संघर्ष का निचोड़ भी।

"तुम्हारा अतीत भले ही बिखेर देनेवाले असहनीय दर्द की दास्तान है। लेकिन तुम्हारी सोच ने उस दर्द को अंगार नहीं बनने दिया। इसी के चलते अपने जीवन के उजाड़ से गुज़रते हुए भी तुम अपने अन्तस् की जीवंत उर्वरता तक पहुँच सकीं।"

संस्कार की सोच कुछ पल पहले जिस अहसास को सँजोने-समेटने की कोशिश कर रही थी वह ऐसे मुखर हुआ। निहायत लाज़िमी भी था उसका मुखर होना।

बस अब एक ही सवाल बाक़ी था संस्कार के मन में। और सवाल का अक्स उसकी आँखों में।

इन्दिरा की दृष्टि से छिपा नहीं रहा।

"मेरे माता-पिता के बीच अब एक ही रिश्ता है। सिर्फ़ और सिर्फ़ नफ़रत का। पिता हीन-भावना के शिकार हैं। अपनी निरन्तर सूखती काया और उसके साँवलेपन को लेकर। माँ अपनी ख़ूबसूरती पर आत्ममुग्ध। अहं के पिंजरे में क़ैद। यह अहं उन्हें पिता की ओर एक डग भी नहीं भरने देता। इसलिए दोनों ने नफ़रत को चुन लिया। तुम तो जानते हो हम जो भी चुनते हैं उसी का परिणाम होता है हमारा जीवन भी।"

इन्दिरा ने बेझिझक बता दिया क्योंकि उसके भीतर स्थिर-व्यवस्थित हो चुका था सब कुछ।

"माँ तुमसे नफ़रत करती हैं यह तो फिर भी समझ आता है। लेकिन पिता क्यों?"

इतना भर और जानना चाहता था संस्कार।

इन्दिरा की समूची देह बेतरह थर्रायी। जैसे अचानक आनेवाली आँधी से पेड़ का पत्ता-पत्ता, टहनी-टहनी थर्रा उठती है। और वह कहीं गहरे उतर गई। जैसे जवाब तो वहाँ अरसे से मौजूद था। लेकिन उसे वहाँ से निकालकर होंठों तक लाना अतिमानवीय कर्म था उसके लिए।

संस्कार ने उसकी हथेलियाँ अपने हाथों में भर लीं। कँपकँपाहट अभी भी शेष थी।

संस्कार उसकी हथेलियाँ सहलाने लगा।

"अगर न बताना चाहो तो कोई बात नहीं।" संस्कार ने पूरे मन से कहा।

"क्योंकि मेरे पिता समझते हैं कि मैं ही नहीं, मेरा भाई भी उनका ख़ून नहीं है।"

इन्दिरा एक ही साँस में कह गई।

यह रहस्योद्घाटन आसमानी बिजली की तरह गिरा संस्कार पर। और वह चीरता ही चला गया। सर से पाँव तक। उसकी कल्पना से भी परे था इन्दिरा की व्यथा-कथा के साथ-साथ संघर्ष-कथा का भी पटाक्षेप इस तरह से होना।

संस्कार को एक तरफ़ इस बात का गहरा मलाल कि इन्दिरा जिसे कभी किसी से नहीं कहना चाहती थी, उससे कहलवा लिया। दूसरी तरफ़ यह तसल्ली भी कि साझा करके वह कम-से-कम अब तक अनकहे की तीक्ष्णता से तो ज़रूर मुक्त हो गई होगी।

"उस दिन मैदान से क्यों भाग खड़ी हुई थीं?" संस्कार ने एकाएक विषयान्तर करने की ग़रज़ से कहा। एक ख़ास मक़सद से। वह इन्दिरा का ध्यान पीछे से खींचकर वर्तमान पर केन्द्रित करना चाहता था। क़ामयाब भी रहा। या फिर इन्दिरा पहले से ही वर्तमान में लौट चुकी थी। उन पलों में जिनका उन दोनों के बीच होना अपरिहार्य था।

"मेरी वजह से तुम हार जो गए थे। मेरे लिए यह हार किसी सदमे से कम नहीं थी। ख़ासकर वरुण और प्रेमा से हारना।"

इन्दिरा की आवाज़ वर्तमान से तर-ब-तर थी। चेहरे पर वही सुकुमारता। अतीत का एक छींटा तक नहीं। अतीत का सब कुछ जैसे धुल-पुँछ गया था। मन पर लिखा तो सम्भवतया पहले ही। आज जब उसे दुबारा स्लेट पर लिखा था। वह भी।

"एक मैच ही तो हारे थे। कोई जीवन-संग्राम नहीं। फिर चूक तो किसी से भी हो सकती है। तुमसे ही क्यों, मुझसे भी।"

"मेरे लिए यह उससे भी बड़ा संग्राम था। मैं नहीं चाहती कि तुम कभी कोई लड़ाई हारो। फिर लड़ाई चाहे छोटी हो या बड़ी।"

"देखो, हार-जीत अपने बस में नहीं होती। अपने बस में होता है लड़ना। अपनी पूरी क़ाबिलियत, पूरे पराक्रम के साथ। अन्ततः जीतेगा वही जो उस लायक़ होगा।"

संस्कार ने तर्क दिया।

"तुमने मुझे वह सब कुछ दिया जिससे मैं वंचित रही। वह भी पुरुष होकर नहीं, मनुष्य होकर दिया। पुरुष होकर दिया चुक सकता है। लेकिन मनुष्य होकर दिया कभी नहीं चुकता। क्योंकि वह रूह में रच-बस जाता है। ऐसा शख़्स किसी चीज़ के लायक़ न हो, मैं नहीं मानती। फिर वह चीज़ मामूली-से-मामूली हो या असाधारण से असाधारण।"

इन्दिरा का हर शब्द उसके अप्रतिम विश्वास का द्योतक था।

"मैं किस लायक़ हूँ मुझे नहीं पता। लेकिन इतना ज़रूर जानता हूँ कि तुम्हारे लायक़ होने की कोशिश पूरी निष्ठा से करता रहा हूँ। क्योंकि मेरे लिए तुम्हारे लायक़ होने का मतलब है प्रेम, करुणा के लायक़ ही नहीं इनसानियत के भी लायक़ होना। यह दीगर बात है कि मैं इसमें किस हद तक सफल रहा हूँ।"

संस्कार की आवाज में अनिश्चय का एक नामालूम-सा पुट था। पर वह यह भी जानता था कि यह अनिश्चय उसका निहायत अपना अनिश्चय है। इन्दिरा का दिया

हुआ क़तई नहीं। क्योंकि इन्दिरा का प्रेम एक झरने की तरह है। जबकि उसका प्रेम छत से टपकती बूँदों जैसा। छोटे-छोटे अन्तरालों में संचित होकर बूँद-बूँद टपकता।

"दअरसल हम दोनों एक-दूसरे से, जाने-अनजाने यही जानना चाहते रहे हैं कि हम एक-दूसरे के कितने लायक़ हैं। वह भी स्त्री और पुरुष के रूप में ही। लेकिन अब मुझे यह लगता है कि हम पुरुष-स्त्री की हद को लाँघ चुके हैं। इसलिए हमारी अन्तरात्मा ही यह बताएगी कि हम सचमुच एक-दूसरे के कितने लायक़ हैं। और तुम तो जानते हो पुरुष और स्त्री के निहित स्वार्थ हो सकते हैं। जबकि अन्तरात्मा की आवाज़ एकदम निखालिस होती है। क्योंकि इसमें सिर्फ़ और सिर्फ़ मनुष्य का ही वास होता है। तुम्हारा कथन तुम्हारी अन्तरात्मा की आवाज़ नहीं तो और क्या है।"

इन्दिरा के इस कथन से यह स्पष्ट हो गया था कि दोनों अपनी इस यात्रा के किस मुक़ाम पर हैं। इस तथ्य की ओर इंगित करता कि दोनों ने जो पल भी जिया बेशक एकलय होकर। जीने के लिए भी। और जानने के लिए भी। उसमें कोई अर्थ खोजने के लिए नहीं क्योंकि अर्थ खोजने की ललक प्रेम को पृष्ठभूमि में धकेल देती है।

प्रेम हमारे जीवन को अर्थपूर्ण बना सकता है लेकिन अपने आप में फिर भी एक अनूठा अनुभव ही बना रहता है। अव्याख्येय भी। और तर्कातीत भी। तमाम-तमाम परिभाषाओं और तर्कों की छाया तक से अछूता।

दोनों यक़ीनन यह जानते थे। इसका प्रकट होना भी देखते आ रहे थे। लेकिन इस प्रकटीकरण के बाद जो भी उमड़कर आता उसे देखते थे अपने-अपने संचित से। यह भिन्नता निजताओं के बीच की भिन्नता थी। रिश्तों की प्रगाढ़ता के लिए अपरिहार्य इस भिन्नता के बावजूद अभिन्न बन चुके थे दोनों।

आख़िर निजताओं के बीच परस्परता को विकसित होने के लिए एक 'स्पेस' की ज़रूरत होती है। ठीक वैसे ही जैसे दो पेड़ों के स्वाभाविक विकास के लिए उनके बीच एक निश्चित दूरी अनिवार्य होती है। अन्यथा दोनों की जड़ें एक-दूसरे पर हावी होने लगेंगी और दोनों का विकास अवरुद्ध।

दोनों के रिश्ते का सच था भी यही। इस सच का अहसास इन्दिरा को हो चुका था। लेकिन संस्कार अभी अहसास की मुँडेर पर। इस असमंजस में कि वह इस अहसास की गहराई में उतरने लायक़ है भी या नहीं।

"मैं तुम्हारी दुविधा भली-भाँति समझती हूँ। मैं शुरू से ही इसका सम्मान करती हूँ। इसी के साथ मैंने स्वीकार किया है तुम्हें। जैसे मुझे किया है तुमने। मेरी निजता के साथ।"

इन्दिरा ने कहा और पुलकित अनुराग से देखा संस्कार की ओर।

अहसास की मुँडेर पर खड़े संस्कार को अपने सर्वस्व की एक झलक दिखाई दे गई थी अपने अहसास की गहराई में।

"आज तक आँखें खोलकर चलते रहे हैं एक-दूसरे के साथ। कुछ दूर तक यह ज़रूरी भी होता है। ज़रूरी इसलिए कि जितना रास्ता हम तय करते हैं उतने को साथ-साथ फलते हुए भी देख पाएँ। ताकि उसे पहचानना आसान हो जाए। इसका निरन्तर फलते जाना अब असंदिग्ध है। इसलिए अब हम आँखें मूँदकर भी चल सकते हैं एक-दूसरे के साथ।"

इन्दिरा ने मानो कहा—खुल जा सिमसिम। और ख़जाना सामने। रोशनी का ख़ज़ाना। तो इन्दिरा को मालूम था कहाँ है यह ख़ज़ाना। और यह भी कि कब कहना है—खुल जा सिमसिम।

संस्कार उस रोशनी की आभा से तर-ब-तर। अन्तरतम तक।

इन्दिरा ख़ुद इस रहस्य के अनावृत्त होने से उल्लसित। इसी उल्लास की गठरी को खुलते हुए देखना चाहती थी वह। संस्कार के भीतर भी एक गहरी, मासूम तसल्ली उसकी रूह से निकलकर आ बिछी थी उसके चेहरे पर। होंठों पर ऐसी मुस्कान जिसका कोई पर्याय नहीं होता। स्निग्ध, कोमल, आत्मीय, मौलिक, उदात्त और आत्मबल की प्रतीक भी। जो सिर्फ़ और सिर्फ़ जवाब होती है। सवाल क़तई नहीं। एक शंखनाद भी। हर उस अँधेरे के ख़िलाफ़ जो अगले मोड़ पर प्रतीक्षा में होता है।

संस्कार भी मुस्करा दिया। एक चिरस्थायी सहमति से उठी थी यह मुस्कराहट।

संस्कार भी इन्दिरा के उल्लास से उल्लसित। इस उल्लास को वह जीवित रखना चाहता था। ताउम्र। अपनी रूह में। उसकी अनमोल धरोहर के रूप में जिसने यह कमाया था। अपने वजूद तक को दाँव पर लगाकर। वह तो बिन कमाए, बिन माँगे ही मालामाल हो गया था इस प्रफुल्लता से।

पर संस्कार फ़िलहाल वर्तमान से उखड़ना नहीं चाहता था। उस सूत्र को थामे रखना चाहता था जो कितनी मुश्किल से हाथ लगा था। जिसके साथ जुड़े थे और-और सूत्र।

फिर संस्कार ने जो पूछा उसका जवाब हालाँकि इन्दिरा दे चुकी थी पर आगे का पन्ना खोलने के लिए उसे निहायत ज़रूरी लगा सवाल को दोहराना ताकि इसी बहाने बचा-खुचा भी खुल जाए। उसकी अपनी तसल्ली से कहीं ज़्यादा अहमियत रखता था इन्दिरा का पूरी तरह मुक्त होना।

"और कमरे में ख़ुद को बन्द करने की हरकत? मुझे हैरानी होती है कि तुम अक्सर कितनी समझदारी से काम लेती हो। अपनी उम्र के लिहाज़ से कहीं बड़ी और ऊँची। तब तुम बाहर वाली ड्योढ़ी से भी ऊँची हो जाती हो। बार-बार, उचक-उचककर, छूने की कोशिश की मैंने। पर छू पाया क्या? और कभी बिलकुल बच्चों-जैसी।"

संस्कार के लिए इन्दिरा के इस अन्तर्विरोध को समझना मुश्किल हो रहा था।

"यह सज़ा थी। जो मैंने ख़ुद को दी। क्योंकि सज़ा भी तो एक तरह से पश्चात्ताप ही होता है अपने किए का। उम्र में तुमसे बड़ी भी तो हूँ। सिर्फ़ उम्र में ही बड़ा मानती हूँ ख़ुद को। फिर तुम्हारी माँ के सान्निध्य में ही तो पाया मैंने अपना खोया हुआ बचपन। और भी कितना कुछ जिससे वंचित थी। वरना मैं बच्ची थी ही कब?"

कहकर इन्दिरा कुछ पल ख़ामोश रही। शायद अपने बच्ची होकर भी बच्ची न हो पाने और बड़ी होकर बच्ची हो पाने के सच को नए सिरे से देखती-परखती।

संस्कार को लगा इस पल उसे टोकना उसके प्रवाह में बाधा बनना होगा। इसलिए न चाहते हुए भी वह चुप रहा।

"हाथ-पाँव निकले ही थे कि चूल्हे-चौके में झोंक दी गई। स्कूल की उम्र हो जाने पर भी दो साल इन्तज़ार करना पड़ा स्कूल जाने के लिए। जब गली में बच्चे गुड्डे-गुड्डियों से खेल रहे होते या रात के वक़्त माँ-बाप से राजकुमार-राजकुमारी और राक्षस की कहानी सुन रहे होते। उस वक़्त मैं चूल्हे की गीली लकड़ियाँ सुलगाने में लगी रहती। या फिर किसी कोने में दुबकी, सहमी-सहमी माँ-बाप का ऐसा राक्षसी उन्माद देख-सुन रही होती।"

—तू नामर्द है, नामर्द।

पिता की गिरफ़्त में छटपटाती माँ।

—तेरे जैसी छिनाल नामर्द कहती है मुझे। तो फिर ले।

—तो तू भी ले।

"दोनों एक-दूसरे को वहशी दरिन्दों की तरह नोच-खसोट रहे होते।"

एक तरफ़ था अन्दर-ही-अन्दर सुलगना। दूसरी तरफ़ नफ़रत की आग का नंगा नाच।

संस्कार के लिए यह तय करना मुश्किल कि कौन-सी आग जल्द राख के ढेर में बदल देती है। उसकी अपनी माँ की या इन्दिरा के माँ-बाप की।

"कमरे में बन्द उस दिन बस तुम्हारा इन्तज़ार था। तुम आवाज़ देते तो पलक झपकते खोल देती दरवाज़ा।" इन्दिरा ने कहा।

"मैं तो वहीं था। मौक़ा ही नहीं दिया।"

संस्कार ने ऐसे कहा जैसे सचमुच उससे चूक हो गई थी।

"मेरे माता-पिता ने न। मौक़ा ही तो नहीं देते। न ख़ुद को। न किसी और को। नफ़रत के सिवा हर चीज़ में दोनों की दिलचस्पी राख बन चुकी है।"

इन्दिरा के इस कथन ने अब तक बन्द वह द्वार भी खोल दिया था जिसमें झाँककर देख सकता था संस्कार कि क्यों इन्दिरा के माँ-बाप इस क़दर उदासीन थे अपनी बेटी की जीवंतता के प्रति भी। बेटी की जीवन-पद्धति को लेकर।

"इस सबके बावजूद मेरे मन में अपने माता-पिता के प्रति ज़रा-सी कड़वाहट नहीं है। इस बात को लेकर भी नहीं कि माँ आज भी मुझे भाई की मौत का ज़िम्मेदार मानती है। उनके मन में मेरे प्रति जो भी है उसे विस्तार देना मैंने कब का छोड़ दिया है। क्योंकि विस्तार देना, उसका हिस्सा बनना होता है।"

बताने के बाद इन्दिरा एकदम ख़ामोश हो गई। बची-खुची कालिख को उलीच देने के बाद की शुभ्र ख़ामोशी से तर-ब-तर। ऐसी ख़ामोशी जो रसोईघर में नहीं, गीली लकड़ी से उठते धुएँ में होती है।

इसी तरह यह कालिख इन्दिरा की नहीं घर में गीली लकड़ी की तरह धुआँते माहौल में थी।

संस्कार विस्मित-सा पहली बार देख रहा था इन्दिरा के इस नए चेहरे को। अपनी आग से उगते सूरज की तरह हो आया था उसका चेहरा। निष्कलुष। देदीप्यमान।

इन्दिरा ने संस्कार के दोनों हाथ समेटे और अपने कपोलों तक ले आई। फिर उन्हें वहीं भींच लिया।

संस्कार ने निहायत कोमलतापूर्वक उसकी काया को अपनी बाँहों में भर लिया। उस वक़्त वह एक काया नहीं रूह थी। प्रेम की सौम्य लौ से दीप्त रूह। संस्कार के बाहुपाश में समाती। तमाम सवालों, संशयों से मुक्त, पूर्णतया आश्वस्त। ख़ुद

को संस्कार के हवाले करती। जैसे शिशु ख़ुद को माँ के हवाले कर गहरे सुख में डुबकी लगा देता है।

यह एक मुकम्मल समर्पण था जिसमें इन्दिरा रहना चाहती थी। उस पल। ताउम्र। ताकि उसका समूचा जीवन इस परितृप्ति से निहाल रहे।

इधर-उधर फैले खेतों में हरी से सुनहरी हो आई थीं फ़सलें और उन दोनों का पकना नैरन्तर्य में तब्दील।

"जा रहे हो?"

एक झोंका-सा उठा इन्दिरा की तड़प से। आकर लिपट गया संस्कार के तन-मन से। पेड़ से लिपटी किसी बेल की तरह नहीं। पेड़ की धमनियों की तरह।

"जाना तो होगा ही।"

संस्कार की सतह से आया यह झोंका।

"कुछ ऐसा नहीं हो सकता कि जाकर भी हमेशा के लिए रह जाओ मेरे पास।"

नहीं पता वह संस्कार से पूछ रही थी या ख़ुद से या किसी नियंता से।

"ख़ुद से पूछकर देखो। एक विश्वसनीय 'हाँ' ही सुनने को मिलेगा।" संस्कार ने तो अपना जवाब दे दिया। नियंता का जवाब नियंता जाने।

तभी इन्दिरा बोली। जैसे उसने अकस्मात् किसी सत्य को स्वीकार कर लिया हो।

"हो सकता है हम इस जीवन में दुबारा न मिलें। लेकिन जो वक़्त हम दोनों ने एक साथ पूरी तन्मयता से जिया है वह तो समयातीत हो जाएगा हमारे बीच। ऐसा अद्‌भुत वर्तमान जिसकी चमक को कैसा भी भविष्य धुँधला नहीं कर सकता।"

इसका मतलब है इन्दिरा ने ख़ुद से पूछ लिया था। और 'हाँ' भी सुन लिया था। एक समर्थ 'हाँ'। ऐसे में नियंता से फ़रियाद, उस 'हाँ' की विश्वसनीयता पर प्रश्नचिह्न लगाना था।

संस्कार जानता था कि इन्दिरा ऐसा हरगिज़ नहीं कर सकती।

इन्दिरा बिना हिले-डुले संस्कार की हथेलियों को अपने होंठों तक ले आई। उन्हें भरपूर चूमा।

संस्कार को लगा जैसे इन्दिरा की समूची ऊष्मा उसकी हथेलियों से होती हुई उसकी रग-रग में समा गई। उसे मृदुल, पुलक भरी अनिर्वचनीय सिहरन से विभोर करती।

क़ुदरत की अनिंद्य ख़ूबसूरती भी कभी-कभी सत्य की ख़ूबसूरती के सामने

फीकी पड़ जाती है। क्योंकि सत्य अगर कभी-कभी बेरहम होता है तो कभी-कभी निहायत ख़ूबसूरत और आह्लादकारी भी।

शायद इसी सत्य का साक्षात् कर रही थी इन्दिरा। इन अन्तिम पलों में। संस्कार के साथ अपने रिश्ते की ख़ूबसूरती को सत्य की ख़ूबसूरती से आलोकित होते देखती। रिश्तों की परिपाटी से ऊपर, बहुत ऊपर उठकर, उनके अगाध होने के अहसास से सम्पन्न करनेवाली अविनाशी इच्छा से प्रेरित, संचालित।

ऐसा नहीं था कि संस्कार उस अहसास में शामिल नहीं था। पर कुछ-कुछ वैसे जैसे ये चाँद, फ़सलें, पंछी, रात का स्पंदित एकान्त शामिल था।

लेकिन शायद वहाँ तक नहीं जहाँ तक इन्दिरा की पारदर्शी चेतना शामिल थी। काल के बन्धनों से मुक्त। उस रिश्ते के प्रभामंडल में। जहाँ रिश्ते बाँधते हैं और मुक्त भी रहने देते हैं।

आसमान एकदम नीला-झक्क था। टिकुली जैसे किसी धब्बे से भी कोरा और अछूता।

पूरे चाँद की रात थी। पृथ्वी तो पृथ्वी। आसमान भी निखरी-निखरी चाँदनी से निहाल। मन्दिर की मूर्तियों की तरह जो खंडित था उठ खड़ा हुआ था। अपने पैरों पर। एकदम साबूत। अपनी अखंडित मुस्कराहट से जैसे दोनों के चेहरों पर विराजमान प्रफुल्लता को 'चिरस्थायी भव' का वरदान देता।

तभी मन्दिर की घंटियों जैसे नाद में इन्दिरा के कंठ से बह निकला :

साइडा चोला लीरां दा,
इक बारी पा फेरा,
तक हाल फ़क़ीरां दा...

संस्कार को लगा, कि मकान मालकिन के कंठ से निकलते वक़्त इस पंजाबी टप्पे के जो अर्थ ध्वनित होते थे, इन्दिरा के कंठ से बहते वक़्त उनसे बिलकुल अलग अर्थ। एक स्त्री के स्वर में नियति के प्रति उलाहने और शिकायत जैसा भाव प्रमुख रहता था। जबकि दूसरी के स्वर में किसी सच्चे फ़क़ीर या संत जैसा भाव प्रबल था।

दोनों इस वक़्त आदिम नर और मादा नहीं रह गए थे। वे जैसे हो गए थे रूहों में तब्दील। एक-दूसरे की रोशनी में नहाई। एक-दूसरे की ऊष्मा में पिघलती रूहें।

एक प्रवाह में तब्दील होने को व्याकुल। मनुष्य-लोक से ऊपर किसी रहस्य-लोक में विचरतीं। हर्ष-विषाद, राग-द्वेष, मिलन-बिछोह से कहीं ऊपर फैले स्वर्गिक आलोक में। इस पल आलिंगनबद्ध। उस पल नृत्यलित। एक लय होती रूहें।

और एक-दूसरे के अगाध आगोश में आबद्ध, आविष्ट, अभिभूत रूहों का उत्सव। चरमोत्कर्ष पर।

बीस

तीस बरस पहले। उस रात। पिता ने क्यों कुछ नहीं कहा था। उस रात ही नहीं, मृत्यु से कुछ दिन पहले तक भी प्रत्यक्ष या परोक्ष रूप से कभी ज़िक्र तक नहीं किया। यह रहस्य उनकी आत्मकथा पढ़ने के बाद खुला। जैसे-तैसे लिखी। वह कोई लेखक नहीं थे। पर अपने भावों-विचारों, अनुभवों को यदा-कदा पर्चियों या डायरी के पन्नों पर कलमबद्ध करते रहते थे। उर्दू और अंग्रेज़ी में। इतना संस्कार की जानकारी में था। वह अपनी आत्मकथा भी लिख सकते हैं? ऐसा करने के लिए उन पर कौन-से दबाव, कैसी आन्तरिक विवशता थी, यह सब आत्मकथा पढ़ने पर पता चला संस्कार को।

पिता मितभाषी थे। अन्तर्मुखी भी। अपनी किसी तकलीफ़, ग़ुस्से, नफ़रत, प्रेम जैसे भावों को बहुत कम प्रकट करते थे। घर में तो अक्सर नहीं। और बच्चों के सामने तो हरगिज़ नहीं। बाहर का पता नहीं।

माँ के साथ छोटी-मोटी नोक-झोंक या इससे भी बढ़कर और कुछ होता था तो एक-आध बार छोड़कर संस्कार के सामने कभी नहीं हुआ। लेकिन माँ की मनोदशा से इसका आभास ज़रूर हो जाता था संस्कार को।

इसकी एक वजह सम्भवतया थी परिवार से महीनों कटे रहना। साल में दो-दो बार होनेवाले तबादलों के कारण। परिवार कहीं तो ख़ुद कहीं। अगर परिवार साथ भी होता तो नौकरी ऐसी कि महीने में बीस-बीस दिन दौरे पर रहते। जिस व्यक्ति ने आधे से अधिक जीवन अकेले बिताया हो, अपनों से दूर, अजनबी लोगों के

बीच रहते हुए, उसका ऐसा होना शायद स्वाभाविक ही था।

आत्मकथा लिखने के पीछे सम्भवतया यही बाध्यता रही होगी। शायद यह उनका अपराधबोध था जिसका पश्चात्ताप करने का इससे और कोई बेहतर ज़रिया उन्हें सूझा ही नहीं होगा। ऐसा करके वह अपराधबोध से मुक्ति चाहते थे, जिसने उन्हें सेवानिवृत्ति के बाद कोंचना, झिंझोड़ना शुरू कर दिया होगा। इसकी पुष्टि आत्मकथा में दर्ज इस अंश से होती थी :

'मैंने अपना जीवन अपने तरीक़े से जिया। इस बात की परवाह किए बिना कि मेरे उसूल, आदर्श, सिद्धान्त अपनों के ही नहीं औरों के भी आड़े आ सकते हैं। इसके लिए मुझे एक ग़ुस्सैल, सख़्त मिज़ाज, रूखा और दूसरों के सुख-दुख के प्रति उदासीन रहनेवाला आदमी क़रार दे दिया गया। यहाँ तक कि आत्मकेन्द्रित और सिर्फ़ अपने से प्यार करनेवाला एक संवेदनहीन आदमी भी। परिणामस्वरूप मैं घर तो घर बाहर भी अकेला पड़ता चला गया। बाहर तो और भी क्योंकि उस वक़्त समाज जात-पाँत को लेकर आज की अपेक्षा कहीं अधिक असहिष्णु था। इसी के चलते मैं चाहते हुए भी पारस्परिक संवाद जैसी नेमत से वंचित रहा जिससे बहुत सारी ग़लतफ़हमियों का निवारण हो सकता था।

'रिश्ते भले ही जीने का मक़सद न हों पर ठोस वजह ज़रूर होते हैं। और प्रेम ऐसी भावना जो चोट भी पहुँचा सकती है और मरहम भी बन सकती है।

'मेरा यह दुर्भाग्य है कि अपनों के लिए मेरी यह भावना चोट की वजह बनी। रिश्तों के प्रति मेरा सच्चा लगाव मुझमें ही दफ़न होकर रह गया और मैं एक अवांछित आदमी बन गया। घर में भी और बाहर भी।

'अब जब मौत मुझे टकटकी लगाए घूर रही है तब भी मैं एक अवांछित आदमी के रूप में ही इस संसार से विदा हो जाऊँगा।

'मैं इस उम्मीद से संसार को अलविदा कहने जा रहा हूँ कि मेरे अपने जीवन भर जो मुझमें नहीं देख पाए शायद मेरे मरने के बाद ही मुझमें अमुखरित उस लगाव को देख पाएँ। क्योंकि मृत्यु-पूर्व बहुत हद तक रिश्तों के प्रति हमारी दृष्टि आत्मपरक होती है। मरणोपरान्त मृतक के प्रति यही दृष्टि अक्सर निरपेक्ष हो जाती है। यही मानकर।'

आत्मकथा के आरम्भ से लेकर अन्तिम वाक्य तक फैला था पिता की पीड़ा का घना जंगल। उसमें भटकती पिता की रूह। कहीं-कहीं तो इतना पैना-सघन कि संस्कार सिहर-सिहर उठता। बीच-बीच में पढ़ना छोड़ किसी प्रसंग की धार न सह

सकने की अपनी सीमा को विस्तार देने के लिए रह-रहकर छटपटाता।

अंग्रेज़ी भाषा पर भी उनका उतना ही अधिकार था जितना कि उर्दू पर। लेकिन आत्मकथा लिखी गई थी अंग्रेज़ी में। इस भाषा को उन्होंने इसलिए भी चुना होगा क्योंकि संस्कार को उर्दू नहीं आती थी। और शायद बेटे से बेहतर साझा करने योग्य और कोई उनके ज़हन में नहीं रहा होगा।

सेवानिवृत्ति के बाद माँ-पिता ने गाँव में रहना चुना था। गाँव में अपने खेत थे। अपने लोग। खेतों और लोगों से जुड़ी सुखद स्मृतियाँ। और खेत अपने नाम होने से पहले की संघर्ष-गाथा भी। तिस पर पिछले दो सौ बरसों में फैले बाप-दादा का इस गाँव से जुड़ा इतिहास। उनके सुख-दुख। गाँव से गहरा भावनात्मक जुड़ाव। इन सबसे विमुख होना उनके लिए मुश्किल ही नहीं नामुमकिन था।

गाँव में दोमंज़िला मकान सेवानिवृत्ति से सालभर पहले ही बनकर तैयार हो चुका था।

संस्कार साल में दो-तीन बार गाँव ज़रूर आता था। ख़ासकर सर्दियों में ज़्यादा दिन के लिए। सपरिवार।

पिता ने बाद-बाद में ख़ुद को ऊपरी मंज़िल तक सीमित कर लिया था। अपना खाना भी कभी-कभी ख़ुद वहीं बना लिया करते थे।

माँ निचली मंज़िल में रहती थी।

संस्कार की पिता के साथ बातचीत कम ही होती थी। हालाँकि वह चाहता था कि पिता खुलकर बातचीत करें। लेकिन अपनी ओर से पहल कर उनकी निजता में जबरन दख़लंदाज़ी करना भी उसे उचित नहीं लगता था।

कभी-कभी मकान के पिछवाड़े अलग से बने रसोईघर में खाना खाने आते तभी, "कैसे हो? बच्चे-बहू ठीक हैं? कुछ दिन रहोगे?" इसी तरह की संक्षिप्त-सी बातचीत हो जाती थी। या कभी पोता जब छोटा था तो उसकी उँगली थाम उसे ऊपर अपने कमरे में ले जाते। ख़ासकर जब खिचड़ी या चिकन बनाते।

सर्दियों के ही दिन थे। पिता की मृत्यु के लगभग एक माह पहले।

संस्कार घर के आँगन में चारपाई पर लेटा हुआ था। दोपहर बाद की धीरे-धीरे ठंडी होती धूप में। ऊँचे टीले पर बसे इस छोटे से गाँव के मकान से चार-पाँच कोस दूर बहती व्यास नदी पर कोहरे की चादर बिछने लगी थी। गाँव के बच्चे कन्धों पर बस्ते लटकाए, गिरते-पड़ते, छुट्टी के बाद स्कूल से लौट रहे थे।

तभी संस्कार का बीस बरस का बेटा आया।

"दादा बुला रहे हैं।" इतना ही कहकर उलटे पाँव लौट गया।

संस्कार हैरान। पिछले पन्द्रह दिन से वह परिवार सहित यहाँ था। पहले की ही तरह छिटपुट बात हुई थी। लेकिन आज? कोई ख़ास ही बात होगी। पिता को पता था कि संस्कार अगले दिन नौकरी पर लौटनेवाला है।

पिता कोई किताब पढ़ रहे थे। अपने कमरे में। पढ़ने का शौक़ था उन्हें।

"कल जा रहे हो?"

किताब से नज़रें हटाए बिना पिता बोले।

"छुट्टियाँ ख़त्म हो गई हैं। जाना तो होगा ही। अगर आपकी सेहत ठीक नहीं है तो दफ़्तर में तार देकर छुट्टी बढ़ा लेता हूँ।"

संस्कार ने चिन्तित स्वर में कहा।

पिछले कई दिनों से पिता का स्वास्थ्य ख़राब चल रहा था। संस्कार शहर जाकर डॉक्टर को भी दिखा लाया था पिता को। दवाई चल रही थी।

"नहीं-नहीं, उसकी कोई ज़रूरत नहीं है।"

पिता का क्लांत थका-थका-सा स्वर उभरा। उन्होंने नज़रें उठाकर संस्कार की ओर देखा पल भर को। फिर बैठे-बैठे ही बिस्तर के साथ सटी दीवार में बनी आलमारी खोलने लगे।

संस्कार ने देखा। अस्सी बरस का बुढ़ापा पिता को तेज़ी से निगलने लगा था। झुर्रियाँ कुछ और साफ़ हो गई थीं। इतनी कि उन्हें आसानी से गिना जा सकता था। निस्तेज होती आँखों में एक फीकी-फीकी-सी चमक बची थी। गाढ़े अन्धकार के दरवाज़े पर लगातार दस्तक देती।

पिता ने आलमारी से एक बड़े आकार की जिल्द निकाली और बेटे की ओर बढ़ाते हुए बोले, "चाहो तो पढ़ लेना।"

"यह क्या है?"

संस्कार की हैरानी से निकला। फिर हाथ बढ़ाकर जिल्द थाम ली।

"अभी कुछ दिन पहले ही पूरी की है। शायद इसीलिए मौत को परे ठेल रहा था।"

पिता निढाल-से हो गए थे। पहली बार एक साथ इतने वाक्य सुने थे उनके मुँह से।

"थोड़ा आराम कर लें। लगता है आपकी तबीयत ज़्यादा ख़राब है।"

संस्कार ने पिता को तकिए के सहारे बिस्तर पर लिटा दिया।

फिर उनके पैताने बैठकर जिल्द को खोला।

पहले पन्ने पर लिखा था—'ऑटोबायोग्राफी ऑफ़ एन अनप्लेजेंट मैन'। उसके नीचे उनका नाम था।

एक पल में ही बुलाने का मक़सद समझ आ गया संस्कार को।

"ज़मीन-जायदाद की वसीयत मैंने कर दी है।" पिता ने मुस्कराने की कोशिश की। लेकिन मुस्कराहट होंठों तक आकर ही लौट गई।

"आप ऐसा क्यों कह रहे हैं?"

डर का पंजा संस्कार के भीतर धीरे-धीरे खुलने लगा था। चाह रहा था इस वक़्त कोई और भी यहाँ होता। किसी को बुलाना भी चाहता था। माँ या पत्नी को। लेकिन डर उससे बड़ा होकर उसकी सामर्थ्य को चुनौती दे रहा था। उसे यहाँ-वहाँ खरोंचता-छीलता। उसके डंक निकालने में अशक्त था वह।

"मैं यह विरासत तुम्हें सौंप रहा हूँ। इसका तुम क्या करोगे, मुझे नहीं पता।"

ये उनके आख़िरी शब्द थे। और आख़िरी संवाद भी बाप और बेटे के बीच।

आत्मकथा में उस रात का उल्लेख भी था। बरसों से उनके भीतर बँधी पड़ी जिसकी गठरी, कुछ इस तरह क़तरा-क़तरा खुलती :

'नहीं जानता, उस रात मेरे पाँव मुझे बेटे के कमरे की ओर क्यों ले गए थे। मेरे भीतर पछाड़ें खाती मेरी अपनी ही कोई दमित आकांक्षा। मेरा कोई अभाव। या कुछ ऐसा देख सकने का लोभ जिसे मैं ताज़िन्दगी देखते हुए भी नहीं देख पाया। हालाँकि मैं कभी बच्चों के कमरे में नहीं जाता था। रात के वक़्त तो ख़ासतौर पर नहीं।

'वैसे मैं उस रात काफ़ी दिन दौरे पर रहने के बाद घर लौटा था। ऊपर की मंज़िल पर जाने के लिए पहली सीढ़ी पर पाँव रखा ही था कि मेरी नज़रें अनायास बेटे के कमरे की ओर उठ गईं। दरवाज़ा पूरी तरह बन्द नहीं था। आधा खुला, आधा बन्द। और कमरे से आती रोशनी का एक शहतीर बरामदे में बिछा हुआ। शायद इसी रोशनी के आकर्षण में बिंधा मैं उस कमरे की ओर खिंचता चला गया। क्योंकि जिन गाँवों के दौरे पर मैं गया था वहाँ अभी तक बिजली की पहुँच नहीं थी। दिन छिपते ही हर चीज़ जैसे अँधेरे की खोह में लुढ़क जाती थी। घरों के भीतर जलती एक लालटेन या दीया अपनी रोशनी के दायरे को लाँघ नहीं पाता। यानी रोशनी कमरों में क़ैद होकर रह जाती। इससे गाँवों की गलियों में अँधेरा और

भी गहरा और डरावना हो आता। शायद इतने दिनों का अँधेरा अचानक रोशनी पा लेने का लोभ संवरण नहीं कर पाया होगा।

'हम देखते कहाँ से हैं। अपने संस्कारों के झरोखे से। संस्कारों की ज़मीन यदि उर्वर है तो दृष्टि भी उर्वर। यदि बंजर है तो दृष्टि भी बंजर।

'मैं दरवाज़े पर कुछ पल ठिठका देख रहा था। आपस में गुँथी हुई एक-दूसरे में समाती देहों को। चारों ओर से बेख़बर। मूक। स्तब्ध-सा। मेरी आवाज़ को न जाने क्यों सूखा चट कर गया था उन पलों में। भीतर शब्दों का पतझड़। कोशिश के बावजूद सूखे पत्तों की तरह एक-एक कर झरते शब्द। भीतर के दरख़्त से।

'शायद जब हम अपनी किसी गहरी अतृप्ति से जूझ रहे होते हैं तो दूसरे की परितृप्ति हमें अपनी अक्षमताओं में धकेल देती है। उस पल इसी अक्षमता ने मुझे मूक बना दिया था और मेरा कुछ कहना टल गया था। इसी टलने ने मुझे बरसों अपनी अतृप्ति और उन दोनों की परितृप्ति में झाँकने का अवसर दिया।

'आज जब मैं उन पलों को कलमबद्ध कर रहा हूँ मुझे सब कुछ साफ़-साफ़ दिख रहा है। क्योंकि यह देखना पूरी तरह परिपक्व होकर एक 'विज़न' में बदल गया है। इसीलिए उन गुँथी हुई देहों के सच को लेकर आज मैं किसी असमंजस में नहीं हूँ।

'हमारे भीतर कुछ चीज़ें वंशानुगत होती हैं। पीढ़ी-दर-पीढ़ी ख़ून में रेंगती। उनसे मुक्त होना असम्भव नहीं तो श्रमसाध्य ज़रूर होता है। अगर हम उसी लीक को पकड़कर चलते रहें जो जीवन को अपने ढंग से, अपने समय में, पूरी शिद्दत के साथ जीने के उपलब्ध अवसरों को जाने-अनजाने रुख़सत करते रहते हैं। अन्ततः हम जीवन को ही रुख़सत कर बैठते हैं।

'यदि उस वक़्त मैं उन दोनों पर पीढ़ियों से संचित अपनी कोई वर्जना लाद देता, डाँट-फटकार कर देता या भविष्य में एक-दूसरे से दूर रहने के कारणों की फ़ेहरिस्त दोनों को थमा देता तो ऐसे में शायद दोनों या तो अपनी सहज इच्छा को भूलकर डर के मारे एक-दूसरे से आँखें चुराने लगते। मुझसे बचने लगते। या हमेशा के लिए किसी ग्रंथि का शिकार हो जाते। या फिर विद्रोह का बिगुल बजा देते।

'प्रेम के इस मासूम, छलहीन और अछूते आवेग में कूदकर मैं उन्हें उसके असीम सुख, अनुभव और प्राणों से वंचित नहीं करना चाहता था। अपने तईं निरखने-परखने का मौक़ा देना चाहता था।

'मैंने अपने जीवन में औरत का प्यार कभी नहीं पाया। अलग-अलग तरह की औरतों के संसर्ग में रहने के बावजूद। वह सिर्फ़ देह को चखने तक सीमित रहा। प्रेम के लिए मेरी गहरी तड़प के बावजूद किसी उदात्त भाव में अंकुरित नहीं हो पाया। आज मुझे लगता है कि कमियाँ मुझमें थीं, औरत में नहीं। क्योंकि मैं उनके पास एक मर्द की तरह जाता रहा। मनुष्य की तरह नहीं।

'मेरी पत्नी आते ही घर-गृहस्थी की समस्याओं में उलझ गई। मेरी ओर उसकी कोई खिड़की कभी खुली ही नहीं। इसकी न तो उसने कभी कोई जिज्ञासा दिखाई, न ही कभी कोई दिलचस्पी। एक अपढ़, ठेठ देहाती परिवार से आई थी वह। जहाँ रोशनी का अर्थ सिर्फ़ रात में ढिबरी जलाने तक सीमित था। लेकिन इस सबमें उसका कोई दोष नहीं था।

'दूसरा कारण था बेटे का माँ के साथ लगाव। इतना गहरा, इस क़दर अविच्छिन्न कि कभी-कभी मुझे ईर्ष्या होने लगती। शुरू-शुरू में मुझे यह अटपटा भी लगता था। लेकिन ज्यों-ज्यों इसका रहस्य मेरे सामने खुलता गया, मैं उससे अभिभूत भी होता गया और आतंकित भी। अभिभूत इसलिए कि यह अपने आपमें अनूठा था। और आतंकित इसलिए कि मेरे हिस्से में सेंध लग रही थी।

'बेटे का जन्म गाँव में हुआ था। शुरू के साल गाँव में ही बीते। माँ खेतों में जाती तो बेटे को पीठ पर लाद ले जाती। हालाँकि उसकी देखभाल के लिए एक लड़का अलग से रखा हुआ था। बेटे को छींक भी आ जाती तो माँ पूरे घर को सिर पर उठा लेती। कभी बीमार पड़ जाता तो दिन-रात, बिना खाए-पिए उसके सिरहाने बैठी रहती। पलक तक नहीं झपकती थी।

'इसके बावजूद मैंने इस बात को लेकर माँ या बेटे से कभी एक शब्द तक नहीं कहा। क्योंकि उनके बीच बहती निश्छल स्नेह-ममता की नदी को मैं अवरुद्ध नहीं करना चाहता था। इसलिए भी कि प्रेम और लगाव ऐसे जज़्बात हैं जिनसे वंचित होकर आदमी, आदमी नहीं रहता। एक प्रेत हो जाता है।

'पुरुष के रेगिस्तान में स्त्री एक सदानीरा नदी की तरह होती है। इस सच्चाई से अनजान मैं ताउम्र प्रेम की मृगतृष्णाओं के पीछे भागता रहा। मैं नहीं चाहता कि बेटे के साथ भी कुछ ऐसा हो। इसलिए जो मैं नहीं पा सका, उसे बेटा पाए, इसका फ़ैसला उसी पर छोड़कर आज मैं अपनी तमाम वर्जनाओं से मुक्त हो गया हूँ। अपनी तड़प के बावजूद उस सदानीरा नदी को अपने बेटे से छीनने का मुझे कोई हक़ नहीं है।

'औरत को औरत के रूप में पाना आसान होता है। प्रेमिका के रूप में पाना लगभग नामुमकिन क्योंकि इसके लिए पहले मर्द को ख़ुद मनुष्य बनना पड़ता है।

'बेटे ने औरत को माँ के रूप में पा लिया। प्रेमिका संगिनी के रूप में पाए और सबसे ऊपर एक मनुष्य के रूप में उसका वरण करे, उस रात शायद यही कामना मन में लिए मैं चुपचाप दरवाज़े से ही लौट आया था। उस रोज़ यह कामना मेरे अवचेतन में थी। आज साक्षात्। एकदम पारदर्शी।'

आत्मकथा में इस प्रसंग के आख़िर में पिता ने अपने आत्मबोध को स्पष्ट करने के लिए आनन्द कुमार स्वामी का यह कथन उद्धृत किया था :

'द मोस्ट परफेक्ट लव सीक्स नथिंग फार इटसेल्फ, रिक्वायरिंग नथिंग, एंड ऑफर्स नथिंग टु द बिलव्ड रिअलाइजिंग हर इनफाइनाइट परफेक्शन व्हिच केनॉट बी ऐडड टु : बट वुई डु नॉट नो दिस एक्सेप्ट इन मोमेंट्स ऑफ़ परफेक्ट एक्सपीरिएंस।

यानी

मुकम्मल प्रेम अपने लिए कुछ नहीं माँगता, बदले में कोई अपेक्षा नहीं रखता, और प्रेमिका को कुछ देने का दंभ भी नहीं पालता, प्रेम की इस असीम सम्पूर्णता का यह अहसास सँजोए कि उसमें कुछ जोड़ा ही नहीं जा सकता : लेकिन हम इसे मुकम्मल तौर पर अनुभूत पलों में ही जान सकते हैं।

झुर्रियाँ देह का भविष्य हैं। क्योंकि देह समय के अधीन होती हैं। प्रेम नहीं। इसीलिए प्रेम शाश्वत है। और मनुष्य का केन्द्र भी।

प्रेम की इस असीम सम्पूर्णता की दस्तक संस्कार ने पहली बार सुनी थी। आनन्द कुमार स्वामी का यह कथन पढ़ने के बाद। अपने केन्द्र से। तीस बरसों बाद।

इन्दिरा ने मुकम्मल तौर पर अनुभूत अन्तिम पलों में सुन ली थी यह दस्तक। अपने केन्द्र से। तीस बरस पहले। उस रात।

और वे पल अनन्तिम हो गए थे संस्कार के अन्तरतम में भी।